INGE VON WANGENHEIM
DIE ENTGLEISUNG

INGE VON WANGENHEIM
DIE ENTGLEISUNG

ROMAN

mitteldeutscher verlag

Umschlagabbildung: Gabriel Machemer

2012
© mdv Mitteldeutscher Verlag GmbH, Halle (Saale)
www.mitteldeutscherverlag.de

Alle Rechte vorbehalten.

Gesamtherstellung: Mitteldeutscher Verlag, Halle (Saale)

ISBN 978-3-89812-864-3

Printed in the EU

1.

In der Mitte des breiten Urstromtals zwischen Saalfeld und Jena liegt Groß-Naschhausen.

Eine Perle thüringischer Siedlungs-Kleinkunst, eingefasst in sanfte Bergketten, wechselvoll gestaltete Talsichten, freundliche Hänge, deren terrassenförmige Anordnung auf der Südseite noch heute den einstigen Weinanbau verrät. Wer hierher kommt, sei es durch Zufall oder mit Plan, erlebt jene feine, durchkultivierte Natur, die uns Goethe bewusst gemacht hat. Es lohnt also, hierher zu kommen.

Das Beiwort »Groß« mag freilich die Kleinheit des Ortes deutlicher ins Blickfeld rücken als beabsichtigt; das Jungvieh jedenfalls auf den Weiden der LPG Wartendorf jenseits der Saale – ein mächtiges Unternehmen sozialistischer Agrarwirtschaft – ist schon durchs Küchenfenster und mit unbewaffnetem Auge bewacht genug. Dennoch ist Wartendorf wirklich ein Dorf und Groß-Naschhausen eine Stadt. Dies seit achthundert Jahren.

Die Naschhausener verdanken ihr verbrieftes Stadtrecht jener beschwerlichen, über Jahrzehnte sich hinschleppenden, im Brockhaus ausdrücklich vermerkten »Grafenfehde«, die sie sich mit einiger List und etlichen Talern, nachdem die Herrschaft über ihnen mehrfach gewechselt, zu Nutze zu machen wussten.

Nach dieser energischen Tathandlung im 13. Jahrhundert, die auch etliche Tote gekostet hat, wurde es dann ziemlich still um den schönen Platz. Der große Überblick über das gesamte Tal nach Süden und Norden zu verlor seine kriegstechnische Bedeutung, damit verloren auch die Naschhausener Zug um Zug ihr Sendungsbewusstsein. Sie fügten sich in den allgemeinen Gang der Dinge, vermieden es aufzufallen, entwickelten in aller Stille ihren Sinn für das Machbare. In Groß-Naschhausen war man überdies nie so arm und nie so bedrückt, dass es unerträglich gewesen wäre. So hat der bekannte thüringische Frohsinn über die Jahrhunderte hinweg bis zur Stunde just auf diesem besonnten Platz eine feste Heimat.

Wir würden das Städtchen mit den weitreichenden Verbindungen, auf die wir noch zu sprechen kommen, nicht so bestimmt und liebevoll vorstellen, wenn nicht eben hier jenes Ereignis stattgefunden hätte, dessen Folgen alsbald unser ganzes Interesse beanspruchen werden. Aus diesem Grunde sei über den Schauplatz der Handlung Genaueres noch mitgeteilt, soweit es die Voraussetzung ist für den ferneren Ablauf der Geschehnisse; denn Groß-Naschhausen besteht seit alters her, und das ist wichtig, aus zwei Orten: aus dem auf dem Berg und aus dem im Tal.

Die Frage, wer denn eher dagewesen, die oben oder die unten, wäre die Frage nach dem Huhn und dem Ei. Man hat einander von Anbegin gebraucht und damit gut. Die Naschhausener, wenn sie von sich selbst reden, und das tun sie ziemlich oft, bezeichnen sich als »obernorts« und »unternorts«, ohne an dieser natürlichen Einteilung ihrer Welt jemals zu zweifeln, und es muss auch nicht ausdrücklich betont werden, dass die auf dem Berg selbstverständlich die eigentlichen Naschhausener sind. Davon kündet sowohl die noch immer intakte Mauer rings um den Ort, eine solide Handarbeit längst vergessener Vorväter, meterdick und hoch, wie vor allem die Tatsache, dass obernorts das Rathaus steht, die Kirche, die Schule, der Friedhof, nicht zuletzt das kostbarste Stück in all der Nostalgie, die »Kemenate«, in der noch immer die »Weiße Frau« Unheil kündend herumgeistert, mit dem Schlüsselbund rasselt, »huuuuuh« jammert und nicht zur Ruhe kommt, weil sie, als sie lebte, eine Todsünde beging, nämlich ihre beiden Kinder aus der ersten Ehe mit Graf Otto in der Kemenate höchstselbst umbrachte, um den Burggrafen von Hohenzollern heiraten zu können, was ja erheblich fettere Pfründe verhieß als die Herrschaft über Groß-Naschhausen. So eine schlechte Hildburga war das Luder ...

Steht man im tiefen Schatten unter den hohen alten Buchen vor dem fensterlosen, massiven Turmklotz mit dem steilen Dach, kommen einem doch gewisse Zweifel. Die Schießscharten auf allen vier Seiten deuten nicht eben auf eine »Kemenate«, sondern auf ein schlichtes Arsenal, wie es zur Zeit der Grafenfehde durchaus gebraucht wurde, um so hübsche Sachen wie Arkebusen, Hellebarden und Morgensterne aufzuheben, die Leibeigenen aus der Nachbarflur ins Jenseits zu befördern – wie dem auch sei: in den anlockenden Prospekten des Städtchens bildet die »Kemenate« die Vorzeige-Perle, während die wunderhübsche Kirche mit dem Glockenturm in thüringischem Barock, mit der sehr wohlklingenden Orgel im Innern unerwähnt bleibt oder zumindest im Hintergrund. Dabei weiß der Eingeweihte, dass die Glöckchen in der Höhe, fährt nur der Wind zur rechten Stunde über das Urstromtal, die Schöpfung auf dem Berg zu streicheln, eine Melodie spielen, die zwei Texte hat wie Groß-Naschhausen zwei Gesichter. Die Laune macht, dass man entweder mitsingt »Üb immer Treu und Redlichkeit« oder doch lieber »Ein Mädchen oder Weibchen wünscht Papageno sich« ...

Kehren wir zurück zu den ungeschmückten Tatsachen der Wirklichkeit! Da gibt es gar kein Gelaber, da heißt es nackt und kalt: Oben wird regiert, unten wird befolgt. Bei der Grundsuppe des ganzen Zustands geht es also doch weniger um die Schönheit und mehr um die Inhalte.

Daran ändert auch die schöne Aussicht nichts, die der Garten der »Blauen Traube« mit seinem Schmuckgitter direkt an der Felsenkante bietet. Steht der Gast auf diesem Platz in der Höhe, schaut hinab auf die Dächer der Naschhausener unternorts, die kein Rathaus und keine Kemenate, keine Schule und keinen Friedhof haben, lässt er den Blick hinüberwandern zur funkelnden Leuchtenburg auf dem Gipfel über Kahla, genießt er die erhabene Weite dieser Urstromlandschaft hinauf und hinunter, bewundert den unendlichen Himmel über alledem, da wird ihm schließlich so wohl, dass er sein Glas übers Gitter hebt, die Arme breitet und ruft: Welt, du bist mein! ... danach einen kräftigen Schluck vom Einheimischen nimmt und wieder weiß, warum er leben möchte.

Nun ist es nicht so, dass die unten es nicht wüssten oder vergessen hätten. Nur ihre Lage ist eine andere. Die Wahrheit zu sagen: die unten sind eingeklemmt. Im Rücken haben sie die steile Bergwand, vor der Nase die Fernstraße 88, den Schienenstrang, den Fluss, in den der Bach, aus Roßeck kommend, einmündet, wiederum von einem unentbehrlichen Schienenstrang begleitet, mit einem Wort: Die Unterortigen können weder vor noch zurück, sie können sich nur in die Länge ziehen. Aber auch das hat seine Grenzen. Wo zwischen Berg und Fluss nur noch das bisschen Platz für den Fernverkehr blieb, ist die Welt von Naschhausen zu Ende.

Was Wunder, dass man unternorts im Kampf ums Dasein den Blick stets in die Ferne richtete? Erst war es der Weg, den alles Wasser nimmt, der diese Ferne erreichbar machte. Wenn wer in Roßeck das Faltboot besteigt, die Orla hinunterpaddelt, sich in die Saale treiben lässt, später in die Elbe, der kann schließlich vor Cuxhaven die erste Salzluft schnuppern – falls er die erforderlichen Papiere bei sich hat. Wenn aber das Karlchen, Schönleins Jüngster, unterm Jasminbusch an der Orlaeinmündung sein Ningelchen aus der Verschalung nimmt und ins Wasser puscht, dann bedarf es keiner Papiere. Wir dürfen sicher sein, dass eine bestimmte Nullmenge von astrophysikalischer Größenordnung schließlich die Felsenklippen von Spitzbergen erreicht, und gerade homöopathische Dosen gewisser Substanzen sollen ja die Hauptwirkung machen, wie man hört.

Soweit die natürlichen Verbindungen Groß-Naschhausens zur Welt.

Bescheidener nehmen sich die von Menschengeist und -hand Erschaffenen aus. Wirkungsloser sind sie drum bei Weitem nicht. Seit Jahrzehnten also haben die Unterortigen die Landwirtschaft längst aufgegeben, sind der Arbeit in der Stadt nachgefahren, wo immer sie sich anbot; in Rudolstadt, in Roßeck, in Jena vor allem. Etliche Naschhausener sind seit Groß- und Urgroßvaters Zeiten regelrechte Zeissianer oder arbeiten bei Schott als Glasmacher der Sonderstufe I, die den Spiegelteleskopen jene lupenreine Optik zuliefern, mit der man immer neue Nebel entdeckt, der Antimaterie auf die Spur kommt und die Beweise liefert dafür, dass das Weltall sich zusammenzieht. Oder auseinanderläuft. Je nachdem. Wenn es auseinanderläuft, gab es mal einen sogenannten »Urknall«. Zieht es sich zusammen, dann steht er uns noch bevor, und wir haben Grund, für Groß-Naschhausen zu fürchten.

Vorläufig allerdings noch nicht. Die Verbindungen zur großen weiten Welt da draußen auf unserer hübschen Kugel sind ja intakt, der Himmel überm Tal gelegentlich doch noch blau, und beim Fleischer gegenüber dem Bahnhof gibt es freitags manchmal Kalbsleber. Natürlich nicht jeden Freitag.

Apropos Bahnhof. Den haben die oben nicht. Das ist ja der Grund, weshalb die oben zwar regieren, aber gleichzeitig dabei immer mehr verbauern. Die unten hingegen verstädtern unaufhaltsam. Einmal ist der einzige Verbindungsweg zwischen oben und unten, besser: unten und oben, viel zu steil – zwölf Prozent Gefälle mit einer Nadelkurve, im Winter geradezu ein Abenteuer –, zum Zweiten lockt die flache, glatte Fernstraße, auf der man selbst per Rad in einer Stunde in Jena ist, zum Dritten bewirkt der Schienenstrang, dass vor allem die jungen Naschhausener jeden Morgen in aller Frühe den Zug besteigen, um die Ausbildungsstätten der Werke und die Hörsäle der Alma Mater Jenensis zu erreichen. Pro Kopf der Einwohnerschaft gibt es in Groß-Naschhausen weit mehr Studierte als in Erfurt oder Gera, doch leider keinen einzigen Schuster. Wer ihn braucht, fährt per Rad oder Bahn nach Roßeck durchs hübsche Orlatal – auch sehr schön. Nur Roßeck selbst ist nicht zum Ansehen. Voll gestellt mit hässlichen Fabrikbauten und Arbeiter-Reihensiedlungen aus dem vorigen Jahrhundert. Kekse werden hier hergestellt, Stoffe aller Art und Bücher. Die sogar am meisten. Schulbücher, Fachbücher, Sachbücher, alte Romane von vorgestern und die neuesten von heute, die von den Gegenwartsschriftstellern verfasst werden. Da wird es gelegentlich kritisch, und man kann sehen, wie es aus den Fenstern der großen Druckerei namens VEB »Fortschritt«, graphische Werkstätten, regelrecht qualmt vor lauter Stress, aber das gehört im Augenblick noch nicht hierher. Wir versäumen nichts, kommen auf alles, sowie es an der Zeit ist. Festgehalten sei nur, dass sich an jedem späten Nachmittag der Arbeitswoche die Masse der Heimkehrenden aus dem Zweistöckigen über das Bahnhofsgelände ergießt und rasch in alle Winkel Groß-Naschhausens zerstreut. Die meisten streben dem noch von den Eltern oder Großeltern eigenhändig erbauten Häuschen zu, falls es, wie obernorts, nicht schon die Urahnen gleich zusammen mit der Mauer errichtet haben. Einige junge Leute konnten sich unternorts schon ein Eigenheim bauen, die Grenzen solcher Ausschweifungen sind uns bereits bekannt. Jenseits des Bahnhofs, die Fernstraße mit den Peitschenleuchten überquerend, winkt der eine und andere Nachbar dem Skatpartner im Zug noch einmal zu, ruft der und jener ein Abschiedswort über die »88« – bis zum nächsten Morgen ...

Das sind regelrechte Fahrtgemeinschaften, die da im Laufe der Jahre entstehen. In den Frühzügen nach Jena und Saalfeld wird, was in der Nacht aus der großen weiten Welt bis nach Naschhausen drang, beklönt und beurteilt, am Nachmittag ist es umgekehrt; da werden die Zustände und Erlebnisse am Arbeitsplatz, in der Kantine, im Seminar, in der Mensa beredet. Schichtleiter, Professoren, Lehrer, Meister, Ingenieure, Doktoren ... Beauftragte eben aller Art werden tüchtig durchgehechelt, bis alle satt sind und schweigen. Der Mensch braucht das. Kann er den Dampf nicht ablassen, erstickt er dran. Ohnehin wird über »Zustände« bekanntlich nicht dort gesprochen, wo sie sind, sondern dort, wo sie nicht sind. Weil, wo sie nicht sind, mehr Platz ist zum Sichfreiboxen. Die Naschhausener wären die Letzten wohl, die das nicht wüssten. Man ist aufgeklärt, hat das Ohr am Herzschlag der Welt, das Auge für die neuen Maßstäbe, und von irgendwelcher »Provinz« kann keine Rede sein. Immerhin liegt man direkt an der dreitausend Kilometer langen Nord-Süd-Linie, die Europa geradezu mittig zwischen Ost und West durchschneidet. Naschhausen ist also keinesfalls nur in der begrenzten Dimension Berlin–München zu denken. Naschhausen bildet tatsächlich das Nadelöhr auf der gewaltigen Strecke Stockholm–Rom.

Was das bedeutet, kann sich jedermann vorstellen, der einmal von der Wiese jenseits der Saale aus zugeschaut hat, wie so ein Transitzug mit lauter Schlafwagen und allem Komfort durch Naschhausens liebevoll gepflegte Bahnhofsanlage rast. Das ist imponierend. Die Mauern der Halle erzittern, dass der Kalk abbröckelt, die Bahnhofsuhr lässt den Minutenzeiger zu früh springen, die Kiesel neben den Petunienrabatten, die der Weichenwärter zur großen Losung »Gleis frei« zusammengelegt hat, springen aus ihrem Sandbett und müssen neu gelegt werden, die Berge ringsum speien den Donner, der gegen ihre Wände sprang, noch immer zurück, wenn das rasende Ungeheuer aus Eisen schon längst nicht mehr zu sehen ist.

Es ist klar, dass alle anderen, eben die gewöhnlichen Züge, die auch durchs Nadelöhr gelenkt werden müssen, zu warten haben, bis der »Inter-Trans« zweimal am Tag, zweimal in der Nacht die Engstelle zwischen Berg und Fluss passiert hat. Es ist noch nie vorgekommen, dass das Nadelöhr bei Naschhausen unpassierbar gewesen wäre. Eben weil es undenkbar ist, und die Deutsche Reichsbahn – aber lassen wir das! Ein ernstlicher Störfall könnte auch den zweiten heißen Draht, die Telefonleitung Stockholm–Rom in Mitleidenschaft ziehen, was der Himmel verhüten möge, denn der Gedanke, der Heilige Vater in Rom könnte plötzlich nicht mehr mit dem König von Schweden telefonieren, ist einfach unerträglich. Die Rolle, die Naschhausen im europäischen Konzert zu spielen berufen ist, kann also gar nicht überschätzt werden.

Wer das für einen Scherz hält, mag sich in Erinnerung rufen lassen, dass sich unlängst in Weimars Park und keine fünfzig Meter von Goethes Gartenhaus entfernt zwei Dutzend sowjetische Pioniersoldaten in die Erde eingruben. Auf die Frage, ob an dieser Stelle nach einem verlorenen Poem Puschkins gesucht würde, antwortete der Leutnant: »Das nicht. Wir reparieren nur die Telefonleitung Paris–Warschau.«

So ist das.

Will Europa mit sich reden, muss es durch Goethes Garten.

Wenn man das plötzlich durch einen Zufall erfährt, wird einem ziemlich philosophisch zu Mute, und in der Magengegend entsteht ein komisches Gefühl für die beängstigenden Kleinigkeiten, von denen selbst die größten Dinge abhängen.

In einer frühen, ungewöhnlich milden Septembernacht des vergangenen Jahres biegt der angekündigte Güterzug aus Roßeck, es sind sechsunddreißig voll beladene Waggons, bei Groß-Naschhausen auf die Hauptstrecke ein, als vom Dispatcherturm der verspätete Transit-Schnellzug Rom–Stockholm gemeldet wird. Der Güterzug muss umgehend auf das

Ausweichgleis dirigiert, das heißt, zurückgenommen und neu eingewiesen werden. Bei diesem von der Eile diktierten Manöver passiert ein winziger Irrtum: um ganze fünf Sekunden zu früh wird die Weiche umgestellt. Der letzte Waggon der langen Reihe springt aus dem Gleis, zerreißt mit der Wucht seines Eigengewichts die Kopplung, saust in noch kräftiger Fahrt über das tote Sackgleis gegen die Endpuffer, wird von diesem Gegenstoß zurückgeschleudert, kippt zur Seite, landet in halber Höhe der Bahndammböschung zwischen einem Betonpfeiler und einer alten Weide, bleibt dort hängen, schräg und fatal, wie es die Umstände zulassen. Der Betonpfeiler steht nun schief, der Weidenstamm ist zersplittert, die Waggontür ist eingedrückt, etliche Pakete wurden aus dem Innern des Wagens herausgeschleudert, aufgerissen, beschädigt, liegen zerstreut im Gras.

Nur der Mond ist Zeuge dieses sehr raschen und keineswegs lautlosen Vorgangs, der jedoch vom Lärm des Güterzugs und dem herannahenden Donner des Transitzugs übertönt wird. Weder bemerkt der Lokomotivführer, dass ihm nun in seiner langen Kette ein Waggon fehlt, noch kann der Mann mit der roten Mütze von seinem Platz aus hinter die Böschung sehen. Der letzte Waggon bleibt also liegen, wo er liegt, und es gibt auch keine Meldung.

Wäre er aufs Hauptgleis gefallen, hätte es wohl nicht nur eine Meldung, sondern eine Katastrophe gegeben, und die Nachrichtenbüros der europäischen Presseagenturen würden schon im Morgengrauen die Welt wissen lassen müssen, dass es einen Unglücksplatz namens Groß-Naschhausen gibt.

Wie wir wissen, blieb der Welt diese Mitteilung erspart. Es war halt eine Entgleisung besonderer Art.

Ein wunderschöner Sonntagmorgen ist da.
Sonnengold auf allen Gräsern und Blumen der Au. Altweibersommer.

Naschhausens Kleinvolk krabbelt und zirpt im Gebüsch zwischen Bach und Fluss, der ein Strom werden will. Helgolands flammende Basaltküste harrt gelassen der Botschaft aus Groß-Naschhausen, aber das Karlchen aus der Sippe der Schönleins, der verzweigten, ist plötzlich abgelenkt, verlässt das Gebüsch, läuft zur Mitte der Wiese, winkt und ruft die anderen herbei – Unbehauens Bertelchen, den größeren Milli, der eigentlich Emil heißt und immer allein ist, wenn er nicht wohin mitgenommen wurde, die Monika, die gleich ihre Busenfreundin Ivette mitgebracht hat, und etliche andere noch. Naschhausens Nestflüchter ersten Grades sind beisammen, alles willige, folgsame Kinder – unschuldig wie der Tau auf dem Halm.

Jenseits der Wiese, des Bachs und des Schienenstrangs aus Roßeck liegt der Sportplatz, auf dem die Wettkämpfe im Kreismaßstab ausgetragen werden. Die Kinder können die Geräusche anfahrender Autos, die Stimmen der Erwachsenen hören, aber sie achten nicht darauf. Karlchen ist der Mittelpunkt, und zu Recht hat er das Signal zum Ausschwärmen gegeben. Die Wiese ist übersät mit bunten Blättern, die nicht von den Bäumen gefallen sein können; es sind große, bunt bedruckte Blätter, mit denen der warme Wind spielt.

»Das sind Bilder für unsere Wandzeitung« – »Die sammeln wir alle ein« – rufen die Mädchen, und bücken sich schon ins Gras, dem Wind zuvorzukommen.

Molls Fritz, der Älteste hier, legt seine selbstgebastelte Angelrute, mit der er schon mal eine Plötze gefangen hat, vorsichtig beiseite. »Kommt mal weiter!«

Er hat noch mehr gesehen als Karl.

Dort, wo der Saalebogen sich wieder dem Bahndamm nähert, weist Fritz mit dem Arm, und zunächst eher betroffen von dem so überraschenden Anblick als schon neugierig, bleiben die Kinder erst einmal stehen, schauen schweigend. Das Chaos, das sie mit den Augen langsam und wohl auch erschreckt abtasten, ist beeindruckend. Milli versteckt sich

lautlos hinter Karlchens Rücken, linst nur über die Schulter, Monika hat vorsichtshalber Unbehauens Bertelchen bei der Hand genommen, damit er nicht mit seinen vier Jahren ahnungslos in die Gefahr da vorn an der Böschung hineinstolpert. Fritz ist schon zwölf, kann bereits abschätzen, dass man nicht mehr sehr viel näher an die Unglücksstelle heran darf. »Ihr bleibt hier!«, befiehlt er, geht allein die etwa zwanzig Schritt durchs Gras bis zu dem Rand, den ihm sein Augenmaß anzeigt. Dann pfeift er seinen leisen Pfiff durch die Zähne. Donnerwetter, ja! Das is'n Ei ...!!
Der Waggon hängt zwar noch zwischen dem Pfeiler und dem gespaltenen Stamm, aber er kann ebenso gut auch jeden Augenblick, wenn der Stamm nachgibt, auf die Wiese stürzen. Aber das wissen ja die auf der Station schon längst. Klarer Fall. Die unternehmen auch was. Bestimmt. Da kommt ein Gerät aus Jena, so ein Riesenkran, der aufräumt ... und ohne Molls Fritze wird so eine Sonntagsmittagssuperschau nicht stattfinden. Einwandfreie Sache. Diesen Platz verlässt er nicht. Und wenn er den ganzen Tag hier sitzen soll. Die können den Waggon doch unmöglich über die nächste Nacht so hängen lassen, die *müssen* einfach etwas unternehmen, was mit anzusehen und dabei zu sein unbedingt lohnt ...

Soweit die Überlegungen des Ältesten, der sich schon ins Gras gesetzt, das Kinn in die Hand gelegt hat, um seinen weitreichenden Kombinationen stimmungsvollen Spielraum zu lassen. Seine Verantwortung für die Gruppe, die ihm gefolgt, ist ihm darüber entrückt.

Kleine Mädchen sind freilich nicht so hilflos, wie man denkt.

Alle eigentlich haben sich inzwischen von dem ersten Schreck erholt, sich wie zuvor ins Gras geworfen, einander ein bisschen geschubst, dabei gekichert und in instinktiver Scheu jeden neuerlichen Anblick des bedrohlichen, schief hängenden Ungetüms auf der Böschung gemieden. Ihr Interesse gilt allmählich auch wieder jenen bunten Büchern, die teilweise noch in Umschlagpapier, teilweise in aufgeplatzten, schweren Paketen zerrissen, benässt, beschmutzt oder auch frisch aufgeschlagen vom Wind und unbeschädigt über den Umkreis verstreut herumliegen.

Die kleine Ivette kann offenbar all die Unordnung nicht ertragen, sammelt alles, was ihr nahe, ein, stapelt es zum Haufen. Monika hat erst keine Lust, hilft dann aber doch. Die Idee mit der Wandzeitung ist ihr wiedergekommen. Nicht zufällig. Monika nimmt bereits an dem Groß-Naschhausener Pionier-Kabarett »Rote Spatzen« teil, das der Initiative Fräulein Jutta Krauses, der beliebten Deutschlehrerin des Orts, zu danken ist. Die Erfolge dieser Unternehmung haben sich bereits im Kreismaßstab herumgesprochen, und Monika ist stolz, »im Pironier-Karbareh«, wie sie sagt, mitzuwirken. Über die Bilder für die nächste Ausgabe der Klassenwandzeitung wird sich Fräulein Krause bestimmt sehr freuen. Monika sucht die reinlichsten und unzerknitterten Blätter zusammen, nimmt Ivette bei der Hand. »Komm!«

Ivette will wohl mitgehen, aber natürlich auch das Buch mitnehmen, das sie in der Hand hält.

»Das dürfen wir nicht. Lass das liegen!«, sagt Monika.

Erst gibt es einen Flunsch, dann ein Geraufe, schließlich Geplärr und Tränen. »Also gut, nimm es mit –«, entscheidet die Ältere, »komm jetzt!«

Das kluge Karlchen hat bei der Beobachtung dieser Auseinandersetzung Witterung genommen, vom Wert des umstrittenen Gegenstandes. Als die beiden Mädchen außer Sichtweite sind, stopft auch er sich ein Buch unter den Pullover. Das sieht der Milli, das sehen alle die anderen Jungen, jeder also nimmt ein Buch, schiebt es unter die Jacke, klemmt es unter die Achsel; der Rudi Jonka von Unternorts ist sogar so anständig, »fürs Bertelchen« auch ein Exemplar mitzunehmen, denn der Bert ist wirklich noch zu klein, um so ein schweres Buch tragen zu können.

Zufrieden schließlich und guter Dinge ziehen die Kinder im Gänsemarsch mit ihrer Beute ab.

Fritz sieht ihnen wohl nach, bleibt aber zurück. Das Hebezeug auf Schienen muss doch mal kommen. Bis mittags müssten die da sein. Wahrscheinlich werden sie Stahltrossen um den Waggon legen, dann das ganze Ding hochhieven, wieder aufs Gleis stellen – falsch! Erst werden sie versuchen, den Waggon leer zu machen. Das wird nicht einfach. Die geringste Berührung kann schon genügen, dass die Last auf die Wiese kracht. Vielleicht nehmen sie lange Stangen mit Haken, um die Sachen herauszuentern? Was ist überhaupt drin? Nur diese Bücher? Da müssten dann aber verdammt viele Bücher sein. Schließlich nicht alle von der gleichen Sorte ...

Nachdenklich geht Fritz durchs Gras von Paket zu Paket, wälzt jedes nach oben, dass er die Aufschrift lesen kann. Da ist bald Klarheit. Die Pakete kommen vom VEB »Fortschritt«, graphische Werkstätten in Roßeck. Aber sie sind nicht für hierwärts bestimmt. Wo die Adresse sein soll, steht »Stockholm« – das ist die Hauptstadt von Schweden. Und da steht auch noch was Schwedisches, was man nicht versteht. Fritz glaubt aber nun nicht mehr, dass da noch andere Bücher von anderer Sorte im Waggon liegen. Es sind gewiss alle von der gleichen Sorte.

Wenn er sich nun doch näher heranwagte, mal hineinschaute?

Talent zum Wagnis hat der jüngste Moll ebenso mitbekommen wie alle anderen Glieder dieser auffälligen Familie. Zurzeit ist es die röteste, die Naschhausen unten und oben je hervorgebracht. Sehr umstritten also. Immer im Mittelpunkt von irgendwelchen unliebsamen Vorkommnissen. Standpunktversessen. Darauf ist man in geordneten Verhältnissen nicht so sehr erpicht. Außerdem tragen die Molls ihre Nase zu hoch. Anscheinend wollen sie sich dauernd gegen ihre Umstrittenheit zur Wehr setzen, anstatt mal zu überlegen, ob es nicht besser wäre, wenn sie sich nicht in alles einmischten, wenn sie sich so bescheiden und ruhig verhielten, wie es in Groß-Naschhausen üblich ist – auch obernorts, jawohl!

Unwillkürlich ist Fritz durchs Gras geschlichen in seiner Sorge, eine Erschütterung hervorzurufen. Endlich steht er dicht unter der halboffenen Schiebetür des Waggons, stellt sich auf zwei übereinander geschichtete Pakete, schaut vorsichtig ins Innere.

Kein Zweifel, es sind Stück für Stück die gleichen Pakete wie auf der Wiese. Sehr viele. Fritz zählt. Ein paar Hundert sind es bestimmt. Und in jedem Ballen sind fünfundzwanzig Stück. Das steht auf dem Zettel mit der Aufschrift »Wirtschaftssendung«. Dann müssen es mindestens ein paar Tausend solcher Bücher sein. Für die Wirtschaft in Schweden. Gewiss auch teure Bücher, wenn so viele Bücher drin sind. Die Worte dabei kann man auch nicht lesen. Die sind für die Menschen in Schweden gedruckt. Die verstehen die Worte und die Sätze, sonst würde man sie ihnen ja nicht schicken. Das ist eben der Export. Davon wurde schon in der fünfte Klasse gesprochen. Außerdem hat die Sendung was mit der Valutabasis zu tun. »Alles, wovon zu reden lohnt, ist auf Valutabasis«, hat Heiner vor ein paar Tagen erst gesagt, und der muss es wissen. Vor einem Monat hat er seine Lehre bei Zeiss beendet. Und dort machen sie viel auf Valutabasis – und was für Schweden gemacht wird, wird bestimmt für Dollars oder Westpiepen oder für solche Sachen, die auch Valuta sind, gemacht. Ganz klarer Fall.

Vom Sportplatz jenseits der Orla ist der Anpfiff des Schiedsrichters zu hören. Das Spiel der A-Jugend zwischen Freienorla und Kirchhasel hat begonnen. Fritz will doch noch bleiben und auf den Schienenkran warten. Den werden sie aus Großheringen schicken müssen. Näher gibt es solch einen Apparat, der ganze Häuser hebt, nicht. Das dauert dann aber mindestens einen halben Tag, und der Interzonenzug, der muss dann auch mal Schritt für Schritt durch

Naschhausen schleichen; das ist noch nie vorgekommen. Bis es soweit ist, kann er es sich ja ein bisschen bequem machen, aus all den Paketen eine Burg bauen, Fahne drauf und dann verschanzt ...

Fritz arbeitet keuchend. Die Ballen sind schwer.

Als der Bau zu seiner Zufriedenheit gediehen, hört er vom Sportplatz den langen Jubelschrei »Tooooor« ... In den Weiden am Saaleufer bricht er sich eine lange Gerte, bindet seinen roten Sportpulli daran fest, pflanzt das Wahrzeichen der Molls auf die Paketzinne. Die schöpferische Stunde eines Zwölfjährigen. Mit verschränkten Armen umschreitet er sein Werk. Dann setzt er sich hinein, formt die Hand zur Pistole, spielt mit sich selbst ein bisschen Krieg. Die Janitscharen, die eben die Festung mit Feuerpfeilen beschießen, werden mit dem »taketaketake« des 20. Jahrhunderts überwältigt – Kleinigkeit.

Danach darf dann Frieden sein.

Fritz merkt es nicht, dass er sich eigentlich, wie die Zeit so hingeht, die Spätsommersonne überm Tal ihren Scheitelpunkt am Himmel erreicht, vor lauter Müdigkeit in seiner Festung aus bedrucktem Papier hinlegt, döst und alsbald einschläft.

Der Abpfiff der ersten Halbzeit gellt über die Ufer, die Elf aus Kirchhasel schreitet erhobenen Hauptes, die von Freienorla mit gefurchter Stirn zur Kabine. Man hat nur eine. 1973 soll es in dieser Holzbaracke die letzte große Keilerei gegeben haben, und da die Orla zu schäbig, trug man den Schiedsrichter damals tatsächlich bis zur Saale. Es gab dann noch ein Nachspiel, das die Entwicklung der Kreisliga empfindlich zurückwarf, gleichwohl bleibt man hierorts einer jeden Form von Verweichlichung zutiefst abgeneigt.

Die Halbzeit also ist beendet, die Pause angebrochen, die Knaben von Wartendorf, Freienorla und Naschhausen, die mit ihren Vätern gekommen, das Spiel des großen Bruders aufmerksam und kritisch zu verfolgen, langweilen sich beim

Geklön der Alten, zerstreuen sich rasch in die landschaftlich so freundliche Umgebung des Sportplatzes, schlendern über die Saalebrücke, suchen im Grunde den unbeobachteten Winkel, in dem man sich, wie die Alten, eine zwischen die Lippen stecken kann. Auf der Wiese da unten sieht aber nicht alles so aus, wie es jeden Sonntag aussieht ...

Halbwuchs männlichen Geschlechts bedarf in bestimmten Dingen nicht langer Erklärungen. Er kommt, sieht, begreift. Munke Schauer von der Kuhblöke Wartendorf schreit: »Männer – nischt wie runger!«, und schon ist die Aktion perfekt.

Der Schläfer in seiner Bastelburg wird regelrecht überrumpelt, das gesamte Wiesengelände mit großem »Hulahula« erobert, der Besitzer der Festung wird geknebelt, zu Boden gedrückt, muss aussagen.

Munke formt nicht die Hand zur Pistole, er hat eine. Die schießt zwar nur Wasser, ist aber voll geladen. Fritz brüllt schließlich, was das Zeug hält, kann sich endlich auch durchsetzen, soweit die Gefahr in Betracht kommt, die von dem hängenden Ungeheuer an der Böschung ausgeht. Nun wird die Havarie bestaunt. Moll macht den Führer, erklärt alles: die Wirtschaftssendung nach Schweden auf Valutabasis, die zu vermutende Anzahl der Ballen, wie viel Tonnen das ausmachen könnte, und dass der große Schienen-Hebe-Kran aus Großheringen jeden Augenblick hier eintreffen müsse – klarer Fall.

Aus ist's mit all dem Geplapper und Gestöber und Gebrüll.

Die Meute ist erst einmal zum Schweigen gebracht. Passiert ja auch nicht alle Tage – so ein Fall.

Schließlich hocken sie allesamt, nachdem sie noch ein paar von den herumliegenden Büchern eingesammelt, in dichtem Gedränge über-, unter- und nebeneinander dem Paketiglu, zanken sich noch ein bisschen darum, wer wo mit kiebitzen darf, bis endlich Ordnung eingezogen, die zuunterst Sitzenden die Bücher auf den Knien haben, sodass alle etwas sehen.

Wenn es bis zu diesem Augenblick auf der Wiese etwas laut zugegangen sein sollte, wird es von nun an immer stiller. Schließlich hört man nur noch das Rascheln der umgeschlagenen Seite.

So brave Nestflüchter zweiten Grades, sonst nicht mehr so willig und folgsam, sieht man selten. Wie die Heinzelmännchen sitzen sie da, haben rote Ohren, offene Münder, sind geschockt. Einwandfrei.

Was sie sehen, sehen sie zum ersten Mal in ihrem Leben, und sie wissen auch, dass sie das so bald nicht und am Ende niemals wieder sehen werden, weil es dergleichen nun einmal weder in Naschhausen noch in Jena, auch nicht in der Hauptstadt Berlin zu sehen gibt.

Nach einer ganzen Weile fasst sich Schauers Munke als erster. Seine Stimme klingt belegt, wackelt fast: »Du hast doch gesagt, das wärn Wirtschaftspakete –«

»Steht doch auf dem Zettel«, verteidigt sich Fritz. Ihm ist gar nicht mehr gut. Nicht mehr so wie am Morgen.

»Bist 'n Anfänger«, konstatiert Munke herablassend, aber so hoch ist das Ross, auf dem er selber sitzt, auch wieder nicht. Als er, seine Verlegenheit zu kaschieren, eine Zigarette zwischen die Lippen stecken will, haut sie ihm Jonka II, der mittlere der Jonka-Sippe, aus der Hand.

»'ne Meise, was! Zwischen all dem Papier …«

»Hm – dem Wirtschaftspapier«, knurrt Munke beleidigt zurück.

In der Tat ist die Frage, ob bei weitherzigster Auslegung das, was die Damen und Herren auf den Bildern unter den verschiedensten Umständen und Blickpunkten miteinander treiben, mit dem subsumierenden Begriff »Wirtschaft« hinreichend bezeichnet ist, von den unerfahrenen Nachwuchskräften aus Naschhausen und Umgegend nicht zu beantworten. In solcher Unsicherheit befangen, mischt sich in das scheulüsterne Spiel mit dem Vorhang vor der Geheimwelt der Erwachsenen, den man nun so ungewollt geöffnet, weil zufällig ein Waggon entgleiste, auch jene naive Prahlsucht, die zwischen zwölf und fünfzehn zur Natur gehört. Niemand will zeigen, wie geschafft er ist. Jeder will beweisen, wie gut er Bescheid weiß. Die bunte Truppe reißt sich also zusammen, tut kalt, überlegen, eingeweiht, interesselos, als sei, was man sieht, längst alles bekannt. Da es nicht wahr ist, hat die Künstelei dabei nur einen kurzen Atem. Schlemmes Mäxchen aus Freienorla fährt sich eben doch mit beiden Händen durch den Haarschopf und stöhnt andächtig seinen Kommentar ins schweigende Nichts zwischen den Paketwänden der Festung: »Der nimmt jetzt die Schlange aus dem Futteral – wusst' ich ja. Männer – das is er!«

»Halt's Maul!«, wird er hart zurechtgewiesen.

Ziegenbeins Urenkel unternorts, das ist der Roland, den sie »Rolle« rufen, bemerkt spitz: »Sind wir vielleicht blind?«

Nein – das sind sie keinesfalls, die bildschirmgewohnten Nestflüchter von Groß-Naschhausen und Umgegend.

Und Zeit braucht das Spiel des Schweigens mit dem Vorhang.

Munke hat sich zum Außenkreis geschoben und doch eine »Carmen« angesteckt, pafft an den blauen Himmel über all dem Gold im Tal. Denkt. Angestrengt. Schließlich kommt das Resultat. »Das ist eine Sache, also – mindestens hunderttausend, wenn nicht mehr.« Rolle blickt hoch. »Du meinst – auf Valutabasis?«

»Klar, Mann – auf Valutabasis.«

»Die Scheiße hier?«

Munke wirft den gönnerhaftesten Blick hinunter ins Paketiglu, der ihm möglich ist. »Was hast'n gedacht?«

Rolle hat natürlich nichts gedacht. Ihm ist nur irgendwie mulmig um die Magengegend. In seinem Hinterkopfpanorama steht plötzlich sein Vater auf der Wiese ...

Es steht aber kein Vater auf der Wiese. Alle Väter stehen auf dem Sportplatz, sind von der zweiten Halbzeit ganz in Anspruch genommen. Sie merken nicht einmal, dass ihre

Bengels nicht zurückgekehrt sind an die Holzbarriere. Außerdem hängt an der Baracke die weiße Fahne mit der Information »Eis«. Sie werden halt dort sein, wird von Mann zu Mann gemeint, als jemand aus der Großväterecke drauf kommt.

Die losen Buben aber haben im Paketbunker mit beispielloser Disziplin Seite um Seite ordentlich umgeschlagen, sich allenfalls ein leises »Mö-ö-önsch« oder »kiekmahier« gestattet, weil der Gegenstand anderes nicht zuließ. Jetzt aber ist alles gemustert, beurteilt, innerlich verarbeitet. Die Spannung ist auf jenen riskanten Grat gelangt, da es nur zwei Möglichkeiten gibt: Die Erhitzung schlägt entweder um in Kälte, in Überdruss und Langeweile – oder sie muss sich in einem reinigenden Gewitter entladen. In jedem Falle muss nun etwas geschehen; ein Überwindungsakt sozusagen.

Es ist Jonka II, der das Signal gibt. Er springt plötzlich auf, tritt mit seinem festen Stiefel in die geschichtete Wand, dass Luft wird in der geduckten Enge. Er sagt nichts. Nur seine Augen funkeln grün. Da springen sie alle auf mit heißen Gesichtern, zerren die Burg aus »lauter Valutabasis« auseinander, trampeln auf den Paketen herum, zerreißen die Bücher, werfen die Schnipsel von all den Unzuchtbildern in den Wind, werfen sich selbst übereinander ins Gras, balgen und beißen sich wie die Hunde, schreien, schreien ... Schlemmes Max hat die Gerte genommen, die Fritz auf die Zinne gesetzt, zerbricht sie überm Knie, zieht mit Rolle an dem roten Sportpulli, der ja noch immer ein »Banner« ist, bis er endgültig zerrissen. Ein Rausch ist über alle gekommen, sie wissen selbst nicht wie – er macht auch aus Kindern Vandalen.

Fritz blickt entsetzt auf seine Kameraden, die er doch alle kennt und die ihm nun unheimlich sind. »Hört doch auf ...!«, ruft er ein paar Mal verzweifelt, aber niemand bemerkt es. Alle toben ihre Lust an der Zerstörung aus bis zur Erschöpfung, vielleicht auch in der unterbewussten Instinktgewissheit, eine solche Gelegenheit, sich einmal ganz auszugeben, werde so bald nicht wiederkommen.

In Fritz keimt unwiderstehlich der Verdacht auf, er allein sei schuld an diesem Chaos, weil er auf diesem ohnehin gefährlichen Platz überhaupt allein zurückgeblieben, nur um den Einsatz des Hebekrans mitzuerleben. Da packt ihn plötzlich eine scheußliche Angst, von der ihm recht übel wird. Er rennt ins Weidegebüsch, sich zu verstecken, muss sich aber in die Saale erleichtern. Als es geschehen, ist nun der Magen, nicht das Gemüt von seiner Last befreit. Weinend sucht er im Gras nach seinem zerrupften Pulli, und da er es zu Haus auch erklären will, wie alles kam – er zweifelt nicht, dass er es wird genauestens erklären müssen –, greift er sich eines der wenigen noch heilen Exemplare, das er finden kann, stiehlt sich aus dem Kreis der noch immer fröhlich miteinander raufenden, albernden, kichernden, sinnlos konfusen Jungen, schleicht vom Platz des Unheils wie ein verprügelter Hund. Auf der Brücke erst hört er auf zu weinen, hält inne in seiner Scham vor sich selbst, spuckt hinunter auf die Wiese. Aber das merken die berauschten Knaben da unten nicht.

Kirchhasels A-Jugend sitzt längst im Bus zur Heimfahrt, die Männer von obernorts, unternorts, Wartendorf und Freienorla setzen sich mit ihren Familien bereits zu Tische, als die Nestflüchter zweiten Grades endlich, in desolater oder verdächtiger Verfassung, schmutzig und zerrauft, entweder wortkarg oder aufgeregt mit einem Exemplar im Hemd, unter der Jacke verborgen, heimkehren und so tun, als sei nichts gewesen, als hätte man sich nur am Eis-Stand »verplaudert«.

Es gibt ja Väter, denen man dergleichen erzählen kann. Mütter sind nicht so leicht hinters Licht zu führen, meiden aber lieber die Auseinandersetzung. In den meisten betroffenen Familien geschieht an diesem Sonntagmittag zunächst nichts, jedenfalls nichts Auffälliges, das den Feiertag aus der

Bahn würfe. Die Mütter und Großmütter besorgen, wie es üblich ist, den Abwasch, die Kaffeetafel, die Väter sitzen mit der Zeitung und sich selbst in der Sofaecke, machen wegweisende Äußerungen oder ein Nickerchen, die Buben haben sich mit ihrem geheimen Beutegut erst einmal außer Sichtweite geschafft, und wenn man sie ruft, folgen sie wie die Lämmer. Vorerst also allgemeiner Friede im Urstromtal.

Nur für die Familie Moll, man konnte sich das denken, trifft es wieder einmal nicht zu.

Fritz ist, kaum war er über Brücke und Bahndamm, mehr heimgestürzt als gelaufen. Er weiß, dass er Eltern hat, die nicht zu bemogeln sind. Auf alles gefasst, betritt er das Haus. Die Mutter kommt ihm auch schon auf dem Flur entgegen. »Wo bleibst du so lange? Der Vater ist sehr ungehalten.« Fritz lässt sich wortlos in die Küche ziehen. »Mein Gott, wie siehst du aus?! Du hast ja weiße Ohren ... was ist mit dem Pulli? Total zerrissen! Natürlich –! Aber ein Buch mitbringen ...«

Das Buch fliegt auf den Küchentisch.

Fritz muss sich am Becken erst einmal vom Gröbsten säubern, während die Mutter einige herzhafte Äußerungen tut, die alle Zwölfjährigen betreffen. Und der Vater betritt die Küche. Geladen. Aber nicht ohne Geistesgegenwart. Als er seinen Sohn mustert, um nicht zu sagen fixiert, ist ihm sofort klar, dass es sich diesmal nicht um eine Alltagsunart handelt. »Was ist passiert?«

Da der Junge von all der Aufregung an diesem Sonntagvormittag noch nicht erholt ist, die Mutter hat ihm die nassen Haare erst einmal glatt gekämmt, wird auch der Vater wieder väterlich, setzt sich an den Tisch, schiebt das Buch mit dem Ellbogen beiseite, nimmt seinen Jüngsten zwischen die Knie. »Nun schieß mal los, Junge, was war denn?«

Herrmann Moll, genannt »Manne«, ist ein Schwerenöter. Sein Charme zwingt alle in die Knie: den Bürgermeister Schönlein obernorts, der immer wieder einmal an den Methoden seines Abschnittsbevollmächtigten unternorts etwas auszusetzen hat; die alte Malwine, das »böse Ziechenbeen«, wie sie unternorts allgemein genannt wird, die jedes Mal völlig grundlos, als ginge es nur um die Erfüllung eines Rituals, den Stock abwehrend oder gar drohend erhebt, wenn sie Manne Molls im Freien ansichtig wird, um dann daheim den gleichen Mann gegen alle Sippenangriffe mit gleichsam priesterlichem Gemurmel zu verteidigen: »Is' aber doch e Kerle, e schiener, gepflanzt wie e Boom in Ferschtens Garten«; sein vergöttertes Tildchen muss dem »Kerle« immer wieder nachgeben, wenn er schön und folgsam tut, und seine zwei Söhne, der Fritz vor allem, aber auch der Günter, der in Jena auf Lehrer in Sport und Geographie einschließlich Wirtschaftsgeographie studiert, sind fest überzeugt, den besten Vater zu haben, der in dieser Welt möglich. Merkwürdigerweise – Herrmann kann sich das in mancher nachdenklichen Minute auch nicht erklären –, merkwürdigerweise ist die einzige Tochter im Haus, die Hanna, die in Kahla eben die zwölfte Klasse erreicht hat, von ihrem Vater nicht so bezwungen wie alle anderen. Eine gewisse Reserve ist da, obwohl nur die Tochter ihrem Vater wirklich ähnlich sieht, was die Wohlgefälligkeit und den Charme betreffen. »Wenn Hanna lächelt, geht die Sonne auf.« Das sagt der Herr Unbehauen, der Hanna obernorts über sechs Jahre zur »Erweiterten« führte. Dem Vater hat er es einmal in der »Blauen Traube« beim Wein anvertraut; und der hat nun seinen Jüngsten zwischen den Knien.

Der berichtet. Stockend erst, dann ziemlich flüssig. Alles – nein, doch nicht ganz. Das mit der Paketburg und der gemeinsamen Bücherstunde bleibt unerwähnt. Nicht, weil Fritz etwas verheimlichen will. Er hat nur eben diesen Erlebnisabschnitt schon verdrängt. Er existiert einfach nicht mehr.

Fritz kann zufrieden sein mit dem Effekt, den sein Bericht macht. Die Mutter blickt besorgt, dem Vater verschlägt's die

Sprache. Herrmann, der Große, schüttelt sein Söhnchen an beiden Schultern hin und her. »Ein ganzer Waggon, Junge – hinter der Böschung –, sag das noch mal!!«

Aber er mag schütteln, wie er will, aus dem Kindermund kommt nichts anderes heraus als eben jenes unglaubwürdige Ereignis, von dem der Vater unter allen Umständen längst hätte Kenntnis haben müssen, zum Donnerwetter! Schließlich ist er der Verantwortliche an der Basis, der Innenminister sozusagen von Unter-Naschhausen. Der Posten wurde vor Jahren ja extra angeschafft wegen der ungünstigen Verbindungen zur Regierung auf dem Berg. Es gibt weiß Gott zu viele Dinge, die nur die Unterortigen angehen und gleich unternorts geregelt werden müssen. An diesem Sonntag erweist sich's wieder einmal geradezu zwingend.

Damit ist Fritz aus allem Verhör entlassen und nur noch Sohn – ein Kind, das keiner Rechtfertigung bedarf. Im Gegenteil – es bedarf des Schutzes, auch der Behörde – jawohl! Der Waggon hätte sich in jedem Augenblick zur Seite überwerfen und die auf der Wiese spielenden Kinder glatt erschlagen können ...

Herrmann schreitet zum Telefon, die Verbindung herzustellen zu oben. Im Rathaus müsste der Mann vom Dienst unterrichtet sein. Leider meldet sich oben niemand. Es ist Sonntagmittag. Und normalerweise passiert ja in Groß-Naschhausen nie etwas, das die Regierung auf den Plan riefe. Alle Flüche sind verschwendet, auch das Fräulein vom Amt schafft kein Echo aus dem Rathaus herbei. Dem Genossen Moll bleibt es nun doch nicht erspart, sich den Dienst-Lumberjack anzuziehen, die Dienstmütze aufzusetzen, das Fahrrad aus dem Keller zu schieben ... Wieder ein Sonntag im Eimer!

Fritz setzt sich auf die Schaukel im Garten, wippt ein bisschen hin und her, denkt an Munke. Der hat X-Beine und einen fetten Arsch. »Bist 'n Anfänger«, hat er gesagt. Ob das stimmt? Was ist das überhaupt – ein Anfänger? Weiß man da nur das nicht, was in den Büchern drin war, noch anderes?

Während Fritz in seinen Grübeleien versinkt, nimmt drinnen im Haus die Mutter das fremde Buch vom Küchentisch, versucht, die Aufschrift zu lesen. Aber die ist ganz fremdländisch. Merkwürdig, wie der Junge zu solch einem Buch kommt. Hat er sich wohl geborgt ... Hanna geht hinauf, legt das Buch im Zimmer des Ältesten auf den Tisch.

Günter ist der Gebildete im Haus.

Herrmann steigt am Bahnhof ab, lehnt das Fahrrad gegen die Mauer, betritt die Halle. Sie ist leer, der Schalter geschlossen. Am Sonntag ist hier wenig los. Auch im Dienstzimmer des Bahnhofvorstehers ist niemand. Moll findet den alten Pätzold schließlich im Petunienbeet, Unkraut zupfend. Er macht öfters an Sonn- und Feiertagen die Stellvertretung, obwohl er schon auf die Siebzig zugeht. Von einem entgleisten Waggon hört er, wie er sagt, »das erschte Wort«, lässt aber sofort Unkraut Unkraut sein, stapft etwas ungleichmäßig, weil ihn das Zipperlein im rechten Bein quält, an Molls Seite zum Dienstzimmer. Nein – im Meldebuch steht nichts von einer Havarie. »Dann wollen wir uns mal die Sache an Ort und Stelle betrachten«, sagt Moll. Er lächelt schon wieder, denn so schlimm kann es schließlich nicht gewesen sein, wenn kein Mensch davon weiß, nicht einmal in der Kladde etwas Entsprechendes vermerkt ist.

Als er dann mit dem Alten oben auf dem Gleis steht und die Böschung hinunterblickt, lächelt er nicht mehr. Ihm wird siedeheiß. Er nimmt die Mütze ab, setzt sie wieder auf – einfach nur, um sich Luft zu machen. Dann schreit er plötzlich einen grässlichen Fluch an den Himmel, was zur Folge hat, dass all die bösen Verwünschungen, die sonst noch in Manne Molls Busen schlummern, umschlagen in den leidenschaftlichsten Willen zur Tat. Mit langen Schritten eilt er zum Dienstraum zurück, setzt sich ans Telefon, donnert auf die

Gabel, brüllt in die Muschel. Der alte Pätzold lässt sich andächtig schweigend auf dem Hocker hinter dem Ofen nieder. »Ein herrlicher Kerl, dieser Manne ...«, denkt er und beneidet ihn um seine Jugend.

Manne hingegen denkt, dass die Funktion eines Abschnittsbevollmächtigten ohne Weisungsbefugnis zu den größten Dummheiten gehört, die man sich weiter auswärts obernorts jemals ausgedacht. Wie ist denn die Lage? Wirklich befehlen kann er niemandem. Wenn wer absolut nicht mitspielt, hat er keine Vollmacht zur Vollstreckung. Er muss immer erst anfragen. Und Manne Moll fragt nun einmal nicht gern; Es ist gegen seine Natur. Er antwortet lieber. Am liebsten in dem Sinne, in dem die Antwort als ein »Bescheid-Geben« zu verstehen ist.

Nach einer geschlagenen Stunde schweißtreibender Tätigkeit am Telefon, die ihn eben all diese widersetzlichen Sachen denken lässt, und wo wäre sonst noch der Sonntag so geheiligt wie in Thüringen?, ist endlich die Reichsbahndirektion in Saalfeld in Gestalt ihres Diensthabenden soweit unterrichtet, dass es Folgen hat, also die Havarie-Aufsicht in Großheringen erreicht werden kann, die erklärt, dass der große Hebekran zur Stunde im Einsatz vor Naumburg, dass man aber nicht säumen werde, ihn baldmöglichst an die Unfallstelle zu entsenden. Was unter dem Begriff, »baldmöglichst« zu verstehen ist, kann nicht geklärt werden, da es in der Muschel ständig rauscht und knistert. Würde Herrmann Moll beauftragt sein, mit Stockholm oder Rom zu sprechen, würde er den Papst oder den König gewiss leichter verstehen; aber gottlob ist er nicht beauftragt, da er weder Italienisch noch Schwedisch sprechen kann. So bleibt es bei einem letzten, am Ende vergeblichen Versuch, die Regierung obernorts wenigstens privat zu erreichen, da sich im Rathaus noch immer niemand meldet. Eine Tante, die gerade zu Besuch ist, meldet sich und erklärt, der Bürgermeister sei »ausgeflogen«. Mit Familie ...

Moll legt endgültig den Hörer auf die Gabel. Erschöpft. Ihm ist klar, dass er etwas unternehmen muss, zumindest die Unfallstelle absperren. Wie er vom Bahndamm aus sah, liegt da einiges Beförderungsgut herum, das vor Diebstahl geschützt werden muss. »Ruf mich sofort an, wenn sich hier was bewegt«, sagt er zum Alten am Ofen, setzt sich wieder aufs Rad und fährt heim, die Sperrleine zu holen, die erforderlichen Warntafeln »Unfallstelle – Betreten streng untersagt«.

Mathilde spricht: »Ich koch dir erst einmal einen Kaffee.« Ihr entgeht nicht, dass der Mann einer Stärkung bedarf. Aber er bleibt voll Unrast, kramt sein Zeug im Schuppen zusammen, trinkt den Kaffee im Stehen, hat es eilig.

»So eine Entgleisung gibt es immer wieder einmal«, tröstet Mathilde. »Niemand ist verletzt; was regst du dich auf? Im Grunde ist das doch Sache der Bahn und nicht der Polizei.«

»Ich weiß nicht ...«, sagt Moll kopfschüttelnd. Dann setzt er mit einem Ruck die Tasse hin, verlässt das Haus. Fritz sieht dem Vater nach, wie er jenseits der Gartentür Leine und Schilder verstaut, das Rad besteigt und kräftig in die Pedale tritt. Dem Sohn ist wieder so, als läge ihm der gleiche Stein im Magen, der schon auf der Wiese plötzlich drin lag.

Der Vater muss nach der Brücke einen Bogen fahren dann absteigen, das Rad zur Wiese führen.

Von unten nimmt sich die Bescherung entschieden wuchtiger aus als von oben, aber diesem ersten Eindruck sich ganz zu widmen, ist nicht möglich, da erst einmal etliche Jugendliche, die sich hier unten versammelt haben, Molls Aufmerksamkeit erfordern. Die meisten sind ihm bekannt wie die Eltern, es sind Jungen zwischen sechzehn und zwanzig, die sich, mit der Bierflasche in der Hand, der Zigarette im Mund, auf den verstreuten Ballen niedergelassen haben und nur sehr zögernd und widerwillig aufstehen, als Moll sie dazu auffordert. »Wir wollten uns nur mal ein bisschen umsehen, Herr Polizeioberrat«, murmelt der Schecke. Das ist ein Böser. Sein Vater ist Heizer bei Schott. Er selbst arbeitet, sofern er arbeitet, im Sägewerk von Langenorla und ist im Augenblick betrunken.

Moll lehnt das Rad gegen den nächsten Baum, fixiert erst diesen schaukelnden Schecke, dann die anderen. Auf seinen Blick kann er sich verlassen, das weiß er. Mathilde bemerkte schon gelegentlich: »Du hättest Dompteur werden sollen.« Aber das gehört nicht hierher. Der Übermut dieser Halbmänner ist stumpf. Im Befehlston also und barsch: »Verschwindet gefälligst! Alle! Das Gelände wird abgesperrt. Hier ist kein Theater, und es gibt auch nichts zu besehen.«

»Aber entschieden gibt es das, Genosse Polizeidirektor ...«

»Halt's Maul! Verzieht euch, los – sag ich!!«

Pupille in Pupille genügt erst einmal.

Mit der bekannten Langsamkeit, die alle Eltern, die vor 1930 geboren wurden, an den Rand des äußersten Unmuts treibt, verziehen sich die Burschen. Nicht, dass sie den Schauplatz verließen. Soweit sind wir noch nicht. Das dichte Laubwerk am Saaleufer mit Busch und Baum bietet hinreichendes Versteck, vor allem die höchst amüsante Gelegenheit, die Staatsmacht bei ihrer Vollstreckungstätigkeit aus nächster Nähe zu beobachten. Das kommt so selten vor, dass alle bleiben – auch die ältesten Söhne aus jenen Familien, die um fünf Uhr morgens ihr Tagwerk beginnen.

Die Staatsmacht will sich durch diese etwas unangenehme Eröffnung des Auftritts am Tatort nicht aus der Fassung bringen lassen. Herrmann, der Verstimmte, polkt also Leine, Schilderchen und Fähnchen vom Gepäckständer, macht sich ans Werk, richtet alles ordentlich, wie es vorgeschrieben in solchen Schadfällen, hat weder Blick für die goldene Sonne über der sonntäglichen Au, noch Ohr für das Geflüster im Buschwerk.

Dieses Publikum – das weiß er – wartet.

Als die Leine gespannt ist, die Schilder und Fähnchen angebracht sind, umschreitet er sein Werk mit einem letzten kritischen Blick, betritt alsdann das Innere der Sperrzone, sich genauere Informationen zu verschaffen über das Ausmaß und den Gegenstand dieser ausgerechnet bei Naschhausen stattgehabten Entgleisung. Der Gefahrenherd wird somit einer gründlichen Musterung unterzogen, und Manne Moll hat auch schon wahrgenommen, dass er beobachtet wird. Da und dort knackt mal ein Zweiglein, kichert ein Bursch, wird mal geschubst und mal die bessere Aussicht gesucht – ein Mann, der das nicht kennt, war nie ein ordentlicher Junge. Moll lächelt wieder, denkt das Wort »Lausebande« nicht ohne Zuneigung, blickt prüfend ins Innere des hängenden Waggons, wälzt das Express-Gut auf die Kopfseite, soweit es nicht aufgerissen, liest den postalischen Text. Also immerhin – die Sendung ist für Stockholm bestimmt. Das fällt aus dem Rahmen. Und die Leute vom VEB »Fortschritt«, graphische Werkstätten in Roßeck sind die Absender. Ein gedachtes »Aha« beendet diese Inspektion. Bücher also! Klarer Fall. Zum Glück nichts Ernstes ... Optische Geräte etwa oder chemische Produkte, das wäre ein rechter Ernstfall gewesen. Natürlich muss die Druckerei verständigt werden. Hat gewiss noch niemand getan. Sie sollen ihre Pakete schleunigst abholen, bevor der Hebekran kommt. Schade drum, wie die schönen Bücher im Gras zerfleddert und beschmutzt herumliegen. Nach der Buntheit manchen Blattes zu urteilen, handelt es sich wohl um Schaubücher zu naturwissenschaftlichen Unterrichtszwecken ...

Herrmann greift sich eins der Bücher, lässt sich auf einem der Ballen nieder, blättert, hält inne, blättert weiter, hält länger inne als beabsichtigt, sucht schließlich genauer, ob das immer so weitergeht ... Und himmelsakranocheinmal! Das geht immer so weiter – von Anfang bis Ende. Und hat einen Text dazu, den man nicht lesen, nicht verstehen kann. Offenbar soll das Schwedisch sein – in diesen skandinavischen Ländern ist ja überhaupt der Teufel los, das sieht man auf dem anderen Kanal, wenn man den mal einschaltet, ganz genau. Nichts als Suff und Schweinereien haben die im Kopf. Sie baden ja auch nackt, wenn sie baden – kümmern sich um gar nichts ... In ihren Filmen zeigen sie Sachen, die man überhaupt nicht zeigen darf, wenn alles seine Richtigkeit haben soll; schließlich ist man Mensch, also – nein, wirklich!

Aus dem Gebüsch dringen die ersten Schnalzlaute ans Ohr des Innenministers: »msui ... msui ...«

Tausend Augen, so scheint es ihm plötzlich, sind wie die Heuschrecken ihm auf die Schultern geflogen. Er hat das Gefühl, dass ihm die Stiefel von den Beinen fallen wie starres Herbstlaub. Das gibt es doch nicht! ... Das *darf* es einfach nicht geben!! Menschen seinesgleichen, aufgewachsen in dieser Landschaft gleich ihm, anständig, rechtschaffen, arbeitsam, pflichtbewusst und ehrlich, kameradentreu – diese Menschen drucken derartige Sauereien auf unseren – auf *unseren* Maschinen!! Und die Lausewänster da hinten im Gebüsch, die wissen das, die haben das schon gesehen, die belauern ihn, wie er da sitzt mit dieser Scheißkladde auf den Knien, wie er glotzt und staunt und staunt und glotzt, und mit dem Mist, den ihm seine Arbeiter-und-Bauern-Fabrik in Roßeck mir nichts dir nichts vor die Fresse geknallt hat, fertig wird.

Jetzt erst begreift er die gezielt feindselige Lungerei im Blick von dem Schecke.

Ei ja – es gibt weiß Gott was zu besehen, das *sieht* er nun.

Was jetzt tun? Wie sich verhalten?

»Schö-hö-hö-ne Bilder ...«, tönt es aus dem Gebüsch.

Und dann krähen sie wie die Hähne, schmatzen wie die Stare, runksen wie die Türkentäuber – einfach unverschämt.

Nur blitzartige Schnelligkeit kann hier noch das Davonkommen absichern! Buch also zugeknallt, als quasi Corpus delicti unter den Arm geklemmt, Rad genommen, aufgesessen, sobald als möglich, und ab durch die Mitte – himmelsakraundknotennocheins!!

Noch auf der Brücke tönt ihm das Spottgeheul hinterdrein.

Es wird schwer sein, einen Innenminister zu finden, der Derartiges vergisst.

Das Diensttelefon im Bahnhof entlässt den Abschnittsbevollmächtigten von Groß-Naschhausen endlich mit der sicheren Auskunft, dass an diesem herrlichen Sonntagnachmittag auch in den roßeckschen graphischen Werkstätten niemand bereit ist, irgendwo im Haus einen Hörer von der Gabel zu nehmen. Der Handelspartner von Stockholm bleibt somit fürs Erste ungewarnt, und Hermann, der Geschlagene, trollt sich nach Haus.

Daheim wirft er das Buch mit großem Ausdruck auf den Tisch.

Dort aber kennt man es schon. Der Jüngste hatte es mitgebracht, der Vater nur nicht darauf geachtet. Günter fand es oben im Zimmer, trug es nach eingehender Besichtigung wieder zurück in die Wohnstube in der sicheren Meinung, es werde über diesen zweifellos erstaunlichen Gegenstand noch zu reden sein. Nun liegen zwei Exemplare auf dem Tisch, und der Vater ist entschlossen sein Haus reinzuhalten. Zu diesem Zwecke wird da Fritzchen aus den Himbeeren im Hintergarten geholt, um noch ein-, zweimal kräftig geschüttelt zu werden. Alsbald ist die ganze Schweinerei hinsichtlich der zweiten Generation der Nestflüchter am Tag, denn der Jüngste gesteht wie sie in der Paketburg alles angeschaut hätten – »Alles?« fragt der bedrängte Vater, und Fritz bekennt: »Zwei haben unten immer langsam umgeblättert, damit alle sehen können« … und schließlich hätten dann alle auf den Paketen herumgetrampelt, gebrüllt, seinen Pulli zerrissen und auf die Bücher gepinkelt.

Herrmann wirft nun den ersten großen Blick auf sein Weib. Schweigend. Bemerkt dabei, dass Günter grient. Sollte der Älteste am Ende gefährdet sein? Bisher hat er sich überhaupt noch nicht geäußert.

Inzwischen ergibt das weitere Verhör, dass die tobenden Knaben am Ende allesamt ein solches »Schmutzexemplar« – hier fällt das Wort zum ersten Mal – mitgenommen haben. Fritz hat es von der Brücke aus gesehen, als er gespuckt hat – sagt er. Und damit ist er erst einmal wieder in die Himbeeren entlassen. Mathilde hat darauf bestanden, »das Kind nicht zu quälen«, wie sie sich äußerte.

Herrmann erhebt sich. »Dahin kommt es noch: *Ich* ›quäle‹ das Kind ... ich aber sage dir, Weib, wer *meine* Kinder wirklich quält! Das ist diese verdammte Druckerei, die sich ›VEB Fortschritt‹ nennt. *Die* quält meine Kinder – nicht ich! So ist das.«

Die so großartig mit »Weib« angeredete Frau hat schon begriffen, nicht ohne geheimste Besorgnis, wie sehr ihr Mann von dem Vorfall berührt ist. Sie versucht nun, was alle guten Frauen in solchen Fällen versuchen und jedes Mal danebengeht, sie versucht, ihren aufgebrachten Mann zu beruhigen. »Herrmann, ich bitte dich – gar so wichtig ist solch ein buntes Buch doch nicht! Es gibt viele bunte Bücher in der Welt. Alle haben sie ihren Platz, und dann werden sie vergessen.«

Eine große Wahrheit, für die Naschhausen wohl doch zu klein ist.

Mathilde verlässt die Stube. Sie fühlt, dass es richtig ist. Fritz bedarf jetzt seiner Mutter, so gut die Himbeeren an diesem Sonntag schmecken, nach all der Aufregung.

Im Wohnzimmer ist sie noch nicht abgeklungen. Der Vater ist mit seinem Ältesten allein, muss sich seinen ungestillten Zorn vom Halse reden. Die Blamage vor den Scheckes und deren Anhang sitzt ihm zu tief im Gemüt. Außerdem scheint ihm, dass der Sohn die ganze Sache nicht ernst genug nimmt. Im Vertiko steht ein Klarer. Der Vater gießt sich und seinem Ältesten eine Stärkung ein, trinkt, setzt ausatmend ab. »Ich werde diese ganze Sendung beschlagnahmen. Dazu brauche ich Verstärkung und die Genehmigung von der ›Sicherheit‹. Die krieg' ich, wenn ich's richtig packe …«

Günter setzt sich kopfschüttelnd auf den nächstbesten Stuhl. »Aber Vater – das hat doch keinen Zweck. Diese Bücher sind ein schöner Valuta-Auftrag fürs westliche Ausland, das bringt Devisen. Da wirst ausgerechnet du kommen und alles beschlagnahmen. Man wird dich oben auslachen. Und absetzen. Mit Recht.«

Manne macht eine Wendung. »Meinst du jetzt ›obernorts‹, wie wir es meinen, oder wirklich ›oben‹?«

Günter hat sich längst gefasst. »Ich meine wirklich ›oben‹, Vater – also auch ›ganz oben‹, wenn du so willst. Wir verkaufen weiß Gott manchen Mist, der im Ausland sehr gefragt ist – zum Beispiel Gartenzwerge in rauen Mengen. Oder auch dieses nachgemachte Barockgeschirr mit Goldschmuck, das Kahla in großen Mengen absetzt und das jeder Mensch von Geschmack heute einfach ablehnen muss. Alle diese Sünden, wenn du so willst, bringen Devisen, stärken unsere Wirtschaft.«

»Ich finde aber Gartenzwerge sehr nett – macht sich doch ansprechend fürs Gemüt, so ein Bartgnom im Beet vorm Haus. Da weiß man doch, dass man daheim ist – also da würde ich niemals eingreifen.«

Nun erhebt sich der Älteste vom Stuhl.

»Was du jetzt daherredest, Vater, das bedeutet schlicht und scheußlich, dass sich die ganze Welt – die *ganze*, ohne dass du es weißt – nach deinem Geschmack richten soll: in Angola und auf Madagaskar, in Libyen und in Wladiwostok, in Tokio und Buenos Aires …«

»Gut, gut«, unterbricht der Vater etwas unwirsch, »brauchst nicht die ganze Welt extra aufzuzählen!«

»Willst du mit mir reden?«

»Ja, zum Teufel.«

»Dann hör mir zu!«

»Mach ich ja. Hab ich immer gemacht.«

»Nein. Keineswegs immer.«

»Also gut – ich gebe zu, dass ich nur die größte DDR der Welt, aber nicht die Welt bin. Zufrieden?«

Er lächelt, der flotte, schöne Kerl – hat schon Silber an der Schläfe.

Jetzt trinkt Günter das erste Mal.

»In dem Buch hier sind neben den deftigen Sachen auch ein paar hübsche Kinkerlitzchen drin, und –«

Moll unterbricht: »Du scheinst dich in dem Buch schon gut auszukennen. Interessant, wie? Mein Sohn, dem die Eltern demnächst ihre Kinder anvertrauen sollen, liest Porno!«

Günter wird nun doch etwas ungeduldig, auch zum ersten Mal laut. »Mein Gott, Vater – du verstehst doch gar nichts davon.«

»Aber du, wie ich sehe, du verstehst was davon. Vielleicht kannst du sogar Schwedisch und hast es mir bisher bloß verheimlicht ...«

Sie schreien sich allmählich in Hitze, die beiden, und Mathilde eilt aus den Himbeeren herbei. »Man hört euch ja bis zum Bahnhof. Muss denn um ein dummes Buch soviel Aufregung sein?«

Die Männer sind offenbar der Ansicht, dass sie sein muss. Günter fährt mit der Faust auf den Buchdeckel. »Hier steht es doch zu lesen, zum Teufel – da muss ich doch nicht Schwedisch können oder ein Schwede sein, um das zu verstehen, bitte: ›Konstnärliga variationer‹, was kann das schon heißen? ›Künstlerische Variationen‹ heißt das und gar nichts anderes – was ist schon dabei?«

Herrmann schielt nur von der Seite auf den Deckel. »Da steht aber noch was drunter.«

»Nun ja, das ist genau so harmlos, herrje – da steht: ›för dag‹ und darunter ›och för natt‹.«

»Und? Was heißt das?«

»Auf gut deutsch heißt das ›Für den Tag und auch für die Nacht‹, nichts weiter.«

»Na also.«

»Ist das denn nun so schlimm?«

»Eine Sauerei ist das.«

Je länger und liebevoller sich Günter bemüht, seinen Vater aufzuklären, desto störrischer wird der »Esel«, wie er seinen Erzeuger in Gedanken bereits tituliert, denn sein Verhältnis reicht auch nur bis zu einem gewissen Punkt; die Mutter bemerkt es nicht ohne neuerliche Besorgnis und sieht zugleich all ihre Versuche, das Problem aus der Gefahrenzone zu bringen, scheitern. Moll ist gereizter als zu Beginn, gebraucht noch größere Worte als zuvor, will überhaupt »im Ganzen« plötzlich, wie er sagt, nein, brüllt – »aufräumen dorthier«.

Der Einwurf des Sohnes, es sei, ginge es um Sex, von Staats wegen nur sehr wenig oder gar nichts auszurichten, bringt den Vater erst recht in Rage. Mit langen, wuchtigen Schritten durchquert er den doch relativ engen Bereich des Wohnzimmers, höhnt zitierend: »Von ›Staatswegen‹ – von ›Staatswegen‹ – ich bin außerdem auch noch Mitglied einer bestimmten Partei, falls dir das, mein Sohn, bisher entgangen sein sollte.«

Günter ist aufgestanden, schweigt aber nicht, obwohl Tildchen den Finger auf den Mund legt. »Es ist mir nicht entgangen. Dafür hast du bisher gesorgt. Vergiss aber nicht, dass du hier unten in ziemlich weitem Umkreis der einzig bewaffnete Mann am Platz bist. Du kannst also nicht herumfuchteln, wie's dir beliebt.«

Dem Vater fällt der Unterkiefer herunter. »Ich ›fuchtele‹, sagst du?!«

»Ja, du fuchtelst. Jedenfalls in dieser albernen Angelegenheit und wenn auch nur in Gedanken ...«

»Aber die Bücher werden inzwischen gemaust. Ich bin verantwortlich für den Schutz staatlichen Eigentums. Fehlt mehr, als durch die Entgleisung verursacht wurde, habe ich meine Aufsichtspflicht versäumt.« Moll ist schon auf dem

Flur, greift nach der Dienstmütze. »Mach ich ernst, ist die Verstärkung in zwölf Minuten zur Stelle.«

Günter lehnt in der offenen Tür, verschränkt die Arme. »Du hast doch schon die Leine gezogen und Schilder aufgestellt. Da steht doch drauf, dass alles, was nun noch geschieht, verboten ist. Genügt das nicht?«

Der Vater muss sich nicht umsehen. Er wittert den Hohn im Gemüt seines Ältesten. »Nein, es genügt nicht. Du – ausgerechnet du! – hast es mir klarer gemacht als der Schecke. Und der hat das auch schon gemeint.«

»Vater ...« Günter will dem Mann, dem er doch zugetan, nicht weh tun. »Du kannst jetzt unternehmen, was du für richtig hältst. Nichts dagegen. Ich will dir nur sagen, dass du mit allem, was immer du tust, bereits zu spät kommst. Das Kind liegt im Brunnen.«

»Glaubst du, das weiß ich nicht?«

»Dann ist es ja gut.«

Aber so einfach ist das eben nicht, und nichts ist gut.

Als Herrmann findet, dass die zwei Exemplare auf dem Wohnzimmertisch dort nicht hingehören, noch einmal zurückgeht, um sie dem öffentlichen Blick von Haus zu Haus wenigstens, falls plötzlich eine Nachbarin um ein paar Zwiebeln käme, zu entziehen, fällt ihm der Sohn noch einmal in den Arm. »Mein Exemplar gehört mir.«

»Aber Junge ...«

»Ich sage: Es gehört mir! Schluss und aus!«

Die Hand des Sohnes liegt sehr fest und unwiderruflich auf dem Corpus Delicti, das eben im Begriffe ist, die heile Welt im Urstromtal aus den Fugen zu zerren.

Mit vierzehn hat der Älteste das letzte Mal »ein paar hinter die Ohren« bekommen, wie es heißt. Von diesem Vater. Günter hatte nie die Meinung, dass es ihm geschadet habe. Sein Vater war damals in der konkreten Einzelheit im Unrecht, im Ganzen aber, aufs Ziel gesehen, hatte er Recht. Günter weiß das, bis zu dieser erstmals wieder heiklen Stunde. Es gibt nur einen Unterschied. Er ist jetzt einundzwanzig.

Mathilde sagt auch, sie sollten jetzt miteinander aufhören.

Auf dem Weg zum Gartentor überkommt den Vater zum ersten Mal ein Gefühl der Verunsicherung. Er tastet instinktiv nach seiner Waffe. »Du fuchtelst«, hat Günter gesagt. Das bleibt hängen. Seinem Ältesten hat er das nie zugetraut. Dass sein Vater ein politischer Soldat ist, hat er offenbar doch noch nicht begriffen. Dann muss auf dieser Ebene etwas geschehen ...

Das Gespräch mit dem Sohn lässt den Vater diese unwillkommene Entgleisung auf dem Bahngelände von Naschhausen mit einem Blick sehen, der eine Warnung signalisiert – ja, eine regelrechte Warnung, die ihm durchaus bedenkenswerter erscheint, als seine Pappschilderchen »Betreten strengstens untersagt« –, die Wahrheit zu sagen: sie erscheinen ihm jetzt nicht nur untauglich, sondern einfach lächerlich.

Bürgermeister Schönlein, der am Abend mit seiner Familie von dem Bildungsausflug nach Schloss Molsdorf in bester Laune heimkehrt, die teilweise etwas frivolen Bildnisse an den Wänden irritierten nur seine liebe Frau, verliert um so leichter seine Fassung, als er auf die Mitteilung der hausbewahrenden Tante, es habe sich während seiner Abwesenheit eine Entgleisung ereignet, allen Grund hat zu meinen, man werde die Schuld daran wieder einmal der kommunalen Behörde zuschieben. Weil es das bequemste ist und immer so gehandhabt wurde. »Nur wirklich seriöse Dummköpfe widmen sich der Kommunalpolitik«, hat Heinrich Schönlein schon mehrfach geäußert, und so nimmt er die Mitteilungen der Tante, ein Herr Moll habe sich per Telefon sehr ungeduldig geäußert, auch ernst, murmelt ein kurzes »Jaja, ich weiß« vor sich hin, setzt sich, Krawatte und Hemdkragen lockernd, ans Telefon.

Frau Mathilde gibt Auskunft. Der Abschnittsbevollmächtigte ist schon wieder unterwegs ...

»Am Unglücksort?«, fragt Schönlein vorsichtig zurück, aber Frau Mathilde meint, ein richtiges Unglück habe es ja gottlob nicht gegeben, es sei dabei eben nur eine peinliche Sache …

»Was für eine peinliche Sache?«, fragt Schönlein zurück, aber darüber will sich Mathilde nicht weiter äußern. Sie meint nur, der Herr Bürgermeister werde das schon noch erfahren, sie selbst sei ja nicht befugt …

»Befugt, befugt … komm, komm, Thilde – mach's nicht so feierlich, sag mir, was los ist!«

Ja also – Schönlein hört den Atem der ihm wohlbekannten, verdammt reizenden Frau in der Muschel –, es handele sich da um ein Buch, ein gewisses. Das sei eben paketweise und in großen Mengen entgleist, liege auf der Wiese herum.

Bücher gehören nicht auf die Wiese, das findet Schönlein auch.

»Vor allem nicht solche Bücher«, lispelt Mathilde …

»Ach sooo«, bemerkt Schönlein gedehnt, weil er nichts anderes zur Hand hat, erklärt danach, er werde nach kürzester Atempause unverzüglich am Tatort erscheinen. Selbstredend muss er den Vorfall ernst nehmen, das ist ihm klar. So sitzt er am vorgerichteten Tisch zur Abendmahlzeit mit der Frau und den beiden Töchtern zerstreut und beunruhigt, spielt nur Wiedersehensfreude, als Karlchen, der Nachzügler im Hause Schönlein, im Schlafanzug zum Tische kommt, allen »gute Nacht« sagt, dabei dem lieben Papi das Buch auf die Knie legt, das er heute morgen gefunden habe.

Die Tante hinter dem Karlchen macht zwar ein paar Zeichen, rollt die Augen, schüttelt den Kopf, aber der Papi ist doch so froh, dass der jüngste Sprössling guter Dinge, und ruft um eine Quart zu laut wie ein Schauspieler: »So ein schönes, buntes Buch, mein Junge – und das hast du gefunden?!«

»Ja – ich. Ich hab es zuerst gesehen, und die anderen gerufen.«

»Abgemacht«, sagt der Vater, und Karl geht zufrieden mit der Tante hinaus, die erst gemeint hatte, er solle das Buch doch nicht dem Papa zeigen. Sein Blick in die noch unerreichbare Höhe da oben, wo die Augen sind, spricht von einem Sieg.

In anderen Häusern von Groß-Naschhausen und Umgegend, wie der Septemberabend sich neigt, geht es nicht so friedlich zu. Schauers Munke freilich in Wartendorf hat seine Beute längst im Heu versteckt, immerhin acht Exemplare, überlegt sich schon in aller Stille, dass ein Produkt von solchem Seltenheitswert, wenn er es nur richtig anstellte, in der Zukunft, nachdem das Gras über den Fall gewachsen, einige Peseten bringen müsste. Aus dem vergammelten Moped würde dann eine flotte »Simson«, und er müsste nur noch achtzehn werden, um sie endlich fahren zu dürfen … Pläne sind das.

In der Familie Jonka hingegen kommt es an diesem ersten Abend nach der Entgleisung zwischen den vier Brüdern zu einer zwar leisen, doch umso erbitterter ausgetragenen Rauferei.

Ohnehin sind die Jonkas unternorts verrufen, gehören zu den wenigen »Problemfamilien«, wie Moll zu sagen pflegt, die Naschhausens soziale Struktur ins Negative verdunkeln. Der Vater hatte zwar vor Jahren einen ehrlichen Betriebsunfall, muss nun im Elektrostuhl ausfahren, bezieht eine Rente, aber das ist schließlich kein Freibrief für den gesamten Nachwuchs im Hause Jonka, der sich weit mehr Rechte herausnimmt, als ihm zustehen; immerhin ist der Verdacht, die Jonkawänster seien allesamt eine lausige Diebesbande, niemals wirklich stichhaltig aus der Welt geräumt worden, und wenn etwas Nachteiliges am Orte irgendwo geschah, war bislang auch immer ein Jonka-Sprössling dabei, das steht einmal fest. Außerdem muss man nur einmal an dem Grundstück der Jonkas vorbeigehen, um sofort den Charakter jener allgemeinen Vernachlässigung zu erkennen, die eben nur für Zigeuner (gewissermaßen) charakteristisch ist, falls ein Naschhausener während seiner Urlaubsreise in fernes Land zu seinem Erstaunen ein festes Haus am Dorfrand, in dem Zigeuner friedlich wohnen, sich mit Erntearbeit, Vogelfang und Wahrsagen ernähren, tatsächlich gesehen haben sollte, was noch nicht belegt werden konnte. Es ist halt nur jenes Flair von Romantik, der etwas spukhafte Ruf, der das jonkasche Anwesen umwittert.

Im Augenblick freilich liegen sich drei Jonkas ganz unromantisch in den Haaren, weil keiner von ihnen, nicht der Rudi, der fürs Bertelchen mittrug an der Last der Verworfenheit, noch Ulli, das ist der mit dem grünen Blick, der die Paketfestung auseinandertrat, noch der Mike, der so heißt, weil Michael zu gewöhnlich ist, weil also keiner von den Dreien seinem Bruder einen Teil von der valutaträchtigen Beute aus der Entgleisung abzutreten oder anzuvertrauen bereit ist. Es muss erst Jonka I auftreten, der Fred, das ist der Älteste im Hause Jonka, der hinter dem Haus seine schwere MZ abstellt, Sturzhelm und Brille abnimmt, schweigend um sich blickt. Sofort tritt jene Ruhe ein, die nur wahre Autorität zu verbreiten in der Lage ist.

Da steht er nun, großartig und breitbeinig, in Leder und Metall Respekt heischend, im Hintergrund all der ungesichelte Wildwuchs im Obstgarten am Hang, im Vordergrund der leicht verwilderte Nachwuchs des Hauses. So nimmt er souverän das ihm demütig gereichte Zankobjekt entgegen, an dem so viele noch unausgereifte Möglichkeiten hängen, endlich einmal zu Geld zu kommen, betrachtet es nicht ohne Interesse, schlägt ganz langsam Seite für Seite um, während die Brüder scheu und stumm diese Musterung abwarten, als betrachte ein Professor die Diplomarbeiten seiner Schüler.

Ein leiser Pfiff durch die Zähne. »Woher habt ihr das?«

Nun wird es lebhaft. Alle drei überstürzen sich förmlich, die Versicherung abzugeben, dass noch weitere »Pornoknüller«, so Mike, bis das Gelände endgültig unzugänglich oder gar abgeräumt, noch zu holen sein werden, vor allem dann, wenn die Nacht hereingebrochen. Der Senior der Jonka-Brüderschaft zieht aus alledem den Schluss, dass er in dieser Angelegenheit nunmehr die Führung zu übernehmen habe.

Der abendliche Schleichgang durch Naschhausens Gassen längs des Bahndamms zwischen Rom und Stockholm befiehlt mit diesem und jenem Kauzruf oder Steinwurf an dunkle Fenster die richtigen Aktiven zusammen, und so kann es am Erfolg des Unternehmens nicht fehlen.

Obernorts indessen ist im Hause des Schuldirektors Lothar Unbehauen so etwas wie eine Panik ausgebrochen. In Bertelchens Bettchen, das Kind schläft längst seinen seligen Sonntagabendmärchenschlummer, hat die Oma auf ihrem letzten Kontrollgang durchs Kinderzimmer zwei Stunden später ein Buch entdeckt, hat es an sich genommen, wollte es auf den Tisch legen, hat es aber doch einmal flüchtig durchgeblättert, und – also nein! Dieses Buch – die Oma ringt nach Atem. »Lothar – ich frage dich: Wie kommt dieses Buch ins Bett unseres unschuldigen Kindes?!«

Der verblüffte Vater weiß es nicht, blättert schweigend das Buch von vorn nach hinten, von hinten nach vorn durch, überlegt fieberhaft, was da zu machen ist. Seine Frau blickt ihm schließlich über die Schulter, befiehlt entsetzt: »Hör auf zu blättern! Das ist einfach bodenlos. Ich bin empört.«

»Kann ich etwas dafür?« Der Schuldirektor ist bei Weitem zu verlegen, um sich nicht mit gleicher Hitzigkeit hinter etwas vagen Vermutungen zu verschanzen. »Das können ja nur irgendwelche Westverwandte mitgebracht haben. An der Grenze ist es im Gepäck nicht entdeckt worden, dergleichen kommt ja vor ...«

»Aber ein Atlas, ein harmloser, von drüben – der wird mit Sicherheit gefunden und kassiert. Da sind sie schneller bei der Hand ...«

»Weil dieser Atlas von drüben durchaus nicht so harmlos ist, wie du annimmst, schon allein wegen der Grenzen nicht und wegen der Bezeichnungen ...«

Frau Unbehauen deutet mit spitzem Finger auf den Frevel in ihres Mannes Händen. »Und das da ist harmlos, wie? Hält auch die Grenzen des Anstands wenigstens, wenn alle anderen Grenzen auf dieser Welt schon nicht mehr respektiert werden, richtig ein? Ich bin erstaunt, Lothar, wie du die Dinge interpretierst, wenn es sich um derartigen Unflat handelt ...«

Herr Unbehauen ist aufgestanden. »Minna ...!!«

Frau Unbehauen stampft mit dem Fuß auf. »Nenn mich nicht ›Minna‹! Das habe ich mehrfach schon bitten müssen. Ich heiße Hermine. Und meine Tochter wenigstens werde ich vor diesem fremdländischen Unrat zu schützen wissen, verlass dich drauf! Ich frage mich nur noch, wie ein solcher Waschlappen wie du jemals hat Schuldirektor werden können.«

Frau Hermine verlässt das Zimmer.

Der Haussegen im Hause Unbehauen hängt von nun an bis auf Weiteres schief, das steht mal fest.

Im Hause Schönlein indessen, nachdem die zwei kichernden Mädchen am Tische mit einem nachdrücklicheren Wink auf ihr Zimmer verdonnert wurden, die Tante bemerkte nur: »Jaja, so geht's zu in der Welt« und suchte ohne Aufforderung ihr Mansardenstübchen auf, haben die Eltern endlich die erforderliche Besinnungspause, um sich mit einigen Telefonaten und mancher Überlegung ein erstes, zwar noch flüchtiges, im ganzen freilich schon ziemlich stimmiges Bild zu machen von den Weiterungen, die aus der Entgleisung dieses unseligen letzten Waggons mit dem peinlichen Expressgut darinnen aus Roßeck auch in politischer Hinsicht (vor allem in dieser) hervorgehen könnten.

Schönlein ist kein Neuling. Groß-Naschhausen versteht er als Zwischenprüfung. Wenn man so will, als Praktikum. Sein Leistungswille umspannt weit größere Dimensionen; das nur unmittelbar nächste Ziel ist das Bürgermeisteramt einer Kreismetropole. In der Ferne schwebt vor seinem inneren Blick bis an den Horizont seiner Möglichkeiten durchaus schon die Kontur eines stellvertretenden Oberbürgermeisters einer Bezirkshauptstadt oder einer nostalgisch und erbepolitisch international renommierten Fürstenresidenz etwa wie Gotha oder gar – das wäre freilich schon der Himmel selbst, mit beiden Händen direkt auf die Erde heruntergezogen – Weimar!

Auf dem Weg freilich zu solch erhabenem Ziel darf nichts Unschickliches oder Irreparables passieren. Ein lebenslustiger, kerniger Mann aus altdeutschen Urstromgefilden ist da immer ein wenig gefährdet. Dieser und jener kleine Ausrutscher im Überschwang der eigenen Kraftnatur kann den geraden Weg zum Gipfel verbauen, und geht einmal etwas schief, muss der Mann nachweisen, wie geschickt und störabweisend er mit der Situation fertig zu werden wusste, wie elegant im gesellschaftswissenschaftlichen Sinne er sie zu meistern verstand.

Bisher ist das dem Heinrich Schönlein noch immer gelungen. Seine Aussichten sind die besten.

Da schneit plötzlich an einem total unverdächtigen, heiteren, hellen Feiertag des Spätsommers und mitten hinein in die nur allmählich abklingende Nachfreude über den Besuch auf Schloss Molsdorf und all den ästhetischen Genuss, der damit verbunden, dieses höchst peinliche, aufdringliche Sex-Pamphlet, diese Libido-Fibel ins Oberhaus von Groß-Naschhausen, und der Bürgermeister, wie er Seite um Seite dieser monströsen Herausforderung wendet, zurückwendet, erneut verwendet, wird immer ratloser auf der einen und immer erzürnter auf der anderen Seite.

Ein zweites Telefonat mit »unternorts« – jetzt ist es nicht mehr die reizende Mathilde, sondern der zwar zuverlässige, doch etwas pedantische Günter, der sich meldet – erbringt die gewünschte Auskunft. In der Tat – das Produkt, das fragliche, ist ein einheimisches.

»Kann ich mich darauf verlassen?«

»Leider nur allzu sehr. Auf der Wiese unterm Bahndamm tummeln sich die Indizien. Ich habe mich inzwischen selbst überzeugt.«

»Wo ist der Vater?«

»Natürlich am Platz.«

»Allein?«

»Zunächst noch. Er hat um Verstärkung nachgesucht.

»Ab dieser Minute – ich bin eben zurück von einer Tagestour durch den Kreis – stehe ich zur Verfügung, komme dann zum Unfallort.«

»Vorläufig ist ja noch nichts passiert. Lassen Sie sich Zeit.«

»Das sagt man mit einundzwanzig, nicht mit sechsunddreißig.«

Soweit das Gespräch zwischen der Regierung auf der Höhe und der Exekutive im Tal.

Noch einmal und besorgter als zuvor, wirft sich Frau Schönlein an die Brust ihres Mannes. »Heinrich ... was wird aus alledem?«

»Ich hoffe doch, nichts Ernstes, Berta. Natürlich müssen alle Exemplare, die noch herumliegen, sofort sichergestellt werden. Ich kümmere mich persönlich darum.«

»Und dem Jungen gibst du das Buch selbstverständlich nicht zurück?«

»Natürlich nicht. Ich muss ihn aber überzeugen, dass es richtig ist, wenn er selbst auf die Rückgabe verzichtet.«

»Schließ das Machwerk nur sofort ein, dass die Mädels nicht etwa diese Ungeheuerlichkeiten zu sehen bekommen. Ich würde mir und dir das nicht verzeihen, Heinrich.«

»Keine Sorge. Geschieht unverzüglich.«

Der Bürgermeister hat das Schlüsselbund schon in der Hand, und wieder ist ein mögliches Unheil vorerst gebannt.

Am lebhaftesten freilich geht es an diesem ersten Abend im Hause Ziegenbein zu.

Diese kräftige, verzweigte Sippe ist allein in Naschhausen in vier Generationen vertreten, und alles unter einem

Dach. Da ist immer für Abwechslung und Humor gesorgt. Ist schon die Malwine, die jetzt ins Vierundachtzigste geht, ein recht origineller Charakter, so gibt es da noch einen Bruder, den Oskar. Der ist allerdings noch sehr jung, erst zweiundachtzig, und muss sich drum von der Malwine als der Jüngere alles sagen lassen, weil er, wie Malwine behauptet, »kee Geschicke nech hot« und, so sagt sie, »dan Leiten for e Schnittchen Helles de Sense hechelt« – oha! Die Ziegenbeins blicken auf einen gewissen Wohlstand und sind sich ihrer Sache am allgemeinen Dasein ziemlich sicher. Mehr Gutwillen als der Pfarrer sagt, dass man »e Gesichte« hat, soll auch nicht sein. Hat man auch nicht nötig. Und weil der Oskar seine etwas überlegene und daher etwas herrische Schwester so sanft und geduldig erträgt, dass sich Naschhausens Ureinwohner zu rechter Gelegenheit gern darüber lustig machen, wird er auch, als ob's der Lohn wäre für die Heiterkeit, das »gute Ziechenbeen« genannt – im Gegensatz zu ihr, die nun einmal das Böse bestimmt, die mephistophelische Rolle, sozusagen … Und die hagere alte Schachtel, die weiß Gott im Blasrohr schlafen könnt', hat schon gewiss, fuchtelt sie mit ihrem Stock auf der Hauptstraße am Bahnhof – wo der Fleischer manchmal Leber verkauft – befehlend herum, diesen und jenen arglosen Nichtswisser von auswärts regelrecht verscheucht.

Zu erwähnen wäre noch der Begründer des Hauses Ziegenbein, der älteste Bruder Albert, der alle weiteren Ziegenbeins unter diesem Dach begründete und hinterließ. Das war ein dem Leben sehr zugewandter Brauereimeister in Jena, der schon lange mit seinem treuen Weib auf dem Friedhof obernorts respektierlich ruht und nicht nur etliche Ziegenbeins hinterließ, aber das kommt später …

Zunächst also sind da noch die Großeltern, die eigentlich in Gänsefüßchen gehören, denn sie stehen noch recht rüstig im Arbeitsleben, und natürlich die Eltern, die erst im Dreißigsten sind, mit Lust auf ihre lieben Kinderchen blicken, den zehnjährigen Roland, der uns bereits in der Paketburg als »Rolle« auffiel, nebst der kleinen Bärbel, die am Morgen mit Ivette und Monika die schönen, bunten Bilder für die Wandzeitung zusammensuchte. Damit haben wir alle Ziegenbeins auf einen Atemzug beisammen.

An diesem Abend nun, nachdem die Familie in der großen, gemütlichen Wohnküche nach altdeutscher Art mit Schinkenspeck und Bier ihr Nachtmahl eingenommen, überlegt der Robert, wie er seine zwei gemausten Exemplare wohl am sichersten versteckte, denn dass damit ein Geld zu machen sein würde oder sonst irgendein Vorteil, hat ihm der Munke am Ende von dem ganzen Klamauk noch zugeflüstert, und »Rolle« wäre kein Ziegenbein, wenn er nicht schon mit zehn Jahren wüsste, was das ist: Geld ...

Endlich kommt ihm der rechte Einfall. Das beste Versteck ist die Toilette oder der »Abtritt«, wie es im Hause Ziegenbein heißt. Da ist über dem Spülkasten so eine stille Mauernische in der getünchten Wand. Da sucht bestimmt niemand. An diesen Ort kommen sie ja alle nur, um mit sich selbst beschäftigt zu sein, überlegt sich der gewitzte Knabe, und sein Problem ist nur, wie in die Nische da oben hinaufgelangen?

Die kleine Steige aus dem Holzstall ist schnell beschafft, der unbeobachtete Augenblick abgepasst, die heiße Ware in der Höhe verstaut, das Unternehmen scheint schon geglückt, als nur der Rückzug, der unselige, ihm zum Verhängnis wird.

Es ist sein Vater, der ihn im fliesenbelegten Flur, auf dem keine Diele knarrt, zur Rede stellt. »Was willst du mit der Steige?«

Alle Versuche, diese ungewöhnliche Hantierung mit der Steige einleuchtend zu erklären, scheitern selbstredend. Man ist in einem aufgeklärten Familienverband. Der Vater dringt in sein Kind so dringlich, dass der Bube sein Versteck endlich preisgibt. Nun hat der Vater das kleine, eigenhändig gezimmerte Leiterchen in der Hand, eilt zum Abtritt, steigt in die Höhe, entnimmt der Nische mit einem groß angelegten »Aha!!« die zwei Schmutz- und Schunddruckwerke, entdeckt außerdem im hintersten Winkel dieser Nische noch eine gänzlich verstaubte Pappschachtel, das heißt, die obere Hälfte davon, und wenn er auf der obersten Sprosse den Kopf ganz radikal dreht, kann er auf der Schachtelwand lesen: »Bruchband STABIL – Schippenkötter & Söhne – Leipzig und Torgau« ... Da in diesem Schachteldeckel zwei in Zeitungspapier eingewickelte Gegenstände liegen, die nicht sogleich auszumachen sind, wenn man sie abtastet, nimmt der vorsorgliche Vater mit der gefährlichen Porno-Ware auch gleich die Pappschachtel mit, nachdem er den Staub von ihr gepustet. Es muss ein sehr alter Staub gewesen sein, denn der Vater hustet noch, als er schon wieder mit dem Söhnchen in der Küche steht, die Bücher auf den großen Tisch legt, die Pappschachtel auf den Kohlenkasten stellt, sich allgemein umsieht, damit Ruhe eintrete.

»Das da«, der Vater deutet mit dem Zeigefinger unmissverständlich auf die zwei schon etwas beschädigten Exemplare aus dem VEB »Fortschritt« – »hat unser Sohn auf dem Abtritt verstecken wollen. Und wisst ihr, wo er das gefunden hat?«

Natürlich weiß das niemand, und der Familienkreis schließt sich noch enger um den Tisch.

»Ich sage es euch. Auf der Wiese unterm Bahndamm hat er das gefunden. Ein ganzer Waggon ist entgleist, und wir haben keine Ahnung davon. In Naschhausen geschehen Sachen – also, das glaubt man einfach nicht!«

Nun wird auch der kleine Roland geschüttelt wie zuvor der Fritz, damit herauspurzelt, was er in sich hat, und das ist eine ganze Menge. Am Tische lauscht alles bereitwillig mit diesem »uch he« und jenem »nee, awerooch«, am Ende ist der Junge noch der unschuldigste von allen anderen bis hinauf nach Langenorla, denn – so sein Bericht, sein glaubwürdiger – alle haben gemaust, manche bis zu fünf und sechs

Stück, und später, als die Großen kamen, da hätten sie sogar ganze Pakete weggetragen.

Der forschende Vater greift ratlos nach dem oberen Exemplar, wendet es hin und her. »Aber warum'enn nur, verdammich? Das kann doch kee Mensch lesen ... ›Konstnär‹ – und danach noch was mit ›vari – – vari‹ ... Wegen so 'nem tückschen ›vari-vari‹ maust man doch nech ganze Bücherpakete.«

»Es is ja nech wegen dan Läsen«, sagt der insultierte Sohn.

»Weswegen dann isses?«, fragt der Vater.

»Es is wegen dem, was man sieht«, murmelt Roland fast tonlos, lässt sich mit bewunderungswürdigem Fatalismus noch einmal schütteln, verweigert aber danach weitere Auskünfte. Auf die Frage, warum er denn die Bücher hätte verstecken wollen, sagt er nur noch: »Ich wolltse verkafe ...«

Für diese Auskunft bekommt er einen liebevollen väterlichen Klaps, und die Sache ist für ihn im Grunde ausgestanden. Die Erwachsenen rücken nun ganz dicht um den langen Tisch zusammen, der Großvater, den sie alle »Vater« nennen und der im Haus bestimmt, entnimmt dem Schrank den Klar'n, schenkt allen ein, damit die rechte Stimmung aufkomme, die rätselhaften Bücher zu ergründen.

»Die Bücher kommen scheint's aus Stockholm«, sagt der Sohn, der eigentlich der Vater ist, »hier steht's: ›Fantasiförla – – förlaget Stockholm‹, das liegt in Schweden.«

Der Sohn blättert schweigend, schaut, blättert ...

Der Vater tut schweigend desgleichen. Blättert. Schaut. Blättert.

Meta, die Schwiegertochter, sagt, sie wolle nun auch endlich mal was sehen, aber der Sohn meint, das wäre nichts für junge Frauen. Nicht ohne Sorge nimmt er wahr, dass dem Vater die Stirnadern blau hervortreten, während er in dieses verdammte Buch glotzt, als sei er plötzlich versteinert. Als die Mutter allmählich ungeduldig wird und fragt: »Was habt ihr Männer nur mit dem Zeug?«, da geschieht es. Der Vater haut mit der Faust auf den Tisch und schreit: »Lausezeuch, verdammtes!!«

»Gut, gut, Vater«, spricht die Mutter beschwichtigend, ich will's ja gar nicht sehn ...«, aber ein einmal aufgebrachter Ziegenbein ist nicht so schnell wieder zu beruhigen. Der Vater stampft durch die Küche, Roland duckt sich auf den Kohlenkasten, das Gewitter abzuwarten, und Malwine, die schwerhörige, wird nun ernstlich aufmerksam, pocht mit dem Stock auf den Boden. »Was steht denn nun in dan Buche?«

»Es steht nischt«, sagt der Sohn hilflos über den Tisch, »in dan Buche liegen se alle ...«

Das möcht se sehn, sagt die Urtante. Und der Vater dreht sich um. »Jaja, du alte Zippelsuse – musst in jede Brüh' deine Schnuppergurke neintätschen!«

Da sagt die Alte schnippisch, sie wollt's nur dem Herrn Pfarrer zeigen, das Buch, wenn er wieder mal nach Naschhausen predigen käme.

»Denn pass nur auf, dass dein Pfarrer nicht vor Schreck von der Kanzel purzelt, wenn du es ihm gezeigt hast.« Das ist wieder der Sohn.

Endlich mischt sich in das kernige Für und Wider der bis dahin so stille Oskar. Er hat sich das obere Buch unauffällig geangelt, beschnüffelt es von allen Seiten, betastet es mit langen, empfindlichen Fingern, kommt auf die letzte Seite. Und da steht es: »Printed in GDR«, in klitzekleinen Buchstäbchen, für die man eine ganz große Brille braucht. Nicht aber das gute Ziegenbein! Oskar, der Verständige, sieht nicht nur alles – er erkennt auch alles auf den ersten Blick und schreit triumphierend: »Ich sag's euch doch: GDR – das heißt Groß-Deutsches Reich. Es is halt 'ne Schwarte aus Führersch Zeiten.«

Dem Sohn steigt die Hitze zu Kopfe.

»Weißt du, Alter, dass du eine saudämliche Flitzpiepe von vorgestern bist?« Der jüngste Mann unterm ziegenbeinschen

Dache geht auf den Ältesten zu, nimmt ihm das Buch weg und liest genau so schreiend vor: »GDR heißt Schi Di Ar – das is' Englisch und meint ›German demo‹, na ja und so weiter eben bis R – das is Republik. Und wir sind gemeint – nur wir. Niemand sonst!«

»Warum pochst'n daderbei uff deine Brust?«, fragt der Oskar, und darauf hat der so unerwartet überrumpelte Enkel des Ziegenbein-Klans in der Tat im Augenblick keine Antwort. Er ist dergleichen noch nie gefragt worden. Und hat doch gewiss schon oft im Streit auf die eigene Brust gepocht.

In all dem recht lauten Disput hat sich das Kind auf dem Kohlenkasten inzwischen dem Pappschachteldeckel gewidmet, schließlich das Zeitungspapier aufgewickelt und die beiden gleichen Gegenstände von einigem Gewicht herausgenommen. Jetzt geht der kleine Robert, der auch immer alles wissen will, damit auf den Vater zu. »Kuck mal – was ist das?«

Er stellt sich in die Mitte, setzt, die beiden Stiele mit den Fingern umklammernd, die zwei Gegenstände auf seinen Kopf, rennt im Kreis herum, formt die Lippen zum »pfsch, pfsch ...« und zum großen »hüt, hüt« aus der Dampfpfeife ... immer im Kreis herum.

Natürlich, da gibt es nichts zu rätseln, soll das eine Lokomotive sein. Sie fahren ja Tag und Nacht durch Naschhausen. Dem Vater jedoch bleibt auch der leiseste Ton im Halse stecken. Der Unterkiefer fällt ihm herunter, er weiß nicht, was er tun soll. Er sieht seinen einzigen Sohn mit zwei echten, leibhaftigen Handgranaten auf dem Kopf durch die Küche rennen.

Auch der Großvater hat sich erhoben. Blass und lautlos, ins Unvermeidliche schon ergeben, kann er nur noch murmeln: »Der Junge legt uns alle in Schutt und Asche.«

Die Frauen wissen zum Glück nicht, worum es sich handelt, sie haben ja noch nie eine Handgranate gesehen. Roberts Vater jedoch hat seinen Wehrdienst bereits abgeleistet und ist im Bilde. Lässt der Junge die Dinger vom Kopf fallen, ist es um alle geschehen – um das gesamte Unternehmen Ziegenbein.

Sein mit dem Tod spielendes Kind nicht etwa durch eine jäh ausgedrückte Angst zu erschrecken, lächelt der Vater ihm freundlich zu, läuft neben ihm noch ein paar Schritte wie im Spiele mit, hat endlich die richtige Position, beide Mordwaffen mit sichrem Griff vom ahnungslosen Haupt seines Sohnes herunterzubringen. Der ist etwas verdutzt, bleibt halb lachend, halb enttäuscht stehen, sieht seinem Vater nach, der aus der Küche herausstürzt und erst nach einer gewissen Zeit wiederkehrt.

Der Großvater hat sich noch nicht wieder gesetzt.

»Wohin?«, fragt er den beherzten Vater.

»Erscht mal ungern Zwatschboom«, spricht dieser, lässt sich auf den nächsten Stuhl fallen.

»Du bist ja ganz grün«, sagt Meta erstaunt. »Was is denn nur los heute?«

Es ist dann wieder der Oskar, der sich den Pappschachteldeckel herangezogen hat und damit auch des Rätsels Lösung weiß.

Im Gegensatz zur Pornobombe mit Zeitzündung, die ja noch immer auf dem Tische liegt, nun aber alles Interesse verloren hat, sind die zwei Handgranaten tatsächlich noch aus Führers Zeiten. Das kann er belegen, wendet sich an Malwine. »Die Schachtel is doch vom Albert?«

Sie bestätigt es. Er habe, sagt sie, die letzten Jahre immer ein Bruchband getragen, auch dann noch, als er in den Krieg musste, wie der schon späte war.

»Und als er heemkam«, ergänzt Oskar, »hat er mir mal e Wink gegeben, er hätt was versteckt. Für alle Fälle. Ich sollt's nech verraten, wenn sie mal kämen, die Waffen vom Ende einzusammeln.«

Auf die Frage, warum er denn, als Albert das Zeitliche gesegnet, dieses geheime Risiko nicht bekannt habe, damit man es hätte aus der Welt schaffen können, gesteht der gute alte Esel zerknirscht: »Ich ho's verjassen – eenfach verjassen.«

Für einen Augenblick wird es nun doch absolut still am Tisch. Denn so ist das nun: Man hat dreiunddreißig Jahre lang, ohne es zu wissen, mehrmals am Tage in Lebensgefahr geschwebt. Mit jedem Zug der Wasserspülung konnte es in der Wandnische eine winzige Erschütterung geben.

Diese Kleinigkeit dreißig Jahre lang, und einmal musste, *musste* einfach! die Schachtel herunterfallen.

Sie ist nicht gefallen.

Die alte Malwine findet das aufregend, ist nun fest überzeugt, dass Gottes Auge mit ganz besonderer Zärtlichkeit aus seiner Wolke auf die Ziegenbeins herunterblickt, wo immer sie da sind und leben. Mit dem ihr eigenen unbeugsamen Optimismus stößt sie ihren Stock auf die Diele und verlangt nach einem zweiten Klaren.

Sogleich hält auch Oskar sein Gläschen hin. »Mer erlaben allesamt noch viel Spaß mit'nander ...«

Der Großvater macht den Strengen. »Verdient hast du's nicht, Alter.«

Aber die Zerknirschung ist schon überwunden. Der Alte macht funkelnde Augen vor lauter Gier auf weitere Sensationen, ruft dem noch konsternierten Sohn zu: »Gib nur Acht, wie du sie loswirscht, die Knallböhnchen, sonst kommt der Manne Moll und sperrt dich ein!«

»Ach, der rote Hund«, spricht die Großmutter, »der soll nur kommen, da erzähl ich ihm was!«

Man ratschlagt, wie es am besten machen, wie den letzten Krieg loswerden, dass es keiner merkt und niemand fragt, warum man ihn noch so lange im Hause hatte.

»Schmeiß die Dinger doch in die Saale – nachts eben.«

»Und anderntags schwimmen die Fische mit aufgerissenem Bauch an der Oberfläche ...«

»In der schwarzen Tunke gibt's doch lange schon keine Fische mehr; Mann – «

»So alte Sprengkörper explodieren am Ende gar nicht mehr.«

»Garantieren kannste das nich!«

So geht das lebhaft hüber und nüber von Tischende zu Tischende – Roland, das Kind, das alles ans Tageslicht gebracht, steht völlig unbeachtet im Schatten dieser farbigen Debatte. Da fasst sich der Junge kurzerhand ein Herz, geht zum Tisch, nimmt seine zwei Bücher und verlässt den Raum.

Als er schon lange im Bett liegt, hat er noch immer das Gefühl, dass die Erwachsenen allesamt doch recht dumm sind.

Aber sie wissen es nicht. Und das ist doch sehr vorteilhaft.

In der Küche hält man nach gründlicher Erwägung aller Umstände die Saale doch für den geeigneten Bestattungsplatz. Oskar begründet das auch überzeugend: »Du musst se eben nich schmeißen. An 'ner Strippe eben. Wenn am andern Morgen kee Granatapfelboom am Ufer jewachsen is, könnse dir ooch nischt nachweisen ...«

Roberts Vater hat bereits verstanden, dass er gehen soll, gehen muss, da niemand sonst in der Familie für einen derart heiklen Auftrag in Frage kommt.

Kurz vor Mitternacht denn macht er sich gefasst auf den Weg. Meta hat noch gesagt: »Ich mach kein Auge zu, bis du wieder da bist!«

Natürlich hat sie Angst. Er übrigens auch.

Eine sternklare, warme und schöne Spätsommernacht ist es, die ihn auf seinem heiklen Gang fast abzulenken droht, indem er ans Firmament, ans leuchtende, blickt, anstatt auf seine Füße. »Ich darf nicht stolpern«, prägt er sich immer wieder ein, »alles, bloß nicht stolpern« ... Zugleich will er doch ungesehen an den Fluss kommen, muss die Fernstraße, die grell unter den Peitschenlampen funkelt, meiden, sich längs der Grundstücke schleichen, dabei den Korb ständig ausbalancieren. Auch eine Stange hat er mit. Die Schnüre mit der Schlaufe sind bereits geknüpft. Man kann kaum umsichtiger zu Werke gehen, und ungeachtet einer gewissen Vibration in den Händen, die das alles halten, spielt Ziegenbeins Otto doch außerordentlich kaltblütig mit seinem Tod – im Ganzen mal gesehen ...

Als er den Bahndamm erreicht hat, sucht er die Stelle des besten Übergangs, findet sie, steht mit zitternden Knien endlich zwischen den Schwellen, blickt zum Signalmast hinauf. Der ist auf »Rot« heruntergelassen. Merkwürdig. Otto schaut auf seine Uhr. Der Inter-Nacht-Schnellzug aus Rom müsste bald kommen. Aber nein – da war ja, hat der Junge erzählt, eine Entgleisung.

Der Abstieg vom Gleisdamm ist schwieriger noch. Aber er glückt.

Nun sind es nur noch etliche Schritte durchs nachtfeuchte Gras.

Endlich steht er am Ufer zwischen den jungen Espen, die man neu gesetzt hat, stellt den Korb ins Gras, zieht die zwei Schlaufen über die Stange, hebt sie mit äußerster Vorsicht Zentimeter um Zentimeter, damit auch die unberechenbaren Sprengkörper. Als alles Luft hat, dreht er die Stange um hundertachtzig Grad über den Wasserspiegel, lässt ganz langsam die Last hinunter. Als des Führers Handgranaten in der Saale Grund gefasst haben, zieht der tapfere Spätliquidierer die Stange aus den zwei Schlaufen, die Leinen fallen, das Abenteuer ist ausgestanden.

Ziegenbeins Otto hat den Krieg versenkt.

Aufatmend greift er sich Korb und Stange, nimmt die Dammhöhe mit zwei, drei Sprüngen, läuft auf den Gleisschwellen zurück in Richtung Bahnhof, weil er so den Heimweg wesentlich abkürzt, Meta wartet!

Nach etwa zwei-, dreihundert Schritten durch die sanfte, besternte Nacht, ohnehin kennt er im gesamten Umkreis jeden Meter des Geländes, geschieht urplötzlich etwas völlig Unerwartetes: Unmittelbar vor dem Bahnhof blenden in sekundenschnellen Intervallen etliche Scheinwerfer auf. Das Urstromtal bis Wartendorf und Freienorla steht im Licht.

Damit auch Ziegenbeins Otto.

Auf den Schienen kommt ihm ein Volkspolizist entgegen. Ein Fremder, wie Otto erkennt.

»Was suchen Sie um diese Zeit auf dem Bahngelände?«

»Ich, ich – – also ich wollt nur mal ...«

»Ihren Ausweis bitte!«

Der ist nun nicht gerade verdächtig. Ein Ureinwohner. Sogar hierorts geboren ...

»Das Betreten des Gleisbereichs ist zu allen Stunden, ob es Tag ist oder Nacht, verboten.«

»Weiß ich ja ...« Otto duckt sich ergeben.

Der unbekannte Uniformierte wirft noch einen kritischen Blick in den Korb, der sich aber als komplett leer erweist.

»Was wollten Sie mit der Stange?«

»Nur an meiner Hütte was richten.«

»Na gut – entfernen Sie sich auf den vorgeschriebenen Wegen!«

Otto bekommt seinen Ausweis zurück. »Ist denn was los?«

»Ein Waggon ist entgleist. Er wird jetzt gehoben.«

»Soo ...«, bemerkt der Vater, der eben noch mit seinem Tod gespielt oder besser: mit seinem Leben so waghalsig umgegangen, dass wir geneigt sind, diesem Vorgang den ungeteiltesten Respekt zu erweisen.

Als er daheim Bescheid gesagt, dass alles im Lote, kehrt er mit dem Großvater und Onkel Oskar zum mitternächtlichen Schauplatz zurück, der Hebung beizuwohnen.

Die Saalebrücke ist dicht besetzt von den herbeigeströmten Zuschauern, auch auf der Wiese sammeln sich immer wieder Neugierige, die ständig zurückgehalten und ermahnt werden müssen. Die grelle Lichtfülle gegen den schwarzen Himmel gibt dem Geschehen etwas Theatralisches, die den Platz umsäumende Natur wirkt plötzlich wie eine künstliche Kulisse, vor der ein Schauspiel abläuft.

Moll ist nicht ohne Gefühl für die Situation und seine Rolle dabei. Seinem Ersuchen um Verstärkung wurde selbstredend stattgegeben, so empfindet er sich als das Haupt eines achtunggebietenden Kollektivs, schreitet den Schauplatz ab, prüft hier, verweist dort, befiehlt, erklärt, ordnet an. Er weiß nicht, dass sein Sohn mit einigen Kommilitonen auf der Brücke steht und seinen Vater komisch findet. Er genießt seine Stunde.

Die Aktion entbehrt nicht einer gewissen Attraktivität. Der große Turmdrehkran mit seinen Flaschenzügen ist imponierendes Gerät großen Stils, die Hantierungen der Techniker werden mit Interesse observiert und kommentiert.

Natürlich war auch die Fama in dieser ganzen Zeit nicht untätig. Es ist durchgesickert, dass es sich bei der verunglückten Ladung um ein Schaugut besonderen Typs handelt, welches für Schweden bestimmt war. Im Scheinwerferlicht funkeln auch Oskars Gieräuglein wie Glühwürmchen, wie er da seine Wichtigkeit ins Spiel bringt und von Nachbar zu Nachbar auf der Brücke versichert: »E eenzcher Blick in so e Buch, wie sie da unten herumliegen, und dir stehn de Haare zu Berge mitsamt dei'n Gemächte. De weeßt gar nich mehr, ob de Männlein oder Weiblein bist, so uffregend is das – kannste globen!«

Ziegenbeins Oskar ist schon ein Schlauer. Immer wenn er gefragt wird, woher er das denn wisse, macht er sich schwach in der Menge, sucht sich ein neues Opfer. »Also das kann'ch dir sagen: E eenzcher Blick in so e Buch, und du weeßt nich mehr, wie de heeßt ...«

So treibt er den Preis der Ware in die Höhe, verbreitet den zu diesem Zwecke ebenso erforderlichen Unmut, indem dieser und jener in Frage kommende Kunde bereits murrt: »Warum denn nur für die Schweden? Wir wollen schließlich auch mal was sehen.«

Fred Jonka, ein Streichholz zwischen den Zähnen, bewegt sich zwischen den dichten Zuschauerpulks, als befinde er sich auf der Börse, hört hier zu, wirft da mal ein Wort ein, greift sich endlich das schwatzhafte »Ziechenbeen«, schiebt es ins Abseits. »Für jedes Exemplar, das du bringst, einen Zehner. Abgemacht?!«

Oskar, der Gute, blickt nun doch etwas verblüfft in die strengen, dunklen Augen des ältesten Jonka, vor dem er klammheimlich die Angst des Dummkopfs hat. Es bleibt ihm gar nichts anderes übrig, als darauf einzugehen. Er hat sich mit seinem prahlerischen Geschwätz schon hineingeritten in den Sumpf.

Inzwischen ist der Technik klargeworden, dass der eingeklemmte Waggon mitsamt der Last, der süßen, in seinem Innern nicht zu heben sein würde. Neben dem Wasser gehört das Papier zu den gewichtigsten Bedarfsgütern des täglichen Lebens. Die entsprechenden Veranstaltungen werden getroffen, begleitet von den Zuschauern auf allen Rängen, deren Zurufe gereizter und giftiger werden. Manne Moll entgeht es nicht. Er blickt warnend und besorgt in einem in die Höhe, als es von der Brücke herunterschallt: »Schmeißt doch de ganze Unsittlichkeet in de Saale« ... Ein anderer ruft: »Ich ho zahn Mark West hier in der Hand« – er hebt den Arm über die Brüstung –, »ich komm und hol mir mein Exemplar« ... So geht das.

Herrmann gibt seinen Leuten einen unauffälligen Wink, sammelt sie unter der größten Weide am Ufer. »Wir lassen uns nicht provozieren – klar?!«

Die jungen Helfer sind auch nicht von gestern, sagen »klar«, und der Fall ist – in dieser Nacht wenigstens – erst einmal ausgestanden.

Flussaufwärts wurde etwas versenkt, Flussabwärts wird nun etwas gehoben. Vermutlich ist das der Lauf der Dinge.

Die Flaschenzüge quietschen, langsam, ganz langsam steigt der entleerte, man möchte fast sagen, der entseelte Waggon in die Höhe.

Als er, wie alle Augen es verfolgten, endlich mit seinen Rädern wieder Fuß gefasst hat auf den Schienen, gibt es ein großes Zustimmungskonzert aus ungezählten Kehlen. Später dann verlischt alles Licht, die Talbewohner trollen sich heim, besprechen noch vorm Haus das schöne Abenteuer.

Bürgermeister Schönlein übrigens hatte sich nur zu Beginn der Handlung sehen lassen. Die Zurufe von der Brücke wurden ihm dann doch etwas lästig.

Der Interzug Rom–Stockholm aber hatte fast zwei Stunden Aufenthalt auf der Strecke vor Groß-Naschhausen. Zum ersten Mal in der Verkehrsgeschichte war das Nadelöhr verstopft. Ein schöner Erfolg des Schienendrehturmkrans. An dessen Überbreite kommt nicht der Papst und nicht der König von Schweden vorbei.

Als am nächsten Vormittag endlich ein Lastwagen vom VEB »Fortschritt«, graphische Werkstätten, eintrifft, das Schadgut, wie es heißt, zu sammeln, aufzuladen und nach Roßeck wieder zurückzubringen, stellt sich heraus, dass von vierhundert Paketen, die es sein müssten, zweiundzwanzig fehlen. Man wird das nicht auf sich beruhen lassen können. Es handelt sich immerhin um rund fünfhundertfünfzig Exemplare einer nicht für das Inland bestimmten Lektüre, obwohl diese Menge wohl ausreichen würde, den Bedarf einer mittleren Industriestadt zu decken.

Für Groß-Naschhausen freilich handelt es sich um eine Überdosis.

2.

Am nächsten Morgen – es ist der Montag und zugleich der herbstliche Schulbeginn mit seiner Unruhe in der untersten Aufnahmeklasse – bekommt das Fräulein Krause schon auf dem ebenerdigen Flur eine Probe von dem Eifer ihrer Lieblingsschülerin. Monika überreicht ihrer Lieblingslehrerin mit einem artigen Knicks einen Umschlag und stottert vor lauter Verlegenheit. Ja also – sie hätte diese Bilder gesammelt, und sie wären vielleicht für die Wandzeitung, und wenn Fräulein Krause sie sich mal ansehen wollte – wegen der Abteilung »Befreite Mütter in befreitem Land« ...

Natürlich will Fräulein Krause sich das ansehen! Die Teilnahme der Kinder am politischen Leben der Klasse ist ja von äußerster Wichtigkeit und unbedingt zu fördern. Gleich also, in der ersten großen Pause wird sich die Lehrerin, so verspricht sie es der Monika, diesen Bildern widmen und sie einer dem gemäßen Auswahl unterziehen.

In Monikas Augen leuchtet die Flamme der Hingabe auf, ein noch tieferer Knicks, ein erstes Lächeln auf den Lippen der unvergleichlichen Fee aus dem Märchenland ... und dieses leider so flüchtige Treffen auf dem Gang vor den vielen Türen, von Monika in schlaflosen Stunden wohl tausendmal vorüberlegt, ist schon wieder zu Ende.

Auch Monika muss einsehen, dass der Schulalltag beginnt.

Die Herren Raubold und Siegel, die Damen Fuschelmann und Stieglitz betreten ihre Klassenräume auf dem mittleren Flur mit erholter Ferienmiene sowie in der festen Absicht, ihren Kindern ein übriges Mal etwas Nützliches beizubringen, das sie später vorwärtsbringt.

Auch der Leiter der Bildungsanstalt von Groß-Naschhausen, Direktor Lothar Unbehauen (Mathe und Physik), betritt auf dem obersten Flur seine »Neunte« mit festem Schritt und jener Entschiedenheit des Gemüts, die allen Anfechtungen gewachsen ist und den talentierten Pädagogen ausweist. Er hat in diesem Augenblick nichts anderes im Sinn als das Wiedersehen nach so langen Wochen mit den ihm anvertrauten Jungen und Mädchen, zu denen er nun »Sie« sagen muss, obwohl er sie doch zumeist kennt, seit sie das Laufen lernten. Die Szene vom Vorabend mit Hermine und jenem anrüchigen bunten Buch, das nun im verglasten Spind eingeschlossen, ist verdrängt. Lothar Unbehauen blickt mit der ganzen Forsche des überlegenen Erziehers in die Gesichterreihen, die vor ihm aufgebaut.

Doch merkwürdig – der Eindruck, den er auf seinem stillen Gang über die Mienen und Blicke seiner Schutzbefohlenen gewinnt, ist diesmal kein einheitlicher, der wie sonst eine gewisse, klar erkennbare Grundstimmung der Klasse ausweise. Zwischendurch trifft er auf Augenpaare, denen etwas Lauerndes, auf Mundwinkel, die ein zwar dezentes, doch offenbar bewusst nicht ganz verstecktes Feixen andeuten. Nicht bei allen Schülern ist das so, aber doch bei etlichen. Direktor Unbehauen ist dergleichen Andeutungen insoweit gewachsen, als er sie wohl notiert und in den Gedächtnisspind verweist, sich jedoch im Augenblick der Wahrnehmung nichts anmerken lässt. Er fühlt, dass er beobachtet wird, kümmert sich aber nicht darum, beginnt ein fröhliches Schaffen mit der Ausbreitung interessanter physikalischer Tatsachen, hat – mit einem Wort – die Situation, die er zunächst nicht versteht, durchaus im Griff.

Bei der Kollegin Stieglitz, die ihre »Sechste« ohne Zweifel mit der gleichen Schaffensfreude betrat, verläuft diese erste Stunde nach den Ferien nicht ganz so ungebrochen. Leider sind in diesem neuen Schuljahr in Biologie diese blöden Zellen dran mit ihren Chromosomen und Genleitern, worin das stecken soll, dass man kein Affe ist und nicht sechs Arme hat wie die Götter in den asiatischen Tempeln, die sie im Fernsehen zeigen ...

Kollegin Stieglitz steht an der Tafel, zeichnet mit Kreide die Beweise hin, aus denen hervorgeht, dass zwei Arme für uns offenbar genug sind, dreht dabei allerdings der Klasse viel zu lange den Rücken. Dompteure tun dergleichen nie. Sie wissen immer, dass sie eine Bestie im Rücken haben. Pädagogen sollten, bevor sie eine Schule betreten, erst einmal in der Manege üben.

Indem sich nämlich das bemühte Fräulein Stieglitz mit dem kleinen Sprachfehler – stellt sich das Fräulein vor, klingt es wie ein Irrtum, eben wie Schl-schti-glschitzsch – mit diesen elenden Chromosomen beschäftigt, ohne die Klasse gleichsam hypnotisch zu zwingen, sich ebenfalls damit zu beschäftigen, entsteht jene verhängnisvolle Interesselosigkeit, die der Unzucht Tür und Tor öffnet und schon manchen Lehrer an den Abgrund der Verzweiflung trieb.

An diesem Morgen hat die bekannte Abwendung von der Einzelheit, der Zelle, und damit die Hinwendung zur Ganzheit, zum Organismus, einen Anlass, von dem die an der Tafel beschäftigte Pädagogin noch nichts ahnt.

Sie ist eben im Begriffe, jene Strickleiter des Unheils an die Tafel zu bannen, die es macht, dass aus Menschen immer wieder nur Menschen hervorgehen, die Natur uns also nicht den geringsten Ausweg offen lässt – da geschieht in ihrem Rücken das Unglaubliche: ein Bilderbuch wird weitergereicht, ein großes, buntes Bilderbuch – von Bank zu Bank.

Schauers Munke aus Wartendorf hat es mitgebracht. Wie denn anders? Dieser unmögliche Munke raucht schon, ist in der Sechsten der »Größte«, weiß alles, erklärt alles, hat alles schon gesehen. Vor allem die Spätsendungen auf dem Bildschirm. Darum ist er ja auch sitzen geblieben und nun der

Älteste in der Klasse. Auf dem Hof seiner Eltern hat er ein eigenes Zimmer. Und einen eigenen Trag-Fernseher. »Mit einer japanischen Bildröhre«, sagt er. Und natürlich eigener Antenne. Das fetzt. Zwischen der vierten und sechsten Reihe sitzen ein paar Mädchen, die schieben das bunte Buch einfach weiter. Kein Interesse. Auch Fritze Moll lässt es passieren, ohne freilich der Strickleiter an der Tafel den kleinsten Blick zu widmen. Er will nur an den Sonntag zuvor nicht mehr erinnert sein. Schauer junior quittiert diese abweisende Haltung mit einem hingezischten »Arschloch«, was dazu führt, dass Fritz schon wieder weiße Ohren bekommt.

So muss der »Felsenrücken« aushelfen, das ist Grete Fels, von der alle meinen, dass sie ein »breetes Kreize« hat, hinter dem sich's gut versteckt. Freilich darf sie in der ganzen Zeit, da so ganz und gar und klipp und klar und absolut verbotene Bilder erstmalig in Groß-Naschhausens Schule zu besichtigen sind, die Position nicht wechseln, damit keine Blickschneisen vom Katheder her entstehen. Die gute Grete ist jederzeit bereit, anderen eine Freude zu machen. Außerdem ist sie die Tochter des Fleischers am Bahnhof, der bei gutem Wetter den Bratwurst-Rost vor seinem Haus aufstellt. Die Kinder auf den Nebenbänken sind allesamt Kinder von Eltern, die beim Fleischer Fels einkaufen. Gretes Geduldsfaden ist also länger als die DNS-Strickleiter an der Tafel.

Schließlich aber doch nimmt das Fräulein Stieglitz dieses und jenes unterdrückte Kichern, diesen und jenen unterdrückten Ausruf wahr, wendet sich erzürnt, blickt in verlegene, gerötete, sich abwendende Gesichter – kurzum in jenes Ensemble von Nichtbereitschaft zu irgendwelcher Kommunikation, dessen Zerstreuung so sehr viel Arbeit macht.

Fräulein Stieglitz ist jedoch auch nicht von gestern. Entschlossen lässt die schon nicht ganz unbetagte Dame Tafel Tafel sein, beschreitet die ihr nächste zweite Gasse zwischen den Tischen, ist rasch im Bilde, wo sich der Störfaktor vermutlich befinden könnte, und schwupp – hat sie ihn! Das war der dumme Peter, der Jüngste vom Musiklehrer Weise, der am Sonntag und sonst die Orgel spielt, wenn geheiratet oder gestorben wird. Der hat nicht aufgepasst, das Buch nicht schnell genug verschwinden lassen. Jonka II ganz hinten hat aber aufgepasst, und so wird Peters Panne noch ein Nachspiel haben, als dessen Vollstrecker sich der zweite der vier Jonkas – mal rein konzeptionell gesehen – bereits versteht.

Im Augenblick freilich ist nichts mehr zu retten, die Pädagogin ist auch hier Herrin der Lage. Sie trägt das Buch, ohne es eines Blickes zu würdigen, zum Katheder, verwahrt es im Pult – nein, sie schließt es nicht ein, wie Munke hinterm Felsenrücken beobachtet, spricht nur mit großem Fixierblick über die Klasse: »Bilderbücher könnt ihr zu Haus ansehen. Hier wird gearbeitet. Also: Hefte raus! Wir wiederholen die Zellteilung.«

Ein lang gedehntes »Ooooch« der Enttäuschung, aber die Befehlshaberin auf der Kommandohöhe der Didaktik bleibt unerbittlich: »Ohne Kenntnis dessen, was im Kleinsten im Menschen vorgeht, wisst ihr denn auch nicht, was ihn im Großen bewegt.«

Dagegen lässt sich kaum etwas vorbringen, zumal der Wissensdurst der aufgewecktesten Kinder an diesem Morgen nach dem, was den Menschen im Großen bewegt, auf eine Weise gestillt wurde, die den schulischen Rahmen überfordert, um nicht zu sagen – sprengt.

Fräulein Stieglitz weiß das noch nicht, und die Kinder fügen sich seufzend in diese anbefohlene »Zschssell-tlei-lung«.

Es sind nicht nur aufgeweckte – es sind schon kluge Kinder mit einem ersten Mäßchen Lebenserfahrung in der noch unfertigen Brust.

Wir trennen uns von ihnen nicht ohne Mitgefühl, begeben uns ins Lehrerzimmer und damit an den Funkenherd des Konflikts, denn unausweichlich reift die erste große Pause heran, in der das Fräulein Jutta, nicht nur die jüngste, sondern unzweifelhaft auch die reizvollste Kollegin der Lehranstalt – borniertere Provinzler im Ministerium zu Berlin würden sagen: »Viel zu schade für Naschhausen« –, dieses Fräulein Krause also den Umschlag öffnet mit den Bildern für die Wandzeitung, die Monika so fleißig gesammelt ...

Ja, aber, aber – – wie ist solches zu deuten?

Herr Siegel (Chemie und Sport) verfolgt beunruhigt und einigermaßen überrascht das Mienenspiel im Antlitz seiner Kollegin, die an der langen Konferenztafel weit entfernt von ihm und seinem Fensterplatz irgendwelche bunten Drucksachen betrachtet, konsterniert offenbar, denn nicht einmal die Zigarette zündet sie sich an. Das hat sie vergessen, wie es scheint. Weil sie wie gebannt auf diese Blätter starrt.

So hat Herr Siegel seine in aller Stille angebetete Vollkommenheit, ohne die er längst nicht mehr wüsste, dass vor dem Siegel ein Franz-Philipp seiner Selbstverwirklichung mit ungewöhnlicher Kraft entgegenhofft, noch nie gesehen. Er macht einen ersten Schritt vom Fenster weg und zur Tafel hin, entflammt sein Gasfeuerzeug. »Darf ich behilflich sein?«

Das darf er.

Aber Monikas Märchenfee hat weder Auge noch Ohr für eine derart devote Beflissenheit, stößt nur ein paar kräftige Paffwolken an den Plafond.

Herr Siegel schielt mal nur so von der Höhe über die Schulter der bewunderten Kollegin, der immer alles gelingt, die er aber im Grunde nicht meint, sondern vielmehr die in der Kollegin eingesponnene Frau, den künftigen Schmetterling eben, den er nur ahnt, weil das Pflichtengespinst drum herum so dicht ist. Was sein gewagter Huschflug über die Blätter in Fräulein Krauses Hand wahrnimmt, ist allerdings ... Herr Siegel möchte in Gedanken das kühne Wort kaum wagen, kann es jedoch nicht ganz abweisen. Was er so flüchtig wahrnimmt, scheint ihm »bestürzend« – ja, das ist das Wort, das er in Gedanken suchte.

Die Kollegin Krause hingegen sucht nicht. Sie lässt urplötzlich den Kopf in die rechte Hand sinken und flüstert: »Wahrscheinlich bin ich verrückt und muss zum Arzt ... Das darf es doch nicht geben! Was geschieht mit meinen Kindern? ...«

Eine gewiss mehr rhetorische Frage an die Adresse »Unbekannt«, als dass mit dieser rein emotionalen Äußerung ein konkreter »Jemand« gemeint sein könnte.

Herr Siegel nimmt jetzt nichts anderes mehr wahr als die Erschütterung seiner Angebeteten. Das ist der erste, ihm zufallende Augenblick, den Helfer zu machen. »Liebe Jutta«, sagt er nicht ohne Förmlichkeit, »wenn irgendwo etwas fehlt – ich stehe zur Verfügung!«

»Dann kneifen Sie mich!«, sagt diese Jutta.

»Wie bitte?«

Und Jutta: »Sie sollen mich kneifen, zum Donnerwetter – damit ich weiß, ob ich wach bin oder schlafe!«

Herr Siegel weiß nicht recht – fragt vorsichtshalber: »Wohin, bitte?«

»Wohin Sie wollen. Mein Gott, ein Mann muss das doch wissen.«

Herr Siegel, dermaßen aus seiner allezeit sorgsam beachteten Reserve gefordert, will sich nun auch nicht kleinmütig zeigen, kneift frisch drauf zu – aber eben leider, wie es solchen gehemmten Männern oft unterläuft, einen Meter zu tief.

Da springt das Fräulein Krause jähe auf. »Das verbitte ich mir! Was fällt Ihnen ein?«

»Ich dachte – ich sollte ...« Herr Siegel stottert nun auch.

Die Deutschlehrerin hatte natürlich den Oberarm gemeint – ohnehin ist das die Stelle, wenn es ums Erwachen in geistiger Hinsicht geht.

Nunmehr packt sie die Blätter, hebt sie, wirft sie mit Wucht auf den Konferenztisch zurück. »Ich bin außer mir!!«

Der kurzsichtige Kollege Franz-Philipp glaubt in der Tat, nicht recht für möglich halten zu sollen, was ihm sein Stielblick auf den Tisch so verstreut darbietet. Er greift sich also ein paar dieser ominösen Blätter, schiebt die Brille auf die Stirn und mustert Blatt um Blatt dicht vor den Augen, als gälte es, eine assyrische Keilschrift zu entziffern.

Dem Fräulein Jutta geht das auf die Nerven. »Geben Sie her! Das ist nichts für Sie.« Und schon hat sie ihm die Blätter aus der Hand genommen, will sie wieder ins Umschlagpapier tun.

Ein kurzer Ruck jedoch bringt die Brille wieder auf die Nase zurück, und Franz-Philipps Rechte umklammert Juttas Handgelenk mit einer Kraft, die das ihm zuzutrauende Maß bei Weitem überschreitet. »Wofür halten Sie mich, Jutta? Glauben Sie etwa, ich bin ein Schwächling, der genau an der Kante, wo es inoffiziell wird, in Ohnmacht fällt? Ich habe schon zwischen Himmel und Erde geschwebt, als Sie noch in die vierte Klasse gingen, Fräulein Krause, und ich muss doch sehr bitten ...!«

Herr Siegel will, zuinnerst betroffen, das Konferenzzimmer erhobenen Hauptes und langen Schritts verlassen, als die Tür schon von außen geöffnet wird. Herr Raubold ist's. Wuchtigen Schritts vereinnahmt er das karge Lehrerzimmer, wendet sich knapp. »Kollege Siegel, ich bitte Sie zu bleiben!« Die Aktenmappe wuchtet auf den langen Tisch, und natürlich – unter diesen Umständen – bleibt Kollege Siegel. Weil Kollege Raubold (Mathe, Geographie und vor allem Staatsbürgerkunde) der gesellschaftspolitische Leuchtturm der Bildungsanstalt ist. Parteisekretär, Kulturbundobmann im Rahmen der »Naturfreunde«-Sektion, und in allem anderen, was sonst noch anfällt, standpunktorientierend. Das ist der Typ, der mit Sicherheit einmal Schulrat des Kreises und alsbald des Bezirkes werden wird. Kollege Siegel zweifelt nicht, begibt sich zu seinem gewohnten Platz an dem langen Tisch, die offenbar zu erwartenden Eröffnungen des Leuchtturms zu vernehmen; zu denen es aber vorerst nicht kommt, weil die Tür sich so pausenlos öffnet, wie es die große Pause zulässt. Kollegin Fuschelmann (Russisch und Handarbeit) hat bereits in aller Stille Platz genommen, es folgen zwei graue Erscheinungen, die nie das Wort nehmen, und endlich, zusammen mit der Kollegin Stieglitz, Direktor Unbehauen, der sich erst einmal am Becken in der Nische die Hände wäscht, sie gründlich abtrocknet, danach mit dem Kämmchen einen Gang durch den sich bereits lichtenden Forst auf der Kuppe seines Denkhügels unternimmt, um Zeit zu gewinnen. Nicht nur sein Ohr, auch der Spiegel sagt ihm, dass in seinem Rücken eine ungewohnte Schweigsamkeit um sich griff, die fraglos mit dem fatalen Anruf Bürgermeister Schönleins zusammenhängt. Der erreichte ihn in der zweiten Freistunde. Schönlein war diesmal aufgeregt, was sonst nicht seine Art, schnaufte geradezu: »Von der Entgleisung haben Sie wohl schon gehört, Kollege Unbehauen?«

Noch im Nachhinein ist Unbehauen froh, dass er guten Gewissens sagen konnte, er habe nichts gehört. Hatte er ja auch wirklich nicht.

»Da ist ein Waggon vom Bahndamm gestürzt, in dem sich etwas befand.«

»Keine Ahnung – was denn?«

»Bücher – gewisse ...«

»Schulbücher also ...«

Noch hatte Unbehauen bei diesem ersten Warnschuss über den Draht das Erlebnis mit dem Schreckensbuch im Bett seines vierjährigen Knaben nicht ganz gegenwärtig. Warum auch sollte ihn Schönlein anrufen, wenn es sich nicht um Schulbücher handelte? So rief er also zurück: »Die können wir brauchen. Her damit!«

Der Schnaufer am anderen Ende der Leitung geriet noch um einen Klafter tiefer. »So geht das nicht, Lotte – nu horche erscht mal! Es handelt sich um das Gegenteil von Schulbüchern ...«

»Um Lebensbücher demnach?«

»Nu freilich – aber eben um bestimmte. De Kategorie is wieder mal entscheidend. Also nich für jedermann, herrjeminehundnocheinsdruff – – verstehste mich denn nich, Mann ...« Wie die Verlegenheit des Bürgermeisters immer deutlichere Gestalt annahm, was durch die plötzliche Umschaltung vom »Kollege Unbehauen« zum ortsüblichen »Du« und schließlich zum vertrauten »Lotte« für den Lothar unverkennbar wurde, begann es im Hinterkopf des Schulmeisters zu dämmern – – endlich: Er hatte dann auch versprochen, den Weisungen der Staatsmacht am Platze Gehör zu verschaffen. Insoweit präsentiert er sich nun gerüstet, strebt dem Kopfende der Tafel, das ist sein Platz, heiter zu, blickt längs der Tischkanten einmal hinunter und gegenüber wieder hinauf, beginnt ohne ferneren Verzug: »Liebe Kollegen, ich habe Ihnen etwas mitzuteilen. Bürgermeister Schönlein hat mich telefonisch ins Bild gesetzt. Es handelt sich um die Entgleisung eines Waggons unmittelbar hinter der Flussböschung, wodurch die Bergung des Schadguts außerordentlich erschwert wurde. Gewisse Unregelmäßigkeiten waren die Folge – kurzum: Wir sind gebeten worden, im Rahmen unserer schulischen Kompetenzen und Möglichkeiten für die erneute Beibringung des Schadguts zu sorgen. Vermutlich haben Kinder am gestrigen Sonntag zuallererst den Zugang zur Unfallstelle genutzt und etliche Exemplare einer Edition an sich nehmen können, die jedoch zurückerstattet werden müssen, wenn sich aus diesem Vorfall nicht ein Schaden ergeben soll, der das Handelsvolumen und den Exporterlös unseres Staates insgesamt berührt. Ich muss Ihnen nicht sagen, liebe Kollegen ...«

Bis zu dieser Stelle ist der Schuldirektor gekommen, als sich sein Lehrerkollektiv gegen diese Zumutung von Seiten des Staatsapparats so überraschend wie empfindlich zur Wehr setzt. Es fallen Zwischenrufe des Unmuts, die eine geordnete Verhandlung unmöglich machen.

»Immer soll die Schule wiedergutmachen, was anderwärts versaut wurde ...«

»Für Entgleisungen ist schließlich die Reichsbahn zuständig. Was haben wir damit zu tun?«

Der Direktor versucht, sich Gehör zu verschaffen. »Unsere Kinder haben eben Exemplare dieser Bücher ...«

»Jaja, und wir sind zum Einsammeln da! Als ob wir nichts anderes zu tun hätten. Warum werden in dieser Sache die Eltern nicht angesprochen?«

»Natürlich werden wir auch die Eltern ...!« Genosse Unbehauen muss nun schon brüllen, um sich durchzusetzen, kann und will jedoch die Frage, so plötzlich aus der grauen Ecke geschossen, aus der sonst nie etwas kommt, was das denn für Bücher seien, die da entgleist wären, nicht beantworten – jedenfalls nicht so direkt und schon gar nicht in die graue Ecke. Er lässt sich erst einmal auf seinen Stuhl zurückfallen, spielt damit dem Genossen Raubold die Initiative in dieser unangenehmen Sache zu. Soll die Partei sich doch äußern ...

Und die Partei öffnet schon ihre prallvolle Mappe mit all den Weisungen darin, entnimmt ihr zwei Exemplare jenes durch hinlängliche Erwähnung bereits bekannten Werks der Buchdruckerkunst, hebt sie bedeutungsvoll in die Höhe. »Das hier, Kollegen – ich habe kein anderes Wort – ist eine Schweinerei. Und wisst ihr, wo ich sie gefunden habe?«

Natürlich weiß das niemand, und alles blickt gespannt auf die »Schweinerei« in der erhobenen Hand der Partei. »Ich fand sie auf dem Knaben-Abtritt. In den Händen zweier Schüler der fünften und sechsten Klasse, die sich darum rauften. In sehr brutaler Weise übrigens, die mich erschreckte. Natürlich wieder ein Jonka dabei, der den jüngsten Ziegenbein mit dem Kopf in das – nun ja, in jenes gewisse Becken zu pressen versuchte. Ein Glück, dass ich hinzukam. Inzwischen nahm ich Gelegenheit, mir diese seltsamen Publikationen etwas genauer anzusehen. Ich erkläre Ihnen: Mir sträuben sich die Haare! Wenn derartiges Druckgut unsere Schulen überschwemmt, brauchen wir uns über gar nichts mehr zu wundern ...«

Kollegin Stieglitz ist nun sicher, dass sie sich mit ihrer Entrüstung auf der richtigen Bahn befindet, entnimmt ihrer Mappe ein ebensolches Exemplar, reicht es zum Weitergeben der Russischlehrerin, Frau Fuschelmann, die sich, eine rüstige Endfünfzigerin aus dem Baltikum, für die Einsichtnahme in das beanstandete Erzeugnis Zeit nimmt. Sie hat Zeit, denn das Fräulein Stieglitz holt etwas weitläufiger aus, kommt dann auf den Punkt. Auf dem Korridor erst, nachdem sie das Buch dem Pult entnommen, habe sie das erste Mal hineingeschaut, sich überzeugt, dass es sich um eine Importware aus Schweden handele, wofür sie nun allerdings kein Verständnis aufbringen könne. Gewiss – sie habe seinerzeit einsehen müssen, dass die DDR Apfelsinen vom Franco-Regime bezogen habe, ein ohne Frage so schmerzlicher wie beschämender Vorgang. Aber das hier ... Lucie Stieglitz holt noch einmal tief Luft, weist mit langer Hand auf die Schande, die sich Kollegin Fuschelmann betrachtet: »Ich bin aufs Äuchslerste beschl-türzt und frage mit allem Nachdruck unsere Regierung: Wie kommt dieser schwedischle Unflat in unsere Sch-chlule?!«

Franz-Philipp kann sich den Einwurf nicht verkneifen: »Den hat bestimmt ein Schwede nachts aus seinem Schlafwagen geworfen, aus Angst vor der Kontrolle in Probstzella.«

Unbehauen räuspert sich mit dem Unterton des Verweises. »Fünfhundertfünfzig Mal Unflat kann nicht einmal ein Schwede auf der Transitstrecke aus dem Fenster werfen.«

Raubold bedeckt die Augen mit der Hand. Er will sich auf keinen Fall gehen lassen, dämpft die Stimme auf Zimmereckenlautstärke herab, spricht langsam und überdeutlich wie ein Geistlicher zu behinderten Schäfchen: »Ich sagte bereits, dass es sich um ein Druckerzeugnis aus unserem – aus *unserem!* – VEB ›Fortschritt‹ in Roßeck handelt, wenn die Kollegen mir einmal gütigst folgen wollten ...«

Aus der grauen Ecke kommt ein lang hingehauchtes »Ach, soooo ...«, und das sind eben immer wieder die Dinge, die den verantwortungsbereiten Mitmenschen sehr viel Ärger machen.

Raubold rügt auch dementsprechend: »Dieser Zwischenruf führt zu gar nichts. Uns fiel mit dieser Entgleisung eines anonymen Waggons zu nächtlicher Stunde ein Problem in den Schoß. Dergleichen gibt es. Das passiert eben sozusagen –«

»– am laufenden Band.«

Das war abermals der Franz-Philipp.

Tut sich da etwa von unberufener Seite eine Front auf?

»Sehr witzig!«, konstatiert Raubold. Einengen lässt er sich nicht. Erschrecken schon gleich gar nicht. Diesen witzigen Philipp wird er sich vornehmen. Aber nicht jetzt. Alles zu seiner Zeit. Jetzt muss er gut und einleuchtend argumentieren, hebt wieder die Stimme: »Ich kann nur annehmen, dass es sich bei dieser – – also bei diesem Druckwerk um eine Gemeinschaftsproduktion auf Valutabasis handelt, Kollegen. Wir haben ja Verträge. Mit der ganzen Welt. Warum nicht auch mit Schweden? Das sind doch selbstverständliche Dinge – Lizenzen eben, Kooperationsverträge –, alles Mögliche wird da in den großen Vereinbarungen abgesprochen. Schwedische Erze zum Beispiel sind für uns kostbar. Wir können dafür keine Valuta auf den Tisch legen. Wir bezahlen die Ware, in diesem Fall die Erze, mit Erzeugnissen unserer Republik, das ist doch sonnenklar, und jedermann weiß das …«

Die junge Genossin Krause hebt mit Ausdruck die Blätter, die ein Kind, ein ahnungsloses, wie sie nun weiß, auf der Wiese fand, in die Höhe. »Mit diesen Schweinereien also bezahlen wir den Rohstoff, aus dem wir Stahl machen?«

Raubold nickt. »Genau genommen – ja. Wobei ich natürlich nicht weiß, woher die Vorlagen zu diesem Buch kommen. Ich nehme an, der schwedische Verlag verantwortet den Inhalt. Wir haben ihn nur gedruckt. Das ist alles.«

Jutta Krause wirft sich gegen die Lehne ihres Stuhls. »Nun freilich – dann haben wir ja ein reines Gewissen. Für den Inhalt ist der böse Kapitalismus zuständig! Es darf eben nur keine Entgleisung passieren. Die nur bringt alles an den Tag. Wie peinlich!!«

Man könnte jetzt eine Stecknadel fallen hören, so still ist es nach dieser Äußerung der jüngsten Kollegin geworden, die sonst immer den Sonnenschein im Konferenzzimmer macht. Alle sind betroffen, sie hat ja Recht – verdammt noch mal –, eine Entgleisung darf tatsächlich nicht passieren. Dann kommt alles ans Tageslicht, wie es sich wirklich verhält zwischen der größten DDR aller Zeiten und den vielen Ländern und Völkern drum herum, die auch mitreden, wenn es ums Prinzip geht.

Unbehauen wird in dieser beklommenen Stille erst bewusst, dass er seine geliebte Schule verspielt, wenn er jetzt und in den folgenden Tagen nicht aufpasst. So nimmt er das Regiment erneut in die Hand, gibt sich väterlich über die lange Tischplatte. »Nicht alles, liebe Jutta, das wir bezahlen, bezahlen wir mit solchen Erzeugnissen, die gegen unsere sozialistische Moral verstoßen – das weißt du auch, nicht wahr?!«

Natürlich weiß sie das. Und nickt nur stumm.

Der Direktor bittet noch einmal alle Kollegen, die in Schülerkreisen umlaufenden Exemplare einzutreiben und unverzüglich bei ihm, der Schulleitung, abzuliefern, will auch gleich am Konferenztisch damit beginnen. Nur die Kollegin Fuschelmann ist noch immer vertieft, hört die Ermahnung nicht. Dabei hat es schon das erste Mal geläutet. Das Ende der großen Pause naht.

»Kollegin Fuschelmann –!«

In Wahrheit ist das Olga Karpis aus Riga, die auf einem Flüchtlingstreck einen thüringischen Oberstudienrat aus Jena kennenlernte, der sie wiederaufrichtete, als sie auf einem Baumstumpf am Chausseerand das Ende der Welt abwarten und keinen einzigen Zentimeter mehr weitergehen wollte, um in irgendeine abscheuliche »Zukunft« hineinzutorkeln.

Sie hat sich aufrichten lassen, ließ sich am Ende des Wegs auch das unpassende Kleid »Frau Fuschelmann« überstülpen, trägt es auch als Witwe mit der Gelassenheit, die Damen aus der alten Gesellschaft des Nordens aufbringen, verfügt über jenen lakonischen Humor, der die deutschen Balten seit Jahrhunderten auszeichnet. Im Urstromtal hinauf und hinab ist sie *die* Russischlehrerin schlechthin und absolut unersetzbar. Am 8. März eines jeden neuen Jahres wird sie von Jena bis Saalfeld vom Demokratischen Frauenbund Deutschlands zu dem Treffen mit den Frauen der sowjetischen Offiziere gebeten, um das Gespräch nicht nur zu dolmetschen, sondern vor allem in Gang zu bringen, über natürliche Verlegenheiten hinwegzuhelfen, erste Verständigungsschwierigkeiten inhaltlichen Charakters zu überwinden. Olga Karpis kann das. Alle wissen es.

Jetzt, da sie die zweite Ermahnung des Direktors erreicht, blickt sie unbefangen aus der »Schweinerei« auf, schüttelt langsam das Haupt. »Ich bin ganz erschta-unt – wirrglich! In jewisser Weise ist das ja äin Bäitrag zur alljemäinen Sittenjeschichte Europas – tschestnoje slowa!«

Frau Olga hat das mit der tiefen, voll klingenden Bruststimme der Baltin gesprochen. Autoritativ gewissermaßen, ohne es zu wollen – vollgültig eben. Arglos, sauber, kompetent.

Unbehauen muss erst einmal Luft holen, um mit seiner Verblüffung fertig zu werden. Alle eigentlich sind verblüfft. Sogar Raubold hebt den Kopf aus seinem tiefen Verdruss bis über den Rand. Das kann dem Genossen Direktor nur recht sein. »Sie meinen also, liebe Kollegin Fuschelmann, dass es sich bei dieser vorliegenden Veröffentlichung nicht um, wie soll ich sagen, also um das gewisse – – ich sage es mal ganz direkt über den Tisch – um Sex handelt, sondern um etwas anderes?«

Frau Olga nickt. »Jenau das mäine ich. Es handelt sich um Sex in kulturjeschichtlichem Sinne.«

Das gegenseitige Missverständnis ermuntert in der grauen Ecke zu erneutem Gekicher.

Unbehauen spürt, wie er ermüdet und zugleich das zweite Mal die Glocke hört. »Sehr komisch ist das alles nicht«, spricht er in die Ecke der Farblosen, die ja auch an der Konferenztafel sitzen. Verdammt noch mal – an allen Debattentafeln der Welt sitzen sie. Denkt er. Und will etwas sagen, öffnet den Mund, aus dem jedoch nichts gelingt, da diese exotische Person aus dem Norden mit einer geradezu unglaublichen Ruhe erklärt: »Alle Weltjeschichte hängt irjendwie mit Sex zusammen, und das wirrd a-uch immer irrrjendwie wiederjespiegelt. Denkense nur an die Leda mit dem Schwan – die hängt in Dresden. Das war der Zeus, der sich an die Leda ranjemacht hat, damit sie ihm zu Willen is ...«

Raubold wird das nun doch zu bunt. Nicht ohne Schärfe spricht er über den Tisch: »Ich habe weiß Gott Verständnis für so manches – aber das hier«, er pocht mit dem Zeigefinger hart auf den Pappdeckel des Lasterwerks aus Arbeiter- und Bauernhand, »das hier als Kunst anzuerkennen, weigere ich mich entschieden, Kollegin Fuschelmann!«

Olga Karpis hat immer, seit sie denken kann, das Gefühl gehabt, dass sie achthundert Jahre alt ist. Jetzt blickt sie aus einer geradezu universellen Entfernung auf diesen erregten Menschen an der Tischkante, der nur vierzig Jahre bisher hinter sich gebracht. »Es jibt in allem, was der Mensch sich ausdenkt, Jrenzfälle – jewisse ..., und das hier« – sie weist auf das aufgeschlagene Buch zwischen ihren Händen – »ist jewiss so äin Jrenzfall, wenn se nischt dajejen haben, mäin junger Freund.«

Das dritte Klingelzeichen ruft alle Pädagogen von Groß-Naschhausen erneut und unwiderruflich an die Front, die Beratung ist jähe zu Ende. Die Lehrerschaft zerstreut sich hastig, belastet und abermals verunsichert über die einzelnen Stockwerke, erreicht ohne wahre Lust den Klassenraum, in dem just dies oder das mitzuteilen, abzufragen ist, weil der Stoffplan es so will.

Die Schülerschaft, die ja mitspielen muss, wenn das Ganze funktionieren soll, weiß um ihre Rolle an diesem ersten Morgen nach den großen Ferien besser Bescheid als je zuvor. Das Abenteuer der Entgleisung hat in allen Stockwerken die altersgemäße »Wiederspiejelung im Jrenzfall«, wie Frau Olga wohl sagen würde, gefunden, und Jutta Krause ist tatsächlich erst dann beruhigt, als Monika, am Ende der Deutschstunde ans Pult gerufen, mit ungemein blanken Augen mitteilt, die eingesammelten Bilder noch gar nicht so genau betrachtet zu haben. An der Unangetastetheit dieses Kindes ist kein Zweifel möglich, Genossin Jutta atmet auf. »Die Bilder, die du gesammelt hast, Mönchen, die passen nicht recht, weißt du«, spricht sie vorsichtig. »Da sind meist Frauen drauf abgebildet, die keine Mütter sein wollen – und schon gar keine befreiten. Wir wollen doch aber gerade solche Mütter zeigen, denen es Spaß macht, frei zu sein. Ich denke, wir werden doch einen Blick in unsere Illustrierten werfen müssen und dort etwas finden – einverstanden?«

Natürlich ist Monika einverstanden, entschwebt über den Flur in der vollen Andacht des siebenten Himmels.

Das Fräulein Krause sieht dem Kind nach und wird dadurch plötzlich und ganz gegen alle Absicht enorm nachdenklich.

Im oberen Flur streben Unbehauen und Raubold ihren Klassen zu.

Unbehauen ist in der Tat verunsichert, fragt langen Schritts und hastig: »Was sagst du zu unserer Olga?«

Raubold hat seinen besten Augenblick, grient. »Das war die Keule vor die Krawatte.«

»Also doch Kunst?« Unbehauen ist noch einmal stehen geblieben.

»Das weeß ich doch nich, Mann – weeßt du's?«

Unbehauen hebt die Schultern. »Keine Ahnung.« Ihm fällt der Ausflug nach Molsdorf wieder ein, so bleibt er doch noch einmal stehen. »In Schlössern und Museen hängt tatsächlich manches an der Wand, was verdammt in die Nähe von Olgas ›Jrenzfall‹ gehört.«

Raubold bleibt fest. »Wir sind hier nicht im Schloss oder Museum. Wir sind in einer Schule. Auf derartige Differenzierungen darf sich die Partei nicht einlassen. Die umlaufenden Exemplare sind zu kassieren. Alles andere ist liberalistischer Unfug. Basta!«

Unbehauen schweigt. Eigentlich hatte er seinem Parteisekretär erzählen wollen, dass der Bertl die »Schweinerei« in sein Kinderbettchen mitgenommen hatte, aber das unterlässt er nun lieber. Es scheint ihm geraten, das beanstandete Buch noch einmal und gründlicher zu betrachten und zu beurteilen. In aller Obacht selbstverständlich vor unberufener Teilnahme. In groben Zügen jedoch sollte, so denkt er jetzt, ein Schuldirektor wissen, wo die Schweinerei aufhört und die Kunst beginnt oder, umgekehrt, die Kunst aufhört und die Schweinerei beginnt. Vier Jahre Uni Jena auf dem naturwissenschaftlichen Zweig genügen da offenbar nicht, um sich ein Bild zu machen. Lothar Unbehauen empfindet das zum ersten Mal als eine echte Lücke in seinem durchaus naturell angelegten Weltbild, indem er den langen Flur durchmisst und aus den zwei letzten Türen der Lärm zweier Rudel unbeschäftigter, damit losgelassener Schüler dringt.

In der 10 A haben sich die meisten Mädchen an den geöffneten Fenstern versammelt, lehnen sich hinaus oder verschränken die Arme beim Anblick der noch so unfertigen männlichen B-Jugend, die nichts als Allotria im Kopf hat. Stülpes Otto steht an der Tafel, zeichnet aus einem gewissen Buch einen gewissen Gegenstand nach – schief und zu groß. Eine laienhafte Arbeit …

In der 10 B balgen sich drei lose Knaben unter den Bänken um den Besitz des zunächst einzigen Exemplars jenes gleichen Buches, das den Erwachsenen so viel Kopfschmerzen macht, kaum dass es aufgetaucht. Was soll da erst werden, wenn das Buch sich herumsprach??

Nicht ohne Sorge denn eilen die geplagten Pädagogen zu ihren Kathedern.

Werkleiter Rudi Kramm hat sein Leitungskollektiv wie an jedem Montag des Wochenbeginns so auch an diesem um den langen Konferenztisch des Direktors versammelt. Es ist eine Routinesitzung. Man bespricht die »laufenden« Dinge.

Schwerpunktauftrag des Monats: neun Millionen Schulbücher für Indien. Bebildert. Leider nicht als Anhang. So muss in der Binderei gesondert aufgepasst werden. Insgesamt ein schöner Auftrag, der etwas bringt. Sechsfarben-Offset auf holzfreiem Papier … Die Walzen in Halle I laufen bereits. Daneben geht in dieser Woche das »Bauwesen« über die Walzen. Ebenfalls stark illustriert. Ein dickbändiger Groß-Auftrag in drei Sprachen für das gesamte »S. L.« – das ist das »Sozialistische Lager« –, aufwendig in der Herstellung, teurer Endpreis; da winken Jahresendprämien für das Werk-Kollektiv. In Halle II wird das Lexikon »Gesundheitswesen« montiert. Das hat schon in der Setzerei viel Kummer gemacht. Mit all dem altgriechischen und lateinischen Abrakadabra dazwischen – wird aber ausgebügelt durch die hohe Auflage. In Roßeck steht man nicht beim Staat in der Kreide. Im Gegenteil. Der VEB »Fortschritt«, graphische Werkstätten, hat noch immer einen Überschuss an den Spartopf der allgemeinen Wohlfahrt abführen können. Man hat hierorts durchaus ein Bewusstsein der eigenen Bedeutung für das Ganze, und Rudi Kramm gehört zu jenen Leitern, die sich durch eine gewisse, gleichsam klassische Gelassenheit und Souveränität auf den Kommandohügeln der sozialistischen Volkswirtschaft bereits mehrfach angenehm empfahlen.

Nachdem die Richtpunkte gesetzt, die Auswertungen vorgenommen, die Maßnahmen zu Protokoll gebracht, fragt der

Werkleiter schließlich unter der Rubrik »Verschiedenes« ein wenig zerstreut schon: »Was ist mit dem Titel für Schweden?«

»Der ist entgleist.«

»Nanu?« Kramm richtet sich auf.

Absatzleiter Nylla übernimmt es, den Werkleiter von dem Ungemach, das den Titel für Schweden ereilte, zu unterrichten. Natürlich so knapp wie möglich. Es muss ja nicht unbedingt breitgetreten werden, wie sträflich nachlässig in jeder Hinsicht das Werk auf den Unfall reagiert hatte. Der Verlust von einem halben Tausend Exemplaren bringt Kramm jedoch vom Stuhl. So dick er ist, so flink läuft er hinter den Stühlen seiner Mitarbeiter auf und ab, schimpft sich den Zorn von der Leber. »Außerdem«, er bleibt plötzlich stehen, »außerdem ist das glatter Diebstahl von Volkseigentum. In Form eines Valutaauftrags. Wir werden Anzeige erstatten. Bei der Kripo! Das lasse ich mir nicht gefallen. Wir dürfen das nicht einfach hinnehmen. Ein halbes Tausend Bilderbücher kann nicht in einer Nacht vom Erdboden verschwinden oder sich ins Nichts auflösen, verdammt noch mal!!«

Schön und gut und ringsum Zustimmung – allerdings schweigende.

Nur die Chefsekretärin blickt über den Tisch. Mahnend.

Parteisekretär Aberhold weiß schon, dass er den Rest auf sich nehmen muss. »Mit der Kriminalpolizei wollen wir besser doch noch etwas warten –«

»Was heißt das?« Kramm macht eine scharfe Wendung zu seinem Stuhl am Tafelkopf.

Aberhold hat seine liebe Frau im Ohr die ihm zuflüstert: »Nicht aufregen, Ewald!« – so spricht er mit immenser Verhaltenheit: »Es handelt sich für die Schweden nicht um einen neutralen Titel wie etwa ›Die Früchte des Waldes‹ oder Ähnliches ...«

Der Produktionsdirektor will helfend einspringen und sich zugleich aus dem Unternehmen Schweden zurückhalten.

»Allenfalls könnte man von ›Früchtchen‹ sprechen – – chachacha ...!«

Die Chefsekretärin lässt den Stift fallen, bückt sich unter den Tisch. Was in die Höhe zurückkehrt, ist ein etwas verkrampft zusammengehaltenes Ensemble von entgleisten Gesichtszügen.

Kramm klopft ungehalten mit dem Parker auf die Platte.

»Darf ich nun endlich erfahren, um was für einen Titel es sich handelt?«

Aberhold öffnet seine Mappe, entnimmt ihr schweigend das unerlaubte Genussmittel, das ausgerechnet in Roßeck entstanden, reicht es dem Werkleiter.

Kramm hat das Gefühl, das täuschende, sich entschuldigen zu sollen, bemerkt hastig: »Ich kann mich nicht um jeden einzelnen Titel speziell kümmern, Genossen – das wisst ihr ja ...«

Natürlich wissen das alle. Wo kämen wir hin, wenn jeder Werkleiter jedwedes Produkt, das durch seine Hallen läuft, persönlichst in Augenschein nähme?

Kramm hat das große, bunte, in jeder Hinsicht auf Qualität getrimmte Buch schon in den Händen, mustert den Titel ... schweigend.

Drum herum, längsauf und längsab, begleiten es sorgende Blicke.

»Was heißt das?«, fragt er schließlich etwas unwirsch.

»Künstlerische Variationen«, sagt Aberhold lakonisch.

Und Nylla, nicht ohne Eifer: »Für den Tag und für die Nacht.«

»Ach so –«, sagt Kramm.

Blättert hin. Und zurück. Und noch einmal hin. Ende. Zugeklappt.

»Verstehe.«

Alles?

Nein – doch nicht ganz.

Die letzten zehn Minuten dieser aus aller Routine herausfallenden Sitzung münden in eine Idee. Kramm hat sie.

»Wir setzen eben eine Belohnung aus. Drei Mark für jedes beigebrachte Exemplar. Für jedes unaufgebrochene Paket zwanzig Mark. Das ist doch etwas. Ich fasse zusammen: Kein Wort in die Zeitung! Das scheucht nur auf. Hingegen Anschlag am Bahnhof – mit Unterschrift vom Bürgermeister und Abschnittsbevollmächtigten von Groß-Naschhausen. Ich fresse Besenstiele, wenn das nicht hinhaut.«

Der Dicke lacht, und Sonnenschein fällt in die Gemüter.

Die Sitzung ist geschlossen, Papa Werkleiter zündet sich seine Zigarre an – die erste Zigarette der anderen ist nun auch möglich – der Produktionsdirektor gibt zum Besten, wie, als der Schwedentitel durchs Aggregat lief, in der Spätschicht etliche Bogen als »Pfusch« ausgesondert wurden, die in Wahrheit ohne Fehl. »Da ist so manches Blatt in der Aktenmappe nach Haus getragen worden ...«

»... um es der lieben Frau zu zeigen!«

Jetzt lacht Papa Kramm dröhnend.

Nur Ewald Aberhold sitzt still und voller Bedenken.

Eine geflügelte Pandora scheint den Raum zu durchschweben und aus ihrer Büchse den Duft kommenden Unrats zu verströmen.

Sehr gebildet ist Genosse Aberhold nicht. Einen feinen Nerv aber für gewisse Ahnungen hat er. Dass er sich nicht das letzte Mal mit diesem unseligen schwedischen Titel beschäftigt haben wird, ist ihm nun gewiss, ganz abgesehen davon, dass er überhaupt keinen Nerv, also wirklich: überhaupt keinen auch nur zartesten Beziehungspunkt zu dieser Edition für Europas Norden aufzubringen vermag; ein Land, in dem sonnenarme, trunksüchtige, vom Spätkapitalismus viel zu spät heimgesuchte Spökenkieker zu den abnormsten Mitteln greifen müssen, um sich irgendwie wach zu halten in ihrer ewigen Polarnacht da oben in den Holzhäusern ihres Missvergnügens ... Aberhold hat da mal eine Sendung auf dem anderen Kanal gesehen und weiß nun, wie es in diesem Land zugeht. Aber für Deutsche in Deutschland sind doch solche Schweinereien nicht – das lehnt man ab und hat es abzulehnen. Ganz klarer Fall! Soweit Ewald Aberhold.

Das Exemplar, das er zur Ansicht vorgelegt, nimmt er wieder an sich, umwickelt es mit dem Packpapier, aus dem er es zuvor enthüllt, verstaut es wieder in seiner Mappe. Die Umständlichkeit, mit der es geschieht, erregt erneut die Heiterkeit der Chefsekretärin.

Kramm tätschelt sie väterlich auf die Wange. »Na, na ...!«

Er bemerkt, der zaghafte Ewald, dass er bekrittelt wird, zwingt sich zu einem dünnen Lächeln. »Meiner Frau darf ich mit diesem Werk-Erzeugnis nicht kommen.«

Nylla reagiert empfindlich. »Glaubst du vielleicht, wir hier stürzen mit dem ersten Signalexemplar vom Band gleich zum Stelldichein mit der Mutter unserer Kinder?«

»Das tun wir nur mit den ›Früchten des Waldes‹ –«

Kramm ermahnt seinen Vorzimmerengel: »Gerda ...!«

»Ist doch wahr!«, verteidigt sich der etwas scharfzüngige Engel.

Der Leiter der Versandabteilung greift schlichtend ein. »Die Auflage geht nach dieser Entgleisung nur noch im Container nach Schweden, dann kann damit nichts mehr passieren. Mit derartigen Titeln werden wir in Zukunft immer so verfahren. Plombiert eben – in einem Rundumpaket aus Metall. Unfallsicher. Nur mit Schneidbrenner zu öffnen. Na? Wie bin ich?!«

Diese joviale Art reizt den Produktionsdirektor. Er wird laut.

»Was heißt ›mit derartigen Titeln‹? Das ist ja lächerlich! Der vorliegende Band ist ein Spitzenerzeugnis der polygraphischen Industrie unserer Republik. Dazu stehe ich! Hätten wir etwa diesen Vertrag nicht abschließen sollen?« Das war schon sehr laut.

Aberhold ist blass geworden. Seine Ahnung, es reife ein Konflikt heran, dem er nicht gewachsen sein werde, hat sich erst nach der Sitzung in peinlichster Weise verfestigt. Diese

Gerda Klapp beim Chef kann ihn sowieso und von Anbeginn vor vier Jahren nicht leiden. Sie wird den Nagel zu seinem Sarge in Roßeck machen ... nur sie: im Verein mit diesen unseligen »Konstnärliga variation er för dag och för natt«, wird sie zu seinem Ende auf dem Schauplatz Roßeck führen, er fühlt es mit allen Fibern seines Gesamtdaseins als Parteisekretär des VEB »Fortschritt«, graphische Werkstätten.

Gut denn – allein mit den »Früchten des Waldes« wird der Sozialismus auf die Dauer nicht zu machen sein. Das sieht er ein, dazu hat er auch immer gestanden, wenn die alten Genossen sich aufgeregt und protestiert haben.

Dass aber nun die »Früchtchen« in den Vordergrund gehören sollen, weil es dafür harte Währung gibt und das Exportgeschäft blüht – also das sieht er nicht ein, der Ewald Aberhold aus Kolkwitz an der Saale, das weiß er ganz bestimmt, und da wird er sich auch nicht beirren lassen; nicht mit irgendwelchen glitzernden Produktionserfolgen und Jahresendabrechnungen, nicht mit der Überreichung irgendeiner Wanderfahne oder dieser oder jener Prämie. Daran wird er festhalten, wenn alle anderen Kollegen und – bedauerlicherweise muss es gedacht werden – Genossen inzwischen umgefallen sind, jawohl!

Mit diesem letzten Ratschluss im Busen verlässt der Parteisekretär des VEB »Fortschritt«, am Saum der niedlichen kleinen Orla gelegen und gebettet, das Konferenzzimmer der hohen Direktion.

Nicht, dass er voll Ingrimm wäre. Aber enttäuscht ist er schon.

Etwas ...

Im morgendlichen Doppelstockzug nach Jena, kaum, dass sich die dichten Pulks von Groß-Naschhausen über die Waggons verteilen, breitet sich alsbald, wie man nun durchs breite Urstromtal von Klein-Kleckersdorf zu Groß-Kleckersdorf der weltbekannten Provinzmetropole ingeniöser Gelehrsamkeit und Produktivität auf dem Gleiswege zueilt, so etwas wie eine gezügelte Erheiterung in den unteren und oberen Stockwerken aus, mehr in den oberen schließlich, wo sich vorzugsweise die studentische Jugend sammelt.

Seit Saalfeld hat sich, wie an jedem Alltag, das Häuflein der angehenden Erzieher und Gelehrten zu immer kompakteren Gruppen verdichtet, die ersten Skatblätter wurden schon ausgeteilt, als sich mit dem Zustieg vom Knotenpunkt am Nadelöhr sogleich die Kunde ausbreitet von der Entgleisung. Wer es nicht glaubt, leiert schnell noch, ehe der Mann mit der roten Mütze die Kelle hebt, das Oberlicht herunter, sich zu überzeugen, und tatsächlich –! Auf dem Sackgleis steht er, der Waggon, leer, beschädigt, einsam. Die Zugestiegenen flunkern also nicht.

Hügels Anton (auch wieder Sport und Geographie im zweiten Studienjahr) leiert das Oberlicht wieder hinauf. Was war denn drin in dem Waggon?«

»Möchtest du wissen, wie?« Unsinns Paulchen aus Freienorla, das ist der Enkel im Hause Unsinn, wirft sich in die Brust, kostet es aus. Das Paket, über den Fluss durch die Wiesen geschleppt, als die Nacht noch schwarz, war schwer.

Natürlich will Hügels Anton es wissen.

»Sex war drinne.«

»Quatsch.«

»Wenn ich's dir sage –«

»Gibt's bei uns nicht.«

»Gibt's doch.«

»Wer'sch globt ...«

»Kimmst naus auf 'n Abtritt – zeig ich dir's.«

»Dein'n Bimmel wohl. Kannst'n behalte!«

»Blödkaschper – ich zeig dir'n Bimmel aus Schweden, Mann!«

Nun macht Hügels Anton aus Wartendorf zum ersten Mal runde Augen. Einen schwedischen Bimmel hat er noch nie gesehen, seit er lebt. Den will er nun auch kennenlernen.

Als sie sich eingeschlossen haben in der stinkerten Rummskammer, präsentiert Unsinns Paulchen seinen Schatz, blättert vor und zurück, abermals retour und wieder auf den Ausgang hin. Ganz langsam. »Da siehste's – – ho'ch etwa zu viel versproche?!«

»Bist 'n Detleff ...« Anton atmet hörbar, obwohl der Zug plötzlich ein Tempo anschlägt, als sei er der Transitexpress zwischen dem Papst und dem König von Schweden. Anton muss sich am Türgriff festhalten, so schaukelt die Fahrt ins Glück. »Was willst'n dafür haben?«

Unsinns Paulchen hebt die Hand wie zum Schwur. Das sind über Daumen, Zeige-, Mittelfinger dreißig Piepen.

Die Bauern im Urstromtal darben nicht gerade ...

Der Handel ist perfekt. Das Werk hat seinen Besitzer gewechselt, und frohen Schaukelschritts zwischen den Bänken kehrt jeder auf seinen Platz zurück.

Jonka I, der schwarzäugige Älteste, hat das selbstverständlich beobachtet.

An diesem Morgen fuhr er nicht mit der MZ seinen gewohnten Weg nach Kahla, um pünktlich an seinem Ofen zu sein. Er ist Brenner im Porzellanwerk. Gut bezahlt. Ein Facharbeiter. Mit Abstand. Schichtleiter und Meister machen einen Bogen um ihn. Mit dem Jonka will sich niemand so recht einlassen. Es ist ein mehr unbewusstes, instinktives Ausweichen vor einer unbekannten, gleichwohl erahnten Gefahr, die damit verbunden scheint. Niemand kann es sagen. Es wird auch nicht darüber gesprochen in der Brennerei. Alle denken nur vage ins Nebelhafte, dass es besser ist, wenn man nicht darüber redet. Der Gefürchtete selbst ist so wortkarg, dass es manchmal unheimlich ist. Kassiert aber wegen ständig guter Ergebnisse laufend Prämien. Die Art, wie er die Urkunden oder Blumen oder Worte von höchster Stelle entgegennimmt, ist ebenso unheimlich. Ein schräger, schwarz funkelnder Blick schießt unter den halb gesenkten Lidern hervor, als würde ein Schuss abgegeben, dem nur der

Ton fehlt; ein nur hingemurmeltes knappes »Danke« beendet den Vorgang auf die immer gleiche Weise, als wollte ein von der Front zum Kartoffelschälen in die Küche Verbannter sagen: Nun hört doch auf mit dem Schmus – ist ja gut, ich schäle den Murks, den ihr satt kriegt.

Wie immer man das deuten mag, Tatsache bleibt: Dieser vierundzwanzigjährige Mensch von Statur und so auffallend schweigsamem Anspruch hat eine Aura um sich, die den erfahrenen Menschenbeobachter aufmerken, den unerfahrenen instinktiv scheuen lässt. Vermutlich ist es das in der Ausstrahlung so stumm-beredte »aufs Ganze gehen«, das diesen ersten Sohn der insgesamt unüblichen Jonkafamilie von all den übrigen jungen Männern dieses freundlichen, loyalen Menschenschlags im Saaletal unterscheidet. Gewiss will jedermann mal etwas wagen – aber nicht zu viel. Gewiss will jedermann mal lieben – aber nicht zu heftig. Gewiss will jedermann mal hinter die Kulissen schauen – aber nicht zu lange. Gewiss will jedermann mal was Verbotenes kosten – aber nicht zu gierig. Diese in Jahrhunderten eingeübte, einprogrammierte Grundhaltung, die das Überleben sichert, geordnete Lebensbahnen ermöglicht, Traditionen schafft, Zukünfte vorausbedenkt, ist nun einmal weder im Kortex noch im Busen dieses Sonderexemplars Fred Jonka aus Groß-Naschhausen an der Saale von Haus aus angelegt.

Das Streichholz zwischen den Zähnen – auch so eine Manier, wer nicht raucht, kaut Gummi –, aber nein, Fred kaut auf einem Streichholzende herum, spielt mit ihm zwischen den Lippen wie der Jongleur mit seinem federleichten Bällchen auf der Stirn – in dieser Manier also durchkämmt er den ganzen Zug vom letzten bis zum ersten Waggon, über die Stufen nach oben, am anderen Ende wieder hinunter in den Keller, informiert sich in aller bedachtsamen, wohl kaschierten Schnelle über den Stand der Dinge, darüber vor allem, wie von wem in welchem Kreis über die Entgleisung gesprochen wird, ob sie das vorherrschende Thema des neuen

Wochenbeginns oder doch wieder die Ergebnisse der Oberliga und der Staffel E ... Es ist Marktforschung, was er da betreibt, und das Ergebnis seines Streifzugs keineswegs negativ.

Wie er sich mit betontem Gleichmut, die Hände in der Lederkluft, von Bank zu Bank, von Abteil zu Abteil, die Trenntüren mit dem Fuß aufstoßend, vorwärtsarbeitet, mal da und dort, wo man überm Blatt sitzt, stehen bleibt, bis einer hochblickt: »Willst'n du hier?« oder das Flüstern sofort einsetzt und Köpfe zusammengesteckt werden, wenn er nahe ist, weil ihn auf diesen Bänken keiner kennt – wie er das alles in seinem Hinterkopf notiert, sich mehrfach auch, wo man ihn kennt, wenn nicht lauthals begrüßt, so doch stillschweigend aufgenommen weiß, scheint an diesem Montagmorgen König Fußball tatsächlich nicht die alleinige Hauptrolle zu spielen. Die Entgleisung macht die Runde. Natürlich nicht, weil ein Waggon umfiel – der Inhalt ist das Thema Nummer eins, wobei das Erstaunliche, dass die Kunde von der Porno-Moritat sogar flussaufwärts drang, eine Fama durch die Nacht die Neuigkeit in einigen Belegexemplaren bis hinauf nach Etzelbach und Kirchhasel trieb, was sich nur noch durch das Wunder der Motorisierung, etliche enge Verwandtschaften, eine Tanzveranstaltung mit der Beat-Gruppe »Die Sechs« auf der Schauenburg und letztlich durch die profane Tatsache erklären lässt, dass sich das Telefonkabel zwischen Rom und Stockholm durch das gesamte Urstromtal zieht und tatsächlich zwischen Großeutersdorf und Oberhasel telefoniert werden kann. Nachts besonders reibungslos.

Fred übereilt nichts. Hastige Geschäfte auf Zug-Abtritten sind nicht sein Stil. Das machen Dilettanten. Knäblein, die sich noch um einen Fünfziger fürs Eis raufen. Er sieht seinen Mitfahrenden an diesem frühen Morgen ins Gesicht. Dann erst auf die Hände – ob sie aus einer Mappe oder aus dem Anorak etwas hervorholen, ob auf dem flachen Köfferchen über den Knien, das die Platte macht fürs Skatspiel, plötzlich etwas anderes liegt – ein Buch zum Beispiel. Aufgeschlagen. Und die Köpfe darüber. Mit diesem »Ach« und jenem »Oooooh« und mal einem großen Gelächter dazwischen, weil einer was gesagt hat einen Zentimeter unter der Gürtellinie ... Seine Erwartungen bleiben nicht unerfüllt. Ein alter Arbeiter, direkt an der Kante, wo er steht, blickt zu ihm hoch. »Eine Stimmung ist das dorthier heut morgen ...«

Und ein alter Herr mit Spitzbart, in einem gediegenen Covercoat, der sein Leben vor etwa vierzig Jahren auf dem Kurfürstendamm zu Berlin begann (nun etwas abgetragen), mischt sich mit einem jovialgeräumigen Gelächter auf der weichen D-Saite seines Stimmbands ins Gespräch des jenseitigen Fensterabteils: »Die jungen Herrschaften scheinen in der Tat amüsiert ...«

Der alte Arbeiter blickt verdammt gelangweilt aus seiner Jacke. »Bist wohl nicht von unserer Flussseite, Männchen –?«

»Wie meinen Sie?«

Der alte Herr versteht nicht recht, blickt etwas indigniert zu Jonka hoch. »Ich bin in Saalfeld heute Nacht hängen geblieben, fand am Morgen aber Anschluss. Ich will nach Dresden, wissen Sie –«

»Da müssen Sie in Göschwitz raus«, sagt Jonka, blickt schwarz und scharf dem Spitzbart in die Pupille.

Der lässt sich nicht aufhalten. »Dort wohnt meine Cousine. Sie ist schon siebenundachtzig. Ich hätte ihr so gern etwas mitgebracht.«

»Vielleicht ein Buch?«, spricht der Tunichtgut verführerisch.

»O ja – das wäre durchaus passend«, bemerkt der Spitzbart beglückt, blickt über den Gang begehrlich zu den jungen Leuten, die sich seit geraumer Zeit mit einem Buch so köstlich amüsieren. »Etwas Heiteres ist immer richtig heutzutage ...«

Der stützende Stock wandert von der Rechten in die Linke, der alte Herr greift über den Gang. »Wenn ich es mal anschauen dürfte ...«
»Aber bitte sehr!«
Von dem Fenstersitz gegenüber wird das Buch herübergereicht zum schwächeren Platz direkt am Mittelgang des langen Abteils zweiter Klasse. Im Doppelstockzug hat es nie eine erste gegeben.
Und es ist nicht wahr, dass die Welt »an der Saale hellem Strande« eine rechtschaffene, eine heile, gesunde Welt ist, in der kein Arg und Fehl. Halunken sind's, ausgekochte Holzer und Beinsteller, die da mit unverhohlener Teilnahme beobachten, wie der arglose Herr von drüben mit dem Porno-Knüller aus dem VEB »Fortschritt«, graphische Werkstätten, fertig wird. Im Umgang mit Büchern offensichtlich nicht ungeübt, bemerkt er alsbald: »Aha – – Schweden! Interessant! Es soll ja Lizenzausgaben in der DDR geben ... ich hörte schon davon.« Ein überlegenes Lächeln über den Gang. »Haben Sie denn den fremdländischen Titel verstanden, junger Freund?«
Die Frage fällt Günter in den Schoß. Ernst und die Ruhe selbst, wie es seine Art ist, gibt er Auskunft: »Es handelt sich um ›Künstlerische Variationen‹ –«
»So – ja ..., natürlich!« Jetzt lacht der Spitzbart auf der A-Saite.
»Für den Tag und für die Nacht«, kräht Heiko Wolle, Günters engster Nachbar in der Fensternische, dazwischen, bekommt dafür einen Rippenstoß mittlerer Größe und ist von da ab beleidigt, zieht sich die Jacke übers Gesicht.
Jonka spürt, dass bei diesem Kräher eine latente Kaufbereitschaft anzunehmen ist, rührt sich nicht vom Fleck.
»Verziehe, Mann!«, sagt Günter.
Jonka blickt sehr von oben herunter auf den Sohn des Bullen, der ihm »stinkt« wie die ganze Sippe, murmelt nur: »Klappe!«

Der feine Herr indessen blättert, sucht sich im Irrgarten der Wollust, in den er so unverhofft hineingeraten, die Möglichkeit für den Abgang in Ehren zusammen. Mit magerem Ergebnis. »Starker Tobak«, sagt er schließlich, klappt das Buch zu.

Der alte Arbeiter murmelt nun mit geschlossenen Augen vor sich hin: »Wohl doch nichts für die feine Madame Cousine in Dresden –«

»Allerdings nicht«, erwidert der Herr. Es klingt wie aus einem dunklen, schweren Gewölbe, dumpf und traurig wie die G-Saite. Der Rücken dazu ist nun steif zur Positur an die Bankwand gelehnt.

Günter spürt die Kränkung, die angerichtete. Es tut ihm Leid.

»Sie dürfen das nicht so ernst nehmen. Wir sind heute Morgen alle ein bisschen verrückt und albern, wissen Sie. Das kommt von dieser Entgleisung. Normalerweise sind wir ganz ordentliche Leute. Können Sie glauben. Ich sag' das auch nur, damit Sie keinen falschen Eindruck von uns mitnehmen.«

Der alte Herr scheint allmählich doch etwas getröstet, will auch, sagt er, versuchen, »sich hineinzudenken«. Es kommt in diesem Winkel des dicht besetzten Waggons zwischen einem »Dresdener aus der Königszeit« und ein paar netten jungen Leuten von heute zu einem verständigen Gespräch. Günter führt es. »Sehen Sie – bei uns gibt es das alles nicht wie bei Ihnen drüben. Das ist die Voraussetzung. Wir haben keine Sex-Welle, keinen Sex-Markt, keine Porno-Industrie, mit der viel Geld gemacht wird, und auch keine Eros-Centers ...«

Wolle taucht ungemein hastig unter der Jacke hervor. »Was ist denn das nun wieder?«

»Das erkläre ich dir, wenn du groß bist. Jetzt machst du ›kusch‹ und zurück ins Körbchen!« Günter fährt fort in seinem Vortrag: »Natürlich geraten wir aus dem Häuschen, wenn uns ein seltener Zufall so etwas plötzlich vor die Füße knallt –«

»Vor die Augen, du Strohkopp!«

»Natürlich vor die Augen«, Günter lächelt. »Wir sind den Umgang mit derartigen Erscheinungen einfach nicht gewöhnt.«

»Das ist schön. Das ist sogar sehr schön!« Der alte Herr pocht demonstrativ mit seinem Stock auf den Waggonboden. »Und dabei soll es auch bleiben. Gewöhnen Sie sich nicht daran! Verweigern Sie es! Wenn Sie hier in der DDR es nicht tun, tut es niemand mehr in Deutschland. Die heilige Bundesrepublik, die uns Deutsche ein letztes Mal vor dem Kommunismus schützt, ist nur noch eine moralische Müllkippe, eine Deponie der internationalen Verworfenheit, der Morast steht bis zur Hüfte, erstickt alles, was uns einmal groß und vorbildlich gemacht hat: Anstand, Fleiß, Tüchtigkeit, Gesinnung, Treue, die Liebe zur Sache, die nicht nach dem Lohn dafür fragt, was haben wir jetzt? Ich frage Sie, meine jungen Freunde – was haben wir jetzt?!?«

Der alte Herr mit dem Spitzbart des spanischen Philipp ist aufgestanden, hebt, auf den Stock in der Linken gestützt, den rechten Arm fragend und denkmalsgleich in die Höhe, zittert dabei ein bisschen, denn er ist fraglos sehr aufgeregt …

Der schweigende Arbeiter auf der gegenüberliegenden Seite des Mittelgangs hebt nun doch endlich die Lider aus seinem Dauerdusel, bemerkt, ohne auch nur ein sonstiges Teil seines Körpers im Geringsten zu bewegen, mit trockener Kehle: »Wenn du so weitermachst, wartet deine Cousine umsonst auf dich mit dem Tee …«

Nun ist der Schwung unterbrochen, der Stock sinkt herab. Eine für dieses Alter überraschend schroffe Wendung des Körpers zu jener Bank. »Stören Sie doch nicht immer! Jedes Mal, wenn ich etwas sage, mischen Sie sich ein … Das ist doch lästig –«

Jonka, der die ganze Zeit, obwohl an diesem Platze unwillkommen, der Unterhaltung aufmerksam folgte, wendet sich ab. Hier ist die Scheißpolitik wieder dran. Da ist dann nichts mehr zu holen.

Im Mittelraum des Unterstocks, den er durch Gemurre und Geschubse erreicht, stehen meist nur Mädchen, die schon in Kahla aussteigen. Wegen der elften und zwölften Klasse ...

Und an der linken Türflanke drei junge Leute in Intensivdebatte, zwei davon schon mit Vollbart. Wollen wie Männer aussehen. Jonka wippt sein schon platt gekautes Streichhölzchen auf und nieder, stellt sich nahe, will hören, was da so geredet wird. Vielleicht doch über das Schweden-Buch?

Und er hört mit langem Ohrwuschel:

»Wenn ich Pi als zweite Dimension in die Matrix einbaue, habe ich einen Parameter, aus dem sich die Ableitung für den Gammabereich absolut programmimmanent ergibt.«

Der ohne Vollbart scheint etwas dagegen zu haben. »Und was geschieht mit Zone drei? Du kannst doch den Regelkomplex Filtersteuerung nicht einfach weglassen ...«

Jonka weicht ohne Verzug. Seine feste Überzeugung: Diese Wahnsinnigen sind keine Interessenten für seine auf dem Heuboden des väterlichen Ziegenstalls gehorteten »Künstlerischen Variationen«. Das werden Männer, die ihre Frauen durch seelische Grausamkeit umbringen. Ganz langsam, jeden Tag nur um einen Hitzegrad weniger, nehmen sie das Feuer ihres Mädels zurück, bis sie eine kalte stumme Puppe in der Sofaecke haben, die sie links liegen lassen können, um sich ungestört ihrem »Pi« und ihrem »Gammabereich« widmen zu können ...

Jonka hat unter der Aufopferung seiner Lehrer, unter Drangsal und Aggressionskonflikt doch schließlich noch die neunte Klasse geschafft, ohne auch nur im Geringsten ein Dummkopf oder Schwächling zu sein. Das für alle geltende Schulkorsett hat halt für ihn nicht gepasst. Es war einfach zu eng. Ein Jonka braucht Weite, Raum, Ausbreitungsfreude, die freie Luft auf dem Grat. Ungestört will er sein. Dann gibt er sein Bestes. Was aber ist sein Bestes? Wenn er es wüsste, würde er nicht ständig so ruhelos umherschweifen wie ein Wolf. Wölfe gehören einfach nicht ins Saaletal. Zur Zeit der Grafenfehde mögen sie der Zierrat, der romantische, des bäuerlichen Alltags von Fürstens Gnade gewesen sein, der dem Leibeigenen allein die Wolfsjagd zugestand, jede andere, ehrbare, jedoch strikte verbot. Aber heutzutage? Wo ist die Chance für eine Gratwanderung durchs Leben in diesem graziösen Urstromtal, in dem noch nie aus Colts geballert wurde, noch nie ein Krieg auf großem Fuß stattgefunden hat, noch nie eine rasende Büffelherde sämtliche Saalefurten übersprang, um alles niederzureißen mit elementarer Wucht – dieses Kirchhasel und dieses Kolkwitz …, dieses ganze schäbig-behäbige Groß-Naschhausen der Fügsamkeit – mit den vielen gehorsamen Eltern darin, die aus ihren Kindern wieder nur gehorsame Eltern von morgen machen wollen.

Wie nur ist einzusehen, dass das gut sein soll? So war es ja immer. Und nichts kann dem Jonka weismachen, dass es nun nicht mehr so ist. Da müssen die oben erst mal früher aufstehen als er. Vorher lässt er sich auf nichts ein. Schon gar nicht auf Zicken mit Rüschen, auf das Blabla-Gerausche …

Im Verfolg dieser großen Gedanken hat er sein Hölzchen unbedacht ausgespuckt. Das kam durch die vielen Menschen. Die Enge in der Transportbüchse ängstigt ihn. Wohin mit dem Regenbogen in der Brust, wenn kein Platz ist, ihn auszubreiten.

Aber doch um einen Strich sanfter jetzt schiebt er die ihm im Wege Stehenden beiseite. Schließlich sind das auch Leute; in Wahrheit haben ihn die Leute mit dem »Pi« und »Gamma« geschockt, diese Alleswisser …

Wie kommen die überhaupt auf solche Schweinereien, verdammt noch mal? »Piiih wie Pinkel, Gamma wie Guano«, hätte er ihnen, wie er dabeistand, in die Fassade brüllen sollen. Hat er nicht gemacht. So blöd aber machen die ihn auch nicht, dass er nicht wüsste, wie mit diesen Sachen umgehen, wenn man es kann, pfui Deibel – aber dort an der Tür stehen zwei, die sich festhalten, während sie eben was tauschen. In Zeitungspapier ist es eingewickelt. Am Ende doch die leichtverkäufliche Beute aus dem großen Unfall der – wie heißt das? –, der »Variationen«, chachacha ...

Die schreien sich an. Wegen des Fahrtlärms. Den mit der Brille hat er schon öfters gesehen. Ist aus Freienorla drüben. Das erste Haus hinter der Brücke. Der Vater soll Koch sein. In Jena. Was sagt der Sohn? Fred macht sein längstes Ohr. Und hört: »Die Partei verlässt sich auf dich. Hier sind die Analysen.« Jetzt tauschen sie das Paket. »Keine Sorge«, der andere nickt. »Ich packe aus.«

»Die Probleme müssen auf den Tisch!«, brüllt der Bebrillte.

»Auch meine Meinung«, schreit der andere zurück.

Da gibt es nichts als Flucht. Jonka will die entsprechende Kehrtwendung machen, als der Zug eben um zwei Grade zu flott die Kurve nimmt. Alle drei purzeln sie zusammen und aufeinander – die Genossen mitsamt ihrem enttäuschten Marktforscher.

»Bist du nicht der Jonka?«, fragt der Bebrillte, schiebt den in der Motorsportkluft von sich. Kopfschüttelnd.

Jonka stellt sich gerade. »Was dagegen?«

Er bekommt nicht einmal eine Antwort. So ist es eine Abfuhr.

Einen Begriff dafür hat er nicht. Was es ist, weiß er nur allzu gut. Zurück also durch den ganzen Waggon. Sachte, sachte ... Kahla muss gleich kommen. Da spielt der Mann vorn am Pult immer noch einmal verrückt.

In der Abteilmitte stecken welche die Köpfe zusammen. Der daneben Stehende hält sich am Gepäckgestänge fest, ein langer Dürrer, beugt sich vor: »Also, die N-N-N ... immer mit der Sch-, mit der Schlange im P-p-p-aradies um den ganzen B-b-baumstamm herum, die finde ich s-s-s-uper!«

Jonka glaubt seinen Ohren nicht zu trauen. Das ist ein Kunde! Er fixiert diesen von den »Variationen« so begeisterten Menschen von der Seite. Das will der aber nicht leiden, dreht sich um. »Ha-ha-hau ab, M-m-m ...«

»Bis du's raus hast, bin ich fort«, knurrt Jonka verächtlich.

Irgendwie – er weiß nicht, wie es kam – hat er es jetzt eng in der Kehle. Erst war es ein Kloß. Jetzt ist es ein Stein – so hart. Er schluckt ein paar Mal. Der Stein löst sich nicht auf.

Vor der Waggontür am anderen Ende stehen die Mädel von vorhin nun dicht gedrängt umeinander, aneinander, die Mappen unter die Achsel gezwängt, leicht und sicher. Sie lachen. Schwatzen miteinander. Auch aus dem Oberstock dringt Gelächter nach unten. Der ganze Zug lacht – mit seinen vielen, vielen Gesichtern. Er hat in alle hineingesehen und manche sich gemerkt. Jetzt sieht er sie vor seinem inneren Auge noch einmal: die nur leicht verzogenen Mundwinkel, das Grinsen bis zu den Ohren, die weit geöffneten Mäuler, die roten Backen, die im Vergnügen geschlossenen Augen, die im Gelächter nach hinten geworfenen Köpfe – nur er steht stumm, blickt auf den eisernen Boden zu seinen Füßen mit den zertretenen Zigarettenstummeln und den Stanniolschnipseln. Niemand hat mit ihm sprechen wollen. Weil ihn hier niemand kennt. Er fährt mit dem Motorrad zur Arbeit. Jeden Morgen, jeden Mittag – je nach Schicht. Zu seinem Ofen. Der will pünktlich bedient sein. Der wartet nicht. Nicht auf Mister Jonka ... Der Meister hat zu ihm einmal in einer Brigadesitzung gesagt: »Du bist zu finster, Junge – ja, guck nur, ein Finsterling bist du. Und so geht das nicht. Wir Brenner sind fröhliche Leute, verstehst du!« Da hat er sich entschlossen, einmal hochzublicken, den Kopf mal richtig zu heben. In lauter hagere, zergrabene Altmännergesichter hat er geblickt. Die haben alle gegrient, ihm zugenickt.

Ganz freundlich. Und da war auch plötzlich der Stein in seiner Kehle. Wie jetzt. Ganz genau wie jetzt ... Er braucht gar nicht hochzublicken, er weiß schon, dass die Mädels allesamt, wie sie da plappern und kichern, ihm den Rücken zudrehn. Er müsste die Nächstbeste packen, mit einem kurzen Griff gegen die Scheibe drücken, ohne Nachsicht. Da könnte sie nicht anders, müsste ihn ansehen – – ja, *müsste* es tun! Dann würde er lachen. Ganz laut. Und erst loslassen, wenn sie ihn schön und ängstlich darum bittet ... Wenn das geschehen ist, muss er Geld haben. Viel. Er muss was darstellen, was bieten können. Anders kommt er zu nichts bei diesen Zierpuppen von der EOS. Die machen alle das Abi. Da kann er nicht mithalten. Wird es ernst, lassen die ihn absausen. Eiskalt. Er weiß es. Das Motorrad hält nie länger als ein paar Tage vor – bei denen ... Das ist mehrfach ausprobiert und erwiesen.

Und plötzlich verlangsamt der Zug sein Tempo drastisch, die kompakte Ladung »heitere Menge« wird aufeinandergeschüttelt, die Mädchen an der Tür im Untergeschoß fahren quietschend auseinander, im Obergeschoß fällt nun der politische Herr mit dem Spitzbart aus Spaniens finstersten Zeiten endgültig auf Günters Schoß, lüftet den Hut mit einem sehr – also wirklich sehr freundlichen »O Pardon!«, was abermals zu nachbarlicher Heiterkeit im Augenzeugenbereich anregt, Günter zu der Bemerkung verleitet: »Wir sind die aufrichtenden Kräfte, mein Herr –«, und der Herr, nun schon wieder stehend, mit launigem Sarkasmus erwidern: »Ihr Lokomotivführer hat mich zu diesem Zweck aber erst umwerfen müssen ...«

Das ist ein rechter Wochenbeginn, wie er sein soll, denkt der Mensch, der im Gleichgewicht befindliche, und bis Kahla ist es ja nur noch höchstens eine Minute.

Fred schiebt, aus seinem Gedankengang herausgerissen, die Mappe fester unter die Achsel, blickt unwillkürlich hoch in Richtung Tür.

Diese Richtung verfehlt er. Er trifft in dieser Sekunde genau in jene Richtung, in der an diesem frühen Morgen sein Schicksal auf ihn wartet.

Das ist wie eine Entgleisung auf der Fernstraße. Zwei Augenpaare stürzen förmlich ineinander. Die Überrumpelung ist für unseren »Finsterling«, wenn wir dem Meister in der Brennerei glauben wollen, eine vollständige. Er war und ist nicht darauf gefasst. Das Gesicht, das zu den zwei Augen gehört, war schon eine gewisse Zeit auf ihn gerichtet, das fühlt er sofort. Inmitten all der Rücken und Hinterköpfe, ist es das einzige ihm zugekehrte Gesicht. Der Blick darin, der so unvermittelt auf ihn zustürzt, ist ernst, aufmerksam, prüfend. Weicht auch nicht, als die Begegnung oder besser: der Zusammenstoß stattfindet.

Fred Jonka errötet bis unter die Haarwurzeln, steht stumm, wie angenagelt. Er will es erst abweisen, nicht glauben, hat aber auch keine Kraft zu einer Fortbewegung aus dieser stummen Karambolage. Zu reparieren ist da ohnehin nichts mehr. Das Mädchen ist Hanna Moll. Und den Molls geht er aus dem Wege. Immer. Das ist grundsätzlich. Das muss sie doch wissen. Er hat sie jahrelang nicht mehr gesehen. Sie also ihn doch auch nicht. Warum dann hält sie ihn jetzt fest? Sie weiß doch, wer er ist. Ausgerechnet jetzt, da der Zug gleich hält und alles, was sich drängt, aussteigen will, lässt sie ihn nicht los mit ihrem Blick. Will sie was? Ist sie erstaunt? Findet sie was an ihm? Das wäre – das wäre ja …, na Gott sei Dank, jetzt dreht sie sich weg. Wieder so von oben herab. Kein Nicken, kein Lächeln, keine Bewegung, kein Wort. Typisch. Bildet sich wohl was ein, weil der Papa Polyp ist, der Oberkommandierende von Unter-Naschhausen – chachacha …, mit so einer Pute von der Partei lässt er sich sowieso nicht ein. Ganz klarer Fall …

Wenn ein junger Mann von Scharfsinn und Energie, dazu von unverkennbar eigenwilliger Gangart, gar nicht mehr wahrnimmt, wie er aus dem Zug kommt, sondern in einem

Zustand plötzlicher Benommenheit einem halben Dutzend Mädchen nachläuft, nur weil ein bestimmtes Mädchen in diesem halben Dutzend versteckt ist, mit dem er absolut zu tun haben will, dann muss ihn bei dem Zusammenstoß mit dieser Person nicht nur ein Blick getroffen haben. Es muss außerdem jener bekannte Pfeil im Spiel gewesen sein, dessen süßes Gift um so heftiger mit seiner Wirkung um sich greift, je mehr sich der Getroffene dagegen mit allerlei Zappelbewegungen des Widerstands zur Wehr setzt. Eben dadurch dringt der Pfeil immer tiefer ins Herz, und gepriesen sei die allmächtige Natur, die das so unerbittlich eingerichtet, dass es auch für Groß-Naschhausen gilt.

Jonka I, der Große, anstatt jenseits des Bahnhofs, wie es seine natürliche Pflicht wäre, den Weg nach links zu nehmen, um zur Brennerei des weltbekannten Porzellanwerks zu gelangen, bleibt stracks auf der Wegmitte, die in die City von Kahla führt, damit auch zur erweiterten Oberschule »Johann Friedrich Böttger«. Mit dem Motorrad hat er diesen Weg noch nie gemacht. Warum sollte er auch? Kahla ist nicht Sacramento. Es ist überhaupt keiner wie immer gearteten Betrachtung wert. Weil in Kahla nichts los ist. Dort ist alles fest. Wie in diesem ganzen engen, verdammten, langlebigen Tal der Schlafmützen alles läuft wie geschmiert. Niemand kommt da mal herangedonnert, fährt drüber hin, dass die Spießer in ihren festen Häuschen endlich die Köpfe einziehen, sich ducken vor dem Gewitter der Gerechtigkeit ...

Die Verfolgung des halben Dutzends entwickelt sich zu einer Zwangshandlung. Das Gift wirkt.

Jetzt haben sich die Plappergänse zu einer ganzen Rotte vervielfacht. Weil die Burschen aus dem langen Tal, in dem nichts passiert, sich den Mädchen angeschlossen haben – so, wie sie aus dem Zug kamen.

Nun ist das erst ein Geschlenze, ein lässiges, und dabei die ganze Lust des neuen Tags ... in diesem Leben, Mann! Das ist ja doch immer nur einmal da. Kommt er selbst etwa zu spät, weil er diesen Weg das erste Mal in seinem Leben zu Fuß macht?

Da oben überm Rathausturm sieht er den letzten Zipfel von der Feste Leuchtenburg. Noch nie ist er da hinaufgestiegen ...

Und jetzt, wie er die ganze Meute nicht aus den Augen gelassen hat bis zu diesem Haltepunkt vor dem Schulportal, will er den Rest nun auch noch wissen.

Er hat noch niemals seinen Fuß über die Stufen einer »Erweiterten« gesetzt.

In der Fülle gerät er nun hinein, schiebt sich durch eine angenommene Wachsamkeit, die nicht existiert, denn jung genug, um nicht aufzufallen, scheint er doch wohl.

Die ersten Stufen sind im Feld der vielen unauffällig genommen.

Was macht sie jetzt? Welcher Weg ist ihr Weg?

Natürlich über die breite Treppe hinauf. Der Schutzwall um sie herum löst sich auch auf. Die Stärksten nur gehen mit ihr in den zweiten Stock. Dort befinden sich die obersten Klassen.

Nicht ein einziges Mal dreht sie sich um.

Wo der lange Flur fast zu Ende ist, geht sie hinein in die Klasse. Es ist die vorletzte Tür.

Nun, Jonka, mach, dass du fortkommst! Was willst du hier noch? Etwa warten, bis sie wieder herauskommt? Dann sind die anderen auch wieder dicht um sie herum wie die Kletten. Die ganze Klasse wird grinsend vor dir stehen bleiben, dir einen Vogel zeigen oder fragen: Wer ist denn dieser Verrückte? Hast du den bestellt? Hanna wird den Kopf werfen und lachen: Ich? Kein Stück ... Das ist doch der Flegel Jonka, was soll ich mit dem? Dann werden sie alle weitergehen auf den Hof da unten, und du bleibst allein zurück an diesem Fenster, wartest, bis sie wieder zurückkommt, von ihrem Schwarm umringt, um sich immer neuen gelehrten Kram eintrichtern zu lassen. Sie wird auch noch auf die Uni gehen, wie ihr Bruder … Mann, Jonka, lass die Finger davon! Der Kranz hängt zu hoch auf der Stange, da kannst du springen, sooft du willst, da reichst du nie hinauf. Nie im Leben …

»Warten Sie hier auf wen?«

Der Mann dazu hat die Brauen gehoben, markiert Autorität. Das hat Jonka besonders gern. Er steht stumm, will einfach nicht.

»Dann muss ich doch sehr bitten …! Die Schule ist kein Treffpunktlokal, junger Mann!«

Der Blick des Pädagogen bohrt sich in den Rücken dieses dunklen Menschen mit dem befremdenden Gebaren, bleibt dort hängen, bis von dem Rücken kein Zipfelchen mehr zu sehen.

Jonka geht wie betäubt die Treppe hinunter. Es ist jetzt leer und still um ihn. Er hört nur seine Schritte.

Die Flüche des Lastwagenfahrers, der auf dem Damm einen jähen Bogen um ihn herumfahren muss, hört er nicht.

Am Spind im Umkleideraum erwartet ihn schon der Meister. Aufgebracht. »Mit dem blauen Montag wollen wir hier bei uns gar nicht erst anfangen, Freundchen. Ich mache noch keine Meldung. Passiert das aber noch einmal, dann passiert was, klar! Hast du mich verstanden, oder bist du besoffen?«

Nein, das ist er wahrhaftig nicht. Es ist viel schlimmer. Wie es aber sagen? Soll er etwa auf die Knie fallen und schreien: Ich bin angesehen worden. Von einem Mädel … Hanna Moll heißt sie. Ich hab sie gar nicht sehen wollen. Sie hat mich angeschossen. Jetzt bin ich vergiftet. Es tut mir weh in der Brust … irgend so einen verzweifelten Blödsinn redet doch kein vernünftiger Mensch, der auf sich hält und seine sieben Tassen beisammen hat.

»Schon gut, schon gut«, sagt er nur. Das ist mehr geknurrt als gemurmelt.

Von nun an fährt er jeden Morgen mit dem Zug zur Arbeit.

3.

Am folgenden Mittwoch bereits – obernorts wird zügig gearbeitet – hängt der Anschlag im Schaukasten neben dem Bahnhofsportal.

»Einwohner von Groß-Naschhausen!« heißt es dort mit einem rot angemalten, handschriftlich ausgeführten Ausrufungszeichen. Und ferner:

»Die Havarie auf dem Reichsbahngelände innerhalb der örtlichen Zuständigkeit, die am letzten Wochenende stattfand, hat zur Beschädigung von volkseigenem Transportgut geführt sowie einen teilweisen Verlust wertvollen Exportgutes hervorgerufen. Alle Einwohner, die mit diesem Vorfall irgendwie in Berührung gekommen sind, werden ersucht, eventuell auftauchendes Verlustgut unverzüglich entweder im Bürgermeisteramt obernorts oder beim Abschnittsbevollmächtigten unternorts sogleich beizubringen und abzuliefern. Gez.: Der Bürgermeister«

Nicht sogleich, allmählich aber doch, wie Fleischermeister Fels seine Jalousie hochzieht, sammeln sich die ersten Hausfrauen vor dem Schaukasten. Der Selbstbedienungskonsum schräg um die Ecke darf am Mittwoch wegen der staatspolitischen Schulung erst um neun Uhr aufmachen, was Meister Fels in einer jeden Wochenmitte nicht ohne Genugtuung notiert, obgleich er ein durchaus loyaler Abonnent der »Thüringischen Landeszeitung« ist und schon ausgezeichnet wurde wegen seiner »bevölkerungspolitischen Aktivität« – zu Recht, wie man weiß, denn die Bratwürste auf seinem Rost an Sonn- und Feiertagen, wo alle staatlichen Einrichtungen wegen der »Errungenschaften«, wie Meister Fels spöttisch zu bemerken weiß, nicht amtieren, haben noch allemal zu einer loyalen Gesinnung in Richtung obernorts erheblich beigetragen.

Nachdem im Glockenturm die neunte Stunde verklungen war, wird es allmählich doch munter im Bahnhofsumkreis, da es hier unten keinen Markt gibt wie oben. Wo sollen sich die Menschen treffen, wenn nicht vor dem Glaskasten mit den Neuigkeiten darin?

Ziegenbeins Oskar, der allmorgendlich die Milch holt für die ganze Sippe, bleibt natürlich vor dem staatlichen Informationsspiegel geraume Zeit stehen, erwartet seine Chance. Zehn Mark pro beigebrachtem Exemplar sind keine Kleinigkeit, und Jonkas Wort zählt, das weiß er. So holt er gründlicher aus als sonst zum listigen Streich, steht neben dem Glaskasten ein bisschen schütter, ein bisschen gutmütig, ein bisschen krächzend, behält die Pfeife im Mundwinkel, packt jedermann, der herzutritt, ob Männlein oder Weiblein, meist sind es ja Weiblein und Omas, bei seinem hervor gekitzelten Interesse und plappert und plappert ..., deutet mit dürrem Finger immer wieder einmal, wenn Neue kommen, auf die Beifügung unterm Siegel des Bürgermeisters. Da steht zu lesen, dass der VEB »Fortschritt« in Roßeck für jedes beigebrachte Exemplar drei Mark und jedes unbeschädigte Paket ganze zwanzig Mark Belohnung ausgesetzt hat. Ziegenbeins Oskar erklärt den Ahnungslosen die komplette Unangemessenheit dieses Angebots. Wer noch nicht weiß, dass es sich bei dem amtlichen Begriff »Verlustgut« um Bücher handelt, wird aufgeklärt. Wer danach abwinkt und sagt, es verlohnte nicht, »dafür« auch nur einen Schritt ins Rathaus zu tun über die zweiundneunzig Stufen den Berg hinauf, den nimmt sich Oskar gesondert ins Gebet, ein paar Schritte abseits... »Ich geb dir fünf Piepen für'sch Exemplar, und du brauchst keene eenzche Stufe zu gehn.« Wer dumm fragt:

»Warum'enn nur gibste so viel Geld aus, Ziechenbeen, du hast doch gar keens?«, der wird belehrt, dass ein paar Rentner des Orts von der Behörde beauftragt worden seien, ohne viel Aufsehen helfend einzugreifen, da zumeist Kinder und Jugendliche die Übeltäter wären und das Rathaus deshalb nachdrücklich auf die Unterstützung der Eltern, vor allem aber der Großeltern angewiesen sei.

Das klingt nach Hand und Fuß. Es ist ja wahr, dass die meisten Eltern tagsüber nicht daheim sind, den Alten die Aufsicht anvertraut ist, wenn man in der Ansammlung vor dem Glaskasten einmal ganz davon absieht, dass der Gang zum Abschnittsbevollmächtigten, falls man tatsächlich unterm eigenen Dach ein diesbezügliches Diebesgut zu entdecken hätte, zwei Mark weniger brächte, als wenn man die andere Gasse hinaufginge bis zum Grundstück der Ziegenbeins, wo es eben zwei Mark mehr – aber nein, nicht einmal der Gang in die andere Gasse hinauf wäre nötig. Ziegenbein, der Gute, erklärt allen Interessenten, er selbst käme mit seinem kleinen, zweirädrigen Schiebekärrchen, in dem er jetzt die Milch holt, überall dort persönlich vorbei und nähme gegen bare Kasse das von der Behörde so dringend zurückgewünschte »Verlustgut« in Empfang.

Nun – das ist ein Wort. Wer sich nach dem Einkauf entfernt, nimmt es mit in die Familie. Ohne Aufsehen natürlich, wie es »das gute Ziechenbeen« angeraten.

Und tatsächlich hat der alte Schlaumeier so töricht nicht kalkuliert. Suchte er in der Nacht, da der Waggon aus dem Flusstal gehoben wurde, unterm großen Scheinwerferlicht den Preis seiner noch ungekannten Ware in die Höhe zu treiben, so rechnet er jetzt damit, dass der Gegenstand, um den es geht, in seinem annähernden Bedeutungswert möglicherweise bereits da und dort erkannt wurde. Seine Logik: Er spekuliert auf Baisse, sucht den Preis soweit als möglich zu zügeln, indem er die Ware, die zur Disposition steht, ihres wahren Gebrauchswerts entkleidet. Das Gefühl für Angebot und Nachfrage ist nun einmal älter als alles, was danach annähernd in Richtung Vernunft jemals versucht wurde, und so ist auch Ziegenbeins Oskar keiner Unterweisung bedürftig, um gleichsam schlafwandlerisch sicher zu wissen, was im jeweiligen Augenblick einer möglichen Gewinnchance zu tun ist.

Im Augenblick will er nicht verkaufen, sondern kaufen. Also wäre jede Andeutung, die den wahren Seltenheitswert der begehrten Ware zur Unzeit verriete, ein kapitaler Fehler. Der schlaue Alte sucht ihn zu umgehen, indem er das begehrte »Verlustgut« herunterspielt. Nicht so freilich, dass er die innewohnende Qualität in Misskredit brächte. Das wäre sehr dumm, denn später soll ja die Ware gerade mit dem Hinweis auf ihre außerordentliche Einmaligkeit abgesetzt werden. Da bietet sich wie von selbst, der Alte hat sich das in zwei schlaflosen Nächten gut überlegt und zurechtgebastelt, ein ganz natürlicher Ausweg: Er muss auf die Gefährlichkeit der Ware überzeugend hinweisen. Da werden die meisten unsicher werden und trachten, ein solches, höherenorts ausdrücklich gerügtes und zweifelhaftes Diebesgut so schnell wie möglich unter annehmbaren Bedingungen los zu sein.

Wie der Alte diese Schau zu Wege bringt, das ist schon eine Eintrittskarte wert.

»Nee awer och«, spricht er, schiebt sich die Mütze in die Stirn, »drei Piepen vom Rathaus obernorts für so e schlimmes, unsittliches Gelumpe dorthier, was sich iwerhaupt nur im Ausland absetze lässt – in Akapulme vielleicht oder dort in Marocke, wose die Mädchen aus'n deutschen Lande gleich reihenwies verkafe, so frisch, wie se vom Schiffe gefiehrt wer'n, müssense gleich nein in de Sündenkaschemme, also, Leite, ich sag euch weiter nischt als dass de Ware heeß is, die dorthier im Glaskasten hängt. Wird nachner gewissen Zeit bei dem und jenem so e Schandexemplar noch gefunden, gibt's daderdruff mindestens drei Monate ...«

Nun wartet er ab, der Alte, blickt in die Gesichter rundum. Konstatiert er keine oder nur schwache Wirkung, am Ende gar Unglauben mit der Bemerkung: »Meinen Sie wirklich, Herr Ziegenbein ...«, das ist die Frau Bürgermeister persönlich, die jetzt das Wort nimmt, weil sie bei Fleischermeister Fels ein Lendchen abholen will, das zart und abgehangen, und da wird es denn doch ein bisschen brenzlig mit all der Aufschneiderei – »meinen Sie wirklich, Herr Ziegenbein« –, das überharte Hochdeutsch ist ohnehin Signal genug –, »dass ›die Behörde‹, wie Sie sagen, für den bloßen Besitz eines solchen Buches drei Monate Haft verordnet?«

Frau Schönlein ist offensichtlich im Ernste gesonnen, die Maßstab setzende Kompetenz obernorts auch unternorts in eigener Person zu deklarieren und darüber hinaus sogar zu verteidigen; im vollen Bewusstsein des Umstands, dass ins eigene Haus das »Schandbuch« durch den letzten Sprössling Karl gleichsam spontan eindrang, was ihrem Mienenspiel bei einiger Erfahrenheit durchaus abzulesen.

Mit zweiundachtzig kennt man Gesichter und das, was sich in ihnen abspielt.

Das »gute Ziegenbein« blickt nur ein bisschen fragend in die Augen der weiblichen Vertretung im Amte und weiß Bescheid. Jetzt muss er sich aus der Schusslinie bringen, indem er angreift und flott von der Leber weg hochstapelt: »Wenn so e Aushang dorthier im Glaskasten hängt is es doch politisch – oder?!«

Frau Schönlein sieht das – nein, sie stutzt, fragt sich bestürzt, meint dann aber doch, das habe wohl seine grundsätzliche Richtigkeit, die zu bestätigen die Frau des Bürgermeisters keine Bedenken haben darf. »Selbstverständlich«, sagt sie spitz. Eine Neigung des Hauptes bekräftigt die Zustimmung.

»Dann ist doch och de Unsittlichkeet, die dorthier entgleist is, politisch – oder?«

Wie dieses Gespräch vor dem Glaskasten sich zuspitzt, der Pulk drum herum immer dichter wird, die Fama durch den Ort springt wie ein rasch um sich greifendes Feuer, wird auch die Stammhütte derer von Ziegenbein erreicht. Die Malwine, das böse Ziegenbein, muss sogar den Kopf aus dem Mansardenfenster stecken, weil der heimkehrende Nachbar hinaufruft: »Dein Bruder agitiert vorm Bahnhof!«

Malwine traut ihren Ohren nicht. »Was macht er?«, fragt sie zurück, lehnt sich noch weiter hinaus.

»Er agitiert. Wegen der entgleisten Bücher. Die wär'n politisch, sagt er. De Frau vom Bürgermeester hat er ooch darein verwickelt ...«

»Is er denn besoffen?«

»Nee. Nur de Milch wird sauer.«

»Uch hee, der Himmelhund«, ruft die empörte Seniorin des Hauses, macht sich sogleich die Treppe hinunter, stelzt am Stock zum Bahnhofsvorplatz, zwängt sich durch die Menge mit rauem Befehl. Die Einwohner weichen gern. Sie kennen den Spaß, der ihnen bevorsteht. Sie schimpft auch gleich los, die Malwine: »Du elender Kerle, mach dich heeme, oder es setzt was! Wirscht du dich auf deine alten Tage noch mit der Regierung einlasse, die solche Sünd- und Schandbücher druckt. Willstse am Ende noch uff dein Kärrche lade und daheeme deine dumme Gusche neinstecke in all die Unsittlichkeit, aber wart nur – das treib ich dir aus mit dem Stock dorthier, wie der Herr Jesus die Schandbuben und Hurenböcke aus'n Tempel geprügelt hat ...«, so geht das fort, das Mundwerk, wie das Schaufelrad eines Elbdampfers – vom Platz herunter, durch die Gassen, bis vors eigene Haus. Dem armen Kerl steht das Wasser in den Augen von all der Aufregung und Blamage. Schließlich schreit er verzweifelt: »Nu gib schon Ruh, du böses Ziechenbeen! Ich hab's nur gut gemeent, dass mer uns hätten mal was leisten können übers Alltägliche naus, awer nee – du musst ja ewig und drei Tage den lieben Gott spiele uff unseren jammerkleenen Grundstück dahier, bis dich der Gottseibeiuns verschlingt mit Haut und Haar ...«

So zanken sich die beiden Alten mit ganzer Kraft, so spindeldürr sie sind, dass man sie um ihrer erstaunlichen Rüstigkeit willen talauf, talab beneiden sollte.
Natürlich ist durch die gewaltsame Entfernung des guten Ziegenbeins vom Schauplatz vor dem Glaskasten das allgemeine Interesse an dem entgleisten »Verlustgut« nicht geringer geworden. Im Gegenteil. Die Heiterkeit, die Malwines Auftritt hervorgerufen, weicht alsbald einer neuerlichen Aufmerksamkeit, da die Frau des Bürgermeisters sich nicht entschließen kann, die Ansammlung sozusagen richtungs- und weisungslos sich selbst zu überlassen. Sie weiß, was sie sich in ihrer Stellung schuldig, und hält, quasi stellvertretend für den zu seiner allwöchentlichen Mittwochsitzung bereits versammelten Rat der Stadt, eine kleine Rede, der die Umstehenden entnehmen müssen, dass es Gründe gibt – schwerwiegende, um nicht zu sagen haarsträubende Gründe, die es allen Eltern und Einwohnern schlechthin zur Pflicht machen, jedes entdeckte Exemplar aus welcher Hand auch immer unverzüglich abzuliefern. Sie weise außerdem, so sagt sie, mit allem Nachdruck darauf hin, dass die Eltern für ihre Kinder und alle Jugendlichen des Orts nicht nur im gesetzlichen Sinne haften, da es sich ja ausschließlich um gestohlene Bücher handele, sondern vor allem »die Vergiftung unserer Kinder, die vielleicht nicht wieder gutzumachen ist«, so sagt sie, unter allen Umständen verhindert werden müsse.
Als Frau Schönlein erhobenen Hauptes den gekachelten Laden des Fleischermeisters betritt, ist es in ihrem Rücken noch immer still. Keine Frage: Die Menge ist beeindruckt. So eine Vergiftung, die nicht heilbar, ist schließlich kein Spaß, und *den* Vater, *die* Mutter möchte man sehen, denen eine solche Beschädigung des eigenen Kindes gleichgültig wäre. Auch in Groß-Naschhausen wohnen keine Unmenschen, sondern Menschen – ganz natürliche, normale Menschen: ein bisschen recht, ein bisschen schlecht, ein bisschen klein, ein bisschen fein, ein bisschen bloß, ein

bisschen groß –, natürlich müsste man so ein Exemplar von diesen hochgiftigen Büchern erst einmal selbst in die Hand bekommen, um sich ein Bild machen zu können, zu einem Urteil zu finden, ob das tatsächlich eine so gefährliche Ware ist, dass die Malwine ihre Philippika überm Oskar mit dem Stock begleitet. Ist es schon seltsam genug, dass ausgerechnet die beiden ältesten Einwohner der Stadt das Buch, das in der Bekanntmachung überhaupt nicht genannt wird, ziemlich genau zu kennen scheinen, ist es noch seltsamer, dass sie ganz frisch und munter aufeinander los sind wie immer. Von einer Vergiftung hat man nichts gemerkt. Aber das liegt wohl wirklich nur an ihrem Alter. Am seltsamsten freilich sind die zwei Mark mehr, die der Oskar als Belohnung auszahlt. Da muss doch neben dem Rathaus noch so eine lautlose, geheime Ecke sein, in der Befehle ausgegeben werden, die nicht einmal der Bürgermeister, geschweige denn der Abschnittsbevollmächtigte kennt. Die Andeutungen vom guten Ziegenbein waren nach dieser Richtung hin ziemlich dunkel und spannend. Umsonst jedenfalls hat der Alte nicht plötzlich davon gesprochen, das Ganze wär' politisch – na! Da macht man doch gleich einen Bogen.

So die Überlegungen der Leute vor dem Schaukasten, in dem neben der amtlichen Bekanntmachung noch eine weiße Taube über eine rote Sonne fliegt, der alte Siebenzwei eine Gartenbank, noch gut erhalten, »kostengünstig«, wie er mitteilt, zu verkaufen beabsichtigt, Müllers ihren entlaufenen Terrier »Beppo« als »gesucht« melden und der Konsum Jena einen Wettbewerb »Schöner unsere Verkaufsstellen« ausgeschrieben hat. Allerdings vor zwei Jahren. Die Schrift ist schon verblasst.

Bis in die Mittagsstunde sammelt sich ein ständig wechselndes Publikum, das sich, frisch aufgefüllt durch die Schichtheimkehrer aus dem Doppelstockzug, vor dem Glaskasten immer neu von den zuletzt noch Anwesenden darüber informieren lässt, worum es geht, wie viel Geld dabei herausspringt, dass es sich bei dem, was in der Bekanntmachung als »Verlustgut« bezeichnet ist, um eine brandheiße Ware aus dem westlichen Ausland handelt, die aber nach der Entgleisung von der Volkspolizei vergiftet wurde, damit kein Schaden entsteht, worüber aber nicht geredet werden soll, weshalb die hohe Belohnung ausgesetzt ist, damit der Mantel des Schweigens darüber liegen bleibt und alle Kinder, die aus Versehen mit dem Gift in Berührung gekommen sind, gleich evakuiert werden können, wie die Frau des Bürgermeisters gesagt hat, weshalb ja auch die Kreiszeitungen bisher von der ganzen Entgleisung nichts gebracht haben, kein Sterbenswörtchen – guter Gott! Das sind gleich ein Dutzend Schaufelräder, die da rotieren, das träge Wasser des Alltags in Aufruhr zu bringen, wodurch zunächst einmal der gute Oskar um seinen Erfolg gebracht ist. Seine Baisse-Spekulation auf »politisch« als Abschreckung, wie die Sonne über Groß-Naschhausen den Zenit durchwandert, entpuppt sich als ein glatter Fehlschlag. Als er um die Mittagszeit, den Auftritt mit dem »lieben Gott« des Hauses Ziegenbein zu verdauen, auf der Saalebrücke steht, sein Pfeifchen zu rauchen, ein bisschen verdrießlich, ein bisschen doch noch mit dem Prinzip »Hoffnung« spielend, in den schwarzen, ungemütlichen Fluss hinunterblickt, kommt doch der alte Unsinn – der aus dem Freienorla gegenüber – herzu, spricht gleich frei von der Leber weg: »Nu Oskar – gutes Ziechenbeen, hat dich deine Malwine wieder gezwickt?«

Oskar steht, rührt sich nicht, blickt hinunter in das Fließwasser.

Der alte Unsinn aber ist auch ein Spaßvogel.

Da er keine Antwort erhält, spricht er fröhlich: »Nu pass nur uff, dass dir de Pfeife nech in de Saale purzelt ...«

»Nä«, sagt der Oskar – und patsch liegt sie schon drinne, die unentbehrliche.

Da geht's aber dem guten Ziegenbein nun richtig übern Kamm. »Ach!«, schreit er. »Du schlachtes Luder – du hundsgemeenes! Hast mir de Pfeife aus'n Maule gesprochen! Itze mach ich aus dir e Hackepeter, dass de dich nich wiedererkennst ...«

Es gelingt dann dem Alten vom Orlastrand, den vom Saalestrand zu besänftigen.

Beim Biere in der Schenke »Zur grünen Tanne« werden sie mit mancherlei Wenn und Aber schließlich handelseinig. Der alte Unsinn hat immerhin zwei Pakete und sechs lose Exemplare anzubieten. Das ist schon etwas, das zu Buche schlägt.

Noch halten sich in dieser ersten Woche die Preise für die »vergifteten Süßigkeiten« in den Grenzen gesitteter Ureinwohner, denen Exzesse fremd.

Was aber wird die nächste Woche bringen, was die übernächste in dieser großen Welt drum herum mit den vielen »schlachten Ludersch« darinnen?

Seit der Bekanntmachung im Glaskasten, das hat die hohe Obrigkeit erreicht, hält nun jedermann im Ort die Ohren gespitzt, die Augen aufgerissen, die Seele wachsam zum Sprung auf die Beute, schleicht sich heran an das verbotene Gift wie der Marder, der in den Taubenschlag hinein will.

Werkleiter Kramm wird, so steht zu fürchten, am Ende doch Besenstiele fressen müssen, und wir können nur hoffen, dass sie ihm mit Hilfe der Partei auch bekommen, denn bis zur Stunde ist noch kein einziges Exemplar aus dem »Schadensfall« bei Groß-Naschhausen irgendwann, irgendwo wieder abgeliefert worden. Kein gutes Zeichen. Schlimmer: Im eigenen Werk tut sich Ungutes! Eine zunächst diskrete Kontrollnachforschung nach dem Verbleib jenes für die Direktion »zu besonderer Verwendung« abgezweigten Kontingents dieser »Schwedenauflage«, wie der umstrittene Sex-Knüller im Werk offiziell benannt wird, hat einen nur teilweisen und schließlich geradezu peinlichen Erfolg insofern, als sich endlich klipp und klar herausstellt, dass sich unbekannte Elemente an diesem Kontingent schamlos vergriffen haben müssen. Eine andere Deutung ist nicht mehr möglich, nachdem alle – aber auch ausnahmslos alle Beteiligten und Verantwortlichen für die rechtzeitige Aussonderung dieses Kontingents im Brustton der Entrüstung versichern, ihre Pflicht, nichts anderes bei Marx und Lenin, als ihre keusche Pflicht getan und stets im Auge gehabt zu haben, weshalb sie über den Verbleib dieses speziellen Kontingents natürlich keine Auskunft geben könnten – wie kämen sie auch dazu? Das sind doch Unterstellungen! Das reicht vom Unschuldsblick mit der Floskel »Keine Ahnung« bis zur pikierten Abweisung »Wo denkst du hin, Genosse?!«

Dieser Misserfolg kommt schon einer Missachtung, um nicht zu sagen einer Verhöhnung der gesamten Leitungstätigkeit gleich. Werkleiter Kramm ist nun ernsthaft gesonnen, eine derartige Beleidigung nicht hinzunehmen.

Der dicke, urbane Mann gerät zum ersten Mal, seit er nach Roßeck kam, in den Zustand einer Wut mit deutlich atavistischen Zügen. Seine Lippen flattern, seine Schläfen sind blau, seine Faust fährt mit dem Nachdruck etlicher Kilopond auf den Schreibtisch nieder …, er schreit, befiehlt, ordnet an, ruft zusammen, weist ab, kommandiert einem Regiment, das leider nur in seiner Vorstellung existiert. In Wahrheit hat er es mit Auguren zu tun, mit Eingeweihten – mit Setzern und Druckern, die doch ziemlich häufig die Texte, die sie der Öffentlichkeit überantworten, auch lesen – gelegentlich sogar die Texte der Gegenwartsschriftsteller, die sich mit dem Leben auch der Setzer und Drucker im VEB »Fortschritt« beschäftigen, kurzum: der Hang zur elitären Vereinzelung, zum Individualismus in diesem so schönen und berufenen Arbeitergewerbe ist noch immer unverkennbar und macht, dass ein derart herausragendes Werk wie das – nun ja: »Schwedenbuch« auf ein im eigenen Hause entwickeltes, ebenso geschultes wie feinnerviges Interesse zählen kann.

Nun ist jenes verzweifelt gesuchte »Kontingent zur besonderen Verfügung der Werkleitung« nicht für die Mitarbeiter des Werkes gedacht, sondern vielmehr für repräsentable ausländische Besucher aus aller Herren Länder, die das sehenswerte Instrument der polygraphischen Industrie der DDR am schmalen Ufer der Orla besichtigen wollen, um danach in eventuell auch valutaschwere Auftragsverhandlungen einzutreten. Eben solchen Herren aus Ost und West, aus Nord und Süd wird dann beim Cocktail zum Abschied ein solch extravagantes Produkt des VEB »Fortschritt«, graphische Werkstätten, als Geschenk überreicht, und es sind nicht unbedingt »Die Früchte des Waldes«, die dem Geschäftsabschluss die letzte Weihe geben. Es sind gewisse Intimdrucke, die der Schwarzen Kunst der DDR das rechte Renommee verleihen und der großen mitteldeutschen Tradition auf diesem Gebiet auch in alle Zukunft die gehörige Legitimation sichern. Es hat sich jedenfalls bis zur Stunde noch niemals einer der Herren aus dem Ausland über das ihm dedizierte Geschenk missfällig oder gar ablehnend geäußert, ganz im Gegenteil hat es bislang zur deutlichen Belebung der Handelsbeziehungen nach allen Richtungen hin beigetragen. Es kann also nicht sein, dass ausgerechnet ein Spitzenerzeugnis dieser Kategorie mir nichts, dir nichts in den dunklen Kanälen einer Belegschaftslobby verschwindet, anstatt jenen höheren politisch-wirtschaftlichen Zielen zu dienen, die im Interesse *aller* Werktätigen verfolgt werden und nicht nur der eigensüchtigen Lustbefriedigung einiger Setzer und Drucker oder gar Ingenieure und Abteilungsleiter mit direktorialer Befugnis zu dienen haben, die zufällig in Roßeck arbeiten.

So etwa sieht Kramm die Argumentation, die mögliche, die er dem Genossen Aberhold entwickelt und vorschlägt.

Der Parteisekretär wundert sich schon nicht mehr, wie rasch seine unguten Ahnungen von der Wirklichkeit eingeholt worden sind. Sein Vorschlag: die Sekretäre der Abteilungsparteiorganisationen zusammenzurufen und mit ihnen eine gründliche Aussprache herbeizuführen, wird vom

Werkleiter akzeptiert, da ein besserer Vorschlag im Augenblick nicht auf dem Tisch liegt.

Als Aberhold durch das Vorzimmer geht, hat er das Gefühl, die Kollegin Chefsekretärin schlage ihm im Gehen mit einem Hämmerchen einen ganz langen Nagel in den Rücken. Umsehen aber wird er sich nicht. Und wenn sie platzt, diese feindselige Lispeltante – da bleibt er stur!

Soweit zunächst der Mittwoch im Werk.

Die Sonne dieses herrlichen Altweibersommertags ist eben dabei, ihr allabendliches Abschiedsgefunkel aus Perlmutt, Altgold, Meergrün und Cerise über das Urstromtal zu werfen, aus dem Flecken Etzelbach eine Märchensilhouette an den Himmel zu zaubern, die selbst die Stammfahrer auf der langen Asphaltpiste einen Augenblick innehalten lässt, als es im Haus Schönlein ungeachtet all der Schönheit ringsum eine ärgerliche Auseinandersetzung gibt.

Der Bürgermeister ist ungehalten, läuft im großen Wohnzimmer mit dem Ausblick in die weiträumige Tiefe auf und ab. »Ich frage dich jetzt zum dritten Mal und in aller Ruhe: Was hast du den Leuten vor dem Aushang unten heute morgen erzählt?«

»Genau das, was sich gehört – jawohl!« Frau Berta ist von der eigenen Mission, die ihr mit dem hohen Amte des Mannes zugefallen, fest überzeugt.

Der Bürgermeister nicht so unbedingt. »Mir wurden nach der Sitzung Dinge zugetragen; also – noch einmal: Hast du von einer ›Vergiftung‹ gesprochen, Ja oder Nein?!«

»Natürlich!« Frau Berta blickt groß und verweisend. »Darum handelt es sich doch wohl – oder?«

Der Brust des Bürgermeisters entringt sich ein ungewollter, schreckhafter Seufzer, den wir uns nur durch den vorangegangenen Besuch auf Schloss Molsdorf erklären können und der auch sogleich ins Innerste zurückgenommen ist, indem Schönlein bestätigt: »Soweit ich das jetzt, hier und heute Abend, überblicke –«

Er wird schon unterbrochen. »Was heißt das: ›hier und heute Abend‹? Entweder Ja oder Nein. Entweder gilt, was zu diesem Thema offiziell gesagt wird und die Regel macht, oder es gilt nicht.«

»Aber, Berta – ich bitte dich …!«

Komisch ist das. Auch beängstigend. Berta Schönlein hat bislang niemals eine übers Maß sich ausweitende Widersetzlichkeit gezeigt, im Gegenteil ihrem Mann immer zugesprochen, sich dem vorgegebenen Usus anzupassen, nicht aus der Rolle zu fallen, der eigenen, mitunter sogar amüsanten Kraftnatur die Zügel anzulegen und das, was »von oben« oder schlechthin staatlicherseits gewünscht, empfohlen oder angewiesen wird, strikt zu befolgen. Jetzt hingegen lässt Berta Schönlein nicht mit sich reden. »Ich bleibe bei meiner Meinung.« Der Blick dazu ist verweisend genug, um Schönlein erneut zu verunsichern.

»Durch deinen Auftritt vor dem Bahnhof sind jetzt die wildesten Gerüchte im Umlauf …«

»Die Gerüchte habe nicht ich in die Welt gesetzt. Ich habe lediglich meine Meinung gesagt.«

»Um die dich niemand gebeten hat!«

Frau Schönlein erhebt sich. »Da möchten wir weit kommen, wenn jedermann seine Meinung erst dann sagt, wenn er darum ausdrücklich ersucht wird. Heinrich, sage mal, im Ernst – wir sind allein: Hast du überhaupt keinen Kompass in deiner Brust, der dir sagt, wohin du gehen musst?«

»Aber natürlich habe ich den – Berta, wofür hältst du mich?!«

Noch heftiger läuft der Bürgermeister auf und ab, weiß im Grunde nicht, wie jetzt antworten. Sein Instinkt sagt ihm selbstverständlich, dass – wenn schon nicht eine Schweinerei – so doch eine empfindliche Ungereimtheit ans Tageslicht gekommen ist, die mit Nachdruck und überzeugend zu rechtfertigen ihm selbst die Überzeugung, die Kraft, das Wissen vor allem fehlt. Seine Frau wird einfach mit der Tatsache

nicht fertig, dass nur vierzehn Kilometer weiter ein Produkt hergestellt wurde, sozusagen im eigenen Schoß, das allenfalls in fremden Schoß gehörte und dann sogleich ohne Mühe als »Ausgeburt« erkannt und abgewiesen werden könnte. Eine diesbezügliche Frage schafft ihm über diesen Punkt die erforderliche Klarheit. »Du bist nur so übertrieben entrüstet, weil diese entgleisten Bücher – nun ja, himmelunddreikreuz noch mal! – bei uns hier in Roßeck gedruckt wurden ...«
»Allerdings.«
Frau Berta steht schön und einsam wie eine Weihnachtstanne im Raum.
»Und die Bezeichnung ›übertrieben‹ verbitte ich mir!«
»Gut, gut – geschenkt.« Schönlein winkt ungeduldig ab. »Ich weiß nicht, was für einen Staat du dir eigentlich vorstellst, liebe Berta. Vermutlich so einen blitzsauberen, der immer aufgeräumt ist, in dem nichts herumliegt, kein Stäubchen auf dem Kronleuchter unsere Gemütlichkeit verdunkelt, in dem alles genau so zugeht, wie es für unsere Kinder in den Schulbüchern, na – sagen wir, aufbereitet ist. Ich erkläre dir aber, dass es bei uns nicht so zugeht, dass es überhaupt keinen Staat gibt, in dem die Dinge so gehandhabt werden, wie die Schulbücher es erzählen, ich meine – es ist einfach absurd, Derartiges zu verlangen!«
Der Bürgermeister hat sich in einem verlegenen Auf und Ab in eine gewisse prinzipielle Entrüstung hineingesteigert, die ihm große Befriedigung bereitet, die ihn warm gemacht hat. Erst als er innehält, sich wendet, weil keine Antwort kommt, hört er seine Frau sagen: »Interessant.« Mehr als dieses eine Wort hört er nicht.
Die Weihnachtstanne ist vereist. Wenn Kälte etwas ist, das man sehen kann, dann sieht man sie an Haupt und Gliedern Berta Schönleins.
Verzweifelt stopft der lebenslustige Geschickelenker von Groß-Naschhausen die Fäuste in die Hosentaschen. »Berta, ich bitte dich – zier dich doch nicht plötzlich so, als bräche

wer weiß was zusammen wegen dieser albernen Sexknüller-schnulze ...«

»Die ist nicht albern.«

»Dann ist sie wenigstens unpassend, bitte, bitte sehr – zugegeben!«

»Sagst du das in der nächsten Einwohnerversammlung?«

Der Bürgermeister stutzt, überlegt einen Augenblick – antwortet: »Natürlich werde ich nicht dieses gerade zuerst sagen, Berta – ich werde vor allem sagen, dass diese Auflage ein Exportauftrag war und ist und nicht im Traum für die Bürger unserer Republik gedacht – – das ist doch selbstverständlich.«

Frau Berta steht schon an der Tür. »Ich hoffe, dass du damit durchkommst. Überzeugend jedenfalls ist es nicht. Nicht für mich!«

Damit ist der Rest des Abends verpfuscht. Schönlein weiß es, dreht am Knopf des Fernsehers. Kann auch wählen. Obernorts ist die Lage nicht nur günstig, sondern bestens.

Nachdem er sich für den Europa-Pokal der Landesmeister entschieden, nimmt er den Ton weg, geht zum Telefon.

Unbehauen ist auch gleich an der Gabel.

»Wie geht's bei dir?«

»Augenblick ...«, nach einer gewissen Zeit erst ist die Stimme wieder da! »Knatsch ist. Und bei dir?«

»Oberknatsch. Berta bockt.«

»Hermine ist stocksauer. Sie sagt, dass sie austritt, wenn ich das nicht bereinige.«

»Woraus will sie denn austreten, zum Teufel?«

»Aus dem Demokratischen Frauenbund Deutschlands ... nee, das heißt ja jetzt DDR –«

»Was denn? Aus der DDR will sie austreten? Mann, mach mich nicht verrückt!«

»Quatsch! Natürlich nur aus dem Bund eben will sie austreten, wenn ich das nicht schaffe ...«

»Bei mir hängt der Segen genauso schief.«

»Ich würde sagen: Morgen ab zwanzig Uhr am Stammtisch in der ›Traube‹. Da beklönen wir, was zu tun ist.«

»Abgemacht.«

Bürgermeister Schönlein atmet ein wenig auf, tritt in der Gedankenfülle, die ihn bewegt, ans breite Fenster, das ihm die volle Aussicht über das Tal stromauf, stromab gewährt. Jetzt ist es in die flauschige Dämmerung der blauen Stunde gehüllt, weiche Pastelltöne mildern die Schärfe der Konturen, die ersten Lichter flammen auf, erzählen von der Belebtheit des Tals bis hinauf in die Winkel und Falten der Berge. Steht er, der begabte Mensch, auf seiner bescheidenen Höhe etwa im Ernst über allem, was sich in diesem Bezirke denken lässt?

Schönlein ist doch zu wissend, um das zu glauben, eher fürchtet er um seine Aussichten, die er um den Preis dieser Aussicht nur allzu gerne verfolgte. Ist das nun gefährdet, weil ein Waggon ausgerechnet hier aus seinem Gleis sprang?

Der Bürgermeister seufzt lautlos vor sich hin, lässt sich dann in den Sessel vor dem Bildschirm fallen. Da fällt im gleichen Augenblick auch schon das zweite Tor für Dynamo Dresden – na also! Doch noch etwas Positives an diesem Mittwochabend.

Unbehauen hat sich mit seinem Bier ebenfalls vor dem Fernseher niedergelassen, die ehrgeizigen Frauen dieser Männer haben endlich Gelegenheit, ohne Zeugen miteinander zu telefonieren.

»Ich bin außer mir!«, sagt Hermine.

»Na, und ich erst!«, sagt Berta.

»Haben Sie einen Vorschlag?«

»Ich werde eine außerordentliche Elternbeiratssitzung verlangen. Noch in dieser Woche. Das wollen wir doch mal sehen ...«

»Und ich rufe meine Ortsgruppe des DFD zusammen. Da werden wir Beschlüsse fassen. Ich denke nicht daran, mich zum Gespött machen zu lassen. Entweder stimmt, was ich den Frauen erzähle, oder es stimmt nicht. Dann bitte gleich den Gruppensex auch in Groß-Naschhausen. Was meine Person betrifft: Ich ziehe dann aus ...«

»Nun, nun – meine Liebe ...!«

»Jawohl! Ich bin nun einmal empört.«

Kein Zweifel: Frau Minna, pardon – Hermine! sieht mehr aufs Humanistische. Der Mann ist Schuldirektor. Frau Berta hingegen hat mehr die Staatsräson im Auge. Sie ist die Frau des Bürgermeisters. So fragt sie denn mit einiger Vorsicht, aber doch gezielt: »Haben Sie das Machwerk schon persönlich, ich meine – mit eigenen Augen zu Gesicht bekommen?«

Kleine Pause ...

»Ich habe, als mein vierjähriger Bertel es in seinem Kinderbettchen liegen hatte, ganz flüchtig darin geblättert.«

»Soo ...«

»Und Sie, Berta?« Das kommt ein bisschen steif.

»Unser Karlchen hatte gleichfalls ein Exemplar. Der Himmel weiß, woher. Natürlich habe ich nur mal so hineingeschaut ...«

»Und?«

»Ich bin entsetzt!«

Als die beiden ehrgeizigen Damen zweier nicht ganz so ehrgeiziger Männer, die lieber untergingen, als dass sie ihr borniertes, höchst albernes Pokalspiel versäumten, ihre Beratung per Telefon beendet haben, steht fest, dass es bis zu dieser Stunde – es ist der vierte Tag nach der Entgleisung – noch keinen einzigen Menschen im Urstromtal gibt, der sich das sensationsumwitterte, spekulationsumzitterte, verabscheute, rundum abgelehnte, verdächtige Schund- und Schmutzmachwerk aus dem VEB »Fortschritt«, graphische Werkstätten zu Roßeck, jemals – sei es »för dag oder och för natt« – einmal mit Muße und Verständnis, mit Geduld und Lernbereitschaft so gründlich betrachtet hat, wie es diese Edition verdiente.

Das mit aller Hochkunst polygraphischer Meisterschaft ausgedruckte Werk »Konstnärliga variationer« bleibt – zunächst jedenfalls und bis auf Weiteres – ein Missverständnis.

Es ist kein Buch mehr. Es ist ein »Fall« geworden.

Die Erfahrung lehrt, wie unbekömmlich das ist.

Malwines Ziege allerdings scheint diese Ansicht nicht zu teilen.

Die Alte hat ihr Lieblingsenkelkind, ihr Hätscheljuwel, weil es das einfach braucht, wie an so manchem so auch an diesem nächsten Morgen am Bahndammhang angepflockt, damit es sich an dem noch immer im Sommersaft stehenden Grün aller Art ergötze.

Das ist wichtig. Die Dame aus dem Geschlecht der gehörnten Steilhangkletterer erwartet ein Kind. Das gibt die einmalige Heilmilch im Winter, nach der naturentfremdete, hilflos erkrankte Betonmenschen im Anblick des nahenden Todes noch einmal stark und verzweifelt rufen!

Weiß der Arzt keinen Ausweg mehr, dann kommt Malwine, reicht diesen Krafttrunk aus der angestammten Landschaft der Urnatur, und die Menschen, die eben noch mit sich selbst endgültig brechen und Gericht halten wollten, erwachen zu neuem Leben. Alle Selbstkritik ist abermals vergessen, der Mensch steht auf und wandelt!

Das macht Malwines Hippe!

An diesem Morgen nun muss das Seil der Bewegungsfreiheit ein wenig zu tolerant gespannt gewesen sein, Malwine selbst ist wohl nun doch zu betagt, um das Maß dieser Freiheit in gewohntem Distanzgefühl richtig abzuschätzen, wie dem auch sei: Um die zehnte Stunde vor Mittag läuft die Kunde durch ganz Unter-Naschhausen: »Ziechenbeins Hippe steht am Bahndamm und frisst den ›Schwedenporno‹ …!«

Wer es nicht glaubt und durchs Fenster ruft: »Was frisst se?«, dem wird deutlicher Bescheid. »Se frisst halt das Gift der Frau Bürchermeester, von was se gesprochen hat, dass de Regierung dagechen is ...«

Eine gewissermaßen unzurücknehmbar klare Auskunft, die Naschhausens Einwohner, soweit sie verfügbar sind, an den Bahndamm ruft.

Kein Zweifel ist möglich: Ziegenbeins Hippe tut sich gütlich an den verstreuten Blättern der Unsittlichkeit, läuft jedem frisch entgegen, der es nicht glauben will, meckert, springt unverhofft auf allen vieren senkrecht gegen die Steilwand, auf deren Kamm das unselige Gleis ruht, dessen Weiche um ganze fünf Sekunden zu früh gestellt.

Schließlich erscheint das gute Ziegenbein, die Hippe heimzuholen, die so gefährdet. Die Schwester Malwine besteht auch darauf, dass der Schäfer aus der LPG Wartendorf herbeizitiert werde, damit der Schaden, den »Lieschen« eventuell genommen, begutachtet und behoben werde.

Am Abend erst fährt ein junger Mensch in Zivil ohne Silberknöpfe und Breitrandhut auf dem Motorrad bei den Ziegenbeins vor. Er sagt, er wär' der Richtige, hätte eben nur die Fachschule besucht, müsste aber an diesem Abend in Orlamünde mit seiner »Combo« auftreten, machte dort den Gitarristen ...

Malwine hebt das Stockende, befiehlt: »Nune vorwärts!«

Der junge Mensch muss aber doch etwas auf seiner neumodischen Fachschule gelernt haben, denn er betrachtet und befühlt und bespricht die werdende Ziegenmutter, die sich an dem Sexknüller ergötzte, mit einem Sachverstand, der Malwine überzeugt. »Dem Tier fehlt nichts!«, spricht er und erhebt sich, klopft das Stroh vom Hosenbein.

»Se hot doch awer Gift jefrasse«, erklärt Malwine.

»Was für ein Gift?«, will der junge Mann wissen.

»Nune«, spricht Malwine bedachtsam – »de Blätter von dan Teufelsbuch, was se uns aus Schweden geschickt hon.«

Der junge Mann lächelt. »Ach so«, spricht er. Und lächelt noch immer.

»Was wird nu itze?«, fragt die Alte.

»Wärme«, sagt der junge Mann, »Wärme nur, dann beruhigt sich alles.«

Die lang aufgeschossenen, schmalen Bürschelchen, die mit Hanna jeden Morgen nach Kahla fahren, sind Schüler, stehen noch im Wuchs. Der nur um fünf Jahre ältere Fred Jonka dagegen ist schon ein Mann, ein richtiger, fester, voll entwickelter Mann. Und keine Frage: Er stellt etwas dar. Mit seiner Statur und Haltung. Mit seinem Selbstbewusstsein. Mit seiner konzentrierten Art des Schweigens und Schauens. Den führt niemand hinters Licht. Außerdem kein Schwätzer. Eher wortkarg. Misstrauend. Wohl auch empfindlich und leicht verletzbar? Der Stolz, mit dem er sich gibt, wirkt überbetont, nicht selbstverständlich. Alle Jonkas haben diese etwas verkrampfte Selbstbehauptungswut, Hanna weiß es, ordnet es ein in ihren ersten Gesamteindruck. Der Vater nimmt wiederholt Gelegenheit, diese »Problemfamilie Nummer eins« bei familiären Disputen zu erwähnen, versucht sogar mitunter, sie sich zu erklären. Dabei behält allerdings immer wieder die vor allem politisch motivierte Ablehnung dieser ihm suspekten Jonkas die Oberhand. Einsprüche der Mutter lässt er nicht gelten.

Hanna hat dieser gezielten Abneigung des Vaters nie eine besondere Aufmerksamkeit geschenkt. Ihr waren die Jonkas immer gleichgültig. Es gab ja auch keine Begegnungen. Wo denn hätten sie stattfinden sollen – zwischen einem Arbeiter, der in seiner Porzellanfabrik nicht einmal Maler oder Modelleur, sondern nur Brenner ist, und einer Oberschülerin der höchsten Klasse, die einen politischen Funktionär zum Vater hat. Es gibt da einfach natürliche Barrieren, die jedermann auch als natürlich anerkennt.

An diesem ersten Montagmorgen nun nach der Entgleisung wird Hanna plötzlich durch ein etwas auffälliges Betragen veranlasst, sich umzusehen, steht unvermittelt vor dem Ältesten der vier Söhne, dessen Erscheinung sie, ohne es eigentlich zu wollen, nun doch mit deutlichem Interesse mustert. Eine verständliche Reaktion auf die oft gehörte Kritik des Vaters. Das war, wie gesagt, am Montag.

Jetzt ist es der letzte Tag dieser belebten, ja unterhaltsamen Woche, und wieder steht, wie an jedem Morgen, dieser schwarzäugige Kerl mit seiner abgewetzten Mappe unterm Arm in der Nähe jener Schülergruppe, auf deren Mittelpunkt sein Blick unverwandt, um nicht zu sagen taktlos ausschließlich gerichtet ist.

Hanna hat sich bereits daran gewöhnt, von ihrer begleitenden Umgebung – sie ist immer begleitet und umgeben, verdammt noch mal! – wegen dieses feuersprühenden Dauerbeschusses mit recht anzüglichen Bemerkungen bedacht zu werden. Erst hat sie diese üblichen Albereien bereitwillig belacht, auch mal mit scharfer Zunge gekontert. Ein Mädchen mit achtzehn ist kein Junge von achtzehn, ein voll ausgebildeter Schmetterling nicht zu vergleichen mit so einer noch total verpuppten Schlafmütze, die noch nicht einmal weiß, was denn nun wirklich der Unterschied ist zwischen einer »Simson« und einer »Ische«.

Seit vorgestern hat Hanna die Späße rund um den aus dem Rahmen des Üblichen herausfallenden Anbeter nicht mehr beachtet, sie auch zweimal nicht ohne Schärfe gerügt. Der Spaß ist nun abgenutzt und langweilig.

Nicht das aber gibt den Ausschlag.

In ihr selbst ist plötzlich eine Empfangsbereitschaft da.

Wie der Doppelstöckige auf seine Alltagsweise dahinrattert durchs Urstromtal, die Feste Leuchtenburg allmählich auftaucht, das herrliche Kalkbergpanorama mit seinen satten Herbstfarben sich öffnet, die Saale sich in ihrem Mäanderspiel durchs Tal mal nähert, mal entfernt, empfängt Hanna, sie weiß nicht, wie es geschieht, die Botschaft, die seit Tagen ausgesendet. Zum ersten Mal kann sie die Mitteilung entziffern, dechiffrieren ... Und was sie da mit feinem Nerv urplötzlich aufzunehmen vermag, sagt ihr, dass ganz außerhalb ihrer bisherigen Daseinsweise, an einem fernen Horizont unbekannter Dimension ein Mensch steht und winkt und ruft: »Du bist mein Leben. Alles andere um mich herum und in mir selbst ist versunken. Ich unterwerfe mich dir. Mit allem, was ich geben kann. Ich werde nichts mehr sein ohne dich, und Flügel haben mit dir« – so ungefähr lautet der entzifferte Text, der seit so vielen tausend Jahren immer wieder neu gesendet und neu empfangen wird.

Hanna hat dieser Botschaft beharrlich den Rücken zugekehrt. Fünf Tage lang.

Am letzten Tag der Woche dreht sie sich um.

Da beginnen die Pupillen in den zwei schwarzen Lichtern zu tanzen, zaghaft erst, dann munterer ... Er lächelt, der Jonka – er lächelt! Hanna hat die Empfindung, es sei das erste Mal, seit sie überhaupt weiß, dass es ihn gibt, diesen merkwürdigen Menschen mit dem fremden Namen.

Auf dem Bahnsteig in Kahla schickt sie ihre Begleitung fort. Ein wenig ungeduldig. »Nun geht schon!«

Dann bleibt sie stehen. Was wird er sagen? Irgend so ein ungeschicktes Blabla etwa? Das wäre schade.

»Danke«, sagt er. Und noch: »Fünfzehn Uhr bin ich vor deinem Haus. Mit der MZ. Recht so?«

Sie lächelt jetzt. »Angenommen.«

Vor dem Bahnhof bleibt er stehen. »Mein Gegenzug kommt gleich, ich muss zurück.« Da sie fragend blickt, erklärt er: »Ich hab zwei freie Tage – bin nur deinetwegen mitgefahren.«

Ja – das sieht ihm ähnlich, das weiß sie nun auch.

»Wiedersehn!«

Er nickt nur, sieht ihr nach. Wie gesagt: kein Schwätzer.

Punkt fünfzehn Uhr hält die MZ eindrucksvoll knatternd vor dem Haus des Abschnittsbevollmächtigten. Tochter Hanna ist schon draußen, schwingt sich auf den Begleitsitz, und ab geht's mit eleganter Kurve, dass der Staub über die Grashalme stiebt.

Das hat der Genosse Moll gar nicht gern. Es ist eine glatte Überrumpelung. Mit verschränkten Armen steht er hinter der Gardine, bebrütet den rücksichtslosen Vorgang mit finsterer Braue. »Hast du das gesehen?«

»Nu freilich –«

Mathilde spielt Gleichmut. Der bekannte Fehler. Hätte sie Empörung vorgeführt, wäre er herbeigesprungen, sie zu beruhigen. Da das Gegenteil geschieht, muss der Herr und Meister seiner exquisiten Eigenentrüstung den gehörigen Ablassraum verschaffen.

»Was sind denn das für neue Moden, frag ich! *Meine* Tochter – und dieser undefinierbare Mensch mit dem schwarzen Blick?« Herrmann holt tief Luft, stößt sie durch die Nüstern wieder aus. Es klingt bedeutend. »Was sagst du denn dazu? Warum äußerst du dich nicht?«

Mathilde deckt eben den Kaffeetisch. »Was denn soll ich äußern?«

»Na, deine Meinung, Weib!«

Wenn Manne plötzlich »Weib« sagt, dann brennt es zwar noch nicht, aber es qualmt bereits.

Mathilde lacht nur kurz auf. »Die willst du doch gar nicht hören, meine Meinung ...«

»So ein Tyrann bin ich?«

»So ein Tyrann.«

»Thildchen – Schnuckelchen ...«

»Komm, komm!« Mathilde gibt der Hand, die sie umschmeichelt, einen Klaps, klappert mit den Tellern, wirft sie mehr über den Tisch, als dass sie sie stellte.

Es reizt ihn. Schon ist er ihr nach, hat sie im Arm. Wie immer setzt er auch diesmal auf seine Unwiderstehlichkeit, aber diesmal holt er sich bei seinem Thildchen eine Absage.

Mit rotem Kopf steht er da. »Wir sind für Hanna verantwortlich. Dieser Jonka ist ein Strolch, sag ich! Das endet nicht gut.«

»Ach was!« Mathilde hat sich aufgerichtet. »Deine Tochter willst du nur nicht hergeben. Das ist es.«

Dem Vater fällt der Unterkiefer herunter. Das hat er noch nicht gehört. Er will es auch nicht glauben, und wissen schon gar nicht! Instinktiv macht er einen drohenden Schritt auf seine Frau zu. »So ein Blödsinn, so ein verdammter – wer hat denn das aufgebracht?!«

Mit einer Kehrtwendung verlässt er die Stube.

Seine Frau steht einen Augenblick regungslos am Tisch. Gefahr ist in der Nähe. Sie lauert irgendwo im Dickicht des noch Ungeschehenen, das irgendwann und jeden Augenblick geschehen kann. Seit letztem Sonntag ist das so. Seit der Entgleisung im Grunde. Mathilde empfindet diese Warnung aus dem Dunkel mit einiger Beunruhigung. Ein fremder Mensch hat plötzlich seinen Fuß in der Tür, von dem man nichts weiß, nichts Bestimmtes jedenfalls. Hanna ist sauber. Wenn aber dieser Jonka beteiligt wäre an der Dieberei aus dem entgleisten Waggon, von der alle sprechen, dann würde Hanna unter Umständen mit hineingezogen in diesen Unrat – was heißt »unter Umständen?« Mathilde wird plötzlich ganz elend bei diesem Gedanken. Nicht ohne Grund. Es gab vor einem Jahr bereits einen höchst unerwünschten Unfall in diesem Punkte, der vor dem Vater damals mit Not verheimlicht und aus der Welt gebracht werden konnte. Guter Gott! Nur das nicht noch einmal! Jetzt, ein Jahr später, genügte gewiss, dass Hanna mit einem sogenannten »Dieb« umginge, und das Haus Moll wäre um seinen Ruf gebracht. Eine bessere Gelegenheit, den »roten Manne« zu Fall zu bringen und einen neuen, einen sanfteren und liberaleren Innenminister für Groß-Naschhausen zu erzwingen, der nur redet, aber keine Konsequenzen zieht, eine bessere Gelegenheit also, der Revolution ein Bein zu stellen, käme gewiss nie wieder …

Mathilde, die so reizvolle, kerzengerade Person mit Charakter, ist an der Seite ihres, wie sie meint, tyrannischen

Abschnittsbevollmächtigten im Laufe der Jahre geschult genug, um sich die politischen Alternativen aus einem »unter Umständen« dramatischen Stolperschritt sehr konkret vorstellen zu können.

Sie zweifelt auch jetzt, nachdem der Mann das Zimmer verlassen hat, nicht an ihrer eigenen Haltung. Hanna ist zu verteidigen. In jedem Fall. Wie aber, wenn die Jonkas nun tatsächlich eines Morgens die Polizei vom Kreis im Hause hätten? Mathilde wünscht es nicht. Sie befürchtet es. Wegen Herrmann. Es wäre für ihn, so meint sie, gar nicht gut. Und Mathilde steht mit ihren Sorgen nicht allein.

Auch in etlichen anderen Familien ist im Laufe dieser ersten Woche eine zwar noch nicht an die große Glocke gehängte, aber doch eben eine ziemlich allgemeine interne Unruhe entstanden, die allen Beteiligten zu schaffen macht, unter der Eltern und Kinder gleichermaßen leiden. Auch Geschwister sind betroffen. Ehepaare tragen plötzlich Konflikte aus, die mit der Entgleisung nichts mehr zu tun haben, die nur unter der energiegeladenen Sprengkraft dieses Ereignisses urplötzlich zum Ausbruch drängen. Sonnekalbs Lieschen will sich plötzlich scheiden lassen, weil der Mann die Tochter wegen dem Schandbuch geohrfeigt hat, das Buch aber nicht abliefern will, wie es sich gehört. Lieschen wollte sich schon immer scheiden lassen, aber das spricht man ja nur, meinte sie an Markttagen, man sagt ja nischt – nune aber scheint es ernst mit dem Konflikt. Hannickels Jule, der Alte heißt eigentlich Julius, tratscht überall herum, Ziegenbeins Oskar hätte ihn übers Ohr gehauen, das Schandbuch wäre viel mehr wert als nur fünf Mark. Es gibt Zerwürfnisse zwischen Vätern und Söhnen, weil solche Schandbücher in den Schulmappen gefunden wurden, die Söhne aber meinen, da sei doch nichts weiter dabei. Drohbriefe von Haus zu Haus werden geschrieben: ... »und verbitte ich mir aufs Genaueste, dass Ihr Sohn Emil meiner Tochter noch einmal im Park oben hinter der Kemenate, wie unser Kind berichtet, diese schwedischen Schweinereien vorzeigt. Wir werden Mittel und Wege finden, uns vor dieser Verseuchung zu schützen!« Und ferner: »Sollte Ihre unerwachsene Tochter noch einmal des Nachts Steinchen gegen das Fenster im Oberstock werfen, werden wir die erforderlichen Mittel ergreifen, unseren Jungen, der niemals je eine Neigung zu Unanständigkeiten gezeigt hat, vor solchen Zumutungen zu schützen. Wir machen Sie außerdem darauf aufmerksam, dass sich in unserem Hause kein solches entgleistes Exemplar mehr befindet. Es wurde gestern Nachmittag beim Abschnittsbevollmächtigten unternorts, wie im Anschlag angegeben, korrekt abgeliefert.«

Damit hat es in der Tat seine Richtigkeit. Im Dienstraum der VP-Zweigstelle Unter-Naschhausen liegt dieses eine Exemplar der Familie Unrein auf eben dem Tisch, der sonst einer jeweils erforderlichen Bestands- und Zeugenaufnahme vorbehalten ist. Günter hat bereits den Raum am Wochenende gemustert und dem Vater zu seinem Erfolg mit einem für eine Sekunde nur gehobenen Mundwinkel gratuliert. Herrmann, der Gewaltige, ist darauf in den Garten gegangen, hat ein Beet umgegraben, das eigentlich nur stört. Mathilde hat aber aus dem Küchenfenster gewinkt und dem Sohn bedeutet, er solle den Vater gewähren lassen. Wenn schon draußen nichts stimmt, muss wenigstens drinnen kein Balken verquer liegen ...

Etliche Balken allerdings liegen in Groß-Naschhausen und Umgebung ziemlich verquer. In Freienorla drüben soll ein Vater sogar seine eigene Tochter an den Haaren aus dem Zimmer geschleift und gebrüllt haben: »Eine Hure fliegt aus meinem Haus ...« Die Mutter soll sich dazwischengeworfen und geschrien haben: »Vater, versündige dich nicht!« Darauf habe der Vater die Haare fahren gelassen, mit den Fäusten auf den Tisch getrommelt und gebrüllt: »Wo leben wir denn – wo leben wir denn ...?!« Da sei die ganze Familie zusammengelaufen, wo sie gerade ging und stand und wäre ganz ratlos gewesen. Sie hätten alle so stumm vor sich hin geglotzt, als wüssten sie wirklich nicht mehr, wo sie lebten.

Da sind so Geschichten, die im Urstromtal rasch von Ort zu Ort flattern. Eben noch in Wartendorf erzählt, sind sie schon in Kolkwitz und Eutersdorf bekannt, na, und von dort bis zu den gewichtigen Kreismetropolen Jena und Rudolstadt ist es nicht mehr weit.

In diesem von den Musen geküssten Landstrich sind die Menschen halt noch immer eng verwandt miteinander. Das macht, dass sie zusammenkommen und miteinander sprechen, wenn sich irgendwo in diesem überschaubaren Lebensbereich etwas ereignet hat, das die Beredung, auch Beurteilung, verlohnt. Natürlich verlohnt eine Entgleisung, eine regelrechte – immer!

Als die neue Woche blank und unschuldig ihren unabweislichen Lauf über die Aschenbahn der Menschheit beginnt, ist die Kunde von der Entgleisung zu Groß-Naschhausen bei der Kreisleitung in Rudolstadt endlich angekommen. Freilich nicht offiziell. Nur Frau Plümm, die Sekretärin des Vorsitzenden des Rates des Kreises, lässt, als sie am Vormittag den Kaffee ins Arbeitszimmer des Vorsitzenden bringt, eine Bemerkung fallen, die den ersten Mann im Kreismaßstab veranlasst, den Kopf aus der Aktengrube zu heben und eine Frage zu stellen. Und noch eine … Am Ende weiß er, dass im Grenzbereich seiner Zuständigkeit ein ganzer Waggon mit Büchern explodiert ist, weil das in Wahrheit gar keine Bücher waren, sondern Attrappen mit lauter Sprengkörpern drin, die Tante von Frau Plümm hat das mit eigenen Augen von dem Wirt der »Grünen Tanne« gehört, ja – und der Werkleiter von Roßeck, der führe nun selbst nach Schweden, um den ganzen Fall vor die UNO zu bringen, ja – nein, das wäre nicht aus der »Grünen Tanne«, das wäre schon von einem Vetter zweiten Grades, der im Rat der Stadt von Groß-Naschhausen als Archivar und Protokollführer tätig sei.

Der Genosse Vorsitzende hat auf jeden Fall erst einmal runde Augen, als er alles vernommen hat. Runde Augen sind immer richtig.

Als Frau Plümm den Raum verlassen hat, greift der Vorsitzende zum Hörer auf der Gabel. Und hat auch gleich den Sekretär. Das muss ja so sein, dass das auf Anhieb klappt.

»Bist du im Bilde über diese Explosion?«

»Was für eine Explosion?«

»Na, die wegen der Bücher. Das sollen Sprengkörper gewesen sein.«

Ein Sekretär ist immer klüger als ein Vorsitzender. In diesem einen Fall stimmt es einmal nicht. Weil dieser Sekretär keine einheimische Frau Plümm hat. Die Genossin, die bei ihm diese Rolle übernahm, ist aus dem Märkischen im Norden eingereist, hat natürlich keine Ahnung.

Erste Weisung: Der Fernschreiberausstoß ist zu filzen!

Ergebnis: Nichts.

Zweite Weisung: Telefonat mit Groß-Naschhausen. Die haben keinen Fernschreiber, weil sie zu klein sind. Das klappt aber erst nach einer gewissen Zeit. Genosse Schönlein ist selbst am Apparat.

Überlegen, um nicht zu sagen souverän, fegt er »diese Gerüchtemacher« vom Tisch, nein – aus der Leitung, stellt richtig, legt dar, definiert die Entgleisung einleuchtend als eine Panne, die zunächst »ein bisschen Gerede, ein bisschen Unruhe« verbreitet, deren Bereinigung jedoch im Rahmen der ortseigenen Zuständigkeiten noch im Laufe dieser neuen Woche zweifelsfrei gelingen werde – und so weiter und so schön.

Der Sekretär behält einen Rest Misstrauen für sich, rügt nur eine gewisse Saumseligkeit: »Ihr hättet uns doch verständigen müssen! Es handelt sich, wie du sagst, nicht um Sprengkörper, sondern nur um Bücher, aber immerhin ...«

»Natürlich nur um Bücher«, versichert Schönlein rasch, schickt ein kleines »Haha« dazwischen, »die explodieren ja nicht«.

»Das weiß man nie.«

Der Sekretär hat eine noch höhere Schule besucht als der Vorsitzende. Sein Vorschlag: »Wird der Fall zu bunt, macht eine Einwohnerversammlung, bereinigt die Dinge! Immer frisch an die Sache und nicht gezittert!«

Es gibt eine sekundenlange Pause, da Schönlein überlegt.

»Was ist?«

»Die ›Fortschritt‹-Leute in Roßeck sind zentral unterstellt. Ich komme da nicht heran.«

»Gut, das regeln wir. Ein Vertreter der Werkleitung wird auf eurer Einwohnerversammlung anwesend sein und sprechen.«

Aufatmend legt Schönlein den Hörer auf die Gabel.

Dritte Weisung des Kreissekretärs: Ein Instrukteur fährt zu dieser demnächst stattfindenden Einwohnerversammlung von Groß-Naschhausen. Damit dürfte die »Panne« dann wohl endgültig behoben sein. Jedenfalls denkt das der Sekretär, der seit zwei Wochen Tag und Nacht mit der Kartoffelernte im Kreis beschäftigt ist, und die Versorgung der Bevölkerung mit den Grundnahrungsmitteln ist schließlich entschieden wichtiger als diese paar entgleisten Bücher.

Die Dinge nehmen ihren Lauf.

Es mehren sich die unschuldigen Kinderzeichnungen an den Abortwänden der Oberschule von Groß-Naschhausen, gewisse Worte in deutscher, nicht in schwedischer Sprache stehen plötzlich an den Innenseiten der Toilettentüren, und immer prägnanter nehmen gewisse Abbildungen die Form der reinen Kopie aus einem gewissen Buch an, das durch die ganze zweite Woche nach der Entgleisung noch immer nicht endgültig aus der Schule verbannt werden konnte. Unbehauen kann es beurteilen, er hat das Buch, aus dem so frech und unbeholfen einfach »abgeschrieben« wurde, in der eigenen Wohnung, hat es schon zweimal aus dem Spind überm Fernseher, das grundsätzlich verschlossen bleibt, herausgenommen, um sich zu informieren, wie auch zu vergewissern, inwieweit ein solches Buch einer bestimmten Gesellschaftskritik zu unterliegen hat und – falls überhaupt – inwieweit nicht.

Mit seiner Antwort zu diesem Punkte des Lebens ist er noch nicht fertig, aber das interessiert die Welt nicht. Die Welt um das Urstromtal herum, die es ja leider auch noch gibt, will lediglich – aber dies freilich genau! – wissen, inwieweit der Schuldirektor mit dieser ihm in einer grauen Nacht zwischen Rom und Stockholm aufgezwungenen Problematik fertig wird. Und da steht es nicht in jedem Punkt zum Besten.

Unbehauen ist wohl zweimal in eigener Person zusammen mit dem Hausmeister am Nachmittag durch sämtliche Notdurfträume geschritten, weil ihm »gegangen« zu normal vorgekommen wäre unter den Augen seines Hausmeisters, hat um der Autorität willen mit strengem Blick die Entfernung dieser »kindlichen Schmierereien« angeordnet, aber das Ende vom Lied war eben, dass der Frau des Hausmeisters diese unzumutbare Säuberungsarbeit aufgetragen wurde, anstatt jenen Lotterbuben, die diese Schmierereien produziert, kurzum: Auch die Emanzipation der Frau ist in einem gesunden Gemeinwesen nicht aufzuhalten, und an der Gesundheit mangelt es Groß-Naschhausen – mal im Ganzen gesehen – nicht. Nur an ein bisschen Raffinesse und bürgerlicher Allgemeinbildung, ein Umstand, dem auf die Dauer besser abzuhelfen als einem rapiden Gesundheitsverlust.

Die Frau des Hausmeisters also trifft Frau Hermine auf der alten Marmeltreppe, die das Rathaus mit der Schule verbindet, wringt eben das Scheuertuch aus, um sogleich die Frau des Direktors in die ganze Misslichkeit ihrer Lage einzuweihen, und dass die Wände eben von gewissen Orten, besser: Örtchen von »Unerhörtheiten« vollgeschmiert wären, was nun zu beseitigen ihr, der Frau des Hausmeisters, aufgetragen, wogegen also doch, wenn schon nicht die Behörde, so doch wenigstens der Herr Pfarrer ein Machtwort zu sprechen hätte …

Frau Hermine ist des Deutschen vollkommen mächtig, versteht das Hupzeichen in der Klagerede der Frau Hausmeisterin recht wohl und verlangt noch an diesem Tag, wie er sich neigt, die Elternbeiratsversammlung, die schon Frau Berta verlangt hat. Unbehauen bleibt nichts mehr übrig, als sie außerhalb des Turnus durch den Elternbeiratsvorsitzenden, das ist der Kulturbundvorsitzende Herr Meyer, der die Sparte »Heimatfreunde« vorzüglich leitet, für den nächsten Dienstag einberufen zu lassen.

Unbehauen sieht dieser Aussprache mit einiger Sorge entgegen, da er sich dem zu behandelnden Gegenstand nicht gewachsen fühlt, andererseits auch fürchtet, der Genosse Raubold werde mit seiner kompromisslosen Art die Eltern in die Zone des Schweigens verscheuchen, anstatt sie zu ermuntern, sich ihre Zweifel und Nöte vom Herzen zu reden. Noch einmal also öffnet er mit dem kleinsten Schlüsselchen am Bund das Spind überm Fernseher, entnimmt ihm das gefährliche Buch mit der still tickenden Sex-Bombe in seinem Innern, um sich noch ein letztes Mal vor der Begegnung mit den Eltern einen Überblick zu verschaffen über das vermutliche Ausmaß der Gefährdung. Zu diesem Zwecke will er sich, um unbeobachtet und ungefragt zu bleiben, ins Badezimmer begeben, um sich dort selbst einzuschließen. Für eine Weile nur natürlich ... Er hat auch schon eben drei, vier rasche leise Schritte über den Teppich gemacht, als so plötzlich wie unerwünscht seine Hermine das Zimmer betritt, die Braue runzelt, stehen bleibt. »Wohin mit dem Buch? Was soll das?«

»Ich muss mich nur ganz kurz noch einmal informieren, inwieweit ...«

»Red keinen Unsinn!«

»Ich kann doch nicht nichts wissen, wenn die Eltern ...«

»Die Eltern sind genugsam im Bilde. Willst du sie etwa auf *diesem* Gebiet übertrumpfen?« Das »diesem« hat Frau Hermine mit einem Doppelzentner voll Verachtung und Abscheu befrachtet. Dem Genossen Unbehauen werden unter dieser Wucht die Knie weich. Seine Replik in Richtung Beschwichtigung gerät ziemlich kläglich. Ohnehin nimmt ihm Hermine das Buch bereits aus der Hand, trägt es zum Spind zurück, winkt mit dem kurzen Zeigefinger nur stumm nach dem Schlüsselchen, schließt ab, wendet sich königlich. »Ich verlange, dass du – du persönlich! – heute Abend vor den Eltern unserer Stadt Farbe bekennst, jenen sittlichen Standpunkt einnimmst, den wir Frauen von euch Männern erwarten; und wenn du etwa glauben solltest, du kannst mich bescheißen ...«

»Aber Minnie ...!?«

»Jawohl – ich gebrauche diesen fäkalen Ausdruck, so weit hat es diese unselige Entgleisung bereits gebracht –, wenn du glaubst, du kannst dich vor diesen anständigen, gutgläubigen, rechtschaffenen Eltern, die dir – *dir!* – ihre Kinder anvertrauen, wieder einmal um eine Meinung zur Sache drücken, weil ich, deine Frau, nicht anwesend bin, dann hast du dich geschnitten. Berta Schönlein wird anwesend sein und alles notieren, was du so von dir gibst.«

Unbehauen steht der Mund offen. »Was soll das heißen?«

»Ich habe sie beauftragt, jawohl. Als Vorsitzende des Ortsausschusses des DFD habe ich sie ausdrücklich gebeten, unser aller Mitgliedsrechte heute Abend entschieden wahrzunehmen.«

Nun schüttelt er bloß noch den Kopf, der Schuldirektor, versucht noch ein knappes Gelächter danach, aber es ist nicht die wahre Kür.

Frau Hermine hingegen hat schon die Türklinke in der Hand, holt noch einmal aus zum letzten Hieb. »Alle Versuche übrigens, sich neuerdings interessant zu machen, indem du an meiner Seite des Nachts in ein gewisses Buch schielst –«

Ein paar jähe Schritte macht der Mann auf seine Frau zu, ballt unwillkürlich die Faust, ohne sie freilich zu heben, und seiner Kehle entflieht nur ein gestaltloses »Ooo-oo-och«. Seiner empörten Gemahlin verschafft es den langersehnten Überlegenheitsgenuss. Sie lächelt mokant. »Selbstverständlich schielst du nur in Gedanken in jenes Buch, lieber Lothar ... offenbar hältst du es für unglaublich anregend; mich aber verstimmen diese indiskutablen Neuerungen, und ich muss dich bitten, sie ein für allemal zu unterlassen. So – das war's. Ich wünsche einen frohen Abend mit dem Elternbeirat!«

Der Hohn setzt den braven Unbehauen endgültig außer Gefecht. Er steht noch immer sprachlos, als seine Frau die Tür längst hinter sich zugemacht. Diesmal übrigens ganz leise. Wie überzeugt muss sie von sich sein.

Schlimmer: Dieser Auftritt riecht nach Weiberverbund und Weiberrebellion. Himmlischer Vater! ... Nur das nicht noch zu all den sonstigen Sorgen, den wirklichen – nicht den eingebildeten! Diese unselige Entgleisung ist in Wahrheit doch nichts als ein Phantom, ein Buhmann-Motiv, ein Witz auf der Hintertreppe. Normalerweise müsste es keinerlei Schwierigkeiten bereiten, der unsicheren, schwankenden Menge mit dem ewigen Fragezeichen in der Brust diesen ganzen Vorgang mit ein paar vernünftigen, aufklärenden Worten einsichtig zu machen – so grübelt der Schuldirektor noch immer vor sich hin. Warum nur gehen aus dieser im Grunde total harmlosen Ursache so viele unberechenbare, fatale, zerstörerische Wirkungen hervor? Ist das bisschen »Sex« in diesem Buch für Feinschmecker denn gar so gefährlich? Ebenso gut hätte doch ein illustriertes Gastronomie-Buch über Austern, Weinbergschnecken, Sauce béarnaise oder Fasanennierchen erscheinen und sogleich danach entgleisen können; was wäre dann passiert? Nichts! Überhaupt nichts! Warum denn also bringt allein das Fortpflanzungsthema diesen ganzen Aufruhr?

Lothar Unbehauen hört seine eigenen Schritte auf dem leeren, hallenden Flur der alten, stilgerecht schönen Schule aus der Jahrhundertwende, empfindet mit diesem Takt ins Nichts zugleich seinen Auftrag als wissender Mensch mit jenem wohlig-beklemmenden Erregungszustand in der Magengrube, der den berufenen Pädagogen verrät. Mit gefurchter Braue, konzentriert bis zum Äußersten, betritt er das Lehrerzimmer – aha!! Die Müllers sitzen schon da am langen Tisch, er hätte es sich denken können, machen spitze Gesichter – nun weiß Gott ja! Ein in Jena wirkendes Lehrerehepaar mit dringlichem, mitunter aufdringlichem Anspruch auf gesondertes Gehör, das obernorts wohnt und ein Mädchen in der achten Klasse hat, das Wally heißt, eigentlich Waltraut ...

Ein frostiges »Guten Abend« genügt wohl nicht, Unbehauen muss auch noch Händchen reichen. Die Entfernung der Müllers zu ihrem Kreisschulrat ist entschieden geringer als die des Direktors zu seinem.

Die Braue bleibt gerunzelt.

Frau Müller sieht weg. Wenn sie spricht, sieht sie ganz weg – gewissermaßen in den letzten Winkel des Raums, Offenbar eine Hemmung.

Unbehauen legt die Mappe auf den Tisch. »Augenblick ...«, und schon ist er wieder draußen.

Erstmal eine Zigarette auf dem Flur, und gewartet. Mit den zweien da drinnen? Nicht zu machen!

Und Schritte auf der Haupttreppe. Das ist Raubold. Unverkennbar.

»Was sagt denn deine Frau?«, fragt Unbehauen vorsichtig.

Raubold nimmt die angebotene Zigarette. »Die? ...« Erst pafft er die frische Rauchwolke aus dem offenen Fenster, ehe er sich umdreht. »Die sagt zu mir: ›Du bist gerettet, weil es nicht nach mir geht. Aber ginge es nach mir, dann gäbe es für mich nur eins und ohne Blabla-Gewäsch: Kampfgruppen raus, »Fortschritt«- Werk gestürmt, gesamte Auflage der Untergangslobby beschlagnahmt, alle Diebe und Verschieber verhaftet, Sauberkeit wiederhergestellt, Direktorium aus gewählten Belegschaftsmitgliedern‹ – na ja, der Rest, den weißt du. Ich bin in ihren Augen ein opportunistischer Armleuchter, ein angepasster Leisetreter, weil ich das alles nicht veranlasse oder doch wenigstens fordere, dass es veranlasst werde.« Raubold schaut plötzlich doch ein bisschen betroffen oder auch nur bewegt aus dem Flurfenster. Es ist ja wirklich eine wunderschöne, laue Septembernacht.

»Deine Frau ist noch sehr jung«, sagt Unbehauen tröstend. Es richtet ihn auf, dass auch sein Sekretär zu Hause Scherereien hat.

»Zweiundzwanzig«, sagt Raubold. »Wir erwarten zum neuen Jahr unser erstes Kind.«

»Wie schön!« Unbehauen meint dann, das andere – das werde sich noch geben mit der Zeit.

Raubold zieht hastig an der Zigarette, ist in Bekennerstimmung. »Ich hab sie ja genommen, weil sie so ist, wie sie ist. Ich bin jetzt sechsunddreißig, Generationen wechseln heutzutage in einem Jahrzehnt. Sie ist ich noch einmal, verstehst du. Ich will ihr ersparen, um den Preis von Enttäuschungen vernünftig zu werden.«

Unbehauen hebt die Schultern. »Dann müssten wir an jedem Tag bei den Kindern in unseren Bänken damit anfangen. Du glaubst doch wohl nicht, dass das geht?«

»Wenigstens versucht haben will ich es.«

Unbehauen schweigt, drückt die Zigarette am Sims aus, steckt die Kippe in seine Streichholzschachtel. Raubold, das findet er nun, ist doch nicht aus Beton. Dieser Gedanke hat etwas Beruhigendes.

Da naht auch schon Herr Meyer, der Unverdrossene. Glatze, Brille, schlank, sportlich – ein Wandermensch, der Pilze kennt, Insekten, Generalstabskarten, Orientierungsläufe, Pisten, Wegezeichen, Hege- und Pflegetechniken, Baumschulen und Aussichtstürme ... Es ist noch nie vorgekommen, dass Herr Meyer irgendetwas, das ihm vorgetragen, nicht beantwortet oder irgendeine Ratlosigkeit gezeigt hätte, wie zu antworten sei. Was die Freizeitkultur jeglicher Form und Art angeht – also, da hat Herr Meyer alles schon gesehen, erlebt, mitgemacht, ausprobiert, er trägt gewissermaßen – wie Atlas den Himmel – über unserer Welt das Kulturleben von Groß-Naschhausen auf seinen Schultern und lächelt auch noch dabei, als mache ihm diese Last nicht die geringste Plage. Es liegt wohl an der Grundkonstruktion seiner Mundhöhle, einschließlich ihrer Außenforts Lippen und Zähne, dass Herr Meyer nicht anders kann als lächeln, wann immer er den Mund öffnet, um Luft zu holen oder sie wieder aus sich herauszulassen. Es ist einfach gar nicht möglich, sich einen besseren, geeigneteren, positiveren Elternbeiratsvorsitzenden zu denken als eben diesen Herrn Meyer, der im Staatsarchiv auf der Heidecksburg zu Rudolstadt einen Eckpfeiler der gesamten Traditionsarbeit bildet und schon mehrfach ausgezeichnet wurde. Das leisten die Mitt- und Endfünfziger jener ins Auge gefassten Gegenwart, die uns im Augenblick festhält, weil eine Entgleisung stattfand.

Herr Meyer, wie er über den ihm vertrauten Flur – auch er ging hier einmal zur Schule – auf den Direktor zuschreitet, leichthin die Mappe in der Linken wiegend, sagt lächelnd: »Unangenehmer Anlass«, reicht den Herren am Fenster die Hand.

Unbehauen lächelt nun auch. »Tja, mein Lieber – das müssen wir nun durchstehen.«

»Stehe zur Verfügung«, sagt Herr Meyer. Das sogenannte, jetzt lächelt er nicht, sondern lacht schon mit Ton – das sogenannte »Corpus Delicti« kenne er freilich nicht, aber was man davon so höre, also: »Meine lieben Naschhausener sind ja ganz aus dem Häuschen.« Herr Meyer scheint darüber sehr erheitert, und Raubold mahnt: »Wir dürfen nicht pauschalieren. Der Fall ist zu ernst. Leider. Diesmal sind die Schweigenden das Problem. Die Ersten machen das Buch zur Sensation, nicht die anderen, die es aus der Welt schaffen wollen.«

Meyer rückt lächelnd an seiner Brille. »Ich verstehe nicht ... Kennen Sie denn das Buch? Es soll ja in schwedischer Sprache gedruckt sein.«

»Es ist besser, wir gehen jetzt hinein«, mahnt Unbehauen hastig, damit Raubold nicht etwa auf die Idee kommt, diese Frage zu beantworten.

Da kommen auch schon die anderen Beiratsmitglieder die Mitteltreppe hinauf, pünktlich, wie in Groß-Naschhausen üblich – allen voran Fleischermeister Fels, der ein bisschen Mühe mit dem Treppensteigen hat, schnaufend auf Unbehauen zustelzt. »Wird ja höchste Zeit, dass wir Eltern endlich eingreifen ...« Hinter ihm gleich die blasse Frau des Musiklehrers Weise (damit die CDU vertreten ist), die vor Raubold immer Angst hat und auch jetzt nur mit einem devot distanzierten Kopfnicken ins Lehrerzimmer eilt. Auch Malermeister Kanocke strebt mit langem Schritt über den Flur, ein Fast-Zweimetermann, der die Klassenräume auch ohne Leiter hätte streichen können. Nur im Physiksaal wäre das nicht gegangen. Als er neben Fels steht, sieht das Paar aus wie Pat und Patachon.

Berta Schönlein kommt zusammen mit Jutta Krause, und hier hat wohl schon auf dem Weg zur Schule eine gewisse Beeinflussung stattgefunden, wie Unbehauen nach dem etwas rigorosen Auftritt mit Hermine zu ahnen glaubt. In der Tat hat Frau Berta mit der fast herzlichen Anrede »meine liebe Jutta« auch einige kräftige Worte verknüpft, um die junge Lehrerin wissen zu lassen, dass der Demokratische Frauenbund »geschlossen« hinter ihr stehe und sie sich von diesen »unmöglichen Männern« auf keinen Fall in den Hintergrund drängen lassen dürfe.

Jutta Krause hat keine Veranlassung, um ihren Vordergrund zu zittern. Als sie mit zwei Müttern, die bei Zeiss arbeiten, und der jungen Frau Unsinn aus Freienorla gegenüber, die in der Uni Jena Sekretärin in der Verwaltung macht, das Sitzungszimmer betritt, freuen sich eigentlich alle

Anwesenden über die Sonne am Abend, die nun aufgegangen. Nur Frau Müller blickt über die eigene Schulter an die Wand. Herr Meyer lächelt der Sonne zu, klopft mit dem Kugelschreiber gegen das Glas, und es soll nun nach der Begrüßung und Begründung dieser außerordentlichen Einberufung erst mal Direktor Unbehauen die Lage darstellen, wie sie sich nun, am neunzehnten Tag nach der Havarie auf dem Bahngelände, der Öffentlichkeit präsentiert.

Er trägt die Dinge mit höchster Mäßigung vor, glättet, entschärft, gibt sich den Anschein einer mehr liebenswürdigen, überlegenen Erheiterung, als dass er sich entrüstet, erklärt die Bemühungen der Schulleitung »und des gesamten Lehrerkollektivs« um die »Reinhaltung der Schule von unerwünschten außerschulischen Einflüssen« mit charmanter Gelassenheit, und tatsächlich gelingt es ihm, in den ersten Minuten, so etwas wie »Ruhe« herzustellen. Zumindest für jene Mitglieder des Elternbeirats trifft das zu, die das Buch nicht kennen, es auch nicht bei ihren Kindern gefunden haben und auch nicht durch Nachbarn oder Verwandte darüber ins Bild gesetzt wurden. Sie folgen den Ausführungen des Direktors so erstaunt wie gespannt. Endlich mal was anderes, als immer dieser politische Kram mit Fähnchen und Aufrufen und Sammlungen.

Zum Glück oder leider, das ist im Augenblick nicht zu untersuchen, sieht nur eine kleine Minderheit die Dinge so harmlos. Eigentlich sind es nur die beiden Zeissianerinnen, die an den Lippen des Direktors gläubig und vertrauend hängen. Doch schon die Müllers, die das Buch auch nicht kennen, nur davon gehört haben, betrachten diesen Unbehauen während seiner Säuselrede voll Argwohn. Das stinkt. Sie wittern es. Und sehen sie auch nicht, dass im Nacken dieses »scheinheiligen Karrieristen« seine Frau Hermine steht, die den unsichtbaren Strafengel macht, so lässt sie doch der beflissene Eifer des Direktors vermuten, dass hier wieder einmal etwas vertuscht werden soll. Das mag gehen, wie es will – aber nicht mit Müllers! Müllers lassen sich nicht einlullen. Die Probleme müssen auf den Tisch! Da sind die Müllers ganz stur, auch ohne den kleinsten Verständigungsblick miteinander zu wechseln. Das haben Müllers gar nicht nötig. Die wissen von alleine, was richtig ist. Nur eine kompromisslose Haltung ist sauber und entspricht den Normen des gesellschaftlichen Lebens. So steht es ja auch in den Statuten. Wär' schön, wenn dieser aufgeblasene Salonmensch das mal wieder nachlesen würde. Aber bei dieser bürgerlichen Frau? Man sieht ja, wohin das führt. Hier wird ganz plötzlich eine vormals anständige Schule zu einem sittlichen Schweinestall – und da lächelt dieser Mensch auch noch!!

Unbehauen kommt zum Schluss seiner einleitenden Ausführungen und weiß schon, dass die Wand, die er angesungen, nicht zerschmolzen ist. Im Gegenteil. Ihm scheint sie jetzt höher und finsterer als zuvor.

Herr Meyer dankt, bittet um Wortmeldungen.

Natürlich will erst niemand. Nur die Wissenden tauschen Blicke. Die Laien blicken auf die leere Tischplatte.

Frau Müller hebt als Erste die Hand. Das haben die Beiratsmitglieder nicht anders erwartet. Frau Müller spricht immer als erste Rednerin. Auch an diesem Abend sucht ihr Blick, während sie spricht, die äußersten Winkel des Raums hinter ihrer Schulter auf, um sich dort dauerhaft niederzulassen – so, als wüsste sie, dass ihr Blick von tödlicher Kraft und zwänge sie deshalb zur Rücksichtnahme auf die Augen aller übrigen Anwesenden.

Um so erbarmungsloser ihre Ausführungen. Das geht Schlag auf Schlag.

Wo denn die Meldung an den Kreisschulrat bliebe? Sie selbst hätte erst beim Bezirksschulrat vorstellig werden müssen, um dort zu erfahren, dass nichts bekannt sei – wohlgemerkt: in einer Sache, die wie ein Gift um sich griffe, der Zersetzung durch den Sumpf des westlichen Verfallssystems Tür und Tor öffne. Man habe nun schon die Niethosen und die Beatmusik, man habe die langen Zottelhaare und diese ganze neumodische Widersetzlichkeit der Jugend. Was müsse denn nun noch geschehen, damit die Regierung endlich eingriffe, um diesen ganzen Unflat zu verbieten? Sie jedenfalls habe den Bezirksschulrat ausdrücklich und schriftlich darum ersucht, sich dieses unerhörten Skandals anzunehmen und die geradezu haarsträubenden Begleitumstände jener Entgleisung mit all ihren Folgen für die Einwohnerschaft von Groß-Naschhausen, insbesondere für alle die unschuldigen Kinder im schulischen Alter, in dem doch der Grundstein für das ganze spätere Leben gelegt werde ... Frau Müller hat so lange in den fernen Winkel geblickt, dass sie das Ende ihres Plädoyers nicht mehr wiederfindet – – mit einem Wort: sie verlangt, das bekommt sie noch zusammen, dass nunmehr mit äußerster Konsequenz die »sauberen Kräfte« alarmiert und bereitgestellt würden, um ein für alle Mal mit den Entgleisungen, die es ja leider und zuhauf auch im übertragenen Sinne auf allen Ebenen gäbe, Schluss zu machen.

Unbehauen hat die ganze Zeit verbissen auf seinen Notizblock geblickt. Das war ein linker Haken in die Magengrube. Von dieser verdammten, intriganten Tratschliese, die gleich zum Bezirk rennen musste, um ihn zu verpetzen. Das kann unangenehm werden. Sehr unangenehm. Mit einem Instrukteur, den sie aus Gera schicken, würde er noch zu Rande kommen. Was aber, wenn da plötzlich eine Kommission angerauscht kommt, die seine niedliche, hübsche Schule auseinandernimmt und für lange Zeit ungenießbar macht? Es gibt da nur noch eine einzige Möglichkeit: Er muss gleich morgen nach Gera fahren und mit dem Bezirksschulrat sprechen ... Auf ein Zettelchen vom Block schreibt er diesen Entschluss und schiebt ihn Raubold zu.

Raubold liest, nickt, schreibt drunter: »Ich huste mal kurz dazwischen« – das macht er auch, indem er die Genossin Müller mit einer ziemlich schroffen Einlassung darüber belehrt, nicht die Überlegung, wie übergeordnete Instanzen oder gar »die Regierung« – er lässt es sich auf der Zunge zergehen – mit der Bereinigung der Schwierigkeit beauftragt werden könne, habe den Elternbeirat zu beschäftigen, sondern dieses Gremium habe vielmehr zu beraten, was die Eltern selbst im Verein mit der Schule zu tun in der Lage seien, um der Beunruhigung durch ein – nun ja, nicht gerade schulgemäßes Buch entgegenzuwirken.

Keine Frage: Die Müllersche ist nun erst einmal zum Schweigen gebracht, blickt pikiert über die andere Schulter in die Ecke bei der Tür, wogegen ihr Mann die Regale an den Wänden mustert, als hätte er plötzlich keine Frau, und die Dame neben ihm sei ihm gänzlich fremd. In eine solche Parteiversammlung allerdings will Raubold diese Beiratssitzung nicht ausarten lassen. So wirft er dem Herrn Fels einen ermunternden Blick zu.

Der Fleischermeister schnauft, hat die Fäuste links und rechts neben sich auf den Tisch gelegt und sagt, von Politik verstünde er nichts, und er wäre auch nicht empfindlich in solchen Sachen, die den Körper beträfen; der Mensch wär' eben ein Stück Natur wie alle anderen Lebewesen auch, und seine Kinder seien ordentliche Wänster, die genau wüssten, wo der Stier seine Eier und die Kuh ihr Euter hat, er sei nun einmal ein Metzger und könne seine noch unzerlegten Ganzstücke nicht immer verstecken vor den Kindern. Wenn es aber soweit käme, dass einer von diesen Jonkas –

»Welcher?«, fragt Unbehauen.

»Na, der Mike wohl –«

»Zehnte Klasse«, sagt Raubold, und Unbehauen macht sich mit einem »Aha!« eine Notiz. Nun sind alle auf diesen Mike und dessen eventuelle selbstgemachte Entgleisung schon ziemlich gespannt ... Wenn es also schon so weit käme, fährt der Vater Gustav Fels fort, dass dieser Mike seinem Gretchen auf dem Kirchhof oben das besagte Buch in den Schoß legte, sie solle mal sagen, welches Bild ihr denn am besten gefiele, dann ginge das wohl doch über die Hutschnur, und er – ein einfacher Handwerksmeister – müsse sich fragen, wo das hinauswolle, wenn die Schule da nicht durchgriffe ...

Der schnaufende Vater will noch etwas sagen, wird aber von Meister Kanocke unterbrochen, der erregt über den langen Tisch ruft: »Die Lehrer dürfen ja nicht eingreifen. Früher wurde so e fauler Wanst schalliert, dass de Löffel gesummt haben, oder er wurde eben nicht versetzt. Heute darf ja keiner sitzen bleiben. Auch so ein System. Alle Nieten und Pfuscher werden durchgeschleift, bis die Tunke aus der Tasse spritzt. Ich lehne das ab. Unsereens hat dann de Scherderei mit den Lehrlingen. Die Bande lässt doch den Pinsel schon fallen, bevor sie ihn überhaupt erscht mal in dan Emer neingetitscht hat!« Meister Kanocke ist ziemlich auf der Palme.

Nun ja – Unbehauen lächelt –, das sind diese emotionalen Diskussionsbeiträge von elterlicher Seite, die nicht weiterhelfen, die jeder Lehrer kennt und ertragen muss.

Der Sonnenschein allerdings verdunkelt sich. »Ich bin nicht Ihr Rohrstock, lieber Herr Kanocke. Wenn Ihr Roger« – sie sagt »Rodscher« – was ja ebenso interessant ist wie Mike –, »wenn Ihr kräftig gebautes Söhnchen meinerseits absolut nicht zur Mitarbeit gewonnen werden kann, dann muss das nicht unbedingt an mir liegen. Vielleicht liegt es auch ein bisschen an Ihnen und der überaus sanften Hand Ihrer geschätzten Frau Gemahlin ...«

Jutta hat jetzt ihr Funkelfeuer in der Pupille, Herr Meyer blickt verlegen nach rechts und links, und Raubold ist es, der ein freundliches »Nana« einwirft, um die Genossin Krause von ihrem spitzen Zweikampf mit dem Elternunverstand eines immer einsatzbereiten, selbstlosen Beiratsmitglieds abzubringen.

Berta Schönlein ärgert dieses »Nana«. Sie nimmt das Wort, ohne auch nur einen Finger zu heben, geht gleich ins Volle, beklagt die allgemeine Führungslosigkeit in dieser sehr ärgerlichen Sache, da selbst vorschulpflichtige Kinder mit hineingezogen sind und sie sich persönlich vor dem Anschlagfenster am Bahnhof von dem katastrophalen Zustand in den Köpfen der Einwohner habe überzeugen müssen. Diese unselige Entgleisung zeige jedenfalls, welche Lücken noch vorhanden seien und dass mehr geschehen müsse, als bisher geschehen sei. Völlig verfehlt allerdings sei es, wie für diese Panne so überhaupt für alles und jedes das Rathaus verantwortlich zu machen, denn es handle sich in diesem Falle ...

So weit kommt Frau Schönlein. Den Rest schneidet Raubold mit dem scharfen Zwischenruf ab: »Aber die Schule, die kann man immer für alles und jedes verantwortlich machen, wie?«

Die ahnungslosen Beiratsmitglieder schauen stumm und eingeschüchtert diesem lebhaften Hin und Her zwischen den Eingeweihten zu, in dem so viele alte Tage, alte Sünden und alte Rechnungen versteckt sind, die bis zur Stunde unbeglichen blieben und nichts, aber auch gar nichts mit dem Unheil stiftenden »wertvollen Exportgut« nach Schweden zu tun haben.

Man zankt sich zwei Stunden lang. Es wird dabei auch viel Richtiges gesagt. Die Menschen an dem langen Tisch wollen es ja gut machen. Sie haben den besten Willen. Selbst Frau Weise sagt in einer Pause mit blassem Gesicht und zarter Stimme, der Bahnwärter habe die Weiche in jener Nacht bestimmt nicht mit Absicht zu früh umgestellt, und wenn die Herren von der Druckerei in Roßeck einen so wichtigen Exportauftrag nicht angenommen hätten, wäre vielleicht das Ministerium in Berlin sehr enttäuscht gewesen. Man solle doch lieber so leben, dass man verzeihen könne und nicht immer nur anklagen.

So impulsiv die Frau des Musiklehrers das Wort genommen, so unvermittelt verstummt sie auch wieder, als sei es ihr peinlich, so lange den Mittelpunkt gemacht zu haben – mindestens eine Minute ...

Es ist das erste Mal, dass Frau Weise das Wort nahm. Und gleich ist es ein Volltreffer. Alle sitzen wie betäubt, beschämt und angerührt von dieser Botschaft der Sanftmut und Nachsicht, und wenn die böse Sieben mal ausnahmsweise nicht über ihre Schulter, sondern in ihren Schoß geblickt und gemurmelt hätte: »So freilich kann man alles erklären«, dann wäre der Beirat in seinem eigenen Edelmut wie in einer angewärmten Daunendecke regelrecht eingeschlafen.

Herr Meyer schließlich, der Gefasste, rafft sich zusammen und macht lächelnd den Vorschlag, der Beirat solle einen Aufruf an die Elternschaft verfassen, der moralischen Bedrohung ihrer Kinder zu wehren, die Beibringung des »Verlustgutes« vorbehaltlos und fröhlich zu unterstützen, die Sauberkeit der Schule in jedem Punkte zu fördern und – und – – ja!

Der Vorschlag wird angenommen. Der Kopf des Beirats, das ist Herr Meyer, Direktor Unbehauen und Lehrer Raubold, wird beauftragt, einen solchen Aufruf »textlich zu gestalten«. Das kommt ins Protokoll.

Danach geht man auseinander.

Vor der Schule dann stehen Unbehauen, Raubold und Jutta noch einen Augenblick zusammen. Die Nacht ist lau und still. Als der Hausmeister das Licht am Portal gelöscht hat, kann man die Sinnbilder am Firmament erkennen. Kassiopeia funkelt im Zenit, als habe jemand goldene Steinchen an den Himmel geworfen. Das Licht in den ein- und zweistöckigen Häuschen leuchtet matt und warm auf die Straße.

Raubold ist deprimiert. »Mein Gott – ein Schlag ins Wasser ... Ich habe mich selten so dumm, so hilflos und fehl am Platze gefühlt wie heute Abend. Irgendwas machen wir doch falsch, zum Teufel. Aber was nur?«

»Den Beirat einzuschalten, war wohl der Fehler. Er kann nichts ausrichten in dieser Sache.«

Jutta schüttelt den Kopf. »Das ist es nicht.«

Unbehauen ist nicht so angeschlagen wie sein Parteisekretär, spaßt sogar: »Wenn du uns sagst, Mädchen, was es ist, dann kriegst du von mir einen Groschen!«

Jutta bleibt ernst. »Unser schlechtes Gewissen – das ist der Fehler. Finde ich jedenfalls. Wir fühlen uns immer verantwortlich für alles, darum auch immer schuldig. Weil wir dauernd etwas verteidigen oder zudecken wollen, weil wir uns unserer Fehler und all der Schiefheiten schämen, darum mogeln wir zu viel.«

»Jutta –!« Unbehauen ist nun doch ein bisschen perplex über diesen Ausbruch. Er lässt sich nicht zurücknehmen. »Lass mich ausreden!«, befiehlt sie ihrem Genossen Direktor. »Wenn wir nämlich uns allen diese Freude machen würden, die wir den Schweden machen, könnten wir keine Mathematikbücher für die neunte Klasse drucken und keine neun Millionen Schulbücher für Indien. Das ist die Wahrheit. Ich sehe keinen Anlass, sich deswegen zu genieren ... Also bitte: Her mit dem Groschen!«

Sie bekommt ihn.

Und Raubold findet, dass man jetzt erst die Füße im richtigen Startblock hätte und dieserhalb in der »Blauen Traube« noch einen Kurzen zur Brust nehmen sollte. Ein guter Vorschlag. Die Parteileitung der Polytechnischen Oberschule »Thomas Müntzer« zu Groß-Naschhausen begibt sich zu jenem Lokal mit dem großen Überblick, an dessen Tischen die Probleme eine andere Dimension annehmen als in einem Lehrerzimmer oder auf der Straße.

Es wird ein etwas längerer Kurzer.

Um Mitternacht erst kehrt der Genosse Direktor heim.

Hermine liegt selbstverständlich noch wach im Kissen, sieht den Mann im Schlafanzug, der so belustigt aus dem Badezimmer tänzelt.

»War wohl recht anregend, deine Elternbeiratssitzung?«

»Ungemein an-egend ... Wir haben die Po – die Poble ...«, himmelundeins, dieses verdammte »r« will und will nicht gelingen, »... die P-rrrobleme alle auf den Tisch gelegt, ja –«

»Das sehe ich«, sagt Hermine, blickt in den Rücken des Vaters ihrer Kinder, der sich so gestalt- und haltlos darbietet, dass sich in ihrem Inneren so etwas wie eine erhabene Erbarmungslosigkeit regt. »Und? Zu welchem Schluss seid ihr gekommen?«

»Wir schämen uns zu viel ... Ich meine, Minnielein, dis is nich von mir, dis is von der blonden Nixe mit dem stolzen F-f-fischbusen ... ja – –«

Und schon ist er in sein Kissen gefallen, der Herr Direktor. Keine Minute vergeht, und er sägt bereits an den Grundmauern der Kemenate.

Frau Hermine löscht die Lampe auf dem Nachttisch und schaut nachdenklich, vielleicht sogar *sehr* nachdenklich in die Finsternis.

Dabei ist dieser September noch in seinen letzten Tagen ein Spätsommer wie aus dem Bilderbuch. Das weite Tal liegt in der Sonne, als säume es den Tessin und nicht die Saale. Aber nur ein paar alte Apfel- und Süßkirschenbäume stehen auf den begrünten Terrassen der Südseite. Die hellen Kalksteinwände schimmern aus dem sanften Altgrün der Fichtenwälder, als seien das alles alte Burgen und Schlösser; die umbrochene Scholle auf den Feldern funkelt feucht, wirft das Licht so blendend zurück, dass man die Augen unwillkürlich schließt. Steht man auf der Höhe, ist der Lössboden bis in die Ferne violettbraun. Er duftet angenehm wie frisch geschnittenes Holz. Im Wald ist ein Gesumse wie im Juli, dicke Hummeln tummeln sich zwischen gelben Halmen, und noch immer findet man da und dort Heidelbeeren, Himbeeren und Pfifferlinge. Die ersten Rotkappen sind schon aufgetaucht. Auch ein paar verwilderte Zwetschgenstämme, um die sich niemand mehr kümmert, säumen den Kammwald. Hanna kostet zuerst, legt dem Freund die nächste Frucht zwischen die Lippen. Da sind sie schon weit, findet Fred. Und die Zwetschgen sind erstaunlich reif und wohlschmeckend. Bei der Verwilderung ...!

Die zwei gehen mit sich und ihrem Problem, dass sie auf eine so rätselhafte wie wunderbare Weise zueinander passen, aber nicht zueinander gehören, recht vorsichtig um. Auch überlegt. Er wundert sich nicht, als sie nebenbei sagt, sie habe schon eine Abtreibung hinter sich und wolle das nicht noch einmal erleben, und sie spürt in seiner sorgfältig beobachteten Zurückhaltung eben jene Erfahrung, die das Risiko richtig einschätzt. Da er ein Schweiger ist, muss sie seine Umstände, aus denen heraus er sich ihr erklärt, aus ihm förmlich mit der Fragezange herausziehen. Als das geschafft ist, sieht sie einen ältesten Sohn vor sich, der einen Vater im Rollstuhl, eine abgeschuftete Mutter und drei Brüder, die noch in die Schule gehen, mit seiner Arbeit in der Porzellanfabrik zu Kahla ernährt. Gewiss hat der Vater eine Rente. Aber so hoch ist sie nicht, dass der wahre Ernährer der Familie es sich leisten könnte, über die Stränge zu hüpfen oder sich kostspielige Allüren – Transistorheule, Kassettenrecorder, Wiedergabegerät und ähnlichen »Schnickschnack«, wie er sagt – zu pflegen. Sein Motorrad ist sein ganzer Luxus. »Hätt' ich's nicht, wär' ich ein armer Mann«, sagt er einmal, als sie auf dem Kamm unterm Zwetschgenbaum liegen.

Hanna kann ihn, als er's gesagt hat, gar nicht ansehen. Weil er es so einfach und schön gesprochen hat: »ein armer Mann« ... es klingt so lange in ihr nach, dass sie ihn, als es Zeit ist zum Aufbruch, noch einmal in die Arme nimmt, sich selbst verströmt in gerührter, schmerzlicher Zärtlichkeit.

»Was ist?«, fragt er schließlich.

Sie kann das nicht sagen. Sie schüttelt nur lächelnd den Kopf, und ist froh, dass er nicht weiter in sie dringt. Es ist ihr nur der Gedanke gekommen, dass sie das überhaupt nicht verdient hat, in aller Ruhe das Abitur zu machen, während er da in seiner Betonhalle Tag um Tag und Nacht um Nacht und Jahr um Jahr einen furchtbar heißen Ofen bewacht, damit seine Eltern und seine Brüder ein Bett, ein Hemd, eine Suppe und ein Zuhause haben. Gewiss ist dieser Gedanke ziemlich irre; sie ist ja nicht schuld daran, dass sie sich jetzt vorkommt, als müsste sie ein schlechtes Gewissen haben.

Muss sie ja nicht – wenn sie sich's überlegt. Aber man kann nicht immer und alles überlegen. »Würdest du, ich meine, wenn du könntest – würdest du da nicht doch noch auf die Fachschule gehen wollen?«
»Nein.«
»Warum nicht?«
»Das ist nichts für mich.«
Sein Ton ist da sehr bestimmt. Sie kommt nicht ein zweites Mal darauf zu sprechen.
Er hat mit einem Kollegen tauschen können, hat schon die zweite Woche die Frühschicht übernommen. Auf seiner MZ bringt er Hanna morgens nach Kahla, setzt sie am Bahnhof ab. Sie verbringt die Stunde, die sie warten muss, bis die Schule beginnt, im Bahnhofslokal, trinkt dort ihren Kaffee, isst das mitgebrachte Brot.
Die Mutter hat es bereitet, ihr in die Mappe gelegt. Mathilde will Frieden. Herrmann will Krieg. Er kann und kann sich nicht damit abfinden, nachgeben zu müssen. Es ist und bleibt für ihn eine Niederlage, und Niederlagen passen nun einmal nicht in seine Daseinsweise, wie er sie versteht.
So nöckert und nörgelt er jeden Morgen zwischen Stube, Badezimmer und Flur herum, zankt mit der Frau, »dass du das duldest!«, mit dem Ältesten, »du solltest auf deine Schwester besser aufpassen!«, stellt sich Hanna in den Weg: »Das eine sage ich dir: Du wirst noch einmal froh sein, deine Beine unter den Tisch deiner Eltern stellen zu können, wenn dieser Lump dich ins Unglück gebracht hat ...«
»Hör auf, Vater! Ich bin achtzehn.«
Sie reißt den Anorak vom Haken, macht, dass sie hinauskommt. Der Motor singt schon seinen Knattergassenhauer. Mappe auf den Rücksitz gedonnert, mit flotter Grätsche in den Sattel und die Arme fest, ganz fest um den gewollten, den ausgesuchten Mann gelegt. Sie ist auch eine Moll, die Hanna. Was sie sich einmal genommen hat, gibt sie so leicht nicht wieder her. Auf die Kommentare der Mitschüler

pfeift sie, daheim ist sie so wenig wie möglich, die Schularbeiten, die jetzt Zeit kosten und leider ernst zu nehmen sind, macht sie in Günters Zimmer. Er ist vier Jahre älter, man kann ihn um manches fragen. Meist sitzt auch er über den Büchern. Sie sprechen wenig. Günter ist in allem temperiert, besonnen, vernünftig. Seine Missbilligung des väterlichen Verhaltens steht außer Zweifel. Einer offenen Konfrontation mit dem väterlichen Gedankengut ist er bisher ausgewichen. Einmal nur fragt er in einem passenden Augenblick: »Sag mal, liebst du den Fred? Ich meine – wirklich?«

»Das weiß ich nicht.«

Es ist eine Antwort ohne großes Nachdenken. Sie ist sicher, dass sie es nicht weiß. »Das ist diesmal ...« Sie hält inne, errötet bis in die Stirn.

»Brauchst nichts zu sagen, Hanna. Ist ja auch vorbei.« Der Bruder lächelt, sie ist ihm dankbar dafür.

»Etwas an ihm ist so, dass es mich erledigt, verstehst du? Ich kann da gar nichts machen. Es sind die Augen, der Blick und – und ... Mein Gott, ist das albern. Man kann eben über solche Dinge nicht sprechen. Sie sind da, oder sie sind nicht da! So ist das eben.«

Erhitzt und peinlich berührt beugt sie sich wieder über das Physikbuch, das leidige, dessen Inhalte nun einmal zum Abitur gehören, ob sie interessieren oder nicht.

»Verstehe –«, sagt Günter. Mehr nicht. Und jeden Mittag wartet Hanna in der Bahnhofshalle von Kahla, bis der stolze Finsterling mit dem gewissen Blick, von dem sie nicht weiß, ob sie ihn liebt, seine Kurve über den Vorplatz zieht, um sie abzuholen. Ihre Königinnenrolle in der Klasse hat sie damit verloren. Aber auch darauf pfeift sie. Wenn sie ihren »schwarzen Ritter«, wie sie ihn nennt, wenn sie nachts wach liegt, mit den Armen umschlingt, weil es mit achtzig und hundert Sachen über die glatte, kurvenreiche Piste mit den herrlichen Aussichten geht, dann ist das Gefühl, aus eigener, souveräner Vollmacht so frei zu sein, wie sie es sein muss, um sich als eine Hanna Moll zu erkennen, genussreich und grenzenlos. Es gibt nichts anderes, was damit Schritt hielte. Dafür einen gründlichen Unfrieden im engen Brutkasten der Familie auf sich zu nehmen, lohnt, findet jedenfalls Hanna, immer! Sie meint es so ausdrücklich, um nicht zu sagen: widersetzlich, wie das Ausrufungszeichen es bedeutet.

Unter den Zwetschgenbäumen, den vernachlässigten mit den herrlichen Früchten, verständigen sie sich beide, der junge Mann aus der verrufenen und das junge Mädchen aus der berufenen Familie, über die Schwierigkeiten, die sie zu Hause haben.

»Meine Leut' sind auch dagegen«, sagt er.

Da spricht er wahr.

Herr Jonka senior hebt aus dem Rollstuhl mit aller Kraft seinen Stock, der ihm beim Umzug auf den Abort den letzten Halt gibt, um dem Sohn aus der Jugendzeit seiner Ehe zu bedeuten, dass ein Umgang mit »diesen Molls« geradezu ein Verrat an den heiligsten Traditionsgütern eines Porzelliners von Kahla wäre, und die Mutter ringt bebend, mit viel Wasser in den Augen, die Hände. »Alfred, Junge – du bist doch unser aller Halt ... geh doch nicht mit einer solchen roten, eingebildeten Funktionärstochter! Wie kann dir das nur in den Sinn kommen? Die heiratet dich niemals. Wir sind immer anständige Leute gewesen, haben uns nie etwas zu Schulden kommen lassen ...«, und so geht das fort und ist ein Jammer auf die Dauer.

»Du bleibst hart?«, fragt sie, ohne die Augen zu öffnen.

»Wie Eisen«, sagt er. Und lächelt. »Ich hab einen Platz, da brauchen wir nicht immer fortzufahren.«

Sie richtet sich auf. »Zeigst du ihn mir?«

»Wir können dort auch bei Regen sein. Komm!«

Hinter der Kemenate erst stellt er die Maschine ab, schiebt sie ins Gebüsch. Zu Fuß gehen sie zur Kirche. In einem Winkel zwischen Schiff und Turm auf der Kammseite gibt es eine kleine Holzpforte mit schmiedeeisernem Zierrat. Er hat einen Griff mit einem Stahlhaken, öffnet dieses Türchen ziemlich mühelos.

»Das ist aber verboten«, sagt sie.

Er wendet sich um, blickt ernst. »Was ist nicht verboten?«

Sie hebt den Finger, deklamiert: »Alles, was langweilig ist und keinen Spaß macht.«

Erst ist da ein dunkler, muffig riechender Raum mit zwei steinernen Grabplatten an der Gegenwand. Ein schnauzbärtiger Ritter mit Schwert auf der einen, eine Dame mit Reif und langem Mantel auf der anderen. Fred schließt die Tür, nimmt Hanna bei der Hand, sie zu führen. Rechts ist statt der Wand ein Treppchen. Darüber geht es zu anderen Stufen. Sie knarren entsetzlich. Allmählich erhellt das Licht aus dem Kirchenschiff das Treppchen. Schließlich stehen sie auf der Empore.

Hanna blickt hinauf zum Kreuzgewölbe, hinunter zum Gestühl, zur Kanzel, zum Altar. Sie ist zum ersten Mal hier. Zur Linken in gleicher Höhe die Orgel. Sie schaut lange, schweigend.

»Das ist schön«, sagt sie endlich.

Er nimmt sie wieder bei der Hand, führt sie am Ende der Empore zu einer anderen, noch kleineren Tür, die nicht verschlossen. Hinter ihr führt eine steile Wendeltreppe hinauf zum Glockenturm. Da oben ist eine Plattform, viel Holzwerk und Gestänge. Innen im Gestänge hängen die kleinen Glocken. In der Mitte die große. Vier freie Öffnungen lassen nach allen Seiten in die Ferne und Tiefe schauen. Die noch warme Septembersonne fällt ein, Hanna beschattet die Augen mit der Hand, betrachtet zum ersten Mal aus solcher Höhe über den heimischen Dächern die großartige Landschaft; Leuchtenburg drüben über Kahla, den glitzernden Fluss in seinem Wechsellauf, die Dörfer, den weiten Schwung der dunklen Waldketten, den Himmel, die Wiesenhänge, die Fernstraße, auf der sie eben noch gefahren. Wunderbar ist das.

Hanna kann es nur denken, nicht sagen.

Er freut sich, dass sie nicht plappert jetzt. Das ist ja immer das Problem gewesen bisher. Die Mädels im Allgemeinen plappern dauernd. Hanna ist die Erste, die den Mund halten kann.

Mit dem Arm reicht sie vorsichtig durch das Gestänge, die kleinen Glocken zu erreichen. Es gelingt ihr, mit dem Finger leicht drüber hin zu klopfen. Zart verschwingen die leisen Töne, die sie doch kennt, aber noch nicht in ihrer richtigen Ordnung zusammensetzen kann. Sie hat sie bisher immer nur aus ihrer Beschränkung unternorts vernommen, sich längst daran so gewöhnt, dass sie die Melodie um zwölf Uhr mittags und um Mitternacht seit Jahren nicht mehr wahrnimmt oder doch nur so wahrnimmt wie ein bekanntes Geräusch, wie den vorüberfahrenden Zug aus Rom oder Stockholm zum Beispiel, den ja auch niemand beachtet, der hier wohnt.

Er führt sie auf die andere Seite des Turmdepots, und dort in der Ecke ist so etwas wie eine kleine Liegestatt aufgebaut. Eine bunte Steppdecke liegt darauf. Und Blumen hat er in einem Glas dazugestellt, eine Flasche Rotwein auch – und Kuchen.

Unwillkürlich entfährt ihr ein Laut der Überraschung, des Entzückens. Sprachlos dann bleibt sie davor stehen, bis er sie sanft zu dieser erstaunlichen Ottomane führt ...

Man kann auch tatsächlich darauf liegen, sie probiert es aus. Und gar nicht hart liegt man, sondern ziemlich weich, findet sie.

Er findet das auch. Nur weiß er allerdings, woran das liegt. Es liegt an der vielen Wellpappe, die jedes einzelne Exemplar der zweihundert Stück »Konstnärliga variationer« liebevoll und dicht umhüllt. Aber das muss er ja nicht ausgerechnet jetzt, in dieser gewissermaßen heiligen Stunde ihrer ersten vollkommenen Begegnung ausplaudern. Wichtig ist doch jetzt nur, dass sie zu zweit auf dieser Ottomane Platz haben, zu zweit Kuchen essen und Wein trinken, zu zweit sich in der goldenen Sonne, die direkt vom knallblauen Himmel auf sie niederfällt, entkleiden, aneinander erfreuen können, einander gestehen – ach was!, einander all jenen liebenswürdigen, blühenden Unsinn ins Ohr stammeln, seufzen, klagen, flüstern, beschwören können, der solche gesegneten Stunden so unvergesslich macht fürs ganze Leben.

Sie fahren nun nicht mehr gemeinsam nach Kahla. So haben sie Ruhe daheim. Sie steigen von nun an jeden Nachmittag in den Glockenturm, verbringen die Stunden bis zur Dämmerung dort oben. Niemand sieht sie, niemand erahnt auch nur im Entferntesten ihren Aufenthalt.

Hanna weiß, worauf sie sich einlässt. Ihr Risiko ist größer als das von Fred. »Wenn mein Vater herausbekommt, dass ich hier oben bin – mit dir! –, ich glaube, er wäre im Stande, mich herunterzustürzen.«

Jonka erschrickt nun doch, und sein Blick verfinstert sich wieder. »Wie ist dein Vater? Sag mir alles!«

Sie lacht kurz vor sich hin. »Alles weiß ich nicht. Ich bin ihm sehr ähnlich, das sagen alle, aber wir sind uns sehr fremd. Das weiß nur Mutter. Sie hat dauernd Angst um mich. Mein Vater ist aus Feuerstein gemacht, weißt du, auch innen rot bis auf die Knochen. Ich habe immer das Gefühl: ein Denkmal. Er steht ständig auf Wacht vor einem Mausoleum. Ganz steif und ohne Blick nach rechts und links.«

Sie kann nicht weitersprechen, muss plötzlich über sich selbst und das eigene klare Bild von der Sache so kräftig lachen, dass sie zurückfällt auf das weiche Lager mit den vielen »Variationen« in seinem Inneren. Fred fängt sie auf. »Hanna ...!« Er hat sehr aufmerksam zugehört.

In seinem Arm spricht sie schließlich das aus, was sie noch keinem Menschen gesagt hat. »Mein Vater liebt mich, weißt du. Das ist das Problem.« Todernst sitzt sie dann. Aufgerichtet. Erblasst. Es ist schwer, Derartiges das so tief verborgen und unsichtbar in einem anderen Menschen um sein bisschen Dasein als Intimsünde ringt, ans Licht zu bringen.

»Ich muss dir das sagen, damit du sein Verhalten verstehst. Das Schlimme ist: Er weiß es nicht. Er ahnt nur, dass in ihm etwas ist, was nicht stimmt, was der Regel nicht entspricht. Nun schiebt er das von sich. Mit aller Gewalt. Er will ja brav sein. Nach der Regel leben. Und nun ist in seinem Innern diese Schweinerei. Er hält das ja für eine ›Sünde‹ – für eine ›Schweinerei‹ eben. Aber auch das weiß er nicht. Er weiß überhaupt nicht, was in ihm vorgeht. Und gerade deshalb ist er gefährlich, wenn es um mich geht, verstehst du das?«

Fred steht auf, blickt hinaus in die weite Landschaft. Lange. Schweigend. Bewegt alles, was sie gesagt hat, in seiner Brust. »Du bist klug«, sagt er schließlich. Es klingt ein bisschen hilflos. Etwas an Hanna, wie sie so spricht, wenn sie in Zug kommt, ist für ihn unerreichbar. Das begreift er jetzt zum ersten Mal, seit er sie kennt. Ein matter Abglanz von Enttäuschung über diese Entdeckung liegt auf seinem Gesicht, als er sich wieder niederlässt neben ihr. »Willst du mich nun nicht mehr?« Sie fragt es in dieses Gesicht. Da sie froh ist, dass sie gesagt hat, was zu sagen nötig, kann sie auch wieder lächeln.

Später erzählt er von seinem Vater. Der war Porzellanmaler in Kahla. Bis zu seinem Unfall. Jetzt malt er in seinem Rollstuhl Bildkarten. Für Gratulationen, Geburtstage, Hochzeiten, Todesfälle, für alles eben, was so anfällt. »Er beherrscht alle gängigen Ornamente. Die Karten wird er auch reißend los. Es gibt viele Vorbestellungen, die Leute zanken sich, bei uns manchmal noch im Hof darum, wer was bekommt. Mein Vater kann nur nicht so viel arbeiten, weißt du – oft ist er ganz hin von der Anstrengung …«

»Warum bist du nicht Maler geworden wie dein Vater?«
»Ich bin nicht veranlagt, sagt er.«
»Und das stimmt?«

»Wenn er es sagt.«

Sie will wissen, was er als Brenner zu tun hat. Er soll alles erzählen. Sie legt sich in seinen Arm dabei. So macht das Zuhören mehr Spaß. Und von seiner Arbeit weiß er gut zu sprechen. Da ist er auf seinem sichern Boden. Er hat noch nie von seiner Arbeit erzählen können.

»Dein Ofen, sagst du, ist so groß, dass man hineingehen kann?«

»Ja – wenn er kalt ist. Da ist er so wie die Kammer unten mit den zwei Grabplatten, aber rund. Wie ein Turm.«

»Gehst du denn rein?«

»Natürlich. Ich muss ja nachsehen, ob etwas auszubessern ist an den Wänden. Der Ofen muss ja auch auskühlen.«

»Warum denn?«

»Weil er vorher so heiß war.«

»Wie heiß?«

»Tausendvierhundert Grad –«

»Is ja unglaublich …«

»Wenn du mich so heiß machst wie den Ofen, kann ich aber nicht erzählen –«

Tatsächlich findet der Vortrag über die Porzellanherstellung an diesem Nachmittag keine Fortsetzung. In den folgenden Tagen jedoch ergibt sich wiederholt Gelegenheit, darauf zurückzukommen.

»Das Wichtigste dabei ist die genaue Schichtung, der Aufbau des Brennguts. Wenn ich bei dieser Arbeit pfusche, fällt der ganze Aufbau beim Brand durcheinander, und alles ist hin.«

»Scherben – – ein Riesenhaufen Scherben …«

Er muss nun doch lachen. »Du denkst wohl, ich habe da lauter Tassen und Teller und Kännchen und Terrinen übereinandergebaut?«

Ja – das hat sie sich so vorgestellt.

»Aber nein«, sagt er, »die Tassen und Teller und Kannen sind doch in Brennkapseln aus feuerfestem Ton eingeschlossen. Ohne diese Form, die das feine Weißzeug schützt, geht es nicht. Alles im Leben, Mädel, braucht seine Form. Sonst kann nichts Gutes werden.«

Wie fein er das wieder gesagt hat. Hanna ist gerührt.

Er wäre nicht veranlagt, sagt sein Vater?

Und ob er veranlagt ist!

Sie fährt ihm verlangend mit beiden Händen durchs dichte, dunkle Haar. »Mein schwarzer Ritter – –«

Er ist schön. Sie weiß es jetzt. Er ist einfach richtig schön. So, wie es männliche Gestalten im Museum sind. Aber er weiß es nicht. Und nur das gerade macht ihn – für sie – so schön. So unvorbedingt. So undenkmalsmäßig. So total ohne museologischen Hintergrund ..., so programmlos und in sich selbst eine lebendige, unbescholtene Möglichkeit des Daseins in Groß-Naschhausen und Umgebung ...

Hanna ist so glücklich in diesen Septembertagen ihrer zweiten Wiedergeburt nach einem ersten, unfreundlichen Aufwachensakt, dass sie meint, alle Glöckchen, die sie jenseits des Gestänges berührt, müssten doch ihre richtige Reihenfolge schließlich preisgeben, egal, ob die »Treu und Redlichkeit bis an das kühle Grab« gemeint ist oder das »Mädchen oder Weibchen« für den Papageno.

Er mahnt wiederholt: »Poch nur nicht zu wild. Man könnt es dort unten hören.«

»Die da unten können mich alle mal ...«

Sie ist wie in einem Rausch. Losgelassen. Der Aufsicht entzogen.

Es gibt Augenblicke der Hingabe, da sieht sie plötzlich den Vater vor sich. Er hat nur Augen. Alles andere ist im Nebel. In diesen Augen ist das, was sie seit Jahren fürchtet. Mit fünfzehn hat das angefangen. Sie erinnert sich an Einzelheiten. Jetzt erst, da sie liebt, steigt das wieder hoch. Peinlich deutlich, ängstigend, bedrückend. Die Mutter steht da irgendwo ganz hinten in dem Nebel, ruft nur leise »Vater!!«, mahnend, erschrocken.

Fred spürt ihre plötzliche Ablenkung sofort. »Du denkst wieder –«

»Ich hab Angst.«

Er blickt erstaunt, fast vorwurfsvoll.

»Ich bin bei dir.«

»Und was mach ich, wenn du nicht bei mir bist?«

»Dann schickst du, wenn du mich brauchst, den Fritz zu uns. Der pfeift vorm Haus, das hört der Ulli, der es mir sagt, ich schwinge mich auf die MZ und bin sofort bei dir, mache alles zu Mus, was dich bedroht. Du zeigst mit dem Finger, was dich ärgert, ich schaffe es aus der Welt. Und Feierabend.«

So viele Sätze hintereinander hat er noch nie gesprochen. Hanna lacht. »Ja, du Überheld von Groß-Naschhausen ...«

Und doch fühlt sie sich sicherer als zuvor.

»Ihr lernt wohl viel gelehrtes Zeug in der letzten Klasse?«, fragt er einmal.

»Freilich. Zurzeit nehmen wir den ›Faust‹ auseinander. Müssen darüber dicke Aufsätze schreiben.«

Erst als ihre Augen die seinen treffen, erkennt sie ihre Unachtsamkeit. »Der ›Faust‹ ist von Goethe, weißt du – das Größte eben, was je in deutscher Sprache geschrieben wurde.

»Ach –«, sagt er.

Eine ganze Weile ist dann Schweigen.

Sie will die Verlegenheit überbrücken. »Ich soll Lehrerin werden.«

Er lässt endlich ab von seinem langen Blick über die Dächer in der Tiefe, wendet sich ihr zu. »Möchtest du das?«

Sie faucht beinahe vor Verachtung. »Kein Stück!«

»Dann werde nicht Lehrerin.«

»Ich kann aber nichts anderes. Ich bin genau so wenig veranlagt wie du.«

Das gerät heftig. Zu heftig, um geglaubt zu werden.

Sie beschließen auch dieses Gespräch auf der Ottomane.

»Wenn ich einmal wissen werde, was ich will, dann will ich ein Kind von dir. Nur von dir. Niemals und nimmer mehr sonst noch von irgendwem als allein von dir.« Das spricht sie wie einen Schwur.

Und so gibt es plötzlich einen Fred Jonka ganz oben im Glockenturm von Groß-Naschhausen, der wer ist, von dem das Trauma der Verächtlichkeit abfiel, wie ein verwelktes Blatt vom Ast herunterfächelt – langsam, gleitend, im Schwung sozusagen, mit dem der milde Zephir helfend eingreift, die Bewegung der Natur zu unterstützen.

Die in der Wellpappe sorgfältig eingemummten »Künstlerischen Variationen« für Schweden spielen dabei keine Rolle, ja, sie sind in all den Tagen des Glücks nicht ein einziges Mal auch nur erwähnt worden. Hanna hat danach nicht gefragt, und Fred hat es einfach vergessen.

4.

Die kostbare Zeit indessen, sie kann nicht anders, folgt ihrer Natur – sie läuft davon.

Aus einer Entgleisung, die ein braver Weichensteller, den niemand gekannt, mit nur ein paar klitzekleinen Sekunden der Übereilung verursachte, wird allmählich so etwas wie eine öffentliche Blamage, aus einer bloßen Formel »menschliches Versagen« im Bereich der Technik so etwas wie ein verdammt allgemeiner Vorwurf, der die Moral einer Gemeinde berührt, ihren guten Ruf gewissermaßen. Groß-Naschhausen wird zum Gesprächsthema Nummer eins. Nicht nur im Kreis, das möchte noch hingehen –, nein, im Bezirk bereits ist man aufmerksam geworden, und in solchem Maßstab bekommt die harmlose Formel »menschliches Versagen« schon nicht mehr nur einen moralischen, sondern sogar einen politischen Aspekt. Es ist nicht übertrieben, wenn Bürgermeister Schönlein in der nächsten Ratssitzung die Worte spricht: »Unsere Stadt ist in Verruf geraten. Ich erkläre mit allem Nachdruck, dass wir das nicht auf uns sitzen lassen werden!«

Immerhin; man mag es drehen und deuten, wie man will, so bleibt doch Tatsache: Mehrere hundert Male sind die für Schweden bestimmten »Künstlerischen Variationen für den Tag und für die Nacht« in einem anonymen schwarzen Loch verschwunden und lassen sich nicht wieder beibringen. Die Annahme, es handle sich bei diesem ganzen Vorfall um eine organisiert vorgehende Schwarzmarktkette arbeitsscheuer Elemente, ist nicht mehr von der Hand zu weisen.

Das Sitzungskollegium im Rate erlebt den großen Heinrich Schönlein, der sich aufrafft zu Worten, die eigentlich stenoprotokollmäßig festgehalten werden müssten, was aber leider nicht möglich ist, da die junge Genossin aus dem Kreisbüro der Thälmannpioniere nur die Schreibmaschine vorerst, nicht aber schon die Kurzschrift beherrscht. Etwas ängstlich daher blickt sie auf den Bürgermeister, der sich sammelt und noch einmal tief Luft holt. »Mit diesem faulen Liberalismus, mit dieser Duldsamkeit gegenüber derartigen Fahrlässigkeiten wird jetzt Schluss gemacht! Es kann nicht sein, dass ein halbes Tausend wertvollster Bücher des VEB ›Fortschritt‹, graphische Werkstätten, so mir nichts, dir nichts abhanden kommt. Das geht an unsere sozialistische Ehre. Der Rat der Stadt wird einen diesbezüglichen Beschluss fassen, der dafür Sorge trägt, dass einer derart sabotagemäßigen Diebere ein für alle Mal ein Ende gesetzt wird!«

Und noch manches Bedeutende in dieser Richtung wird geäußert, sodass die Ratsmitglieder an diesem Tag keineswegs routinemäßig, sondern lebhaft mitgenommen der Empörung sowohl wie dem Beschluss des Bürgermeisters folgen, der die Verfassung und den Druck eines Flugblatts vorsieht, in dem die Einwohner von Groß-Naschhausen einerseits zu erhöhter Wachsamkeit gegenüber dem illegalen Schleichhandel mit einem »Diebesgut volkswirtschaftlichen Charakters« aufgerufen werden und ihnen die Einberufung einer öffentlichen »Versammlung mit Diskussion und Aussprache« für den 30. September angekündigt ist. »Da werden wir Fraktur reden!«, erklärt Heinrich Schönlein. »Das wäre ja gelacht...«

Man geht zufrieden und aufgerichtet auseinander.

Im Vorzimmer allerdings hat wieder einmal der Abschnittsbevollmächtigte von unternorts Posten gefasst.

Als Schönlein durch die hohe Tür hinausschreitet, kommt er nicht einmal am Tisch der Sekretärin vorbei. Moll steht im Weg. »Was wird mit mir?«

Heinrich mimt mit Brauegerunzel Staatsmacht. »Was soll das? Wir haben Beschlüsse gefasst —«

»Hab ich Vollmacht?« Herrmann will ernstlich diesmal nicht weichen, bis er weiß, was er darf und was er nicht darf.

Das ist so ungefähr das Heikelste, was ein Mensch vom Schlage des politischen Soldaten zu erfahren trachtet. Die Zahl dieser Verrückten ist klein, aber es muss mit ihr gerechnet werden. Schönlein weiß recht wohl, dass ohne Moll und seine engagierte Mitwirkung in Groß-Naschhausen die Dinge aus den Fugen geraten können. Andererseits kann er sich zu einer Vollmachterteilung in toto nicht entschließen. Dieser Mensch, dieser Moll ist unter Umständen zu allem fähig – viel zu schön für eine ernsthafte Karriere übrigens, aber das nur nebenbei, findet Schönlein in diesem Augenblick der Vorzimmerkonfrontation. Das Ergebnis dieser jähen Überrumpelung ist mager. Mehr als das. Es ist nichtssagend. Schönlein fertigt seinen Innenminister von unternorts mit einem Hinweis, einem ausweichenden, ab: »Die Kreisleitung hat mich nicht angewiesen, Genosse Moll. Wende dich, wenn es an Auskunft mangeln sollte, an *deine* Kreisinspektion! Der Rat hat Beschlüsse gefasst. Bedarf es deiner Mithilfe bei der Durchführung, bekommst du Bescheid.«

Dem Herrmann bleibt fast die Luft weg. Der Griff zur Dienstmütze auf dem Wartetisch ist verdammt kurz. Schönleins Blick auf die Tür, die sich hinter diesem »Tatmenschen« schloss, dauert etwas länger. Ein Kopfschütteln ist das vorläufige Ende. Das vorläufige ... Nichts auf der Welt und in ihr ist jeweils im kategorischen Sinne »endgültig«, wie uns die leidige Praxis bestätigt, in der immer und überall – auch im köstlichen Saaletal – alles weitergeht, und wir alle gemeinsam des Glücks der Kontinuität teilhaftig sind.

Der Bezirksschulrat jedenfalls äußert sich in eben diesem tröstenden Sinne, als Lothar Unbehauen, der Leiter einer gut berufen im Mittelfeld liegenden POS, einigermaßen aufgeregt und pikiert vor seinem Schreibtisch Platz genommen hat, um zu erfahren, wie es mit ihm steht.

Gar so schlecht sieht es für ihn offenbar nicht aus. Der Blick jedenfalls, den der Bezirksschulrat durch die Brille schickt, ist zunächst einmal frei von jeglicher Entrüstungsmimik.

Der Text dazu: »Die Genossin Müller hat mich unterrichtet. Auch über eure Elternbeiratssitzung. Es hat da wohl Ecken und Kanten gegeben. Oder?!!« Der Bezirksschulrat hebt die Braue.

»Tja ...«, sagt Unbehauen. Im Geiste sieht er – nein, *fühlt* er seine Hermine in einem Helikopter über seinem Haupte kreisen und denkt zugleich: Nur nicht die Nerven verlieren. Immer hübsch ruhig!

»Sie beklagte allerdings, die Genossin Müller, dass es ihr bislang nicht möglich gewesen sei, Einblick zu nehmen, in jenes bewusste, nun ja, ›Druckwerk sexuellen Reizcharakters‹, so bezeichnete sie das zu beanstandende Erzeugnis; und wenn wir beide auch der Ansicht sind, dass nicht unbedingt die Genossin Müller am dringlichsten einer solchen Einsichtnahme bedarf, so werden Sie mir doch zugeben, dass zumindest der Bezirksschulrat in diesem schon peinlichen Vorgang soweit unterrichtet sein muss, dass er sich ein Bild machen und zu einem Urteil finden kann.«

Der Bezirksschulrat lächelt derart überlegen, dass in seinen Augenwinkeln kleine Fältchen tanzen.

Jetzt sitzt diese intrigante Politsirene in dem Helikopter, und Lothar, der Geplagte, denkt verbissen: »Das Aas hat doch wieder gelogen« ... Er richtet sich steif und frostig in die Höhe. »Alle Wahrscheinlichkeit spricht dafür, dass die Genossin Müller recht wohl einen Einblick genommen hat in jenes ... also, ich meine!«

Jovial hebt der Bezirksschulrat beide Hände. »Gut, gut, mein Lieber! Nicht die Genossin Müller steht ja zur Debatte, sondern vielmehr unser Problem. Ich wäre also doch für eine genauere Unterrichtung dankbar.«

Unbehauen greift schon in die pralle Mappe, die er auf seinen Knien wie eine schützende Schanze aufgerichtet hielt, entnimmt ihr das erbetene »Reizwerk sexuellen Druckcharakters« – nein, das kann nicht stimmen, ist ja auch egal – Unbehauen ist schon weichgeklopft und Fatalist, legt das pfundschwere Buch, um das sich in Groß-Naschhausen seit geschlagenen drei Wochen alles, alles dreht, mit einer Geste beteuernder Unschuld auf den Schreibtisch des Bezirksschulrates.

Was immer jetzt noch kommt an möglichem Entrüstungstheater – Unbehauen ist fest entschlossen, sich auf nichts mehr einzulassen, was nach Kampf und Pulverdampf und ehrenvollem Untergang riecht. Er geht aufs Vierzigste zu und hat das hinter sich – das mit dem Pulverdampf. Seine Schule will er behalten. Nichts weiter sonst noch in diesem Leben, aber dies eine Anliegen, also – – da wird er zur rasenden Wildsau, wenn wegen dieser albernen Entgleisung dem »Lotte« etwa der Stuhl vor die Tür gesetzt wird, vor die Tür seiner geliebten, etwas altmodischen, aber sehr soliden, immer anständigen Kinderbewahranstalt, an der er hängt, als seien alle diese niedlichen kleinen Lausewänster mit all der unbefangenen, freien Spielseligkeit in der Brust seine eigenen Kinder – wie gesagt: will der Mann da hinter dem Bezirksschreibtisch mit der enormen Weisungsbefugnis im Bezirksmaßstab ihm seine Schule etwa wegnehmen, dann weiß Unbehauen nicht mehr, was geschieht. Er ist dann zu allem fähig, selbst zu einem Kniefall, wenn es denn sein müßte ...

Nun, nun – soweit sind wir noch nicht.

Der Bezirksschulrat hat erst einmal die Weitsichtbrille vom Nasenhügel genommen, danach die Nahsichtbrille aufgesetzt, vertieft sich jetzt mit einer geradezu unheimlichen Ruhe in den »Druckreiz des Sexualcharakters« – aber nein, auch wieder falsch. Unbehauen winkt sich selbst innerlich ab, und im Dienstzimmer des Bezirksschulrates entsteht so etwas wie eine hochnotpeinliche Stille.

Nur da draußen, in der Tiefe unterhalb der Fenster, muss sich ein Hof befinden, ein geräumiger offenbar, der seinem Geräuschpegel zufolge ein gewaltiges Flaschenlager enthält. Mächtige Laster jedenfalls fahren mit Geächz und himmelschreiendem Motorengeheul hinein, dann klirrt es, und die Laster fahren wieder hinaus. Mein Gott, denkt Unbehauen, soviel Glas auf einem Fleck?«..., riskiert zwischen korrekter Abwartehaltung und langem Ohr den ersten Blick zum Mann hinterm Schreibtisch, dem das Volksbildungswesen eines ganzen Bezirks – mal rein aufsichtsmäßig gesehen – anvertraut ist. Aber dieser Mensch – seine Promotion gelang ihm, das weiß Unbehauen, mit einer zweifelsfrei gediegenen Arbeit über »Die pädagogische Reformbewegung des 19. Jahrhunderts« – blickt völlig unbewegt, mit geradezu klassischer Ruhe in das Buch mit der vielen Aufregung drum herum, wendet ganz langsam Seite um Seite, und Unbehauen hat sogar das Gefühl, es gäbe im rechten – nein, im linken Mundwinkel des Bezirksoberhaupts ein Lächeln zu entdecken, was ja letztendlich hoffen ließe – aber hört er denn nicht den Klirrkrawall da unten? Er scheint davon nicht im Mindesten gestört. Bezirksformat ist eben größer als Naschhausen, denkt Unbehauen mit einem leichten Seufzer, wagt es endlich, ans Fenster zu treten und hinunterzublicken in diesen grässlichen Hof.

Vor Schreck fällt ihm beinahe der Unterkiefer herunter. Grundgütiger ...! So viele Flaschen? Grün und braun und gelb und weiß liegen sie zu hoch getürmten Haufen. Und links davon der große Scherbenhügel – nein, rechts davon. Aber das ist ja unsinnig. Von der Straße aus gesehen, wechseln die Richtungen. Gewiss wird das alles wieder eingeschmolzen, denkt der Genosse Unbehauen und hat irgendwie, als er sich still wieder hinsetzt, das Gefühl, ein solcher Gedanke sei angenehm – zumindest beruhigend. Ja, beinahe – wie er sich in dieses Zeitvertreibspiel hineinkullert, ist ihm fast wohlig bei dem Gedanken: Alles, was Flasche ist, wird einmal eingeschmolzen ... Und plötzlich, wie er noch sitzt mit der Mappe wieder auf den Knien und etwas verloren vor sich hin grient, hört er ein Räuspern, danach die Stimme, von der alles Weitere schließlich abhängt: »Genosse Unbehauen, wir sind hier unter vier Augen ... Ich darf dir sagen, dass ich dir sehr dankbar bin. Seit zehn Tagen nämlich laufe ich diesem Buch hinterher, völlig vergebens, wie du dir denken kannst, und du endlich hast es mir gebracht. Ich darf das doch behalten?«

Unbehauen hat jetzt ziemlich geweitete, um nicht zu sagen – direkt aufgerissene Augen, stottert verwirrt: »Na-na-natürlich ... wenn es gebraucht wird.«

»Und ob ich es brauche!«

Der Bezirksschulrat hat das Buch geschlossen, lehnt sich bequem zurück, bietet eine Zigarette an, ist von nun an ganz Sonne.

»Die Sache ist nämlich die ...«, doziert er mit gedämpftem Ton, »dass dieses Buch bereits in Jena Fuß gefasst hat. In Studentenkreisen natürlich. Und jetzt auch in Professorenkreisen. Bisher betraf das nicht meine Zuständigkeit und Aufsichtspflicht. Wie mir seit vorgestern aber kund wird, ist diese Veröffentlichung auch in Schülerkreise der Abiturientenklassen eingedrungen, und in diesem Augenblick geht dieser Vorgang auch mich etwas an. Ich habe bereits Anweisung gegeben, dass mir jedes Auftauchen dieser Publikation unverzüglich gemeldet wird, damit ich eingreifen, notfalls auch argumentieren kann. Wie aber soll ich eingreifen und argumentieren, wenn ich den in Frage stehenden Gegenstand nicht kenne ... du verstehst?«

»S-s ... selbstverständlich.«

»Noch ist die Panne – es hat wohl bei euch eine nächtliche Entgleisung stattgefunden, wie ich höre das stimmt doch?«

»Leider stimmt es.« Unbehauen nickt ergeben, und der Vorgesetzte verströmt das erforderliche Quantum Sicherheit gleichsam souverän.

»Noch ist diese Panne auf ... woher kommst du, Genosse? –, ach, ja Großnaschhausen, heißt ihr wohl, witziger Name – chachacha ..., auf das stille Plätzchen im Saaletal, auf eure überschaubare Idylle halbwegs beschränkt. Wird erst unser äußerst schwieriges Intellektuellenterrain in Jena erfasst werden, sozusagen auf Anhieb Väter und Söhne der gebildeten Kreise auf dieses Reizthema hingelenkt, dann dauert es nicht mehr lange, und der Skandal reicht mit seinen Krakenarmen bis nach Berlin, und ich bekomme einen Superknatsch an den Hals. Ich muss dir das nicht ausmalen.«

Nein, das muss er nicht, der Bezirksschulrat. Er gerät über all der Zustimmung, die er genießt, fast ins Schwärmen. »Wir sind weiß Gott nicht der Bezirk mit der größten Autorität, aber immerhin sind wir auch nicht die letzten Menschen – stimmt's.«

Der Schulmeister von Groß-Naschhausen (chachacha ...) – hat sich erhoben, die letzten Weisungen im Stehen zu empfangen. »Vor allem, darauf lege ich den größten Wert, mein Lieber: Kein Wort in die Zeitung! Das fehlte uns noch. Es sind alle verfügbaren Mittel einzusetzen, um die umlaufenden Exemplare aus dem Verkehr zu ziehen. In den Klassen ist mit den Schülern psychologisch zu arbeiten, gezielt selbstverständlich ... Es muss eine Atmosphäre der Bereitwilligkeit, der Freude gewissermaßen entstehen, Entwendetes zurückzuerstatten. Ich verlasse mich da auf eure Erfahrung im Kreis. Zu gegebener Stunde erwarte ich Bericht. Klar?!«

»Klar.«

In der Kehrtwendung nach dem sehr freundlichen Händeschüttler riskiert Unbehauen doch noch einen Direktblick hinunter auf diesen Hof, der ihn mit seinem Klirrlärm erschreckte. Tatsächlich – nichts als Flaschen! Und ein großer Scherbenberg.

»Das geht seit Jahren«, sagt der Bezirksschulrat. »Und bei diesem Lärm muss ich arbeiten.«

Unbehauens Verbeugung fällt vor lauter Mitleid fast wie ein Diener aus. Die Treppe draußen nimmt er im Galopp.

Ist er etwa nicht gut davongekommen? Hermine wird Augen machen ...

Im Wagen erst, als er den Gurt anlegt, wird ihm bewusst: Sein schönes Exemplar ist er nun los. Es dem facheigenen Bezirksscheich etwa abzuschlagen, war aber auch nicht gut möglich. Außerdem ist er mit diesem Verlust zumindest den Ärger im eigenen Haus ein für alle Mal los.

So fährt er zuversichtlich heim, der Schulmeister von »chachacha«, der, als die Feste Leuchtenburg in Sicht kommt, nun doch findet, dass er sich – mal bei Lichte besehen – das Fell auf die sanfteste Tour über die Löffel hat ziehen lassen.

Hab ich's denn nötig gehabt, mich kleinzumachen wegen dieser Scheißentgleisung? fragt er sich plötzlich verdutzt, und mit eben dieser Überlegung fällt ihm der Flaschenberg wieder ein. Die sollen mal gar nicht so überreizen in diesem grießgrauen Klotz über ihrer Flaschendeponie, findet er nun, lässt sich noch ein paar Mal den imponierenden Kaltwellbegriff »Flaschendeponie« auf der Zunge zergehen. Im Geiste natürlich nur. Das ist auch möglich. Nur freilich nicht mit Hermine. Die will immer alles ganz genau wissen.

Die blaue Stunde naht schon, man trifft sich um diese Zeit am gewohnten Platz, den »Abend« zu genießen ... Bertelchen, das Knäblein, ist von der Oma zu Bett gebracht, die Mädels haben eine Veranstaltung in Kahla, im »Klub der Porzellanwerker«, sanfter Friede wölbt sich über trautem Heim, als Hermine plötzlich fragt: »Wem ist das Buch? Es liegt nicht mehr an seinem Ort.«

»Du meinst – im Spind?«

»Ja – das meine ich.«

»Der Bezirksschulrat hat es genommen.«

»Wie bitte?«

»Ich musste es ihm zeigen, weil er es nicht kannte, und da hat er es gleich behalten.«

Hermines Lippen kräuseln sich zu einem Lächeln der Verachtung. »Weil du es ihm gegeben hast.«

»Ja, natürlich. Was hätte ich tun sollen?«

Hermine ist bereits aufgestanden. »Auf keinen Fall zugeben, dass du – der Schuldirektor! – jeweils auch nur im Entferntesten über den Inhalt jener entgleisten Pakete unterrichtet worden wärst oder hättest Einblick nehmen können!« Hermine schlägt die Hände zusammen. »Mein Gott, das ist doch einfach selbstverständlich. Das weiß doch der größte Hornochse, der jeweils ein Amt bekleidet hat ...« Nun läuft sie auf und ab in dem trauten Wohnzimmer. »Jetzt hat der Bezirksschulrat gegen dich etwas in der Hand. Begreifst du das denn nicht? Er wird sagen: ›Dieser Unbehauen von der POS »Thomas Müntzer« hat ein solches Skandalbuch bei sich, über Wochen liefert er es nicht ab, ergo ist er unfähig, eine sozialistische Schule zu leiten‹ ...«

»Das wird er nicht sagen!« Unbehauen ist jähe aufgesprungen vor Ärger. »Er war mir, im Gegenteil, sehr dankbar. Das Buch geht bereits in Universitätskreisen in Jena von Hand zu Hand. Auch Abiturientenklassen sind erfasst.«

Hermine lacht das kälteste Lachen, das ihr zu Gebote steht. »Das glaub ich wohl! Und dieser Bezirksschulrat wird nicht der letzte Mann sein, der sich von diesen ›Künstlerischen Variationen‹ hat erfassen lassen.«

Auf der Stirn des so gereizten, schuldlosen Mannes zeigen sich die ersten roten Flecken. Er geht auf seine Frau zu, hebt beide Fäuste vors Gesicht. »Weißt du, was du bist?« Hermine weicht unwillkürlich zurück, und Schritt um Schritt folgt ihr der geplagte Lebensgefährte, Pupille in Pupille. »Du bist gemein. Ja – ich wiederhole es! Gemein bist du.«

Das ist obernorts zwischen weiten Wänden noch nicht gesagt worden. Und Hermine leidet nicht eben an zu wenig, sie leidet eher an zu viel Gefühl. Das Wort »gemein« fährt wie eine Axt auf sie nieder.

Sie verlässt das Zimmer, ohne Blick und Wort.

Später kommen ihr Bedenken. Den Bezirksschulrat zu verdächtigen ging vielleicht doch zu weit? Möglich. Das ändert nichts an der Tatsache, dass auf die Dauer »mit einem opportunistischen Nachgeber zu leben« entschieden *nicht* möglich ist!

Hermine richtet, wie der Tag sich neigt, kein Abendbrot mehr her, packt im Gegenteil weit vor der Zeit ihr Bett zusammen, trägt es aufs Uraltsofa in der Wohnküche, um dort – in der Fremde – zu nächtigen, weil es eben »mit einem deutschen Schuldirektor auf sozialistischer Basis« und überhaupt, »wo immer und überall dauernd nachgegeben wird« – so ihre gedankliche Abrechnung systemimmanenten Charakters –, kein wahres Glück geben kann.

Dabei ist es in dieser angenehm geräumigen Wohnküche mit all den hübschen Sachen an den Kachelwänden verdammt gemütlich, ja geradezu verführerisch, und man kann dort glücklich sein, seinen Tag genießen, sofern der Wille dazu vorhanden.

Bei Hermine ist an diesem kritischen Abend der Antiwille ausgebrochen. So liegt sie nun über manche Stunde auf dem ungewohnten Platz und schluchzt ins Kissen – das mitgebrachte. So heftig war die Erregung nun auch wieder nicht, dass das gewohnte Polster vergessen worden wäre.

Es sei, wie es sei – einen ordentlichen Mann von Haltung muss es dauern. Wie immer es ihn wurmt – all diese Ungerechtigkeit und Torheit! Jawohl – da streicht er nichts ab. Sie sollen nur kommen!, denkt er erzürnt. Liegt einsam auf seiner Hälfte. Grübelt. Steht auf, sich ein Bier aus dem Kühlschrank zu holen – bis ihm einfällt, dass »sie« ja die Wohnküche mit Beschlag belegt. Er wird also standhaft dürsten – nein, dursten! Genügt auch schon.

Natürlich nicht in alle Ewigkeit ... Außerdem hat er sich nichts vorzuwerfen. Und schließlich ist er der Mann im Haus, trägt alle Verantwortung ...

So liegt er wach und lauscht. Weil er ein grundanständiger Kerl ist. Und als das mitternächtliche Glockenspiel obernorts seine hübsche Melodie spielt, fällt ihm nicht die Redlichkeit, sondern sein unentbehrliches Weibchen ein. So schleicht er barfuß vom einsamen Lager fort und hinüber in die Wohnküche.

»Minnilein ...«

Der Tränen sind es ohnehin genug.

»Ist das entsetzliche Buch nun wirklich aus dem Haus?«, fragt Hermine, und Lothar hebt die Hand zum Schwur. »Nun hat es der Bezirksschulrat!«

Hermine legt zum ersten Mal wieder den Arm um den Nacken ihres Mannes, ihn hinabzuziehen zum versöhnenden Kuss. »Vielleicht wird *er* damit glücklich ...«, flüstert sie seufzend und beseligt, weil sie nun nicht mehr »Hermine die Große« spielen muss.

»Das wird sich bald herausstellen«, sagt der Geliebte stolz, da seine eigene Frau ihn umarmt hat.

Man genießt auf dem Sofa von 1892 das neue Glück.

Die Töchter, die weit nach Mitternacht erst aus Kahla heimkehren, ahnungslos die Küche betreten, Licht machen, wollen es nicht glauben: *Ihre* Eltern dicht umschlungen auf dem Kanapee – in heiligstem Schlummer!!

Elke fasst sich zuerst. »Das gibt es also doch noch ...«

Und Karin flüstert: »Bestimmt haben sie das Buch angeschaut. Da hat es sie erwischt.«

»Durchaus möglich. Komm!«, sagt Elke und löscht das Licht.

Die Inspektion, die lautlose, im Wohnzimmer ergibt, dass das Spind über den Büchern in der Schrankwand leer ist.

»Da siehst du's!«, sagt Karin.

Und Elke hebt die Schultern. »Eltern sind nun mal wie die Kinder.«

Und so ganz auf den Hund gekommen sind die Naschhausener mit ihrer Moralvorstellung und Staatstreue tatsächlich nicht. Man muss da nicht übertreiben und nicht immer auf Übertreibungen allzu willig hören. Denn zu dem einen Exemplar, das die Familie Unrein pflichtgemäß und staatsbewusst ablieferte, weil sie Ärger fürchtete, gesellen sich im Laufe der Woche noch vier weitere, was ja unbedingt hoffen lässt.

Jeden Morgen, bevor Günter das Haus verlässt, wirft er noch einmal einen Blick ins Amtszimmer seines Vaters, um sich über Naschhausens Weltseele in diesem konkreten Augenblick eines ganz gewöhnlichen Septembertags ein Bild zu machen. Das ist wie eine Selbstverpflichtung. Günter Moll hat sich vorgenommen, einmal Lehrer zu werden. So ist sein Anliegen verständlich. Er möchte seinen Kindern, die einmal vor ihm in den Bänken sitzen werden, nichts Falsches erzählen, nichts, was sich später als Schimäre, als bloße Pappwand vor dem Taifun der Weltgeschichte erweist. Darum seine Erpichtheit auf Genauigkeit.

Den Vater freilich, diesen tapferen Traumwandler mit der tiefen Sehnsucht nach Verwegenheit im Busen, an solche mitunter doch recht störende Genauigkeit heranzuführen, ist nicht so einfach. Dazu muss man lieben.

Das schafft der Sohn. Zur Geduld dabei muss er sich zwingen. Von Psychologie versteht er ein wenig. Er geht immerhin ins dritte Jahr auf der Alma Mater Jenensis. Eben dies lässt ihn glauben, er könne mit seinem Erzeuger bereits umgehen, umgehen in dem Sinne, dass der Vater sich lenken ließe. Dies freilich ist eine Täuschung.

Herrmann merkt bereits am dritten Tag, dass sein Sohn jeden Morgen, bevor er das Haus verlässt, die Tür zum Amtszimmer öffnet und wieder schließt.

Da stellt er sich in den Weg. »Was spionierst du, he? Freust dich wohl, dass es bisher nur vier Dummköpfe bei uns gibt, die brav abgeliefert haben. Mein eigener Herr Sohn hat es ja auch noch nicht für nötig befunden, sich parteimäßig zu verhalten.«

»Aber Vater –«, Günter schüttelt langsam den Kopf. Das ist doch abwegig.«

»Aha – ›abwegig‹, auch so ein feines Wort. Das lernt ihr wohl auf der Intelligenzbaracke dort oben?«

»Was willst du mit deinem ›dort oben‹? Jena liegt im Tal. Es gibt kein solches ›dort oben‹, wie du es dir vorstellst ...«

»Ich weiß recht gut, was oben und unten ist, Junge, da erzählst du mir nichts!« Herrmann bekommt schon einen roten Kopf. »Auf jeden Fall lass dein Kontrollauge vor meinem Amtszimmer zu! Diese Schweinerei mit der Entgleisung ist mein Bier, nicht deins. Merk dir das!«

»Schon gut, schon gut ...«, der Sohn greift nach seinem Anorak.

Und schon steht der betroffene Vater allein im Flur.

Man glaubt ja nicht, wie schnell solche Sachen sich abspielen – eben das Intime: dieses urplötzliche Auseinanderfahren zwischen einem Vater und einem Sohn. Niemand ist Zeuge. Und doch ist es Bezeugung. Die authentische Daseinsweise eines Problems.

Moll nagt an seiner Unterlippe, geht in sein Amtszimmer, mustert die vier Exemplare auf seinem kahlen Tisch, überlegt noch einmal: Von wem kam was?

Da war also noch der Opa Sonnekalb aus Wartendorf drüben, der hat seinem Enkel das Exemplar aus der Schulmappe genommen, dann ist die Witwe vom Friseur Hauleben, den es seit Langem nicht mehr gibt, mit einem Exemplar im Beutel gekommen, von dem sie sagte, es hätte in ihrem Garten hinterm Zaun gelegen, und schließlich war da noch die junge Frau Ziegenbein, die allerdings dem Exemplar von ihrem Sohn Roland – »... er wird immer ›Rolle‹ gerufen«, erklärte sie errötend – noch eine Bemerkung anfügte, die Moll aufhorchen ließ. Sie sagte: »Es ist ohnehin Ärger genug im Haus …«, wollte aber dann, als Herrmann sie drängte, mit der Sprache nicht recht heraus, die gute Hilde – er erinnert sich genau. Sie machte nur eine leichte Andeutung auf »unsre zwei Alten«, wie sie sich ausdrückte, die jetzt miteinander arg übers Kreuz lägen.

Er hatte dann gesagt: »Das tun sie doch, seit sie leben«, aber Hilde schüttelte den Kopf und meinte, diesmal wäre es anders – eben: seit dieser Entgleisung, von der jetzt alle dauernd sprächen … Danach hat sie dann geschaut wie ein verfolgtes Reh und die Bitte geäußert, er, der Herrmann vom Amte, möchte doch, wenn ihm was außer der Reihe zu Ohren käm', nicht gleich den Teufel an der Wand sehen; es wär' halt nicht so schlimm bei alten Leuten, gelle – etwa, wenn die Malwine auf den Gedanken käm', das Buch zum Herrn Pfarrer in Jäne zu bringen, damit er wieder einmal in Groß-Naschhausen predigte und den Menschers e Gewissen machte, weil eben der alte Oskar sich aufführte, als hätt er das Schandbuch persönlich erfunden, was seine Schwester allen Nachbarn über'n Zaun zuschreit …

Wie Herrmann, der Schöne, sich diese ganze Szene noch einmal durch den Kopf gehen lässt, schlägt er sich mit der flachen Hand gegen denselben.

Das gute Hildchen – mit vierzehn und sechzehn waren sie einmal verknallt ineinander – hat ihm doch in aller Stille einen entscheidenden Hinweis gegeben. Dem wird er nachgehen. Wenn überhaupt, wird er im Hause Ziegenbein fündig werden. Und sollte sich tatsächlich demnächst wieder einmal der Herr »Super« aus Jena auf die Kanzel stellen, um den Groß-Naschhausenern ein Gewissen zu machen, wird Moll der letzte sein, der ihm auf den Stufen zur Höhe etwa einen Knüppel zwischen die Beine wirft. So politisch wie der Herr Superintendent ist der Abschnittsbevollmächtigte allemal …

Herrmann läuft mit zunehmender Erregung durch sein winziges Räumchen auf und ab, sich alle Umstände seines großen Kampfes zu vergegenwärtigen und die Taktik abzustecken, nach der in den kommenden Tagen vorzugehen ist. Jede Einzelheit, die den Mosaikstein macht, bekommt nun Bedeutung, und da war doch etwas in eben der Nacht, als der Hebekran aus Großheringen auf dem Gleis stand, die Scheinwerfer die Szene grell beleuchteten, da kam doch ein Kollege von der Bereitschaft ... Nein, er sprach ihm übers Funkgerät zu: »Achtung, da kommt jemand auf dem Gleis in Richtung Bahnhof« – ja, und dann entpuppte sich dieser Jemand als der junge Ziegenbein. Einen Korb hatte er in der Hand. Es war dann nichts. Moll hatte in dieser ersten Nacht ganz andere Sorgen.

Aber jetzt ist es vielleicht etwas?

Den jungen Ziegenbein zu treffen, ist kein Problem. Sein Leben verläuft nach zuverlässigen Phasen: Schicht, Heimkehr, Waschen, Essen, Ruhepause, Gartenarbeit. Er hat immer etwas zu fummeln. Seine Karnickel sind preisgekrönt, seine schwarzen Johannisbeeren erreichen fast Kirschgröße. Jedermann kauft sie ihm gern ab. Sie kommen sogar aus Roßeck wegen dieser schwarzen Strauchfrüchte zu ihm. Er weiß es. Es gibt ihm Sicherheit, Selbstvertrauen, in einem so langen, kurvenreichen Tal zwischen Freienorla und Langenorla bis zum VEB »Fortschritt«, graphische Werkstätten, hin anerkannt zu sein. Was Wunder, dass er sich nicht wundert, als der Abschnittsbevollmächtigte leis und freundlich an seinem Zaun haltmacht, um sich nach einem schönen Rammlerbraten zu erkundigen, der eventuell im November, na ja – wie man so steht und spricht.

Otto weiß nichts davon, dass sein Hildchen, um Unheil vom Hause abzuwenden, (wegen dem Herrn Pfarrer aus Jäne) eines der beiden Exemplare, die im Küchenschrank in Gewahrsam, beim Abschnittsbevollmächtigten abgeliefert hat. Otto weiß sich komplett und rundherum so fehlerfrei wie die nackte Unschuld selbst, blickt daher von seinen tiefen Spatenstichen in die ureigenste Gartenerde nicht ein einziges Mal hoch, denn das hat er, so meint er, nicht nötig.

Herrmann versteht, dass er deutlicher werden muss. Nicht Schritt für Schritt, da würde der Otto sich sammeln – nein, überrumpeln muss er ihn. So fragt er ganz plötzlich und schroff mitten hinein in seine Rede vom Stallhasenbraten: »Was war in dem Korb, den du in der Nacht, als der Kran da war, übers Gleis getragen hast? Wozu die Stange dabei?«

Dem Otto wird's ein bisschen heiß, er schaufelt noch zweimal bedächtig vor sich hin, nuschelt dazu: »Was denn für'n Korb ... weeß ich nischte dadervon.«

Moll zieht die Saite, die er aufgezogen, etwas straffer. »Noch habe ich keine Meldung gemacht. Aber die Sache liegt auf meinem Tisch. Hast du gestohlenes Expressgut, das für Schweden bestimmt war, beiseite geschafft, bist du dran, Otto.«

Otto schaufelt. Überlegt. Will er den kleinen Handel vom alten Oskar nicht verraten, muss er die Handgranaten preisgeben. Gibt er die preis, sind es welche noch vom Führer, und dann sind die Ziegenbeins politisch dran. Politisch aber – soviel weiß Ziegenbeins Enkel – ist schlimmer als kriminell. Am wenigsten kostet es, wenn es bloß unsittlich ist. Dann müsste der Alte nachweisen können, dass er die bei ihm anzutreffenden Exemplare der Unsittlichkeit eben nicht gestohlen, sondern nur gekauft hat. Das kann er gewiss nachweisen. Dann ist aber halb Naschhausen und Umgebung dran und die Ziegenbeins samt ihrem guten Ruf für lange Zeit erledigt. Als Verräter dazustehen, ist auch kein Vergnügen.

Otto richtet sich auf, legt den Ellbogen auf den Spatengriff, blickt wie ein verletztes Lamm auf den zähnefletschenden Wolf jenseits des Zauns. Hat der denn kein Erbarmen?

Doch – er hat. Sooo grausam ist die Exekutive in friedlichen Zeiten nun auch wieder nicht.

»Mir kannst du's doch sagen, Mann«, spricht der Abschnittsbevollmächtigte mit sanfter Stimme. »Wenn so e alter, braver Kerle wie unser aller ›gutes Ziechenbeen‹ in so eine harmlose Hehlerei verwickelt ist, kimmt schon aus Altersgründen immer nur ne milde Bewährungsstrafe heraus. Die muss er sein Lebtag nicht mehr absitzen. Machst aber du, Otto, 'ne krumme Tour, indem du in deinem eigenen Haus eine Hehlerei, die dir bekannt ist, duldest, sieht die ganze Sache schon nicht mehr so freundlich aus.«

Das ist freilich wahr. Otto kann dagegen nichts vorbringen. Zugleich imponiert ihm die Hellsichtigkeit, mit der der rote Moll vorgeht. Von »Diebstahl« spricht er nicht. Nur von »Hehlerei«. Das ist klug. Das spricht für seinen Grundverstand zu den Dingen des Lebens. Findet Ziegenbein, der Jüngere, in der langen Reihe …

Otto tut einen Seufzer der Erleichterung. Die Handgranaten des Führers dürfen nun wirklich und endgültig auf dem Grund der Saale liegen bleiben, um zu verrosten. Das beruhigt. »Also gut«, sagt er, »ich werd mal mit unserm ›guten Ziechenbeen‹ e paar Takte reden.«

»Mach das!«, sagt Herrmann, und lächelt übers Drahtgitter. »Ich hab immer gewartet, dass e Ziegenbein sich aufrafft, bevor ich einschreiten muss. Nune – lass mersch in Güte auf uns zukomme!«

Der Innenminister von unternorts reicht die Hand übern Zaun.

Ziegenbein nimmt sie gern. Und schüttelt.

So kommt die Moral von Groß-Naschhausen am Ende doch noch ins Lot.

Nicht einmal den »Rammlerbraten«, den der Otto dem Herrmann nachruft, als er mit seinem Rad schon fast um die Ecke, will der Vertreter der Staatsmacht noch nehmen. Er tritt in die Pedale, ruft nur noch zurück: »Heb'n auf fürsch nächste Jahr!«

Otto blickt der Uniform nach, greift wieder nach dem Spaten, schaufelt aber nicht. Er muss noch eine Weile nachdenken.

Zur Brotzeit am Abend erst, als sämtliche Ziegenbeine vom ersten bis vierten Glied um den festen Küchentisch versammelt sind, kommt er auf das fatale Gespräch am Zaun zurück. »Der Rote hatte mich ganz schön in der Klemme – und das nur wegen dir, Alter – ja, glotz nur! Ich muss beobachtet worden sein in der Nacht neulich. Der Rote weeß alles! Ich rieche das. Der hat sich nur verstellt. Wir können noch froh sein, wenn er die Handgranaten vom Opa liegen lässt, wo se liegen.«

Oskar, der gute Schafskopf, hat noch nicht verstanden, blickt verträumt in eine imaginäre Ferne. »Und meine schöne Pfeife, wer weeß, wo die itze schwimmt. Vielleicht isse schon im Atlantik, und e riebischer Hai schnappt danach ...«

Otto ist nicht der Sinn nach Romantik. »Haie fressen keene Pfeifen – und so eine wie dich schon gleich gar nicht. Da wird ihnen schlecht dadervon, verstehste ... wenn se dich verschluckt haben, wer'n se blass, sag ich – kreidebleich legen se sich auf die Seit, und aus!«

Oskar blickt nun nah und erstaunt. »Hast'n nur mit mir?«

Da wird der Großvater aufmerksam, blickt auf seinen Sohn. »Ist etwas Ernstes?«

Der Sohn schielt zur Malwine hinüber, von der man nie weiß, ob sie zuhört und versteht oder taub ist und ausfällt. Die Entscheidung darüber liegt leider bei ihr selbst, und das macht die Schwierigkeit. Otto will nicht direkt petzen, das ist im Hause Ziegenbein nie üblich gewesen, aber das Strickwerk um die drei alternativen Möglichkeiten: politisch – kriminell – oder nur unsittlich – fordert doch eine gewisse Vorentscheidung. So spricht er mehr in seinen Teller und ziemlich leise: »'ne neue Pfeife könnt er sich längst kafe – hat ja die Piepen dazu. Se zwitschern schon e Konzert für sich, so viele sind's.«

Der Großvater, der, was die Handgranaten betrifft, eigentlich der Sohn ist, stemmt die Gabel senkrecht. »Was ist los dorthier? Ich denke, de Schweinerei is aus'n Hause?!«

Hildchen errötet, haucht nur: »Ich war beim Roten ...«

»Und?« Der Großvater schaut strenge über'n Tisch.

Hildchen hebt die Schultern. »Er hat's einfach beiseite gelegt – das Buch eben.«

»Nicht drin geblättert? Es wenigstens mal aufgeklappt?«

»Nein.« Hilde kann nur noch den Kopf schütteln zur Bezeugung.

Da purzelt das Kichern der Malwine über den Tisch. Als alle Familienmitglieder in ihre Richtung schauen, was sie ja will, krächzt sie wie eine Hexe: »Der – und nicht aufklappen, hihihi ...«

Ihr Neffe, das ist just der Großvater, fühlt sich gehalten zu korrigieren: »E wirklich Roter hat nicht die Weiber in'n Koppe, sondern de Beschlüsse – merk dir das, Alte!!«

Die störrische Malwine will das zwar nicht glauben, nimmt aber lieber einen kräftigen Schluck aus dem Seidel als zu dischputier'n. Danach streift sie die Runde ihrer Lieben stumm und gründlich und grient.

Man hat eine Pythia im Hause Ziegenbein. Damit ist zu leben.

Und Otto seufzt. »Wenn der Alte, was er in all den Tagen zusammengegrabscht hat, nicht abliefert, kommt am Ende noch de ›Sicherheit‹ ins Haus. Dann is Schluss mit dem Genuss vom Dasein ... Wollt ihr das?«

Natürlich will das niemand im Haus Ziegenbein. Man war immer staatspolitisch zuverlässig und ohne Sehnsucht nach irgendwelchen Aufständen, die eine Unruhe ins Ganze hätten bringen können.

Alle Blicke also ausnahmslos – der kleine Roland spielt noch im Freien mit Molls Fritzchen und Monika und all den Kinderchen, die wir schon auf der Wiese jenseits der Saalebrücke kennengelernt haben –, alle Blicke also richten sich auf Otto, den Ersten, der den Spruch der Sippe zu verkünden entschlossen ist. Er sagt: »Du, Alter, gehst morgen in der Frühe zum Roten offeziell in de Amtsstube unternorts und lieferst ab. 'ne ordentliche Portion. Damit er satt hat von Amts wegen. Klar?«

Oskar zögert und mümmelt noch eine Weile, spricht dann aber doch: »Wenn's daderwechen sein soll, soll's denn sein.«

Natürlich sind das Verluste.

Für zehn Mark sollte er einkaufen – jetzt soll er – muss er! – für drei Mark abgeben. Das will überlegt sein, ob der liebe Frieden, den man dafür einhandelt, das auch wirklich wert ist.

Noch in derselben Nacht schleicht das gute Ziegenbein an seinen Bestand, um es in Ruhe zu überdenken.

Auf dem Heuboden im Ziegenstall war genug Platz für ein absolut unverdächtiges Versteck. Mit der Taschenlampe klettert er über die kurze Leiter hinauf, breitet das Heu auseinander, überzählt sein stilles Vermögen.

Es besteht aus zwei Paketen und achtzehn losen Exemplaren. Für den Alten, wenn das Geschäft auch fernerhin floriert, tatsächlich ein kleines Vermögen, und etwa ein ganzes Paket abzuliefern für zwanzig Mark, wenn er doch im Einzelhandel mit einhundertfünfzig Mark Reingewinn rechnen kann, also einen solchen Ochsen muss sich der Rote erst suchen.

Er kommt schließlich zu dem Ergebnis, dass er sich von nicht mehr als fünf Exemplaren trennen und dazu die entsprechende Geschichte erzählen wird. Die freilich muss er sich noch ausdenken, damit der Kerle, der Manne, die Ziegenbeins künftig in Ruhe lässt. Bis in die Morgendämmerung hinein liegt das gute Ziegenbein wach, um an seinem Märchen zu basteln: wie er diese Exemplare gefunden hat, das war natürlich reiner Zufall, und warum er die bis heute noch nicht abgeliefert hat, weil er nämlich dachte, dass – wenn ...

Dem Herrmann bleibt doch der Mund offen, als der pfiffige Alte am anderen Morgen ins Dienstzimmer kommt, ein Tuch ausbreitet und fünf unbeschädigte, auffallend saubere Stücke der heißen Ware auf den Tisch legt.

»Woher hast du das??!!«

Der Alte beginnt mit Unschuldsblick sein Märchen abzuhaspeln ...

Das ist der erste wirkliche Fehler, den er begeht. Gestehen hätte er müssen! Gestehen, dass es seine ehrliche Geldgier war, die ihn die gestohlene Ware nicht abliefern lassen hat. Und bereuen natürlich hätte er gleich darauf auch müssen. Das ist in solchen Fällen ganz wichtig. Was aber tut er? Er bietet Ausflüchte an. Nichts Plausibles.

Diesen schäbigen Schmus wagt er, einem Herrmann Moll vorzufaseln? Das ist Beleidigung, elende!

Moll überlegt jetzt nicht mehr. Das kann er nicht. Es reißt ihn fort. Mit einem einzigen jähen Griff hat er den alten Kauz mitsamt Hemd und Jacke gepackt, auf die Tischplatte gedrückt und beutelt ihn – auf und nieder, auf und nieder – blind vor Zorn. »Was hast du wo noch versteckt, du Hund?! Raus mit der Sprache! Ich drehe dich durch den Wolf, wenn du nicht die Wahrheit sagst« ..., so geht das, bis der Alte nicht mehr nur nach Luft japst, sondern mit den Beinen zappelt und schreit, was das Zeug hält. Einfach erstaunlich, was seine Kehle noch hergibt.

Mathilde richtet oben eben die Betten, als sie das Geschrei vernimmt. Sie eilt erschreckt die Treppe hinunter, reißt die Tür auf und muss nun sehen, was sie sieht.

»Herrmann ...«, sagt sie entgeistert – »Herrmann!!«, ruft sie noch einmal mit aller Kraft.

Da kommt unser politischer Soldat wieder zur Besinnung, lässt das gute Ziegenbein fahren, an dem er sich vergangen, stellt mit rotem Kopf das Männlein wieder auf die Füße. »Nimm dein Tuch und verschwinde!«

Er denkt noch, der Alte sei nun gehörig eingeschüchtert, doch bewahre – kein Stück! Seine grünlichen Äuglein funkeln nur so vor Bosheit, er streckt die Hand aus und spricht: »Macht dreißig Mark.«

»Fünfzehn!«

»Dreißig! Oder ich mach e Staub, dass ungern – und obernorts de Fanster blind wer'n ... Sie«, – er zeigt mit dem Daumen auf die Frau des Soldaten, »de Thilde hat's gesehn, was du für'n Wüterich machst dorthin.«

Tja – nun sitzt er in der Patsche, der große Herrmann.

Einen Zischlaut der Verachtung stößt er durch die Zähne, dann geht er um seinen Amtstisch, entnimmt dem Fach die Kassette, schließt auf und zählt dem guten Ziegenbein bare dreißig Piepen auf die Platte.

Das ist ein Sieg!

Mit einem einzigen Wischer schiebt das kleine, drahtige Kerlchen, das nur aus Sehnen und Muskeln zu bestehen scheint, die Scheine in die Linke, versenkt sie in der Hosentasche und ist schon an der Tür.

»Vergelt's Gott!!«, spricht er mit hämisch keckernder Stimme und ist schon draußen.

Mathilde geht zum Fenster, sieht ihm nach, wie er mit schnellen Trippelschritten das Gattertür'l erreicht und über die Straße sich schwachmacht, ohne noch einen einzigen Blick zurückzuwerfen.

»Mein Gott, Herrmann«, fragt sie kopfschüttelnd, »wie konnte dir das passieren?«

Statt einer Antwort knurrt der »Wüterich« nur ein einziges Wort vor sich hin, jenes ordinäre, das in solchen Fällen gebräuchlich ist, klappt den Kassettendeckel zu, schiebt den Kasten zurück ins Fach, lässt sich auf den Stuhl fallen und starrt schweigend ins Leere.

Mathilde sieht ein, dass es besser ist, den Mann jetzt allein zu lassen. Sie begibt sich wieder an ihre Arbeit, die ihr nun freilich nicht mehr so von der Hand geht wie zuvor. Sie grübelt.

Seit der Entgleisung geht das nun: diese ständige Unruhe im Haus, diese Spannung zwischen dem Vater und den Kindern. Nur mit Fritz zankt er nicht. Günter muss nur ein Wort sagen, gleich liegt er verquer, und der Streit geht los. Hanna hat in den letzten vierzehn Tagen und seit sie mit Jonka geht, um den Vater nur noch einen Bogen gemacht, ihn nicht einmal angesehen, wenn er sie ansprach – »ansprach« ist schon falsch, denkt Mathilde. Herumgekrittelt, herumgestichelt hat er ständig an ihr, ist ihr nachgelaufen bis zur Tür, wenn sie schon auf der Straße war. Und das alles nur, weil der Jonka sie täglich abholt. Als der Vater vor zwei Tagen fragte: »Möchte mal wissen, wo ihr immer so hingeht, du und dieser Hallodri?«, hat sie die Zähne gezeigt mit bösem Lächeln und gesagt: »Wir treffen uns mit all den anderen Hallodris, die es bei uns gibt. Nichts für ältere Herrschaften.« Die Ruhe dabei, ihr Blick über den Tisch – also, da haben selbst die Wände Gänsehaut gekriegt. Mathilde schaudert's noch im Nachhinein. Der Vater hat dann die Stube verlassen, ist durch den Garten auf und ab gerannt. Auch keine Art für einen Mann vom Staat. Die Nachbarn sehn doch alles durch die Gardine. Günter hat dann nur noch bemerkt: »Unser Vater hat Probleme mit seiner Abnabelung« – ein komisches Wort, das Mathilde nicht verstand. Fragen mochte sie aber auch nicht in diesem Augenblick. Sie will es später einmal tun. Vielleicht ist es ein wichtiges Wort, das man kennen muss, und Günter ist ohnehin der Alleswisser im Haus. Der wird einmal Professor. Die Mutter ist davon überzeugt. Jetzt nur, nach dieser hässlichen Szene im Amtszimmer, überwältigt sie plötzlich eine erste, doch etwas ernstere Mutlosigkeit. Ihr ist, als fahre dieser unselige Waggon mit seiner unsauberen Fracht unaufhaltsam auf sie zu, und sie selbst hätte nicht die Kraft, vom Gleis zu springen, sie sei durch irgendetwas gelähmt und müsse es aushalten, und immer neue Waggons kämen auf sie zu, richteten immer neuen Unfrieden und neue Scherben an. Die Gute lässt sich schließlich auf dem Wäschepuff nieder und hat alle Lust an der Arbeit verloren.

Ziegenbeins Oskar hingegen kommt sich nun vor wie David, der den Goliath besiegt. Über Zäune und Mauerwerk hinweg plappert er seine Story durch Zwischenräume und über efeuberankte Simse, wie schrecklich der Rote ihn vergewaltigt habe nur deswegen, weil er seine Pflicht getan und sogar fünf mühsam eingesammelte Exemplare von dieser schwedischen Schmutzbibel getreulich abgeliefert hätte. Nur dadurch sei er in Verdacht geraten, ja! »Awer das eene kann'ch der sage«, versichert er jedem, der ihm zuhört, »kimmt mir noch e eenzches Mal so e buntes Lustschmaföksche in de Hände, behalt ich's for mich!«

»Ziechenbeen, du bist e Mann!«, wird ihm versichert.

Nicht, dass er den Abschnittsbevollmächtigten direkt denunzierte, indem er obernorts mit einer Beschwerde einkäme, bewahre – soweit ginge er niemals! Muss er auch nicht. Mit seiner Plapperei unter der Hand erreicht er ohnehin sein Ziel. Naschhausens Publikum wird in der Meinung befestigt, die Ablieferung bringe nur Ärger, Verdächtigung, möglicherweise sogar Nachstellungen ein, zum zweiten ergibt sich aus seinem authentischen Bericht, dass obernorts nach wie vor auf die alte Weise regiert würde, wenn man im Rathaus ein schlechtes Gewissen habe, und das käme schließlich öfter vor. Der kleine Mann wird dann wie eh und je übern Tisch gezogen und gestaucht, bis er weiß, was Sache ist.

Dem Otto von den vielen Ziegenbeins kommt dies Geplapper alsbald zu Gehör, und er stellt den Alten erneut bei der Abendmahlzeit. »Was quatschste denn wieder durch die Gegend, dass der Menschheet bis Kolkwitz de Ohren abfallen?«

Der Oskar bläht den Brustkasten. »For dreißig Silberlinge lass ich mer nich de Gerachtigkeet abkafe ...«

Die Auseinandersetzung nimmt, als die Teller schon abgeräumt und nur noch die Gläser dastehen, eine etwas heftige

Form an, in die sich auch der Großvater, der ernste, besonnene, einschalten muss. Er verlangt jetzt strikte, absolut wahrheitsgetreue Auskunft darüber, ob und wie viele Exemplare von diesem »Schandwerk« noch im Hause seien. Großvater und Enkel gehen sogar so weit, dass sie den Uronkel auf den Kohlenkasten beim Herd drücken, ganz sanft natürlich. Dass er wieder zappelt und schreit, als säße ihm das Messer an der Kehle, hat im eigenen Haus keinerlei politische Nebenwirkung, und so kommt denn endlich nach manch gutem Zuspruch die Wahrheit heraus. Sie ist im Ziegenstall zu besichtigen.

Malwine hebt im Hintergrund am Sofa schon wieder den Stock. »Du Schandkerl, du elender, versteckst dein Schachergut bei meiner Lisbeth! Isse erscht vergift, kafst du mir 'ne neue Hippe!«

Nach gründlicher Besichtigung des Verstecks der Konterbande kehrt der Familienverband zwar beeindruckt, doch geschlossen in die fliesenbelegte, geräumige Wohnküche zurück und überlegt auf altdeutsche Weise, was nun zu tun sei. Die Großmutter holt frisches Bier vom Fass aus dem Keller, es macht nun doch Laune, über allem zu tüfteln, wie es sich für ordentliche Leute gehört. Man lässt sich Zeit dabei.

Ergebnis der Beratung: Das »Giftzeug« muss noch in dieser Nacht dorthin, wo es hingehört – zum Jonka!

Der besonnene Großvater begründet das auch einleuchtend: »Du, Oskar, bist in dem Falle der Einzelhändler und Jonka der Grossist. Ist der Einzelhandel gefährdet, muss der Großhandel einspringen. Das war immer so.«

Das muss er aber dem Alten nicht erklären. Der weiß das. Er maunzt nur und jammert daher, in den letzten Tagen hätte ihn der Jonka eben ständig versetzt, wäre immer woanders als im Haus, er müsse sogar fürchten, der Jonka habe das Interesse an der Ware verloren, weil er sich nie antreffen lasse.

Da meldet sich der jüngste Ziegenbein, der kleine Roland, zu Wort, der an seinem Brot noch arbeitet und mit vollem

Munde verkündet: »Der Jonka geht jetzt mit der Hanna vom Roten ...«

»Waa-aa-s??«

Sämtliche Ziegenbeine bekommen runde Augen.

Die Mutter vom Roland, das gute Hildchen, errötet wieder und spricht: »Das solltest du kleiner Spatz noch gar nicht wissen.«

»Ich seh's aber«, sagt der Knabe, schiebt ungerührt einen neuen Happen zwischen die Zähne, dass der Vater sich beeilen muss, das Handgelenk seines Sohnes noch zu erreichen und aufzuhalten. »Lass mal jetzt deine dumme Kauerei und red! Was siehst du??«

»Der Fritz weiß es. Der hat's mir gesteckt. Jetzt wissen mer'sch alle auf der Wiese. Jeden Tag macht er mit ihr fort – mit achtzig Sachen über de Saale. Fritz spricht, seine Schwester käm' immer späte heeme – nach zahne erscht und drüber 'naus.«

Das sind Auskünfte.

Roland liegt schon im Bett, als der Verband der Ziegenbeine noch tüftelt.

Die Tochter vom Roten also, die noch die Schule besucht, geht mit diesem verrufenen Jonka, von dem niemand nichts Genaues weiß im Ort und der für den alten Oskar den Abnehmer der heißen Ware macht ...

Der behält sie doch aber auch nicht, überlegt der Großvater, und Oskar gesteht schließlich: »Da kommt dann der Schecke aus Langenorla, schafft das Zeug fort und ...«

»Was und?«

»Na ja, überall ist jetzt Kirmse – der Schecke mit seinen Burschen wird in einer Nacht so e ganzes Paket los.«

Malwine nimmt einen kräftigen Schluck vom Gerstensaft, spricht mit Ausdruck: »In 'nen wahren Sündenpfuhl hast du, Alter, uns allesamt 'neingezerrt.«

In der Tat hat die Sippe genug Anlass, sich hineinverstrickt zu sehen in diesen »Sündenpfuhl«, erkennt jedoch ebenso klar ihren Vorteil, der sich aus der Verbindung zwischen der Hanna und diesem Jonka ergibt. Otto erklärt am Ende: »Manne soll mir nur noch einmal schief kommen ... dann stopfe ich ihm mit dem Liebsten seiner Tochter das Maul. Da werden wir sehen, wer wem was vorzuwerfen hat!«

Ein kräftig Wort, das zu der Überlegung führt, man werde noch in dieser Nacht den ganzen Fall auf die einfachste Weise ein für alle Mal bereinigen. Otto sagt knapp und bündig: »Mer laden den ganzen Unrat aufs Wägelchen, ziehen ihn nüber zu den Jonkas, schmeißen ihn dort blitzeschnelle übern Zaun, und die ganze Sache ist ausgestanden.«

Oskar mault danach noch eine ganze Weile, was mit seinem Geld wär', und solchem Verluste wär' er nicht gewachsen, denn er selbst hätte doch für jedes Exemplar bar bezahlt – so geht das hin und her, bis niemand mehr einen rechten Rat weiß, wie diese verflixten »Schandbücher« loszuwerden sind. So geht man schlafen. Der Großvater hat endlich befunden: »Morgen ist auch noch ein Tag.«

Das sagt sich so hin. Es stimmt ja auch. Immer wieder ist ein neuer Tag da. Und dennoch findet unser gutes Ziegenbein keinen Schlaf, wälzt sich in seiner Kammer auf dem Lager und überlegt, wie er sich der heißen Ware ein für alle Mal entledigen könne und doch zu seinem sauer erarbeiteten Geld käme. Wo überall hin hat er nicht hinhorchen, auskundschaften und einschwatzen müssen, bis das Geschäft abgemacht war. Und jetzt einfach alles preisgeben? Nicht mit dem alten Ziegenbein!

Oskar springt um drei Uhr morgens vom warmen Pfühl, schlüpft in die kalte Hose, schleicht durch die Kellertür zum hinteren Gatterpförtchen, huscht durch das Alt-Naschhausen unternorts wie ein schmaunzender, tapsiger Igel, bis er dicht unter Jonkas Dachkammerfenster steht. Dort sammelt er Steinchen vom Weg, schleudert sie hinauf.

Fred ist ein echter Jonka. Die haben alle einen leisen Schlaf. Der erste Wurf gegen das offene Fensterchen trifft

Freds Hand. Und sofort ist er da, steht auf, sieht nach unten. Die Stimme kennt er. »Kimmste mal runger, Jonke« – Oskar hat kein Verhältnis zum »a« am Ende – »der Rote is mir uff der Ferse!«

Das genügt.

Unterm Lichte des Halbmondes erfährt Fred vom Ausmaß der Beschattung, die von dem Vater seiner Liebsten ausgeht und das Haus Jonka ebenso treffen kann, wie sie das Haus Ziegenbein bereits betraf. »Über seinen Tisch hat er mich gelegt und hüber – und nübergewalkt, dass mir der eechene Name entfallen ist«, berichtet der kleine Alte mit funkelndem Angstblick.

Es muss also ohne Verzug etwas geschehen.

»Warte hier!«

Der dunkle, etwas gehemmt-schwerblütige Liebste vom Brennofen kann, wenn es sein muss, wie eine wendige Schleichkatze zu Werke gehen. In Minutenschnelle hat er seine Kluft an, Rucksäcke und den Einbruchdietrich für die Kirche beisammen. »Auf geht's«, sagt er nur. Alles Weitere spielt sich in dieser lauen Mondnacht so schnell und lautlos ab, wie es die objektive Lage erfordert.

Vom Heuboden im Ziegenstall packen sie den geheimen Schatz in die Rucksäcke, Fred nimmt den Rest der losen Exemplare von den »Künstlerischen Variationen« noch dazu, hilft dem Alten beim Aufschnallen der süßen Last, und leise, ganz leise schleichen sie sich Mann hinter Mann durch die Nebengassen von Naschhausen zur Treppe, die nach oben führt.

Oskar stöhnt: »Muss das denn sein?«

»Es muss!«, sagt Fred. »Auch bei mir daheeme kann der Rote in jeder Stunde bei Tag und Nacht aufkreuzen. Dann bin ich mein Mädel vielleicht für immer los.«

Der Alte schüttelt den Kopf. »De Hanna hält, was se eemal greift, faste. Da bin ich sicher.«

Fred dreht sich um. »Ist das e Wort?«

»Das is eens. Uff das gute Ziegenbeen kannste bauen, mein Junge.«

Es sind zweiundneunzig Stufen aus Kalkstein, bemoost und abgetreten von dem Auf und Ab der Vorgänger auf dem Weg durch das eigene, das nächste und übernächste und wieder ganz gegenwärtige Jahrhundert. Unterm Mondlicht werfen die Schatten andere Bilder dem Auge zu als bei Tage, außerdem ist der Aufstieg verdammt steil.

Auf der achtundvierzigsten Stufe meint Oskar, sie sollten eine Pause einlegen, aber Jonka drängt zur Höhe. »Später kannste ausruhn, Alter ...«

Endlich dann sind sie oben. Die Silhouette der Kirche und ihres Turms hebt sich ab vom tiefblauen Nachthimmel, dem leuchtenden, über dem Saaletal in der Tiefe.

Der Alte hält nun schnaufend zwar, aber doch erleichtert inne, tritt an die Kante des Plateaus, das vom Heckenrosengesträuch dicht abgeschirmt zum Tal, blickt unterm Mond hinaus in seine Welt, die er in seinem bedrängt-verengten Alltag doch niemals zu Gesichte bekommt. Die Nacht hebt mit ihrem einfachen Hell-Dunkel nur noch Wesentliches der Landschaft hervor. Das Unwesentliche, das auch der Tag sichtbar macht, ist verschwunden.

Fred merkt recht wohl, dass der Alte beeindruckt innehält. Wartet.

Die Luft dieser Septembernacht ist lau, schmeichelnd ...

»Wir sind immer hier oben«, sagt er schließlich.

Der Alte nickt. »Das glaub ich.« Und schaut noch.

»Komm!«, sagt Fred.

Als sie durch den Friedhof vor der Kirche gegangen, macht Jonka endlich an dem überwölbten Seitentürchen des Kirchenschiffs halt, öffnet es mit seinem Ersatzinstrument.

Das gute Ziegenbein macht die rundesten Augen seit Menschengedenken, gesteht freiwillig: »Ich ho immer gedacht, ich wär' der größte Spitzbube von Naschhausen. Itze seh' ich: Du bist es!«

Fred richtet die Taschenlampe auf die Statuen im Sand vor dem Gemäuer, und Oskar bekommt nun doch einen tüchtigen Spukschocker, will gleich wieder naus aus dem Gewölbe.

»Hier bleibste, Alter!«, befiehlt der Jonka, und Oskar muss sich fügen, starrt mit gesträubtem Haupthaar auf die Figuren aus Sandstein, die ihn anglotzen aus ihren Augenhöhlen, als sei er allein an allem schuld.

»Das is de Hildburga, das Weibsbild, das ihre zwee Kinder umgebracht hat – dazumalen. Nun spukt se hier herum obernorts.«

Die Taschenlampe schwenkt vom Gesicht des Weibes zu dem bärtigen des Mannes hinüber. »Und das ist der Graf Otto, von dem das Luder loswollte ...«

»Ach nee und nee doch«, stöhnt Oskar tonlos vor sich hin. »Ich will hier 'naus!«

Fred hat seinen Rucksack schon abgetan, nimmt dem Alten den seinigen ab. »Hier sucht niemand ... Verstehste das denn nicht?«

Seine Lampe beleuchtet nun die Truhe, die wurmstichige, zwischen den beiden Figuren. Fred klappt den Deckel auf, nachdem er ihn mit einem kleinen Eisenwerkzeug gehoben. »Hier hinein mit dem ganzen Schmäh!«

Oskar schaudert's, er folgt so willenlos und erschreckt, wie er sich fühlt. Als die Ware verstaut ist, rennt er zur Tür, krächzt nur noch: »Ich mach' mich schwach derweil ...«, und 'naus ist er.

Als Fred wieder abgeschlossen hat, ist der Alte längst hinuntergejagt über die zweiundneunzig Stufen. Abwärts geht's schneller.

Die Kirchturmuhr schlägt die fünfte Stunde ein, als das alte Ziegenbein sich die Decke wieder über die Ohren zieht.

Einen Schwur hört das Pfühl überm Munde noch. Er ist nur hingehaucht, doch nach ganz oben, bis weit übern Kirchturm von obernorts geradezu senkrecht zum lieben Gott persönlich gerichtet: »In mei'n ganzen Leben, das schwör ich dir, Alter dort überwärts, mach ich kee dunkles Geschäfte mehr mit der Unsittlichkeet for de Schweden!«

Es war höchste Zeit, dass sich der Gute auf die Tugend besann.

Nur wenige Stunden später nämlich sitzt das böse Ziegenbein im Flur des alten Pfarrhauses, das dem Kirchenamte nur noch als Sekretariat dient, und wartet darauf, vorgelassen zu werden. Einmal im Monat hält der Superintendent persönlich in Groß-Naschhausen Sprechstunde ab, die Bänke auf dem Flur sind also dicht besetzt, und Malwine hält von ihrem Platz aus ihre eigene Sprechstunde ab, pocht mit dem Stock auf die sorgfältig gebohnerte Diele und erklärt ihre Absichten in ziemlich drohendem Ton. Sie werde Ordnung schaffen und die Sauberkeit der Sitten wiederherstellen, sagt sie ... Und wenn es, sagt sie, nur um ihren kleinen Urenkel wär'.

Wieso denn das, und wie kommt's denn nur? – wird sie gefragt, worauf sie natürlich gewartet hat, die listige Alte, um zu sagen: »Dar kleene Wanst redt schon wie e Naturwäsen, denkt sich nischte daderbei und klettert uff dan Ast von seiner Phantasie, macht in unserer eechenen Hornzche dan wilden Mann, baut sich vor mich hin, stellt de Oogen dazu rund, bleckt de Zunge naus und spricht: ›Itze mach' ich'n Gorilla, Oma‹ – is das nich 'ne Schande?«

Also – von Bank zu Bank wandern lautlose Blicke –, so schlimm finden das die christlichen Frauen der älteren Jahrgänge nun auch wieder nicht.

Malwine schaut jetzt ziemlich lüstern und spricht: »Danach aber zieht er rachts de Ohrmuschel nach vorn und links greift er sich ins Gemächte ...«

»In was tut er greifen?«

»Ins Gemächte!«

Der Stock besorgt dazu den akustischen Resteffekt.

Im Flur ist es nun ganz saumäßig still. Für längere Zeit – bis zwei junge Leute dicht an der Tür, die demnächst heiraten wollen und das auch am Altar besiegeln möchten, leise und diskret vor sich hin kichern.

Für Malwine ist das die Aufforderung zum Tanz. Sie sammelt sich und hebt mit dem Stock auch ihre Stimme:

»›Warum aber toben die Heiden, und die Völker reden so vergeblich? Die Könige der Erde lehnen sich auf, und die Herren ratschlagen miteinander wider den Herrn und seinen Gesalbeten ..., er aber wird einst mit ihnen reden in seinem Zorn, und mit seinem Grimm wird er sie schrecken‹ – Psalm 2, Verse 1 und 2 und 5! Wovon ihr Grünzeug allemal nichts wisset!«

Die beiden jungen Leute, die da heiraten wollen unterm Auge des Herrn, sind nun doch ein wenig aus der Fassung gebracht, schauen entschieden verstört auf diese seltsame Alte mit ihren großen Worten. Gar so wilde ist es bei ihnen daheim in Wartendorf und Freienorla auch wieder nicht gemeint. Als sich die Tür öffnet zum Nächsten in der Reihe, das ist die Alte, gibt es zwischen den Bankplätzen nach rechts und links so etwas wie Aufatmen.

Drinnen freilich, wie nun die Malwine vor den Herrn Superintendenten zu sitzen kommt, hat der nichts zu lachen. Eine wahre Mitrailleuse des Glaubens entpuppt sich in der ihm durchaus nicht unbekannten Alten aus dem Hause Ziegenbein, die sich immer anhängig und streitbar im Glauben gezeigt, soweit ihm bekannt, freilich – es ist nicht zu übersehen – auf eine etwas aus der Mode gekommene Weise.

Und schon entnimmt sie ihrem Beutel ein sorglich in Packpapier verstautes Etwas, das sie nun auswickelt, dazu spricht und spricht und spricht, dass dem Herrn Superintendenten diese Fülle übers Ufer zu treten scheint, bis er das leibhaftige Zeugnis jener allgemeinen Verseuchung im Tal der Sünde direkt unterm Auge und mit Händen zu greifen vorgelegt sieht und nun nicht mehr umhin kann, sich dazu zu äußern.

Die Alte drängt es ihm auf – er muss, ob er will oder nicht. Natürlich will er nicht. Weil er das Erzeugnis aus dem VEB »Fortschritt«, graphische Werkstätten, bereits kennt. Jena ist nicht Naschhausen. Das kann er aber nicht sagen. »Es gibt vom I. Buch Mose bis zum letzten Kapitel am Kreuz keinen Hinweis auf den Umgang mit bildlichen Zeugnissen der Unzucht«, spricht er sanft, »allenfalls wird die Mitnahme des Götzen Baal zum Beischlaf im Zelt bei den Herden als unzüchtig verurteilt. Wir jedoch sind zur Toleranz angehalten, denn selbst der Heiland, gute Frau, hat sich nicht gescheut, mit jener späterhin büßenden Magdalena zu sprechen, die dem – ehem..., nun ja, dem horizontalen Gewerbe angehörte.«

Einen solchen Begriff kennt Malwine nicht. Will sie auch nicht kennen. Sie spürt nur, dass hier wieder einmal – und das im Gotteshaus! – etwas zugedeckt werden soll. Sie aber will aufdecken. So fordert sie, den Stock bereits über Schreibtischhöhe hebend, für die Predigt am nächsten Sonntag ein kräftig Wort vom Herrn Pfarrer. Gottes Wort soll von der Kanzel herabdonnern, dass die Kerzen ausgehen und die Naschhausener auf allen vieren zu ihren Klößen daheim zurückkriechen vor Scham und Reue. Der Gott, den sie meint, das ist der rasende Rachegott des Alten Testaments, von dem es im 3. Psalm heißt: »Denn du schlägst alle meine Feinde auf den Backen und zerschmetterst der Gottlosen Zähne.«

Nun – so weit möchte der Herr Superintendent nicht gehen. Da er aber die zankende Alte nicht ohne gleichsam göttlichen Befehl aus dem Zimmer bringt, erhebt er sich und ruft: »Der Herr spricht aber auch zu dir, Weib: ›Bis hierher sollst du kommen und nicht weiter; hier sollen sich legen deine stolzen Wellen!‹ Buch Hiob, meine Tochter.« Spricht's und hat die verdutzte Malwine schon am Arm, geleitet sie mit lächelndem Nachdruck hinaus.

Hat auch die Anrede »Tochter« einen mehr rituellen als sachlichen Hintergrund, bleibt doch die Schnelligkeit und

Leichtigkeit, mit der die Alte die zweiundneunzig Stufen in die Tiefe bewältigt, ebenso wunderbar, wie Gottes Wege schlechthin – mal rein glaubensmäßig gesehen – es sind. Den Kirchenmann aus Jena hat die Alte freilich verdammt nachdenklich zurückgelassen. Das Werk der Unzucht hat er wieder eingeschlagen, in seiner Mappe sorgfältig mit ein paar Äpfeln und einem Schal zugedeckt, geht zum Fenster, um hinauszublicken, und sieht doch nichts, geht zur Tür, sie zu öffnen für den Nächsten, und lässt sie doch geschlossen. Ratlosigkeit umwölkt sein Gemüt. Ob er nun nicht doch lieber erst beim Landesbischof anfragt? Die Sache ist heikel und unangenehm. Seit ihm das Buch zu Gesicht kam, hat er immer gehofft, die Kirche möge einer ausdrücklichen Stellungnahme enthoben sein. Jetzt muss er bekennen. Die Unruhe ist zu allgemein. Auch der Amtskollege von der Schwesterkirche wird nicht umhin können, eine Orientierung zu geben. Die Herde darf nicht im Unklaren bleiben. Gerade in einer sittlichen Problematik nicht. Natürlich wird er keine Namen nennen. So allgemein wie möglich zunächst ist auf den Fall einzugehen, die Ermahnung zum Richtigen müsste im Vordergrund stehen, der Gegensatz zwischen der sittlichen Mission der Kirche und dem behaupteten Anspruch der weltlichen Zuständigkeiten darf nicht zu krass, auf keinen Fall provokativ wirken. Die Kirche kann jetzt keinen Ärger gebrauchen, und er keinen Ärger mit dem Landesbischof. Was ihm also, kurz und knapp gesagt, bevorsteht, das ist ein Drahtseilakt, ein wahres Kunststück an Diplomatie und Pädagogik. Der Herr Superintendent weiß es und geht mit gefurchter Stirn zur Tür. »Der Nächste bitte –«

Unternorts indessen beginnen die informationspolitischen Dienste des Hauses Ziegenbein zu arbeiten. Malwine huscht hierhin, bleibt dort stehen, plappert dies und das an Zäunen und Türen, lässt alle Welt wissen, am nächsten Sonntag werde es von der Kanzel herab ein Strafgewitter geben, das im ganzen Tale zu hören sein werde, ja bis zur Regierung in

Berlin werde es donnern, weil die es zulasse, dass solche Unzucht gedruckt wird, der Herr Superintendent habe es ihr persönlich in die Hand versprochen ...

Da und dort greift das Mundwerk der Alten ins Leere. Da und dort packt es aber den Unverstand an der richtigen Stelle.

Herrmann, der Wachsame, beobachtet all diese Aktivitäten grünen Blicks, verscheucht die Alte zweimal vom Platz vor dem Bahnhof mit scharfem Verweis, erreicht damit aber nur, dass sie laut zeternd in andere Gassen ausweicht, den Leuten ins Fenster ruft, der Rote würde sie verfolgen und sie ginge demnächst ins Rathaus oben, sich zu beschweren. Na – das fehlte noch!

Daheim legt Herrmann die geballten Fäuste gegeneinander und faucht durch die Zähne: »Es kommt der Tag, an dem ich die alte Hexe in die Saale schmeiße!«

Mit solchen Beschwichtigungen will er sich der Scham über die eigene Ohnmacht entledigen, was ihm freilich nicht gelingt. Neuerdings isst er auch schlecht, Mathildes Zusprüche fruchten nichts, er schiebt den halbleeren Teller beiseite, gibt sich gereizt und wortkarg, und nachts lässt er sein »Thildchen« liegen, wie es liegt, als sei es ein Stück Holz und nicht eine der hübschesten, reizvollsten Frauen dieser besonnten Gegend.

Endlich hat die üble Warterei ein Ende, der Sonntag ist da, die Glocken läuten weit ins Tal hinaus, man hört sie bis Kahla, mehr Volk als sonst strömt von obern- und unternorts in die trauliche alte Kirche, auch aus Wartendorf und Freienorla sind welche gekommen, der Herr Superintendent steht in der Sakristei, zieht den reich gefälteten Talar über, wirft einen Blick in den kleinen Spiegel an der inneren Schranktür, gibt dem weißen Beffchen einen Schwipper zum richtigen Sitz. In diesem Augenblick, es ist fatal, fällt ihm ein bestimmtes Bild aus jenem bewussten Buch wieder ein, auch eine Szene vor einem Spiegel ... »Allmächtiger, schick mir nur jetzt nicht den Teufel ins Haus!«, betet der Geprüfte mit stummem Blick in die Höhe. »Du, der du alles siehst im Himmel und auf Erden, siehst auch den Andrang in deinem Haus. So weißt du auch um den bedauerlich unchristlichen Anlass zu solch plötzlich aufgebrachtem Interesse an deinem Fingerzeig. Hilf mir denn, den Gedanken an eben diesen Anlass aus meinem Sinn zu verscheuchen und führe mich nicht in Versuchung!«

So betet der tapfere Mann, um sein Lampenfieber zu stillen; denn was immer er an diesem Sonntagmorgen sagt, und wenn er die Bibel selbst nur vorläse ohne Kommentar, birgt die Gefahr der politischen Auslegung in sich, der er sich nicht gewachsen fühlt. Wie weise doch hat der Nazarener geantwortet, als sie ihm die Münze des Augustus unter die Nase hielten, ihn zu reizen zu einer Unbesonnenheit? »So gebt dem Kaiser, was des Kaisers, und Gott, was Gottes ist« ...

Das galt und gilt und wird gelten. Es ist die einzige Möglichkeit, miteinander auszukommen. Auch in diesem von einer Entgleisung heimgesuchten Groß-Naschhausen, in dem die Menschen noch wie die Kinder sind – jung, schlau, gewitzt, tüchtig, wenn sie lustig sind, faul, wenn es ihnen die Laune verschlug, unter Umständen überraschend beschränkt und überraschend großartig. Nicht sehr fromm. Nie gewesen. Muss er sie fürchten? Ach nein – furchterregend ist man hierzulande ganz und gar nicht. Auch nie gewesen. Wie es sich der Herr Pfarrer so recht vorstellt, was ihn da draußen erwartet, fasst er wieder Mut.

Wüsste er, dass in der Kiste zwischen Otto und Hildburga gleich neben der Sakristei noch ganze einhundertdreiundsechzig Exemplare auf ihren endgültigen Abtransport in die Kanäle des Schwarzmarkts warten, Exemplare einer Selbstverständigung von Mensch zu Mensch, die er in seiner Predigt einer christlichen Kritik zu unterziehen gehalten ist, nur deshalb ist ja die Kirche so voll – wegen der Polemik –, wüsste er also, dass er im eigenen Hause hat, was in keinem Hause sein soll, müsste ihn wohl sein Heiland selbst auf die Kanzel prügeln. Zum Glück weiß er es nicht, und ohnehin geschieht ja viel Gutes nur deshalb, weil es in der traulichen Dämmerung der Unwissenheit geschieht. Außerdem hat Herr Weise in der Empore bereits die erforderliche Introduktion auf der Orgel begonnen, es hilft also nichts, der Herr Superintendent muss sich zusammenraffen. So packt er denn seine vielen schwarzen Falten mit geübtem Griff, tritt durch die kleine Pforte hervor zum Altar, kehrt erst einmal, wie es üblich, dem weltlichen Publikum da draußen im Schiff den Rücken, um zu beten.

Das ist mehr Geste. In diesem Augenblick des ersten Auftritts betet kein erfahrener Vertreter dieser Profession. Er wittert ab, was in seinem Rücken ist.

Auch in Groß-Naschhausen ist es die gleiche Menge wie überall in der Welt. Zwei Möglichkeiten wohnen, ach! in ihrer Brust: das »Hosianna« und das »Kreuzige«.

Es wird dann schließlich, wie das Ritual und der Choral ausgestanden, doch noch eine ganz gelungene Predigt. Gelungen in dem Sinne, dass die Kanzel ganz bleibt und die Naschhausener erhobenen Hauptes zu ihren Klößen heimgehen. Was die Trompetenstöße der himmlischen Heerscharen und Gottes Strafgericht angeht, also da musste der Herr Superintendent das böse Ziegenbein enttäuschen. Die Christenheit von Naschhausen und Umgebung wurde vielmehr aufgerufen, unerwarteten Prüfungen und Versuchungen vonseiten weltlicher Mächte mit jener Toleranz zu begegnen, die allein aus der unverrückbaren Festigkeit des Glaubens hervorgehe. Nun ja – nun ja ... und schön und gut, aber ein Durchbruch, ein Signal gewissermaßen zu Bekundungen auch außerhalb der Kirche, wie man erwartet hatte, war diese Predigt nicht. »Viel zu lau«, wird gesagt. Auch der Leitspruch des Evangelisten Lukas, den der »Super« ausgewählt, findet nachträgliche Kritik. Er lautete: »Gehet ein durch die *enge* Pforte. Denn *die* Pforte ist weit, und der Weg ist breit, der zur Verdammnis abführet; und ihrer sind viele, die drauf wandeln.«

»Viel zu allgemein«, wird gesagt …

Sie sind schon ein kritisches Volk, diese Naschhausener, und wer eigentlich macht es ihnen wirklich recht?

Malwine jedenfalls macht ihrem Unmut vor manchem Fenster Luft und hält nicht hinterm Berge mit ihrer Meinung, sie hätte sich gewünscht, dass der »Super«, wenn er schon aus Jäne kommt, das Schandbuch auf der Kanzel gezeigt und vor allen Augen zerrissen hätte. »Das wär' mal was gewasen« – so meint sie und pocht mit dem Stock aufs Pflaster. Im Grunde hat sie ihre Berufung schon in frühesten Tagen verfehlt. Schauspielerin hätte sie werden sollen bei ihrem Sinn fürs Dramatische.

In betont weltlichen Kreisen allerdings sieht man den Auftritt des Kirchenmanns und die Wirkung seiner Predigt durchaus anders, als das böse Ziegenbein sie interpretiert. Weder »lau« jedenfalls und keineswegs »allgemein«. Ganz im Gegenteil. In der Kritik von dieser Seite fallen Worte wie »gezielt« und »provokatorisch«.

Bürgermeister Schönlein wird in den nächsten Tagen wiederholt durch Telefonanrufe aufgescheucht, die ihn erneut beunruhigen.

Auch Freunde rufen an. Gute Kumpel, mit denen er zusammen auf der Akademie für Staatswissenschaften Lehrgänge besucht hat. Auch alles Bürgermeister.

Der Rat des Kreises, allerdings, schickt einen Instrukteur, der seiner Mappe ein Schreiben mit recht ernsten Ermahnungen und Auflagen entnimmt, dazu mündlich erläutert, wie und wo und mit welchem Ablauf unter Berücksichtigung welcher Umstände man sich auf der Kreisebene die Abhaltung der geplanten Einwohnerversammlung vorzustellen gewillt ist. Es soll keine erneute Beunruhigung unter der Bevölkerung entstehen, weil eben – mal rein bevölkerungspolitisch gesehen – das Territorium mit seiner Streubesiedlung die Erstellung von Kontaktschwerpunkten sozialistischen Typs bisher noch erschwerte, beziehungsweise noch nicht zuließ, da die Haushaltsmittel – und schließlich ...

»Tja –«, sagt Heinrich Schönlein. Und nichts mehr.

Auch die Partei greift Bürgermeister Schönlein mit einem Instrukteur der Kreisebene hilfreich unter die Achseln – allerdings bei gleichzeitiger Bewahrung jener Rücksichten, die nun einmal auf übergeordnete politische Gesichtspunkte zu nehmen sind. »Es handelt sich um einen Valutaauftrag für Schweden, du verstehst.«

»Durchaus.«

»Die Partei erwartet von dir, dass du diese Einwohnerversammlung soweit im Griff behältst, dass keinerlei diplomatische Verwicklungen daraus entstehen. Ist das klar?!«

»Vollkommen.«

»Wir werden dich soweit unterstützen, dass wir zwei Genossen aus dem Bereich der Kreisleitung an eurer Versammlung teilnehmen lassen, die gegebenenfalls politisch eingreifen werden, falls etwas schiefläuft, wir hoffen aber, dass du die Sache aus eigener Kraft über die Bühne bringst.«

Das hoffe ich auch, will Schönlein sagen, aber er sagt es nicht.

Er ist sich nun vollkommen klar, dass man von ihm erwartet, er könne durch die Saale laufen, ohne sich die Füße nass zu machen.

Am Abend starrt er schweigend auf den Bildschirm, ohne etwas zu sehen, gießt sich den zweiten »Ilmenauer Feuertropfen« ein, lässt sich nicht ansprechen. Frau Berta beobachtet voller Sorge den brütenden Unmut in der Brust ihres Mannes. Als er nach dem dritten »Feuertropfen« greift, legt sie ihre Hand auf die seine. »Heinrich!«

Da der Feuertropfen unbedingt hinein und der Unmut unbedingt heraus muss, kommt es zu der nicht mehr aufzuhaltenden Zimmerschlacht im Hause Schönlein.

201

Sie ermahnt, er brüllt, die gegenseitigen Vorwürfe fallen wie Hagelschloßen auf die Köpfe.

»Du hättest als Bürgermeister viel eher durchgreifen, Anzeige erstatten, die Kripo einschalten müssen!«

»Wie denn bitte? Wie denn? Sollte ich etwa die Polizei von Haus zu Haus schicken, damit sie die Wäsche aus den Schränken reißt und doch nichts findet? Bei derartigen Vorgängen, bei denen es um ein Genussmittel geht, das weiß jeder, der die Geschichte des Kaffees und des Tabaks kennt, ist nun einmal der Staat und dessen Kontrolle oder Aufsicht ein ungeeignetes Instrument zur Bekämpfung des unerlaubten Konsums. Noch im vorigen Jahrhundert gab es preußische Kaffeeschnüffler, die von Straße zu Straße schlichen, um auszuspionieren, wo etwa Kaffee geröstet wurde; das Rauchen auf der Straße war ausdrücklich untersagt, die Polizei nahm ehrwürdigen Herren in Frack und Zylinder die Zigarre einfach aus dem Mund, was natürlich zu Tätlichkeiten führte bis hin zu Gefängnisstrafen, denn die Herren, die sich Zigarren leisten konnten, konnten sich auch Proteste und Eingaben an die Behörde erlauben. Was du und hinter dir dein beschränkter Frauenbund von mir verlangt ...«

»Die Einstufung ›beschränkt‹ verbitte ich mir, Heinrich.«

»Meinetwegen – aber was ihr Weiber verlangt, ist einfach unmöglich. Außerdem ist es überflüssig und führt zu nichts, wie ich hoffe, dir eben klargemacht zu haben.«

Berta hebt die Brauen. »Also Kaffee und Tabak kann man wohl nicht mit der Aufreizung und Verbreitung niedriger Sexinstinkte vergleichen, schon gar nicht, wenn es dabei um Valuta geht. Ein ›Genussmittel‹, wie du sagst, ist eine derartige Schweinerei wohl nicht. Oder allenfalls für krankhaft veranlagte Elemente ...«

Schönlein rauft sich im Geiste schon die Haare, sieht einen ganzen Ozean von Ahnungslosigkeit vor sich. Den Schwächeanfall, den er bereits auf sich zukommen fühlt, abzuwehren, geht er auf seine widerspenstige Berta zu, macht sich furchterregend mit rollenden Augen und knirschenden Zähnen. »Ich bin *kein* krankhaft veranlagtes Element, Weib – merk dir das ein für alle Mal! Ich bin vielleicht nicht fehlerfrei, gewiss, gewiss ... ich lebe gern, zum Beispiel, das ist bestimmt ungehörig in deinen unschuldigen Kulleräuglein von vorgestern, aber krankhaft? Also das nicht!«

Den vierten »Ilmenauer Feuertropfen« kann Berta nun auch nicht mehr verhindern. Eine Frau von vorgestern will sie schließlich auch nicht sein. Bestürzend ist nur, dass ihr eigener Mann, der ihr nächste Mensch auf Erden, »ihr Heinrich!«, mit einem Wort, die nur ganz allgemein gemeinten »krankhaft veranlagten Elemente« auf sich persönlich bezog. Was steckt dahinter? Was lässt das vermuten oder befürchten? Lebt sie etwa mit einem Manne zusammen, der durch ein solches Identitätsbedürfnis bekennt, er bedürfe eines solchen »Genussmittels« zur Aufrichtung seiner Persönlichkeit im Amte? In solchem Falle würde sie das Amt wohl missen, wenn sie sich damit einen seelisch und moralisch unbeschädigten Heinrich zurückeroberte ... denkt sie, wagt vom Fenster einen Blick zurück ins Zimmer, will im Grunde Versöhnung anbieten. Was aber muss sie sehen!

»Das ist schon der fünfte«, sagt sie.

»Feuertropfen«, sagt er. Und lacht still vor sich hin.

Das macht er ganz selten. Berta sinnt, findet nur zwei Fälle. Einmal, als er den ersten Jahreslehrgang gut bestanden hatte, und beim zweiten Mal, als er Bürgermeister von Groß-Naschhausen geworden war.

Jetzt spricht er nicht mehr mit ihr. Er spricht vor sich hin: »Natürlich handelt es sich bei die – dieser ent-entgei ... entglleisten Bibliothek um ein nacktes Genussmittel! Ob nun Kaffee, Tabak, Alkohol oder ›fui‹ – chachacha ... immer ist der Genuss der Vordergrund.«

»Gut, Lieber ... wir gehen jetzt zur Ruhe. Komm!«

Er will nicht. Das »Ilmenauer Feuer« arbeitet in ihm. Macht ihn unversehens ganz munter. »Wo ist überhaupt mein Exemplar?«
Berta wird wieder steif und unzugänglich. »Ich habe es vernichtet.«
»Was hast du?«
»Ich habe es zerrissen und im Keller verbrannt. Im Hause des Bürgermeisters *gibt* es kein Derartiges – wie sagst du? – ›Genussmittel‹!!«
Er folgt dann ganz brav hinaus. Und hinein. Ins Schlafzimmer.
Berta entkleidet ihren Heinrich.
Einen solchen Bürgermeister wie diesen, sie weiß es nun, wird sie so leicht nicht wieder bekommen. Die Sache mit der Tabak- und Kaffeegeschichte hat ihr letztendlich doch ziemlich eingeleuchtet.

Und dann findet sie doch tatsächlich und unwiderruflich statt, die Einwohnerversammlung von diesem Dingsda – diesem »chachacha«, ja.
Seit dem frühen Morgen sind die behördlicher- und politischerseits anberaumten Kräfte ziemlich aufgeregt; weiß man doch nie, was bei einer solchen allgemeinen Versammlung herauskommt. Schon auf dem Forum Romanum wusste man das nicht, es gibt auch keine Veranlassung zu glauben, zweitausend Jahre später wüsste man es nun endlich.
Der große Tanzsaal der »Grünen Tanne« mit seinem Parkettboden und dem kleinen Podium für die jeweilige Combo ist vorschriftsmäßig aus einer Stätte der Lust und Harmonie in einen Platz des Ernstes und der öffentlichen Problemdebatte verwandelt worden; der Wirt war sogar bereit, die für das Winzerfest bereits hängenden Girlanden und Lampions wieder abzunehmen, aber Schönlein befand, sie dürften hängen bleiben, bemerkte hierzu mit jovialer Geste: »Das Schöne ist immer auch das Positive.«

In solchem Sinne ward auch die Rampe des Podiums mit Blumenkästen geschmückt. Im Hintergrund selbstverständlich die allgemeingültigen Symbole unter dem Spruch »Gemeinsam voran mit neuem Plan!« So die Plattform auf der Kommandohöhe.

In der Tiefe des Saals sind die Tische zu langen Reihen aneinandergestellt, für Aschenbecher ist gesorgt, der Wirt schwört Stein und Bein, dass es während der Rede des Herrn Bürgermeisters keinen Ausschank geben werde, auch nicht für das kleine Bläsersextett des VEB »Fortschritt«, graphische Werkstätten, das sich freundlicherweise, diesen Abend musikalisch zu untermalen, zur Verfügung gestellt hat.

Die meiste Arbeit machte die Beförderung des Konzertflügels von der Höhe in die Tiefe; wäre er jedoch stehen geblieben, hätte das Präsidium nicht gewusst, wohin mit sich selbst, also musste das geräumige Instrument weichen. Auch Jutta Krause, die Initiatorin der »Roten Spatzen«, die am frühen Nachmittag mit ihrer Kinderschar zu einer kleinen Auffrischungsprobe den Saal inspizierte, bestand auf der Entfernung des Flügels, da sonst dem Kinderchor nicht genug Platz geblieben wäre.

Herr Siegel übrigens, der neuerdings fest entschlossen, die Kollegin Krause bei allen ihren öffentlichen Unternehmungen kultureller Art auf das innigste zu unterstützen, weicht auch an diesem Tag keinen Fingerbreit von der Seite seiner glühend bewunderten Dame mit den vielen Charakteren, räumt Stühle, schleppt Bänke, trägt die Mappe, notiert die Programmfolge, spricht mit dem Hausmeister wegen der Beleuchtung, erklärt dem Wirt, dass auch während der kulturellen Darbietung nicht ausgeschenkt werden dürfe, ist mit seinem Feuerzeug prompt zur Stelle, wenn die Angebetete zu rauchen beabsichtigt, kurzum: Der Schwachsinn des Verliebten hat ihn total umnebelt. Es ist auch nicht abzusehen, wann dieser Nebel sich auflösen werde, da er sich gerade unter dem Einfluss des Kältegürtels, der die Herzzone Fräulein Juttas unverkennbar umgibt, immer mehr verdichtet.

Als die Peitschenlampen auf der Fernstraße aufleuchten, strebt das Volk heitern Sinns der »Grünen Tanne« zu; ist man doch einigermaßen gespannt, wie nun die führenden Kräfte am Platze mit der durch die Entgleisung verursachten Problematik umzugehen gedenken, denn dieser Punkt dürfte ja wohl den Hauptgegenstand dieses Abends bilden. Wochenlang hat es darum Gemunkel und Zank, Familienärger und öffentliche Verdächtigungen aller Art gegeben, auch Partei und Regierung von Groß-Naschhausen haben dabei eine Niederlage hinnehmen müssen, da ja – alle wissen es – der Aufruf im roten Kasten, das verunglückte »Exportgut« unverzüglich abzuliefern, mit einem glatten Misserfolg endete. Wer es noch nicht gehört hat, sieht es. Im Gesicht des Abschnittsbevollmächtigten ist zu lesen, dass man obernorts in dieser Sache bis zur Stunde noch nicht gesiegt hat.

In der Tat läuft Herrmann, der Grollende, etwas unstet und misstrauisch zwischen der geräumigen Gaststube vorn und dem großen Saal hinten hin und her, schaut, wer kommt und wohin er sich setzt, ob vorn oder hinten, trinkt erst mal an der Theke ein Bier, und dann noch eins – bitte, darf er. Er ist dienstfrei und in Zivil gekommen, damit es nicht aussieht, als »bewachte« er die Versammlung. Über diese Zeiten ist man schließlich längst hinaus. Freilich, eine gewisse knisternde Unruhe liegt schon über dieser ersten öffentlichen Zusammenkunft nach dem langen Sommer, das rasch verteilte Bier löst die Zungen, als die ersten Tabakwolken über den Köpfen aufsteigen, ist der allgemeine Plapperlärm bereits dicht und kräftig. Die Einwohner erwarten etwas von diesem Abend.

Kurz vor acht fährt der Bürgermeister vor, durchschreitet die Gaststube rüstig und mit frohem Gruß nach allen Seiten, gefolgt vom Instrukteur der Kreisleitung, vom Parteisekretär des VEB »Fortschritt«, dem Genossen Aberhold, sowie vom Genossen Heidenreich, der im Stadtrat von Groß-Naschhausen für die Volksbildung, den Sport, den lieben Gott beider Konfessionen (in Naschhausen gibt's nur den von Martin Luther) und schließlich für die Kultur verantwortlich zeichnet, was auch die Denkmäler und Lehrpfade einbegreift. Wir haben den Genossen noch nicht kennengelernt. An diesem Abend wird ihm wohl nichts anderes übrig bleiben, als sich kennenlernen zu lassen, da ja eine letzten Endes auch kulturpolitische Problemlage zur Diskussion und Aussprache auf dem Tisch des Präsidiums liegt. Unbehauen übrigens, den Schönlein in letzter Stunde noch einmal angerufen, hat sich durch die Stimme seiner Hermine für diesen Abend entschuldigen lassen, er läge gurgelnd in einem heißen Bad, den ersten Herbsteinbruch in die Bronchien abzuwehren – nun ja! Dafür aber sitzt ganz vorn zu Schönleins Freude der Genosse Raubold, der beste Polemiker aus dem Stegreif, den das Saaletal je erlebt hat. An seiner Seite hat, ebenfalls mit Frau, der Vorsitzende des Elternbeirats, der umsichtige Herr Meyer, Posten gefasst – der Bart ist nicht zu übersehen, die Glatze leuchtet weithin. Somit wäre, was die Sicherung des Ablaufs betrifft, eine gute Ausgangsposition gegeben, und Schönlein selbst ist ohnehin entschlossen, an diesem Abend den Kommunalpolitiker großen Stils zu präsentieren, den Mann der Zukunft, der Schadensfälle unkonventionell und souverän bereinigt. Beim Eintritt in die »Grüne Tanne« entging seinem Adlerauge ohnehin nicht, dass die Exekutive in Gestalt des Abschnittsbevollmächtigten zur Stelle ist, was unter den gegebenen heiklen Umständen, so will Schönlein doch annehmen, nur zum Heile des Ganzen gemeint sein und sich auswirken kann.

Unter dem Blick des roten Herrmann sind in der Tat nach dem Bürgermeister und seiner Suite noch etliche Leute von den Plätzen, den warmen, in der Gaststube aufgestanden, um ihre Pflicht im Saal zu leisten. Andere sind aber auch sitzen geblieben.

Zugegeben – man kann nicht jeden alten Zausel von vorgestern in die Problemdebatte im großen Saal hineinprügeln, sagt sich Herrmann, der Großmütige, während sein schräger Blick sorglich noch einmal die Ecken der Gaststube rundum abtastet – und wer sagt's denn?! Natürlich hockt da wieder der Schecke, dieser böse Bruder aus Langenorla, mit seiner Rotte ums Bier – leis und fromm auf Unauffälligkeit bedacht. Wie sind die überhaupt hereingekommen, ohne dass er, der Aufsichtsbefugte ohne Vollmacht, es bemerkte? Jetzt halten sie alle das Maul fein still und der Musterung stand, rühren sich nicht. Kein Rülpser, kein Miaunzer, kein Puster in die Schaumkrone zum Kleckser an die Wand? Das ist entschieden auffälliger als die gewohnte Unbotmäßigkeit. So lange dieser Abend dauert, wird er ein Auge haben müssen in diese Ecke – in der anderen sitzen ohnehin nur ein paar Burschen aus Wartendorf bei ihrem Doppelkopf. Auf deren Teilnahme kann die Regierung verzichten, zumal im Saal jetzt jeder Stuhl besetzt ist, wie sich Herrmann mit einem letzten Feldherrnblick über das Ganze befriedigt überzeugt.

Auch was die Berichterstattung betrifft, sind die Dinge im Lote. Die Kreisredaktion des Bezirksblattes entsandte ihren Fotoreporter, der sich mit zwei Apparaten vor der Brust und einem über die Schulter gehängten Köfferchen bereits mehrfach entlang der Tische bemerkbar machte, hier einen Schuss schräg von oben, dort einen fast im Liegen und ganz von unten riskierte, es soll auch, wie der Instrukteur dem Bürgermeister auf Befragen versichert, der Berichterstatter der Lokalseite des Organs bestellt und anwesend sein, von dem freilich niemand weiß, wer das eigentlich ist, wie er heißt und wo er sitzt. »Bestellt ist er«, versichert der Genosse von der Kreisleitung noch einmal mit strenger Miene, was ja nur zu bedeuten hat und haben kann, dass der Betreffende auch tatsächlich anwesend ist. Schließlich sind selbst aus Kahla zwei Repräsentanten des gesellschaftlichen Lebens erschienen, der Sekretär der Stadtparteileitung, wie Schönlein vom Präsidiumsplatz aus mit leisem Verdruss erkennt (immer müssen *die* sich einmischen!) und der, sage und schreibe, Direktor der EOS »Johann Friedrich Böttger«! Das verheißt mit einiger Sicherheit, wenn nicht an diesem Abend, so doch im Folgenden eine Verlagerung des zu diskutierenden Problemkreises auf die Ebene des Bezirks. Höchste Aufmerksamkeit an diesem Abend ist also erforderlich, keine Panne darf passieren, vor allem keine Blamage vor den Kahlanesen, die gegenüber Naschhausen immer die Großstädter herauskehren und das Groß-Naschhausen eine »Kuhblöke« nennen; beim Bier freilich nur, aber immerhin ...

Der zu erwartende Ablauf des Abends kommt dann programmgemäß in Gang. Die Kapelle schweigt, der Versammlungsleiter, eben jener Heidenreich, erhebt sich, begrüßt, stellt das Präsidium vor, lässt es sich durch Handzeichen bestätigen, gibt die Tagesordnung bekannt, die ebenfalls ohne Gegenstimme bestätigt wird, die »Roten Spatzen« – alles niedliche kleine Polterrackerchen – hüpfen übers Treppchen auf die Bühne, der Engel Jutta schwebt hinterher, hebt die Hände zum Zeichen. Ein Schmunzeln gleitet über die Gesichter der Eltern, die da kamen, dem Auftritt ihrer Putten beizuwohnen, die sie unterm Schutz vom »Frollein Krause« sicher behütet wissen; und wären Franz-Philipps glühende Blicke, in den Rücken seines Engels verschossen, so elektrisch, wie er möchte, dass sie wären, müsste die Genossin Krause vom Podium der »Grünen Tanne« rücklings fallen, was sie natürlich nicht tut. Sie steht fest auf ihren zwei verdammt gut gewachsenen Beinen und dirigiert ein Lied, ein eröffnendes politisches selbstverständlich, nach großem ersten Beifall aus der Tiefe umgehend das zweite, weniger politische, sozusagen überparteiliche, was auf die Natur ausweicht. Natur ist ja weltumspannend und Eichendorff wirklich gut ...

Und Heinrich Schönleins Augenblick ist dann endlich, wie die kleinen Puttenrackerchen in ihren natürlichen Elternschoß zurückpoltern, gekommen. Er schreitet zum Podium, unser Heinrich, schlägt das bereits auf dem Pult bereitliegende Manuskript zum Vortrag auf.

Der beginnt mit der Weltlage ...

Herrmann, der unauffällig auf einem Seitenstuhl direkt neben der Tür des Saals diesen Abend für »sein« Ressort hält, wartet noch drei Sätze. Dann aber schleicht er sich von seinem diskreten Posten lautlos durch diese Tür und hinein in das Leben da draußen in der Gaststube, in der keine Versammlung tagt, die Menschen aber doch in einem losen und von Tisch zu Tisch absolut unverbindlichen Konnex versammelt sind. Es zieht unseren Innenminister gleichsam instinktiv dorthin.

Und richtig! Die Gaststube ist indessen, wie das Drum und Dran der Eröffnung im Saale ablief, erstaunlich voll besetzt, auch ältere Ehepaare haben sich eingefunden, dazu ein paar Alte von überall aus der Nähe. Ziechenbeens Oskar sitzt natürlich mit Hannickels Jule an einem Tisch überm Glase. Der alte Fuchs, der dürre, hat schon rote Flecken auf der Stirn, als er seines Innenministers ansichtig wird, hebt sofort ein Glas. »Nune, Roter ... mache mer noch e Gang mite'nander zum Spaße?«

Wenn es sein muss, kann Herrmann auch schäkern. Diesen stichelnden Brummochsen würdigt er keines Blickes, schreitet zur Theke. Von dort ist der beste Überblick.

Viel Arbeit am Tresen, dem Wirt fliegt's nur so von der Hand, die Wirtin selbst ist im Einsatz beim Servieren, Herrmann bekommt sein Bier mit dem kleinen Einstöckigen dazu selbstverständlich außer der Reihe. Möchte auch sein ...

Wie er die Molle hebt, spricht ihn jemand von der Seite an: »Ach, sagen Sie mal – Sie sind doch von hier?«

»Bin ich.«

Herrmann lässt sich Zeit mit seinem tiefen Zug in den Gerstensaft. Fremde kommen oft hier durch, obernorts wurde auch schon gefilmt, »Kemenate« und so – also: was soll's?

Der Fremde ist sehr freundlich, stellt sich vor, er käme aus Berlin, wäre von der Akademie, zeigt auch seine Visitenkarte ... »Von Beruf Designer, Sie verstehen –?«

»Was für'n Ding?« Herrmann lässt sich nicht überrumpeln. Von so einem berlinischen Gakelfritzen schon gleich gar nicht.

»Ich sage wohl besser ›Formgestalter‹ – ja, das bin ich«, spricht der Mensch, der auffällige; er hätte, sagt er, im Porzellanwerk Kahla einige Tage zu tun, und eben dort, sagt er, hätte er auch von einer gewissen Entgleisung gehört, ja – und er wüsste nun gern, ob es vielleicht an Ort und Stelle noch möglich wäre … Ein leichtes Zwinkern des linken Lids wirbt um rasche, um baldmöglichste Aufnahme der Information oder besser, des »Zeichens«.

Wenn je ein solches mit dem Vermerk »Annahme verweigert« zurückging, dann dieses. Herrmann setzt sein Glas ganz langsam auf den Tresen zurück, mustert diesen mageren, leicht angegrauten »Kunstfritzen« mit dem übermäßig langen Schal um den Hals. Das soll auch so was sein, was ganz Besonderes, was in Groß-Naschhausen die Leute aus den Betten wirft, dass se i'n Hungerstreik treten, nur um so'n langes Gefipsele sich um die Gorchel zu schlingen – ein Modefatzke aus Berlin also, wo sie alle Blasen an den Füßen haben, wenn sie mal e kleenes Kilometerchen loofe misse, die Schwachpuppen.

Wie Herrmann, der Großartige, den Fremden in Ganzformat untern Prüfstand zu bringen, die Beine unwillkürlich breitstellt, und fragt: »Was wollen Sie?« – es klingt schon etwas drohend –, da hat er zur gleichen Zeit die Empfindung, dass ihm eigentlich ein Bart fehlt, so ein flottes Ding über der Lippe, was in solchen Augenblicken der Überlegenheit leichthin zu zwirbeln wäre, unklaren Elementen von vornherein die Einsicht in ihre totale Ohnmacht zu suggerieren. Mathilde hat leider jedes Mal, wenn er darauf zu sprechen kam, abgewinkt. Es wäre ihr zu stachelig – man wird darüber aber noch einmal reden müssen, schon allein aus politischen Gründen, wenn solche undurchsichtigen Fremden kommen und sich aufspielen dorthier.

»Nun sind Sie man friedlich«, spricht dieser komische Berliner und lächelt dem gutgewachsenen, schrotkörnigen, möglicherweise etwas angegangenen und nicht ganz berechenbaren Kerl besänftigend zu. »Ich will ja nur wissen, bei wem man noch so ein Exemplar von dieser entgleisten Auflage für Schweden auftreiben und – nun ja, kaufen kann. Ich zahle gut, Meister ... Geld spielt keine Rolle. Hier geht es um ein künstlerisches Produkt, verstehen Sie, dass dem Künstler leider wegen der leidigen Valuta, das wissen Sie ja auch hier in diesem kleinen Ort, nicht erreichbar ist; mit einem Wort: Ich wäre für jede Hilfe in dieser für den Formgestalter wichtigen Sache auch Ihnen persönlich ungemein dankbar.«

Der Abschnittsbevollmächtigte Moll will noch immer glauben, er habe sich verhört. Vorsichtshalber fragt er also mit allem Bedacht noch einmal zurück:

»Sie wollen, dass ich Ihnen so ein Exemplar von der Schweinerei auftreibe, die bei uns entgleist ist?«

Der Fremde lächelt erleichtert. »Ich sehe, Sie haben mich jetzt verstanden.«

»Dann bist du ja och so e Schwein ...« Moll hat den verdutzten Herrn bei seinem langen Schal gepackt, schiebt ihn an diesem hin und her, »und jetzt machst du dich 'naus hier, Saukerl – lässt dich nicht mehr blicken! Noch sind wir e sauberes Drecknest und kee Hurenstall, wo se aus Berlin anreisen, sich bei uns zu amüsieren, Sie – Sie ›Formgestalter‹, Sie ...!!«

Den nun empört protestierenden Fremden vor sich her- und zur Tür hinauszuschieben, ist für Moll kein Problem, sondern eine Selbstverständlichkeit. Für Schecke und seine Rotte ist es ein rechtes Gaudi, die mit einigen Pfiffen und höhnischen Heultönen begleitet wird.

»Ruhe!!«

Drohend geht der Wächter vor dem Tempel der Sauberkeit auf den Tisch der Aufsässigen zu. »Noch einen Mucks, und ihr fliegt alle dem Kerl da draußen hinterdrein. Dann könnt ihr eure Sauereien im Freien treiben. Hier drinnen wird nicht gehudelt, verstanden!!«

Nun kuschen sie wieder, glotzen in ihr Bier.

Ziegenbeins Oskar grient stumm vor sich hin, Schreiners Erich am anderen Tische murmelt: »Mensch, Manne – haste's nicht 'ne Nummer kleener?«

Nein – hat er nicht. Darum spricht er jetzt einen strengen Satz in unnachsichtigem Hochdeutsch: »Diese Frage zu beantworten, unterliegt weder deiner noch meiner Kompetenz.«

Bums – das sitzt. Da kann Schreiners Erich nicht mithalten.

Und »Manne« hat den Abgang. Mitten durch die Stille und zurück in den großen Saal.

Wie er sich auf seinem Stuhl an der Tür wieder niederlässt, ist er doch ein bisschen blass von der Aufregung da draußen. Keine Frage: die Klassenschlacht findet an diesem Abend im Lokale und nicht im Saale statt. Aber wer weiß das schon außer ihm? Die da oben im Präsidium bestimmt nicht. Die ahnen nicht einmal, wie viel von seinem persönlichen Einsatz am Tatort des Geschehens abhängt. Bitte: er kann ja auch auf seinem Stuhl an der Tür sitzen bleiben, sich um gar nichts kümmern, die Dinge laufen lassen, den Schecke und seine Bande mit dem »Form«-Fritzen aus Berlin seine finsteren Geschäfte abwickeln lassen, ohne sich einzumischen – sowieso hat der ganze Mist der Überflutung mit den Niethosen angefangen, dann kam die »Heule«, und jetzt ist es der »Porno«. Und wenn die drüben sich ausdenken, Menschenfresserei wär' das Allerneueste, dann kommt auch in Groß-Naschhausen eines Tages der Kannibalismus in Mode. Das aber machen sie ohne Moll! Er wird nicht dem Pfaffen wegen seiner Predigt neulich die Arschkeule zerkauen – es gibt eine Grenze, jawohl!!

Herrmann erwacht aus seinem – mal rein prognostisch gesehen – etwas düsteren Traum, blickt zum Bürgermeister am Pult hinauf, versucht, sich zu konzentrieren.

Schönlein hat schon Perlen auf der Stirn, greift nach dem Wasserglas, nimmt ein vornehmes Schlückchen, stürzt weiter auf seiner Marathonstrecke durch die »Ergebnisse« von Groß-Naschhausen und Umgegend.

Also direkt schlecht sieht es, was die pflanzliche Produktion angeht, bei Weitem nicht aus; da sind sogar mit neuen Sorten beim Kartoffelaufkommen deutliche Erfolge zu verzeichnen; nur das Tierische eben – also: Das könnte besser sein.

Der Bürgermeister spricht.

Und spricht ...

»Ächem!«, hustet es von einem Tischende ... Danach bellt es aus der Tiefe einer männlichen Brust, die dicht unter der Rampe mit dem Atem ringt.

Heinz Schönlein ist gewiss der Letzte, der nicht viel lieber spräche: Wisst ihr was, Kinder? Jetzt lassen wir mal den ganzen offiziellen Mist beiseite und reden nur von dem, was uns heute Abend beschäftigt – aber leider! Auch ein Bürgermeister kann nicht tun, was ihm beliebt. So kommt noch die neue Kinderkrippe dran, die erweiterte Leihbücherei, die Bepflanzung des Bahnhofsplatzes, die Mittel für das Kulturhaus im nächsten Fünfjahrplan »damit wir nicht jedes Mal im Gasthof tagen müssen« (was freilich das Ärgste nicht wäre), außerdem ist es nicht so, dass das alles die Naschhausener von oben und unten nicht interessierte. Natürlich interessiert es sie, was aus Naschhausen wird, denn sie leben ja dort. An diesem Abend aber, mit all den Überraschungen, die noch in seinem Schoße schlummern, will Naschhausen wissen, wie es Partei und Regierung mit dem entgleisten Schwedenporno halten. Stattdessen kommt ein Bericht über das Solidaritätsergebnis für Vietnam, vor allem die Pioniere haben sich ausgezeichnet mit ihrer Altstoffsammlung – und schon steht das »Pironier-Karbareh« auf der Szene, bringt mit Klavierbegleitung aus der Tiefe eine Nummer dar, die an einem anderen, geeigneteren Abend als an diesem nicht nur die Eltern erfreut hätte. An diesem freilich kann passieren und drin sein, was will: Ohne klare und eindeutige Stellungnahme zu den haarsträubenden »Künstlerischen Variationen« – wie man hört, sollen es die Schweden ja auch am Tag treiben, weil es bei denen da oben immer ein halbes Jahr lang Nacht ist –, ohne eine klare Abfuhr also dieser ganzen Schweinerei geht nichts anderes mehr – und basta!

Als die ersten Zwischenrufe aus der Tiefe kommen »Aufhören!« und der alte Sonnekalb sich mit Stock erhebt und zum Präsidium hinaufruft: »Nu macht euch schwach da oben, bis *ich* 'naufkomme!«, was ein großes, allgemeines Gelächter auslöst, ist plötzlich Pause.

Die besorgten Mütter greifen sich ihre kleinen zwitschernden Polterchen, um sie nach Haus und ins Bett zu bringen. Bürgermeister Schönlein – Heinrich, der Entkleidete, an diesem Abend zugeknöpft bis zum Hals, wird sich später bei der Auswertung dieser »unmöglichen« Einwohnerversammlung im Rat des Bezirks eben darauf berufen. Er wird vorbringen, er habe ja das heikle Thema nicht anschneiden können, solange noch die Kinder von der Singegruppe »Rote Spatzen« im Saale anwesend gewesen seien – ein Argument, das ihm letzten Endes doch den Platz im geschnitzten Hochstuhl des Rathauses von Groß-Naschhausen für weitere zwei Jahre sichert.

Die Mütter also verlassen zunächst die Versammlung, die eine und andere allerdings wendet sich noch einmal dem Vater ihrer »Karbareh-Nummer« zu, um unmissverständlich anzusagen, dass sie wiederkäme. Eine Warnung im rechten Augenblick, da bereits der eine und andere Vater gesonnen ist, dem Saale den Rücken und dem Lokale das Gesicht zuzuwenden. So leicht aber kommen an diesem Abend die Halbherzigen nicht davon.

Hete Raubold, die couragierte Radikalistin im ersten Studienjahr auf der Alma Mater Jenensis, gibt ihrer Missbilligung unverblümten Ausdruck: »Wieder mal typisch«, murrt sie verdrossen. »Eine Drückebergerei ist das! Da wird gequatscht und das große Blabla auf der Zunge gewälzt – nur nicht das, worauf es ankommt, wird gesagt. Anstatt bei Brecht zu lernen. Der hat nämlich bereits festgestellt, ›die Ausbeuter reden von allem Möglichen – *wir* reden von der Ausbeutung!‹ Jawohl ...!!«

Die Ausrufungszeichen meinen den Genossen an ihrer Seite, mit dem sie den Tisch, das Bett, die Weltanschauung und alles Übrige teilt.

Der legt die Hand auf ihren Arm. »Beruhige dich, Mädel – hier steht ja nicht die Ausbeutung zur Debatte ...«

»Aber eine Entgleisung!« Hete ist heftig herumgefahren, dass die Hand des Vorbilds und Leitsterns heruntergleitet. »Und ich verlange«, sagt sie mit Nachdruck, sie zischt es gewissermaßen ihm ins Gesicht, »ich verlange, dass von dieser Entgleisung gesprochen wird und nicht von Vietnam und nicht vom Kindergarten und nicht von den Blumen auf dem Bahnhofsplatz. Du weißt, dass ich nichts gegen diese Blumen habe. Ich habe nur etwas dagegen, dass sie ins Feld geführt werden, wenn etwas ganz anderes zur Diskussion steht. So!«

Raubold hat nun, womit er rechnen konnte: den Widerstand.

Er sagt auch nichts mehr. Weil er weiß, dass es zwecklos ist.
Hat sie Recht?

Das muss er sich nicht beantworten. Natürlich hat sie Recht. Aber sie lehrt auch noch nicht. Sie lernt erst, wie man lehrt. Ist zwischen diesen beiden Daseinsweisen etwas letzten Endes Unüberbrückbares – ein ewiger Abgrund, der nur mit einem Drahtseilakt zu überwinden ist! Wo käme er hin, wenn er seinen Schülern tagtäglich predigte: Leistet Widerstand, gebt nicht nach, keine Kompromisse! Er würde damit Unheil anrichten, er weiß es. Dergleichen kann man vielleicht zweien mit allem Nachdruck sagen. Weil sie das Zeug haben, das durchzustehen. Es allen zu sagen, die es nicht können, ist kriminell. Es verführt mit vollem Bewusstsein zu

Haltungen, die nicht bewältigt werden. Der Rest ist Niederlage für ein ganzes Leben – ein ein für alle Mal unwiederbringliches, kleines, anständiges Stück Leben.

Raubold sitzt regungslos, schaut ins Leere, leicht vor sich hin lächelnd, wie er das in sich selbst hinein überdenkt, während die Hilfskräfte des Tannenwirts in all der Geplapperunruhe dieser Pause neues Bier, neue Ein- und Zweistöckige bringen, das Gebrachte mit »ah!« und »oh! begrüßt wird, als befände sich Naschhausen in der Wüste Gobi.

Moll hat auf seinem Stuhl nicht minder dringlich auf eine Erklärung des Bürgermeisters im Referat, auf eine vieldeutige Anspielung zumindest, gewartet. Da sie ausblieb, die Kinder vor dem Präsidiumstisch umherhopsten, dazu etwas aufsagten und plötzlich »Pause« angesagt wurde, wusste er nicht recht, wohin mit sich und seiner selbsternannten Aufsichtspflicht. Dem Sonnekalb, weil er den Stock hob und zum Präsidium etwas hinaufrief, eine nachträgliche Bemerkung zu machen, ist ja auch ziemlich witzlos. Alle haben gelacht. Wenn er jetzt kommt und daran herummäkelt, beschädigt er nur das Sympathieklima für den allgemeinen Fortschritt – so seine Gedanken nach dem »Grundsatz«-Teil dieser Einwohnerversammlung. So steht er denn auf von seinem Stuhl an der Tür, begibt sich nach vorn ins Lokal, um dort wieder einmal nach dem Rechten zu sehen.

Die Szene in der Gaststube hat sich nachdrücklich verändert, kein einziger Stuhl mehr frei, ein ganzer Haufen steht um die Theke herum, der Qualm über den Tischen ist schon mit Besteck zu essen, auf den Plätzen gerötete, schwitzende Gesichter, die Karten in der Faust fallen wie mit dem Hammer auf die Tischplatten nieder, es wird gelacht, von Platz zu Platz gerufen, Emil soll dies, Max soll das – die Wirtin immer wieder neue Gläser mit dem herrlichen, goldgelben, einzig durststillenden Gesöff aus dem Felsenkeller zu Rudolstadt und der jenaischen Traditionsbrauerei heranschaffen – eigentlich alles normal – oder?

Nein. Nicht normal. Herrmann schiebt sich langsam zur Theke vor und weiß schon, was anders ist als sonst. Die »Grüne Tanne« ist eine im ganzen Tal auf und ab gut berufene Gaststätte, auf die alte Weise ein gediegenes Zentrum des kulturellen Lebens der Saaleanwohner, nichts dagegen – es soll auch künftig unbestritten bleiben, urteilt der Aufsichthabende dieses Abends. Auffallend ist nur der so unerwartet plötzliche Anteil fremder Gäste, die man in der »Grünen Tanne« bis dato nie gesehen hat. Derart berühmt war die »Tanne« bisher nicht. Warum also ist sie es ausgerechnet heute? Der Ruf, der dieser Einwohnerversammlung vorausging, kann doch unmöglich bis in die Bezirkshauptstädte und gleich gar nicht bis Berlin gedrungen sein, denn tatsächlich – Herrmann hält unwillkürlich inne, bevor er sich zum Tresen vorarbeitet: Da steht doch mitten im Pulk vor den Bierhähnen wieder dieser »Form«-Fatzke mit dem zu langen Schal um die Gurgel, hält die Molle in der einen, die gleichfalls zu lange Zigarre in der anderen Hand, redet frisch drauflos auf einen noch jüngeren Menschen neben sich ein, der in Jeans und mit einem Beutel über der Schulter dasteht. Groß und hell wie eine Birke. Einen blondgelockten Vollbart hat er auch. Beim dritten Hinsehen kommt es einem vor, als sähe er verdammt »schwedisch« aus.

Da fährt – bei dieser Assoziation – dem Herrmann solch neuer Anblick doch wie ein Starkstromschlag durch die Glieder. Wenn dieser Typ tatsächlich ein Schwede wäre, also ...! Nein – das gibt es nicht. Jedenfalls nicht in der »Grünen Tanne«. Hier war noch nie ein Schwede. In Naschhausen wird nicht gehalten. Einmal am Tag, einmal in der Nacht. Das donnert jedes Mal ein bisschen laut an die Bergwände zu beiden Seiten, hat aber nichts zu sagen.

Herrmann steht nun schon ziemlich nahe, wie er sich vorschob, betrachtet die fremde Gesichterallee, durch die er hindurch muss. Da ist nichts zu rätseln. Alles Leute von sehr weit außerhalb ... Der Tannenwirt hat Moll bemerkt, spült eben Gläser. »Wie sieht's aus im Saal?«

»Pause ...«

»Und?«

»Geh mir weg, Mann ...« Herrmann hebt die Braue, winkt mit der Hand ab. Überlegt sich's dann doch. »Nu, gib noch eens her!«

Er bekommt sein Bier und die Begleitung dazu, dreht sich um. Blickt in die Pupille von dem Kunstfritzen aus Berlin. »Da sind Sie ja schon wieder ...«

»Allerdings.« Der Kunstfritze lächelt. »Sie haben heute hier eine regelrechte Einwohnerversammlung – stimmt's?«

Herrmann hat das Gefühl, das Wort »regelrechte« hätte dieser langmaschige, überhebliche Furz aus Berlin eine Idee zu markant betont.

»Ja – haben wir! Davon werden Sie uns auch nicht abhalten.

»Nichts liegt mir ferner.«

Der Kerl grient so treuherzig und unangenehm. Der Hinauswurf hat ihn offensichtlich nicht beeindruckt. Im Gegenteil. Schadenfroh ist sein Blick. Am Ende hat er schon das Buch, nach dem er sich erkundigte. Überhaupt – wie Moll sich umsieht: alle machen fröhliche Gesichter. Verdammt fröhliche. Ein gewisser Dämpfer also wär' schon angebracht.

»Der Schwarzhandel mit Diebesgut aus staatlichem Exportaufkommen ist in Naschhausen genauso strikt untersagt wie in der Hauptstadt der DDR – zu Ihrer freundlichen Kenntnisnahme. Finde ich bei Ihnen ein solches gestohlenes Exemplar, nehme ich Sie fest. Unweigerlich. Noch an diesem Abend.«

»Huch ...!« Der Klapskopf tut erschrocken. »Sie sind wohl von der Polizei, Sie Loser?« Danach droht er auch noch mit dem Finger, der alberne Mensch. »Durchsuchen Sie mich, mein Freund! Aber nicht kitzeln, bitte ...«

Moll fühlt förmlich, wie ihm die Ohren heiß werden.

Man hört ja von solch Sachen nur, erlebt sie nie. Naschhausen ist zwar der Mittelpunkt zwischen Stockholm und Rom, aber das eben doch nur sehr bedingt – mal rein verkehrstechnisch gesehen.

Mit gerunzelten Brauen, so sachlich geradeaus, als nur irgend möglich, will unser in Verlegenheit geratener Wachhabender zumindest die Form retten. »Obermeister der Deutschen Volkspolizei – bitte sehr!«

Danach eine straffe Wendung. »Und wer sind Sie?!«

Das ist wirklich mehr Befehl als Frage, bleibt aber ohne Antwort.

Die blonde Birke mit dem Gelock ums Kinn schaut nur sehr blauäugig und verträumt auf Moll herunter. Merkwürdig. Herrmann hat immer geglaubt, er sei groß. Jetzt sieht er, dass er klein ist. Ganz einfach und ohne Kommentar: klein. Die Birke aber hat, so scheint es, keine Sprache. Wenigstens *ein* Fehler.

Der Scherzbold, der sich durchsuchen lassen will, erklärt: »Ich habe ihn auch erst auf der Fahrt hierher kennengelernt. Er spricht nicht. Ist aber sehr nett. Wenn Sie mich fragen: irgend so ein Olaf oder Gunnar oder Björn wird er schon sein. Ein Wikinger in jedem Fall. Die sind ja schon vor tausend Jahren mal da, mal dort durchgereist. Passt ja auch heute Abend wieder zum Thema. Wenn ich recht begreife, suchen Sie doch nach dem Schwedenporno … pfuiundeins!«

Moll hebt die Oberlippe. Sein Blick ist so grimmig, dass sich der Erklärer mit Eifer unterwirft. »Darf ich Sie zu einem Erholungstrunk einladen, verehrter Obermeister?«

Herrmann geht. Auf diesem Platz ist nichts mehr zu bestellen, es sei denn, er machte sich lächerlich. Taktischer Rückzug war noch nie ein Makel in der Geschichte der Arbeiterbewegung. Das sagt er sich in Gedanken, kehrt langsam und sehr mit Vorbedacht zurück in den Saal.

Dort ist man inzwischen zum Punkte »Diskussion und Aussprache« gut vorangekommen. Die Erregung lässt das

Wasser der Beredsamkeit zum reißenden Strudel werden, heftigen Wortmeldungen folgen nicht minder heftige Worte, die wiederum durch Zwischenrufe unterbrochen werden. Mehrmals schon hat der Genosse Heidenreich die Glocke schwingen müssen, auch der Instrukteur vom Kreis hat sich erhoben und zur Disziplin ermahnt, vor allem erneut darauf hingewiesen, dass es sich ja um einen rein verkehrstechnischen Havariefall handele, der doch kein Anlass sein könne, über das Maß und Ziel hinauszuschießen, wie offenbar einige Anwesende zu tun beabsichtigen ...

Ein Fehlgriff zweifelsfrei. »Oho!«, tönt es von den Tischen.

Der Instrukteur hebt auch schon die Hände. »Liebe Naschhausener, ich will niemand kränken, keine falschen Vorwürfe machen. Machen Sie aber bitte auch keine solchen!«

»Nein, nein ...«, lautet die Antwort von unten, und Herr Meyer sieht den Augenblick gekommen, im Namen der Bürger zu sprechen. Es ginge eben nicht, sagt er, um eine rein verkehrstechnische Entgleisung, sondern in einem höheren Sinne um das, was man eine Entgleisung des Moralgefüges einer zwar kleinen, aber doch sehr betroffenen Lebensgemeinschaft nennen könnte, und eben dieses Gefüge sei von außen gestört und beschädigt worden, nicht von innen, wie er, der Vorsitzende im Rahmen des Kulturbundes der DDR, mit aller gebotenen Rücksicht doch festzustellen nicht umhin könne ...

Hete Raubold kann dieses »Gewäsch«, wie sie es nennt, nicht mit der gebotenen, von der Kreisleitung ausdrücklich empfohlenen Disziplin anhören, schlägt mit der flachen Hand so rau, so rigoros auf die Tischplatte, dass die zwei Aschenbecher vor ihr einen Sprung machen. Da sie zusammenstanden, klirrt es plötzlich, als zerbräche etwas.

Schönlein sieht hinunter, schüttelt diskret den Kopf.

Raubold weiß nun, dass er eingreifen muss. Er erhebt sich zu einem »Antrag«. Es wäre doch, so meint er, recht nützlich, wenn einmal ein Vertreter des VEB »Fortschritt«, graphische Werkstätten, das Wort nähme, um den Naschhausenern zu erklären, wie es zu einer solchen – so weit ist Raubold auch gewitzt –, zu einer solchen »Entgleisung im kulturpolitischen Sinne« mit Blick auf den Herrn Meyer kommen konnte. Und setzt sich wieder, der Genosse Raubold.

Der Instrukteur oben spürt recht wohl den doppelten Boden dieses Antrags, murmelt dem Genossen Heidenreich ins Ohr: »So läuft das ab, wenn ihr die Kulturpolitik dem Kulturbund überlasst ...«

Heidenreich hebt die Schultern, schaut in die Richtung, die gefordert ist.

Der Genosse Aberhold ist vorbereitet. Er weiß, dass er nun »dran« ist. Seit Tagen weiß er es. Seit Tagen auch schläft er schon nicht mehr vor lauter Abneigung gegen diese Einwohnerversammlung von Groß-Naschhausen. An ihm ist dieser Mist wieder hängen geblieben. Seine Frau hat noch mittags zu ihm gesagt: »Und du hast ihn dir aufhängen lassen, du Blindschleiche! Wärst du ein Mann, hättest du diesmal endlich ›nein‹ gesagt, hättest gesagt ›Ich habe diesen Sex-Fusel nicht erfunden, nicht bestellt und auch nicht gedruckt!‹ Die Parteiorganisation wird ja nicht gefragt, ob etwas gedruckt oder nicht gedruckt werden soll, sonst müsste sie ja auch in jedem anderen Betrieb erst gefragt werden, ob Nähnadeln oder Babyschnuller hergestellt werden sollen, nicht wahr? Also musst du den Genossen klarmachen: ›Ich lehne es ab, für eine Produktion einzustehen, die ich missbillige und für schädlich halte‹ ...«, ja, so hat sie gesprochen. Er aber hat die Kraft nicht aufgebracht, ihr zu folgen. Jetzt steht er gegen seinen Willen vor lauter aufgebrachten, erzürnten Menschen und soll ihnen erklären, dass der VEB »Fortschritt« rundum unschuldig ist an der Verletzung der sozialistischen Ethik von Groß-Naschhausen, weil nämlich eine übergeordnete Staatsweisheit nicht umhin kann, eine solche Verletzung zu riskieren und, wo sie wider bessere Absicht geschehen, ihre Folgen so sanft wie nur irgend möglich abzufangen.

Der von seinen gemischten Gefühlen geplagte Genosse Aberhold macht an diesem Abend keine sehr glückliche Figur. Er glaubt, sich verteidigen zu müssen, wodurch im Saal der Eindruck entsteht, man habe in Roßeck doch ein schlechtes Gewissen. Auch seine Stimme sitzt nicht, ist belegt. Kein Klang ins Freie. Gebückt und unsicher wühlt er sich durch das Dickicht der politischen Ökonomie, behauptet entmutigt, jede einzelne Valutamark im Exportaufkommen der DDR sei am Ende ein Siegestor ins feindliche Netzwerk der kapitalistischen Wirtschaft, eine These, die erneuten Unmut hervorruft. Es hagelt wieder Zwischenrufe, die darauf zielen, eine reine Weste sei kostbarer als eine schmutzige Valutamark, und wenn der Vertreter des VEB »Fortschritt« hier erkläre, so schlimm sei das beanstandete Buch nun auch wieder nicht, dann sei ebenso wenig einzusehen, warum es von diesem Buch keine Auflage für die DDR gäbe; schließlich sei man nicht schlechter als die Schweden oder sonst ein kapitalistisches Land. Aberholds Antwort auf diese etwas rabulistische Frage ist töricht genug. Er ruft verärgert und mit rotem Kopf in den Saal: »Dieses Buch ist für die DDR-Bevölkerung ungeeignet, Kollegen und Genossen, glaubt mir doch endlich!«

Nun ist der Teufel los. Die Tische wackeln, die Gläser tanzen. Naschhausen hat seine Stunde. »Ungeeignet« also ... Herr Siegel erhebt sich, dröhnt mit Donnerstimme in den Saal: »Wir sind keine Dummköpfe und Hinterwäldler ... im Namen aller Einwohner dieses Kreises protestiere ich entschieden gegen eine solche Einschätzung! Wir werden eine Eingabe an das Werk verfassen, um eine Auflage für die DDR-Bevölkerung zu ersuchen. Das wollen wir doch einmal sehen!!«

Der Instrukteur vom Kreis erblasst, murmelt tonlos vor sich hin: »Jetzt haben wir den Salat.« Es hörte niemand.

Der Krawall, das Geschrei, Gepoche und Gelächter zwischendurch erlaubt für eine Weile kein Durchkommen. In der Brust des kühlen Fräulein Krause hingegen spielt sich in aller Stille eine Erwärmung ab, ein verheißungsvolles Tauwetter sozusagen klopft ans Gemüt. Jutta sieht ernst und froh zugleich auf diesen Kollegen Siegel, den sie bis dahin für leicht komisch gehalten hat. Jetzt beweist er Mut, steht öffentlich zu seinem Bewusstsein vom Staatsbürger. Morgen wird sie ihm im Lehrerzimmer sagen, dass es ihr Freude bereitet hat, ihn so zu erleben. Sie weiß auch schon, was er darauf antworten wird. Er wird sagen: »Sie kennen mich noch nicht, verehrteste Kollegin…«, und dann wird sie nicht anders können, sie wird ihn ansehen müssen. Zum ersten Mal richtig. In die Augen. Das hat er verdient … findet sie. Und hört nicht den Lärm ringsum, so dicht am Ohr. Welch beglückende Taubheit!

Heidenreich indessen verschafft mit der Glocke und etlichen Ermahnungen einer Mutter das Wort. Als es still geworden ist, erhebt sie sich von ihrem Platz.

»Seit dieses Machwerk entgleist ist, habe ich mit meinen vier Kindern und meinem Mann keinen einzigen unbeschwerten Tag mehr gehabt. Ich muss das hier einmal sagen dürfen. Wozu sonst brauchen wir eine Einwohnerversammlung. Ich weiß, dass mein Ältester einige Exemplare vor uns versteckt hat. Er muss sie damals auf der Wiese gefunden haben. Ob das Diebstahl ist, kann ich nicht beurteilen. Ein Dieb jedenfalls ist mein Junge nicht. Mehr Sorge macht mir, dass sich in unserer Wohnung kein einziges Exemplar mehr befindet. Mein Mann und ich, wir haben alles durchsucht, die ganze Wohnung auf den Kopf gestellt. Dabei ist nichts anderes herausgekommen als der tiefe Unfriede in unserer Familie. Mein Mann spricht mit seinem Ältesten nicht mehr. Er ist auch heute Abend nicht hierher gekommen. Weil er zu verbittert ist über das Ganze. Ich frage alle anwesenden Nachbarn hier im Saale, die mich ja kennen: Was soll ich tun, damit wieder Friede bei uns ist? Mein Mann sagt nämlich, der Staat wäre ihm als Vater in den Rücken gefallen. Und wenn ich sage: ›Es war ein Versehen, Mann‹ – dann schüttelt er jedes Mal den Kopf und spricht: ›Das ist kein Versehen. Das ist unsere Wahrheit.‹ Ich bin ziemlich niedergeschlagen jetzt. Ehrlich ...« Sie setzt sich wieder.

War es zuvor über Gebühr laut im Saal, so herrscht jetzt absolute Aufmerksamkeit. Selbst der alte Sonnekalb, dem zuvor so draufgängerisch zu Mute war, wagt es nicht einmal, die Asche von der Zigarre zu tupfen, so genau hat er zugehört.

Die Auguren von Groß-Naschhausen sind nicht minder beeindruckt, haben auch verstanden, dass nun ein Satz, ein einfacher Satz eines unbekannten Vaters wie ein riesiges Kuppeltransparent über der Versammlung hängt: »... das ist kein Versehen – das ist unsere Wahrheit«.

Der Tanzsaal der »Grünen Tanne« hat sich in einen Tempel verwandelt, die Menschen wechseln Blicke über Tische – schweigend. Wer macht danach noch einmal einen neuen Anfang? Wer hat jetzt den Mut, die Weisheit und den Trost zur Hand?

»Nun, liebe Anwesende«, spricht Heidenreich leise und vorsichtig, »wer wünscht jetzt das Wort?«

Die Pause, die zu erwartende, währt nur Sekunden und scheint doch peinlich lang. Im Grunde kommt nur noch ein Mann im Saal für einen Beitrag mit Substanz in Frage, die Blicke der Wissenden richten sich schon auf ihn. So steht er denn auf, beginnt verhalten: »Ich hätte nur mal eine Frage –«

»Nach oben – zum Pult!« wird gerufen.

Raubold geht über das Treppchen hinauf zum Pult.

Seiner kleinen Hete im ersten Semester und mit der roten Fahne in der Faust, ob sie nun kocht oder küsst, puckert jetzt doch das Herz ein bisschen deutlicher. Wird er bestehen? Solche Augenblicke schaffen Erinnerungen. Politischen Menschen, die aus dieser Leidenschaft leben, reichen sie mitunter für ein ganzes Leben.

Der Direktor der EOS von Kahla jedenfalls verschränkt die Arme, murmelt seinem Nachbarn zu: »Jetzt bin ich aber mal gespannt.«

Während dies geschieht und wir Zeuge sind, mit welcher Kraft und Ausdauer in Groß-Naschhausen um die sozialistische Lebensweise gerungen wird, geschieht vorn im Lokal der »Grünen Tanne« das Gegenteil davon; die Wahrheit zu sagen – die sozialistische Lebensweise wird mit Füßen getreten, ja, es scheint fast, als pfiffe man im Dunst der staatlich konzessionierten Genussmittel wie Alkohol und Tabak auch auf den besonderen staatlichen Schutz, dessen sich die unkonzessionierten Genussmittel erfreuen. In den zwei Stunden jedenfalls, in denen der »Schwedenporno« – wir belassen es der Kürze und Würze halber bei diesem von den Naschhausenern spontan geprägten Titel –, während dieser Zeit also, da es im Saale um die strikte Verurteilung und Ausmerzung dieses Titels geht und gehen muss, wechseln in der Gaststube unter der Hand und unter dem Tisch sage und schreibe an diesem Abend zweiundvierzig Exemplare ihren Besitzer. Die Börse ist gut, sogar in »Westpiepen« wird man handelseinig. Es gibt Zugereiste aus Leipzig und Berlin, die in einem Zug sogar drei und vier Exemplare erwerben.

Das eigentlich Bestürzende bei diesem ganzen Vorgang: Die Ware findet ihren Käufer ohne das geringste Beiwerk von Scham. Es wird geradezu demonstrativ gesündigt, und wer immer seine Beute unterm Polster seines Wagens verstaut weiß, stolziert erhoben und anmaßend durch den fliesenbedeckten Gang zwischen Lokal und Saal, der in seinem hintersten Winkel auch die Aborte beherbergt, woselbst unter kernigen Düften der bewusste Austausch von Ware und Geld vornehmlich stattfindet.

Nachschub ist auf dem Feuerstuhl schnell besorgt, das Lager, wie wir wissen, nicht sehr entfernt, sondern nur in unmittelbarer Höhe unter Gottes allverzeihendem Auge, und der Vorrat geht an diesem Erfolgsabend nun leider endgültig zur Neige. Danach geht dann nichts mehr. Und nie wieder. Denn es könnte wohl sein, dass der Porno aufgrund seines Auslandserfolgs noch einmal gedruckt wird. Dass er noch einmal entgleist – das kann nicht sein.

Schecke weiß es, seine Rotte weiß es, man hat einiges an Zeit und Mühe aufgewandt, so schön kommt man ohnehin nicht mehr zusammen.

»Nach dem letzten Exemplar«, erklärt Superchef Schecke, »saufen wir Sekt und nehmen die ›Einwohner‹ auseinander!«

Das gute Ziegenbein flüstert dem Hannickel überm schlichten Pils ins Ohr: »Mit dem Geld, was ich itze verdient, kaf ich mir mei erschtes eechenes Radio – e neues, direkt aus'n Laden. Danach kann mich mei böses Ziechenbeen mal im Mondschein bezwitschern, ich hör' eenfach nich mehr hin mit mein schönen Kasten ungern Arm.«

Das sind Pläne – etwas späte im zweiundachtzigsten, aber immerhin.

Im Saal indessen ist Raubold am Pult zu seiner Frage gekommen. Er hat, wie er da oben eben Posten gefasst, in das Auditorium mitten hinein gesagt: »Ich bitte mal um das Handzeichen ... wer von den hier Anwesenden hat das betreffende Buch, um das es geht, selbst in der Hand gehabt und sich einmal genauer, unter Umständen vielleicht ganz genau angeschaut? Das wäre ja kein Fehler. Also – äußert euch!«

Mit dieser Überraschung hat niemand im Saal gerechnet. Ein Gemurmel der Verlegenheit weht von Tisch zu Tisch. Will die Partei etwa, dass hier jedermann plötzlich die Brust aufreißt? So weit, Freunde, kann es doch nicht gehen – das Gemurmel dauert.

Raubold blickt wie ein Feldherr zu Pferde auf besonntem Hügel über ein waberndes Kornfeld, das seine Elitetruppe bis zum Mondaufgang eingenommen haben wird. Seine Rechnung jedenfalls scheint aufzugehen. Keine einzige Hand will sich erheben, da ja – sonst säße man ja nicht hier – kein unbescholtener Naschhausener dieses Buch, nachdem er von ihm hörte, auch nur eines Blickes gewürdigt haben will, von *genauem* Hinsehen, wie es der allgemein anerkannte Leuchtturm so plötzlich verlangt, ganz zu schweigen.

Wie das Volksgemurmel allmählich abebbt, der erste Zwischenruf von ganz hinten: »Wir können kein Schwedisch!«, der allgemeinen Stimmung Luft macht, steht der alte Unsinn auf, jener Spaßvogel, der dem Ziegenbein, dem guten, erst die Pfeife in die Saale hinuntergezaubert und danach in selbigem Lokale ganze zwei Pakete angeboten hat. Er ist bei Laune, der alte Unsinn, und noch immer gut zu Fuße steht also in ganzer Breite auf und ruft zum Pulte hinauf: »Was mit der Liebe is, Genosse, das wisse mir, auch ohne de Bilderchen for de Schweden zu betrachte!«

Dröhnendes Gelächter macht all dem verlegenen Gemurmel ein überzeugendes Ende. Der alte Unsinn hat's wieder mal lotrecht eingerenkt.

Unser politischer Soldat auf seinem unbeachteten Stuhl an der Saaltür verfolgt diesen ganzen öffentlichen Vorgang, in dem so viel Aufregendes, dass ihm plötzlich ist, er müsste darüber ein Jahr lang nachdenken, nicht ohne innerste Anrührung. Der Satz der Mutter ist in seinem Herzen hängen geblieben, die von ihrem Liebsten, dem Mann an *ihrer* Seite, vor allen Leuten bekannt hat, dass er den Kopf geschüttelt und gesagt hat: »Das ist kein Versehen – das ist unsere Wahrheit« ... Ist das etwa nicht ein Wort, ein richtiges, das wie ein Felsen dasteht? Ein Vater hat es gesprochen, ein Mann mit Grundsätzen. Neuerdings wird ja auf Grundsätze gepfiffen. Söhne und Töchter dürfen treiben, was sie wollen – mit achtzehn sogar, schon wählen!! Dabei gehörten sie manchmal einfach übergelegt und – na ja.

Was soll er tun?

Wegen der Scheißvaluta alles hinnehmen, wie es ist? Den Kampf gegen den »Sumpf« aufgeben? Zulassen, widerspruchslos zulassen! – dass der eigene Staat, der Staat, um dessentwillen man überhaupt lebt und arbeitet und *da* ist, nur wegen dieser dreckigen kapitalistischen Kröten sein Gesicht verliert?

Das kann der Sinn der Sache nicht sein. Das darf er nicht sein.

Wenn schon im Ministerium in Berlin unachtsam mit der Ehre der Republik umgegangen wird – in Groß-Naschhausen jedenfalls gibt es noch Leute, die im Stande sind, dieser Ehre Genugtuung zu verschaffen!

In solcher Gesinnung steht unser Vater und Soldat von seinem unauffälligen Stuhl an der Saaltür auf, um ein übriges Mal im Lokale vorn zu inspizieren.

Die Geschäfte allerdings sind schon getätigt, ein besorgter Vater und Klassenkämpfer kommt zu spät. Er ahnt es freilich schon, als er sich durch den fliesenbelegten Gang, der den Genuss von der Verantwortung scheidet und in dem es nach Aborten riecht, einen Weg bahnt, in dem er ihm unbekannte Menschen, darunter gewisse Jüngelchen, beiseite schiebt, die Tür zur Gaststätte mehr aufreißt als öffnet.

Sein Instinkt, sein untrüglicher, hat ihn nicht getäuscht.

Er braucht nur ein paar rigorose Schritte durch die Menge, um in jene Ecke zu gelangen, die ihm die eigentlich verdächtige ist. Den Herd des Unheils zu zertreten, ist er ja gekommen. Was aber muss er sehen? Es trifft ihn wie ein Keulenschlag ...

Hanna sitzt an dem großen runden Tisch mitten in der Schecke-Bande.

Sein schönes, blitzsauberes Mädel, sein ganzer Stolz, seine Hoffnung, sein insgeheimer letzter Beweis dafür, dass er – der Schöpfer – in diesem Geschöpf zu Besonderem ausersehen, hält eine Zigarette in der Hand, pafft an den Plafond, lacht dabei, das Haar fällt ihr von der Schulter ...

Herrmann, er weiß es jetzt, hat verspielt.

Auch diese Niederlage will er nicht hinnehmen. Markiert den »Vater«.

»Komm! Morgen ist wieder Schule. Viel Arbeit fürs Abitur ...«

»Nein«, sagt Hanna.

»Sei vernünftig. Es ist schon spät. Kein Platz hier auch ... für dich. Der Qualm, das Gelärme ... hast du doch nie leiden können. Mädel. Ich begleite dich. Und Mutter wartet auch.«

»Sie wartet nicht. Ich habe ihr gesagt, dass es heute spät wird.«

»Dann komm mir zuliebe ...«

»Nein.«

Pause – – lange.

Schecke, der schlimme, neigt leicht und grinsend das Mündchen vor, flötet leise: »Papa ...«

Wenn er jetzt könnte, der Rote, dann würde er zulangen.

Das wäre dann wie in den herrlichen alten Zeiten, als noch die Husaren sich mit denen von der Kavallerie prügelten, aber das ist ja längst vorbei. Das war am Anfang dieses Jahrhunderts.

Und Hanna, die Tochter, die einmal Lehrerin sein wird wie die Genossin Krause, verliert schließlich auch die Geduld, schnippt verärgert die Asche von der Zigarette.

»Geh jetzt, Vater! Ich bin erwachsen.«

Der Blick dazu sagt alles.

Der Abgrund ist aufgerissen, die Seilbrücke aus Konvention und Kompromiss, die bisher darüber führte, zerschnitten.

Wortlos dreht sich der Vater um – muss wieder durch den Pulk an der Theke, wird von diesem komischen Menschen mit dem zu langen Schal erneut aufgehalten. »Da sind Sie ja wieder ...«, sagt er herzlich. Der Stockschnupfen in seiner Nase scheint ihn in keiner Weise zu irritieren. »Ich habe immer gehofft, Sie würden wiederkobben, ub bit mir ded Versöhnungstru-ck zu tri-cken ...«

Aber nein, mit Versöhnungstrunk ist nichts drin an diesem Abend.

Herrmann schiebt den Aufdringlichen mit kurzer Kraft beiseite, ist schon wieder im Gang mit dem Getümmel und Geruch.

Hanna ist nicht allein gekommen. Das fühlt der Vater. Ihm ist noch nie, seit er lebt, so meint er, ein X für ein U vorgemacht worden. Auch an diesem Abend nicht, da er auf der Wacht ist wie selten.

Wo ist ihr – ihr ... Er sucht noch nach dem Wort, dem Begriff, der den Verhassten treffend bezeichnete, als er am Ende des Ganges, an der Tür, die hinausführt auf den Hof, ihm leibhaftig über nur drei kurze Schritte gegenübersteht.

Jonka ...!

Da steht er. Groß – schwarz – finster.

Wartet.

Herrmann ist plötzlich wie gelähmt. Das erste Wort, das hier zur gehörigen Einschüchterung am Platze, will und will ihm nicht beikommen. Stumm steht er, wartet nun selbst.

Dann lacht der Finsterling ein kurzes, sattes Lachen der Überlegenheit, stößt mit dem Fuß die Tür zum Hof auf.

Nein – so nicht! An diesem Abend wird, was auszumachen ist, auch wirklich ausgemacht.

Herrmann mag alles Mögliche sein, ein Feigling war er noch nie.

Im Hof, dem dunklen, gibt es nur jene Lichtflecke, die von der Küche her die Nacht partiell erhellen. Die Fenster stehen offen, Geschirrgeklapper, die Rufe der Frauen, die in der Küche arbeiten, dringen auf den Hof, den menschenleeren ... Herrmann folgt der Spur, die ihm vorgezeichnet.

Im Saal fallen in diesem Augenblick die größten Worte, deren Naschhausen fähig ist. Der Verunreinigung der Gemeinde durch diese »Schmutzfinkerei« soll ein prinzipielles Ende gemacht werden, vor allem eine Erklärung seitens des VEB »Fortschritt«, graphische Werkstätten, wird verlangt, eine Zusicherung, dass fernere Belästigungen durch gewisse Erscheinungen, die ausschließlich für das verfaulende System des Imperialismus gedacht sind, ein für alle Mal unterbleiben. Der geplagte Genosse Aberhold wehrt sich verzweifelt, erhebt sich mehrfach von seinem Stuhl und schreit förmlich in den Saal: »Aber Leute, seid ihr denn so uneinsichtig, dass ihr nicht versteht, nicht verstehen wollt, dass ...« Lautstarke Buhrufe decken ihn und sein pflichtgemäßes Verteidigungsgefecht einfach zu, nicht einmal Feldherr Raubold kann die Menge noch beschwichtigen.

Aber leider – so deutlich wie der profane Lärm mit altem Geschirr aus der Küche ist das erhabene Getön im dunklen Innenhof nicht zu vernehmen.

Herrmann will fest auftreten auf dem ihm unbekannten Gelände, das der andere offenbar gut kennt. Jedenfalls ist er, wie der rachdurstige Vater Ihm nachspürt, nicht mehr zu sehen. So hört er auch nur den eigenen Schritt auf dem strichweise kieselbelegten Sandgrund, wartet mit Bedacht die Gewöhnung der Augen an die Dunkelheit ab ...

Er muss hinter einer Mauerecke stehen, der seit Wochen fixierte »Gegen«-mensch, der geboren wurde und nur da ist, um einem pflichtbewussten, selbstlosen Genossen aus dem Glied das Leben schwer zu machen.

Dem muss man drohen. Den Obermeister der VP hervorkehren, das Gefieder auseinanderfächern, wer man ist ... Herrmann hört sich selbst nur wie eine ferne Stimme aus einem Apparat: »Kommen Sie hervor! Es ist zwecklos!«

Wie er es in die ungewisse Dunkelheit gesprochen, weiß er plötzlich, dass das nur Text aus einem Krimi ist – fremde Sprache, Verhalten, das ihm eigentlich fremd, nur wie Kino – nicht wie Wirklichkeit ... Hanna da drinnen in der Gaststube ist der Mittelpunkt um den sich alles dreht, ihr kaltes Nein zum Vater, zum eigenen ... Herrmann mag und kann nichts davon mehr weiterdenken.

Und Jonkas Stimme lässt ihn auch nicht weiterdenken. »Na, komm Papachen, komm her! Wir machen's rein zwischen uns.«

Klingt fest, dunkel und sicher. Von Schuldgefühl kein Stück im Ton. »Papachen?«, sagt er.

Und Gebrüll. »Wart nur, Jonka! Dich bring ich schon noch hinter Gitter! Dauert gar nicht mehr lange ...!!«

Und Pause.

Eine Weile danach endlich wieder aus größerer Entfernung die Stimme. Der in seiner eigenen Hilflosigkeit fast ertrinkende Vater muss nun schon die Ohren spitzen, sie zu vernehmen. »Aber Papachen – du wirst doch nicht einen ehrlichen Porzelliner hinter Gitter bringen wollen. Was soll denn aus unserer Brennerei werden, wenn du zwei- und dreifache Aktivisten mit der Silbermedaille von der Messe der Meister von morgen einfach mir nichts, dir nichts aus dem Verkehr ziehst. Da fällt ja unsere Werkleitung glatt in Ohnmacht.«

Herrmann steht ohne Regung. Er fühlt nur den Schweiß, der ihm den Rücken herunterrieselt. Seine Fäuste sind geballt, er weiß es nicht. Er weiß nur, dass er nicht weiß, wohin mit seiner die ganze Brust schier zerfressenden Berserkerwut ... auf alles! Auf diesen gehassten Jonka, auf sein schönes Mädel, auf den Bürgermeister und diese ganze Scheißversammlung mit ihrem blöden opportunistischen Gequatsche ins Leere, auf die Leute im VEB »Fortschritt«, auf den Export und überhaupt auf die ganze Regierung, ja, ja – ja!!! Sie sollen ihm allesamt den Buckel herunterrutschen, himmelsakra, auch dieser Mistkerl mit seinem aufgelesenen falschen Schweden und dem zu langen Schal um den Hals.

»Lass mein Mädel in Ruh', verdammt noch mal!!«, schreit er in die Finsternis, in die er gegen seinen Willen hinausgelockt wurde. Er will ihr nachgehen, geht auch ein paar Schritte, ohne zu wissen, wohin sie führen werden, macht sich selbst Mut mit der sinnlosen Fortsetzung seines Ge-

schreies: »Ich bring' dich um, wenn du dich zeigst ... ich schwör's dir! Mit mir hast du kein Glück. Ich bin stärker. Meine Sache ist mit mir. Bist du ein Schisser, erschlag' ich dich – meine Hanna kriegst du nicht. Niemals! Gib dir keine Mühe!«
Und plötzlich ist die Stimme wieder ganz nahe, so atemdicht, dass es zum Greifen wäre: »Ist doch aber schon *meine* Hanna, Papa, Papachen – du bist doch nur unser Denkmal, stehst Wache vor Grabmälern und Kunstsachen vor langen Mauern ...«
Herrmann verschlägt es nun doch ein wenig den ersten Anflug seiner großartigen Bereitschaft zur Abrechnung. Das sind Texte, die kann dieser Jonka aus Groß-Naschhausen nicht von sich haben. Das ist, soviel versteht er, der Vater, auch von den Dingen, die hierorts und allenfalls nur zur Nacht durchfahren, und zwar im Eilzugtempo – solche Worte des Widerstands hat ihm Hanna, eingegeben, *sein* Mädel in der zwölften Klasse zu, Kahla ...
Herrmann steht in der Finsternis, lässt unwillkürlich die Fäuste sinken, fragt beinahe lautlos: »Woher hast du das? Das mit dem Denkmal ...«
»Hat sie gesagt. Sie kennt dich.«
Und noch einmal Pause.
Eine sehr lange. Das ist die Rache der gebildeten Kinder.
Der Kies knirscht dann leise unter den Schritten, die ein Obermeister der Volkspolizei und zugleich Abschnittsbevollmächtigter aus der Dunkelheit, in die es ihn zog, wieder zurückgehen muss über den Hof und ganz ins Licht.
Eine Schlacht hat er schlagen wollen. Er hat sie verloren.
Kreideblass kehrt er an den Tresen zurück, muss nichts sagen.
Hannas Verrat wühlt in der Brust.
Ihre Kenntnis hat sie an Unbefugte weitergegeben – an einen Zigeuner! Ein »Denkmal« also nennt sie ihren eigenen Vater, den Menschen, der mit seinem allerpersönlichsten Ein-

satz Tag und Nacht überhaupt möglich gemacht hat, dass sein Ältester Günter auf die Universität, sein Mädel auf die »Erweiterte« gehen darf – *das* verrät sie an ihren nächstbesten Liebsten, macht mit ihm geheime Sache in dieser unmöglichen Schweinerei mit dem Export-Porno von der Regierung – *ach*!!

Der Wirt der »Tanne« sieht sogleich, dass Hilfe angebracht.

Gläserspühlend spricht er nebenbei: »Viel unterwegs heute Abend.«

Herrmann wischt sich, was ihm hingestellt, mit dem ersten Schaum an der Lippe vom Mund, der Rest geht durch die Kehle, danach Rundblick durch die Gaststube.

Nein, Hanna ist fort. Die Rotte drum herum anscheinend auch. Von draußen dringt übermäßiges Motorengeknatter bis in die Fugen der Wände. Ob dieser Finsterling Jonka dabei ist?

Sicherlich ... Herrmann will eben über die vollkommene Zwecklosigkeit irgendwelchen väterlichen Daseinsanspruchs auf dieser Erde eine gründliche Verzichterklärung philosophischen Charakters abgeben, als doch dieser entsetzliche Mensch mit dem zu langen Schal auf ihn zukommt und auch gleich losplappert: »Das Töchterchedd hat diesmal nicht gewollt wie der Papa – machedd Sie sich nichts drauss, mein Lieber. Wir alle müssed mid unseren Enttäuschungen leben ... prost, Jugendfreu-dd ...!«

Im Saal indessen wird eben die entscheidende Resolution gefasst.

Groß-Naschhausen beschließt, dass es zum ersten Mal in seiner achthundertjährigen Geschichte einen Experten von der Universität hören will, der den Einwohnern endlich einmal einleuchtend und überzeugend erklärt, was nun wirklich der Unterschied ist zwischen einer Schweinerei und dem, was die Eingeweihten als »Kunst« bezeichnen.

Raubold, der Umsichtige, hat es also doch wieder geschafft, die aufgebrachte Gemeinde zu besänftigen.

Auch die »Wartburgs« und »Shigulis« fahren vor der »Grünen Tanne« munter hinaus in die Nacht und auf die nahe Autobahn.

Nur unsere zwei Männer hätten sich um ein Haar etwas angetan – etwas Böses, das am Ende nicht wieder ins Lot zu bringen gewesen wäre –, der Soldat dem Arbeiter, und schließlich der Arbeiter dem Soldaten.

5.

Warm und hell, wie der September kam, so geht er. Eine Sonne lacht über der Saale, als wollte die Natur der Verfinsterung, die Naschhausens Bürger so unerwartet heimgesucht, etwas Tröstliches entgegensetzen.

Im Wiesenbogen auf dem rechten Ufer mümmeln und dösen die Schafe unter den Weiden, auf dem linken unterm Bahndamm spielen die Kinder.

In den ersten Tagen nach der Entgleisung zögerten sie noch, ihren gewohnten Spielplatz wieder aufzusuchen. Wiederholt kamen Männer, auch solche in Uniform, die den Platz lange musterten, viel redeten und danach wieder gingen. Es hieß dann, die Wiese werde umzäunt und gelte mit Hilfe strenger Verbotsschilder als Bahngelände. Bislang aber wurde nichts daraus, und die Kinder nahmen ihre Wiese wieder in Besitz.

Es sind nicht die gleichen Kinder wie vor einem Monat, als die von uns beobachtete Entwicklung begann. Nicht, dass sie unter dem Eindruck, wenn auch nicht direkt verbotener, so doch entschieden unerwünschter Einblicke in den streng umzäunten Liebespark der Erwachsenen um Jahre gealtert wären, o nein – es sind noch immer unsere gesunden, unverdorbenen Kinder von Groß-Naschhausen, die wir kennen. Die ficht so leicht nichts an. Es ist vielmehr die Erfahrung, die sie in diesen bewegten Wochen mit ihren Eltern und Lehrern, mit ihren vielen Tanten und Onkels und Opas und Omas im Urstromtal haben sammeln können, dass sie uns nun gereifter, wissender, furchtloser und draufgängerischer erscheinen als zuvor. Der viele Streit in den Familien um das entgleiste Buch hat manches kindliche Ohr sensibler, manches Auge schärfer, manche Nachdenklichkeit in der Stille gewitzter gemacht. Naschhausens Eltern könnten sich eigentlich zu ihren Kindern gratulieren. Da sie aber fast ausnahmslos mit sich selbst und ihrem »Stress« – der Begriff drang übers Fernsehen auch in die Seitentäler dieses unbefangenen Reviers –, mit sich selbst also, beschäftigt sind, entgeht ihnen der Entwicklungssprung ihrer Nachkommenschaft.

Es ist nicht einmal verkehrt, dass sie ihren früh übernommenen Konfliktstoff der Erwachsenen für sich allein und unbevormundet auf der Spielwiese aufarbeiten und abarbeiten kann. Das kräftigt die Lungen, den Bizeps, erzieht zur Standpunktfestigkeit. Als Fritz mit seiner Informiertheit zu prahlen gedenkt und mitteilt, es gäbe kein umgezäuntes Bahngelände unterm Damm, das wisse er von seinem Vater, es gäbe nur eine Verhandlung in der Stadt gegen den alten Zimpf vom Wärterhäuschen, weil er nicht aufgepasst hätte, die junge Zimpf aber, was seine Schwiegertochter wär', die hätte im Rathaus oben gedroht, ihr Mann, wenn er von seiner Dienstreise nach Afrika zurückkäme, würde einen Skandal machen, dass die Wände platzen, weil es wieder gegen die Kleinen ginge, was aber nicht stimmte, weil ...

»Klar, stimmt das!« Rolle Ziegenbein faucht geradezu dazwischen.

Fritz runzelt die Braue. »Weeßt'n du das, he?!«

»Weeß ich genau, du Blechfurz ...«

»Salber eener!«

Rolle um eine Tonschwelle höher: »Halt du nur deine Luft an, du Pappwanst! Dein Alter hat unsern Opa beinahe derwercht, ihm de Gorchel zugedrückt, jawoll! S' wär' zu'n regelrechten Mordfall gekommen, wär' deine eechne Mutter nech dazwischengefahren!«

Selbstredend kann Fritz diese Verleumdung seines scheu bewunderten Allesumrenners von Vater nicht über der Wiese einfach stehen lassen. Er tritt also an zum Gefecht, ballt die Fäuste. »Schwindel.«

»Wahrheit!«

Munke erst, der kalt Besonnene, der alles hat, sogar einen eigenen Fernseher, muss dazwischentreten. Macht er auch. Anstandslos. Schiebt die beiden auseinander. »Keene Märe dorthier ... Ofen aus und punktum! Wir spielen jetzt ›Schweden-Transit‹ – klar?!« Das ist ein willkommener Vorschlag, aus dem Gedränge der Eltern und deren komischen Feindseligkeiten herauszukommen.

Oder sind sie doch nicht so komisch?

Fritz ist nachdenklich geworden, geht verstimmt beiseite, sich eine Gerte zu schnitzen. Sollte der Vater wirklich das gute Ziechenbeen gewürgt haben? ... Es war ein Ding vom Rolle, direkt in die Magengrube ...

Die anderen alle bauen schon mit Lust am »Schweden-Transit«. Es ist nicht das erste Mal. Das Stück wurde mehrfach schon gespielt, allmählich aus den primitivsten Anfängen zu einer geregelt ablaufenden Handlung entwickelt. Die meisten Kinder kennen schon ihre Rollen. Munke, er hat das Heft unangefochten in der Hand, macht den Schecke-Schacke – den Schocker mit dem Strumpf überm Gesicht, der den nächtlichen Transit-Express Stockholm–Rom überfällt, die Damen in den Schlafwagenabteilen, die gerade in ihren unsittlichen Porno vertieft sind, aus den Etagenbetten zu reißen und sie zu zwingen, ihre heiße Ware an den unkenntlichen Banditen auszuliefern.

Natürlich kann das böse Element nicht siegen. Die Ordnungsmacht erscheint rechtzeitig auf dem Plan, den Raub zu vereiteln. Die Damen in den Schlafwagen, die eben noch vor Schreck in Ohnmacht fielen, erholen sich wieder unter dem segensreichen Fluidum der Ordnungskräfte. Die Schecke-Schackes werden verhaftet, die heiße Ware wird beschlagnahmt, alles sieht nach einem glänzenden Sieg des positiven Elements aus, als der ganze Transit-Express plötzlich entgleist. Die schützende Hülle zerbirst, alles fliegt durcheinander, liegt endlich matt und regungslos auf der Wiese, spielt eine Weile »tot«, bis Munke erklärt, nun dürften alle wieder lebendig sein.

Soweit das Drehbuch.

Natürlich ruft seine darstellerische Realisierung erneute Konflikte hervor. Ein Spiel ist heilig, und ohne Annahme des Rituals gilt es für nichts, entbehrt der unbedingten Anerkennung seines Inhalts.

Monika beschwert sich zum ersten Mal ernstlich: »Immer sollen wir Mädchen die Passagiere machen – wir wollen auch mal Polizei sein oder doch wenigstens Schaffner. Der kann den Porno doch wenigstens mal aus seinem Geheimspind nehmen und an die Damen im Schlafwagen verteilen«, findet sie.

Monikas Protest verhallt nicht ungehört. Sie ist die Einzige im Kreis, die dem »Karbareh« angehört und öffentlich auftritt. Das macht Mäuse – von wegen Diäten und so. Jonka III, das ist der Ulli, wirft einen abschätzenden Blick über Monikas Statur und befindet: »Also geritzt, beim nächsten Mal gehörst du zur Schecker-Bande.« Zweifellos ein markanter Beitrag zur Emanzipation der Frau.

Als der Schweden-Transit steht – es ist ein aus alten Decken und von der Saale angespülten Obstkisten mit Stöcken aufgerichtetes Zelt –, kann die Handlung steigen.

Die Mädchen und die kleineren Buben, das Karlchen und der Bertl, der jüngste Hannickel, das ist der Wilm, dazu die kleine Ivette, dann Jonka Rudi, der IV., der enttäuscht vor sich hinblickt, weil er keine Rolle mit Solocharakter bekam, Grete Fels vor allem, die mit ihrer phlegmatischen Gutmütigkeit sehr vieles zur inneren Ruhe im Schlafwagen des Schweden-Transits beiträgt, und schließlich in der Mitte die »Backe« aus Freienorla drüben, die eigentlich Trude Steinbach heißt, aber eben »Backe« genannt wird, weil sie so dick und weich ist. Sie muss einfach in der Mitte sitzen in dem engen Abteil, weil man nicht weiß, wohin sonst noch mit ihr. Zum Banditen oder zum Kommissar hat sie nun mal nicht das Zeug. Aber die Buben wollen nun im Gedränge unterm Zelt ihre Beine nicht mehr anziehen, sondern die Füße lieber an Backes weiches Fassadengewölbe anlehnen, woraus natürlich allmählich mehr ein Stemmen wird, was Backe ablehnt. Überhaupt ist Backe nicht etwa hilflos. Entwickelt sich ein Krawall, braucht sie sich nur umzudrehen und mal kurz mit den Fingern zu schnippen. Sofort ist Ruhe im Stall. Das machen nicht ihre Finger. Das machen ihre Augen. Die Natur gibt halt jedem eine Waffe mit auf den Weg.

Das Spiel ist der eigentliche Freiraum der Lust, und der Schweden-Transit hat sich bereits mit einem chorischen »tsch-pfüt, tsch-pfüt« in Bewegung gesetzt, als die Buben draußen ihre Verkleidung beenden.

Munke hat schon das Taschentuch über der Nase festgebunden, sich mit ein bisschen Morast schwarz angemalt, Jonka III und Rolle, der jüngste Ziegenbein, haben sich mit zwei alten Reifen von einem in den Fluss geworfenen Kinderwagen, zwei Wasserpistolen, zwei runden Schildern aus Konservenblech in ein hauptamtliches Staatskommando hinaufstilisiert ... »Und ich? Was mach' ich!«, fragt Fritz, der jüngste Moll, der einfach übriggeblieben ist in all dem schöpferischen Drang zur Tat. ... Jonka III dreht sich mit schwarzem Blick um und befiehlt: »Du bringst den Zug zum Entgleisen – basta!«

Fritz möchte wieder etwas rummäkeln an der Entscheidung, aber Munke legt seine Pranke auf Molls Schulter. »Wie du das machst, ist deine Sache. Du hast völlig freie Hand!«

Und dann geht's richtig los.

Die Damen in dem Schlafwagenexpress widmen sich ihrer von der unschuldigsten Phantasie beflügelten Pornolektüre unter mannigfachen Ausrufen gehörigen Abscheus und geheimer Lust, so wie sie es ihren Eltern abgeschaut und abgelauscht, als diese sich in der landläufigen Meinung, Kinder seien dumm, unbetrachtet oder gar unbemerkt glaubten. Die Texte, die da zum Vorschein kommen, sind bunt und kräftig, reichen von »unerhörte Sauerei« bis »das zeig ich dem Herrn Pfarrer« ... Monika erweist die stärkste schauspielerische Begabung, die unter Fräulein Krauses ermunternden Anregungen bereits geweckt, steigert sich hinein in großartige Phrasen und hohe Fistelröne: »Mein Kind ist vergiftet ..., da müsste mal der Staat eingreifen ..., ich verlange, dass diese Bilder in die Zeitung kommen, damit alle Leute sehen, was gedruckt wird ..., wo bleibt der Staat? ...«

Grete Fels unterbricht das Spiel, zeigt Monika einen Vogel. »Is doch von Staats wegen, dumme Urschel.«

»Mein Papa schenkt mir das Buch zu Weihnachten«, sagt Karlchen stolz, um auch etwas beizutragen, aber Backe schnippt und befiehlt: »Quatsch nicht dazwischen!« Karlchen schiebt die Unterlippe zum Flunsch. »Hat er mir aber versprochen ...«

Der jüngste Jonka funkelt schwarzäugig zum Bürgermeistersohn hinüber. »Dann geht dein Papa aber in'n Knast – wegen Jugendgefährdung und Verführung Minderjähriger – jawohl, du Puppenfurz!«

Karlchen möchte nun ein bisschen heulen. »Bin kee Puppenfurz –«

»Bist doch eener.« Jonka IV blickt kalt und erbarmungslos auf das Pimpelsöhnchen mit dem Papa vom Rathaus.

Und Munke lüftet schon ungeduldig den Vorhang. »Na, wird's nun balde, dass mir hier haußen was hörn?!«

So will es nämlich das ungedruckte Drehbuch. Die Damen sollen tüchtig schreien, sich gegenseitig bezichtigen: »Na, Sie sind mir eine ..., stecken die Nase in solche Schweinerei ..., das werd ich mir merken ..., von mir kriegen Sie keinen Schnaps mehr ..., denken Sie ja nicht, dass wir das vergessen.« ... Man kann diese Kinder nur bewundern.

Monika endlich findet sich zurecht in dem Durcheinander der Injurien und schreit wie am Spieß das vorgesehene Stichwort: »Hilfe ... Polizei!!«

Wenn man ihrer bedarf, kommt sie bekanntlich nicht, das wissen auch die Kinder von Groß-Naschhausen. Es gibt hingegen den Überfall auf den Schweden-Transit, der schon eingeplant.

Munke stürzt unter heftigem Tacketacketack-Geballer in den Schlafwagen, in dem schutzlose Frauen der Sünde ausgeliefert, verlangt mit der ganzen Härte des professionellen Banditen: »Her die heiße Ware, oder alle Weiber beißen ins Gras!!«

Nun sollen sich die Mitreisenden nur widerwillig von dem kostbaren Gut trennen, es hinter der Wand verstecken und herumzanken, sie hätten keinen Porno, das müsse ein Irrtum sein, sie wären anständige Reisende ... Monika kreischt: »Was denken Sie von mir, Sie, Sie ...«

Munke wartet ungeduldig auf den großen Ausdruck: »Nune blök schon was mit Pfeffer –«

»Sie ...«, endlich hat sie es: »Sie Fremdkörper – Sie!!!«

Das fetzt. Munke ist befriedigt. Das Wort »Fremdkörper« hat er noch nie in seinem Leben gehört. Obwohl er doch einen eigenen Fernseher hat. Also dieses Mädel Monika – alle Achtung! Munke legt seine Hand plötzlich ganz sanft auf Monikas Schulter. »Bist'n Ass.«

Und Backe schnippt mit geradezu tänzelnder Grausamkeit vor Munkes Augen. »Spuck die Dollars aus, du Schuft, und du bekommst meinen Porno.« Sie weist auf ihren geräumigen Podex.

Das Bertelchen kräht dazwischen: »Nie einen gehabt ...«, aber das ist im Aus des Spiels, zählt nicht. Ohnehin ist Munke über solche Unbefangenheit derart perplex, dass ihm nichts mehr einfällt. »Das is' mal ne Schaffe«, murmelt er verdutzt, zieht sich das Taschentuch von der Nase.

Gottlob gibt es noch die Ordnungsmacht, die alles bereinigt.

Jonka und Ziegenbein machen ihre Sache sehr gut, brüllen, was das Zeug hält: »Hände hoch! Alles an die Wand, Beine breit!!« Dann wird nach Waffen abgetastet, bis Backe dem Rolle rasch mal eine knallt, dass der Gummireifen herunterpurzelt. Jonka III erklärt würdevoll: »Alle Bücher sind beschlagnahmt, die Täter verhaftet. Abführen!«

Das ist das Stichwort für Fritz. Nun ist endlich *sein* großer Augenblick gekommen. Er löst die Stöcke, dass der ganze Bau zusammenfällt. Lachend und prustend, mit roten Köpfen kriechen sie allesamt unter den Decken hervor, werfen sich ins Gras, trudeln froh herum in all der Natur wie die Lämmer drüben am anderen Ufer, bis sie sich satt gepurzelt haben und ermattet daliegen.

Das Gretchen vom Fleischermeister Fels merkt plötzlich, dass Munke um Armeslänge erreichbar. In aller Ruhe legt sie ihre Hand auf seine Schulter. »Ich werd' dir heiraten.«

Da reißt der Munke aber die Augen auf, hockt sich auf die Knie und staunt so sehr, dass Grete glaubt, sich doch etwas genauer erklären zu müssen. »Ich meine, später mal – wenn es soweit ist.«

»Klarer Fall«, sagt Schauers Munke aus Wartendorf, legt sich wieder hin und denkt, dass ... also ja, dass er ja mal am nächsten Sonntag, also wirklich ganz richtig mal das Mädel einladen könnte – zum Kaffee bei den Eltern. Die müssen schließlich wissen, wer ihren Sohn zum Manne nimmt. So was hört man ja nicht alle Tage und nicht mal dann, wenn man in die gleiche Klasse geht ...

Ein schöner Tag also. Ein sehr schöner. Und zu so frohen, braven Kindern, die so schön spielen, kann man weiß Gott nur gratulieren.

Wenn nur die Eltern noch so schön zu spielen wüssten. Aber nein, das ist leider nicht der Fall. Da kann die Sonne scheinen, wie sie will, die Großen werden die Entgleisung nicht los, jedenfalls nicht so wie die Kleinen. Die Folgen jenes nächtlichen Sprungs aus dem Gleis, bei dem doch kein einziger Mensch zu Schaden kam, hängen nach wie vor als eine schwarze Gewitterwolke über so manchem häuslichen Himmel, und unternorts weiß man bereits, dass es diesmal im Hause Moll eingeschlagen hat. In einer modernen Betonsiedlung mit allem Komfort würde man das nicht einmal von Tür zu Tür auf der gleichen Etage, Aufgang C–IV – Seitenflügel 18–56 – bemerken, weil in solchen Wohngebirgen, die uns in die Zukunft weisen, die bezweckte Schalldämpfung durch die Kunststoffwände jeden menschlichen Laut des Glücks oder der Verzweiflung erstickt. In unserem primitiven Groß-Naschhausen aus dem frühen Mittelalter hingegen fühlt, sieht, hört, riecht und erlebt der Nachbar noch die Daseinsweise seines Nachbarn. So kann es nicht ausbleiben, dass von Küchenfenster zu Küchenfenster über Büsche und Hecken hinweg der Jammer von Molls »Großer« die Gemüter der Mitmenschen ergreift, zumal Mathilde ohnehin nicht daran denkt, bei solcher Sonne das Fenster zu schließen. Die Stimme kann sie auch nicht senken, da sie bei Weitem zu empört ist. Außerdem hat sie nichts zu verstecken. Soll nur jedermann ringsum die Standpauke hören, die sie über der Tochter niedergehen lässt. Die Einwohnerversammlung hat Staub genug aufgewirbelt, dass es gut ist, wenn Nachbarin Sonnekalb und Nachbarin Beutlein mithören, was die Frau des Innenministers von Groß-Naschhausen zu sagen hat.

Mathilde also, nachdem sie der Tochter die ganze Wahrheit abgefragt, schlägt mit der flachen Hand auf den Küchentisch, steht auf, setzt sich, steht auf, geht hin und her, lässt sich wieder auf den Stuhl fallen. Sie ist außer sich.

»Den Vater hast du verraten? Vor allen Leuten?! Bist nicht mitgegangen, als er dich aufgefordert hat?« Mathilde kann und will es nicht für möglich halten. »Hüber- und 'nüberschalliert hätt ich dich, wenn ich dein Vater gewesen wär', jawohl. An den Haaren hätt ich dich 'nausgeschleift ausn Lokale, damit die Leute sehn, was eine Auto…, also, eine klare Klarheit is vor diesen Scheckesbrüdern – ach, nee und nee awer ooch!!«

Hanna sitzt nun doch recht zerknirscht auf dem Kohlenkasten. Dem Vater kann sie sich stemmen, im Trotz. Der Mutter nicht. Die ist und bleibt der Grundpfeiler zum Aufrichten, hält auch nicht hinterm Berg mit ihrer Sicht auf die Dinge im Allgemeinen.

»Was hast'n dir dabei gedacht, he?! Glaubst du etwa, es macht dem Vater Spaß, hinter diesem Schandbuch herzuschleichen wie der Fuchs hinter der Gans?«

»Muss er ja nicht!« Hanna wollte sich eben noch ins Besentuch »Sich regen bringt Segen« ein bisschen ausheulen, um wenigstens einmal auch mit sich selbst etwas Mitleid zu haben, aber daraus wird nichts. Es ist gegen ihre Natur. Schon wieder hebt sie im Trotz den Kopf. »Er macht sich damit nur lächerlich.«

»So. Meinst du.« Mathilde stemmt die Fäuste in die Hüften. »Also sollen in Zukunft diese liederlichen Kadetten bestimmen, wie wir hier in unserm Tale zu leben haben, ja? Willst du das?!«

Natürlich will Hanna das nicht. Sagt sie auch.

Und noch etwas sagt sie: »Ich will aber auch nicht, dass immer der Vater über alles bestimmt. Jeder soll ihm folgen. Nur er weiß, was richtig ist. Findest du das denn auch?«

Natürlich findet Mathilde das nicht. Aber wie nur die Familie, die Nachbarn, das kleine Naschhausen mitsamt seinem Tal hinauf und hinab zusammenhalten? Das und nur das ist ihr Lebensauftrag, wie sie ihn versteht, ohne ihn je in Worte fassen zu können. Worte haben die Berufenen – das reizende, propere Thildchen lässt sich neben der Tochter auf dem Kohlenkasten nieder, schlägt die Hände zusammen. »Dieser verfluchte ›Porno‹ bringt uns alle noch um unser Glück.«

Und Hanna tätschelt tröstend. »Ach, Muttel – so schlimm ist es ja nicht.«

Mathilde blickt wieder groß. »Sag mir bloß, du kennst diese Schmutzfibel –«

Hanna schaut Pupille in Pupille, ist sogar erstaunt. »Keine Ahnung.«

Mathilde weiß nun, dass sie sich auf diese Aussage verlassen kann. Was aber ist mit Hannas Liebstem, der sie seit Wochen – seit der Entgleisung eigentlich – auf seinem Brummer in die Welt da draußen entführt? Schon lange hat sie es fragen wollen. Jetzt ist die erste gute Gelegenheit.

»Vielleicht aber kennt er – also, ich will dich nicht befuchteln, Mädel, aber …«

»Wir haben nie darüber gesprochen«, sagt Hanna. Sie sagt es fest und ganz sicher.

In der darauf folgenden Nacht sagt es die Mutter dem Vater, nachdem sie es zu Stande gebracht, ihren Kopf in seinen Arm zu legen.

Er hat es finster geduldet, und finster kommt seine Antwort. »Das kann er vielleicht dem Mädel weismachen. Mir nicht! Hanna ist in ein offenes Messer hineingelaufen …«

»Aber Vater, Manne, Männilein …« Thildchen streicht besänftigend über die Haut des Wüterichs – »so ein bisschen Sex macht die Welt doch nicht kaputt.«

Das will er eben jetzt nicht hören, der große Manitu überm Saaletal. »Hast du eine Ahnung«, sagt er, richtet sich erregt auf aus dem Kissen. »Das ist Ablenkung. Systematische Ablenkung von den Forderungen der Werktätigen in aller Welt! Gerade jetzt steht die Dritte Welt im Vordergrund mit ihrer Befreiungsbewegung – wir haben Erfolge – – weißt du überhaupt, was geschieht??«

»Wie kann ich das wissen, wenn ich täglich für drei Männer und zwei Frauen das Essen kochen und den ganzen Haushalt mit Garten besorgen muss …?!«

Es gibt dann Tränen und – um drei Uhr morgens – eine späte Versöhnung.

Am nächsten Morgen hält Mathilde ihrer Tochter einen Grundsatzvortrag über die Schwierigkeiten, in denen sich der Vater befindet.

Hanna hat zum ersten Mal wirklich aufmerksam zugehört, blickt etwas erstaunt auf die Frau neben sich. Sie hat ihre Mutter noch nie so sprechen hören – so überlegt und mit solch weitem Hintergrund. Es verändert ihre Haltung, zumal die Mutter offenbar nicht daran denkt, der Tochter die Bildungsmöglichkeit in einer zwölften Klasse als ein ewiges Unterwerfungsbekenntnis abzuverlangen. Schon das allein ist Wohltat, die der Rechtfertigung des väterlichen Verhaltens den Stachel der Unverträglichkeit nimmt.

Hanna ist sogar bereit, sich beim Vater zu entschuldigen für ihr Verhalten in der »Grünen Tanne«, macht am darauf folgenden Abend einen ersten, etwas unsicheren Versuch, als sie den Vater allein im Wohnzimmer antrifft. Im Grunde ist sie ihre geheime Angst vor diesem Mann noch immer nicht los. Der pflichtschuldige Satz, den sie sich mehrfach zurechtgelegt, ist nichts anderes als eine unbeholfene Formel, gerät auch zu leise: »Ich möchte mich entschuldigen, Vater – für den Auftritt vorgestern Abend – ja.«

Wie sie da an der Tür steht, sich in die Mitte des Zimmers einfach nicht hineintraut, sieht sie, wie blass der Vater ist, verändert, geradezu abgemagert. Krampfhaft blickt er in die Zeitung, tut, als hätte er nichts gehört, als wäre überhaupt niemand da außer ihm.

Hanna steht regungslos, weiß nicht, was tun.

Moll weiß es auch nicht. Ihm ist, als müsste sein Herz zerspringen, so tief verletzt glaubt er sich.

Er will nicht, dass die große Zeitung in seinen Händen in ihren losen Kantecken zittert, aber die große Zeitung ist ihm nicht zu Willen, verrät ihn abermals in seiner Schwäche. So presst er die Zähne aufeinander. Nur kein Wort mehr. Kein einziges. Es könnte bewirken, dass er sich vergisst, dass er eine Entgleisung veranstaltet, bei der mehr aus den Fugen gerät als ein Güterwaggon ... Er fühlt schon förmlich, wie ihm die Hitze zu solch rabiater Laune in die Schläfen steigt.

Die Sekunden, die das alles dauert, verlängern sich zu Ewigkeiten.

Auch Hanna steigt das Feuer des erneuten Widerstandes ins Gemüt. Wenn er nun nichts und gar nichts annehmen will von ihrer Bereitschaft zur Verständigung, dann ist auch ihre Geduld zu Ende.

Schließlich wendet sie sich, verlässt so still, wie sie kam das Wohnzimmer.

Die Mutter sitzt mit den Söhnen am Tisch in der Küche, das Abendmahl zu nehmen, dem sich der Vater nun schon zum zweiten Mal entzieht. »Nun?«, fragt sie.

Hanna zuckt verstört die Achseln. »Nichts. Er will nicht.

Mathilde schweigt.

Alle essen. Eigentlich kauen sie nur.

Der Haussegen im Hause Moll hängt nicht nur schief – das kommt ja überall mal vor – nein, er ist glatt von der Wand gefallen und liegt in lauter klitzekleinen Scherben auf den Fliesen der Diele.

Fritz möchte in diesen verfinsterten Tagen des Öfteren fragen, ob der Vater das gute Ziegenbein wirklich hat erwürgen wollen, aber dazu ergibt sich keine Gelegenheit – nicht die geringste. So lässt er es lieber und tritt halt kurz auf dem Schulhof, wenn Ziegenbeins Rolle ihn angeht mit einem kalten »Na?« und sich danach sehnt, dass es zu einer Keilerei kommt.

Kommt es nicht. Fritz hat sich fest im Gurt. Mit zwölf Jahren weiß man so ziemlich, was möglich ist und was nicht.

Wenn man es bis dahin nicht gelernt hat, ist man geliefert. So ungefähr hat das der Munke mal ausgedrückt in einer Pause auf dem Schulhof. »Nimmt dir wer in de Mangel, musste eiskalt bleiben – eiskalt, verstehste!«

Gerade das liegt den Molls insgesamt am allerwenigsten – dieses Eiskaltbleiben. Ihr Problem ist die zu rasche Hitze – ein Geburtsfehler aller Molls. Auch Günter, der beherrschte, verliert am dritten Tag die Nerven, schreit den Vater an: »Du selbst bist schuld an all den Zuspitzungen, jawohl – sieh mich nur an! Du *führst* ja nicht, du verbreitest dich nur.«

Der Anlass zu dieser heftigsten Auseinandersetzung, die es zwischen Vater und Sohn je gegeben, ist wiederum ein öffentlicher, gehört recht wohl zur Sache – der Bericht in der Zeitung nämlich über die Einwohnerversammlung.

Nachdem ihn Moll gelesen, schleudert er das Blatt mit einem Fluch auf den Teppich. »Dieses sanfte Gesäusel, verdammt noch mal! Nichts steht drin, absolut nichts von dem, was wirklich ist und war an diesem Abend, was unsereins über Stunden hat durchmachen müssen, damit das Ding nicht doch noch gegen den Baum rast … Und da kommt *mein* Herr Sohn und behauptet, ich wäre schuld an dem ganzen Mist – aha! aha! Ganz was Neues. Die Kommunisten sind immer und überall an allem schuld, das kennen wir. Das ist hundert Jahre alt, und darüber kann man noch verrückt werden – wirklich ehrlich *verrückt!!*«

Manne Moll pocht sich ausdrucksvoll mit beiden Fäusten an die Schläfen, aber das hilft ihm nichts. Diesmal ist er dran. Günter ist entschlossen, dem Vater schonungslos beizubringen, dass er der Kritik bedarf. Er hat ihn nun einmal aus der Reserve gescheucht, nun mag es gehen, wie es geht – der Sohn donnert, dass die Sammeltassen in der Vitrine zittern:

»Ein selbstherrlicher, rechthaberischer Dogmatiker bist du, das muss dir endlich mal gesagt werden; und da sich hierorts sonst niemand traut, dir das mitzuteilen, teile ich es dir mit. Überheblich bist du außerdem. Du denkst, die Republik gehört dir ganz allein. Das ist aber ein gefährlicher, geradezu selbstmörderischer Irrtum. Sie gehört uns allen – uns allen, so wie wir gebacken sind: mit unseren Unterschieden und Ungleichheiten, mit unseren Bevorzugungen und Benachteiligungen, mit unseren Klugheiten und Dummheiten, mit dem, was wir wissen, und dem vielen, das wir nicht wissen, mit unseren Leistungen und unserem Versagen. Auch der letzte Müllabholer ist noch immer unsere Republik und nichts anderes. Du aber möchtest, dass das ganze Land von lauter kleinen, krabbelnden, brabbelnden Molls bevölkert wird, die alle zusammenlaufen, wenn Vater pfeift zum Antreten. Begreifst du nicht, Vater, wie komisch du bist? Fühlst du nicht, wie weh uns das tut – mir und Hanna. Auf die Dauer nimmst du uns doch den Frieden im Haus mit deiner Haltung. Ich überlege schon, ob ich nicht doch lieber ausziehe und nach Jena ins Internat gehe. Unter deinem Dach macht es keinen Spaß mehr ...«

Unwillkürlich ist Günter unter dem Eindruck dieses und jenes verstohlenen Blicks zum Vater hin allmählich immer leiser geworden, der Philippika die Wucht zu nehmen, denn der schöne, stolze Manne aus Naschhausen an der Saale sitzt wie gezeichnet auf seinem Platz. Was er hören muss, ist hart. Er hat es noch nie in seinem Leben so ungeschminkt hören müssen. Aber eben so und nicht anders will der Sohn endlich einmal seinen Vater erleben. Geschlagen. Das ist er auch. Im Augenblick. Natürlich nicht endgültig und für immer. Denn es gibt andere Augenblicke, in denen Männer von dieser Machart ein Segen sein können. Ein Mensch mit der heißen Sehnsucht in der Brust, im Sozialismus solle es keine Entgleisungen mehr geben, keine auf den Schienen und keine unter den Menschen, ein Mensch mit dieser – zugegeben, etwas naiven Hoffnung auf etwas »Endgültiges«, das nur der Sozialismus absehbar und unwiderruflich leiste, ist er allemal. Dessen ist sich auch Günter bewusst, der künftige Pädagoge. Der sich zum ersten Mal so in Rage geredet. Jetzt sieht er, was er angerichtet, blickt bestürzt und verlegen in einem auf den Vater, der nur noch benommen vor sich hinflüstern kann: »Hanna ... Hanna hat mich verraten.«

»Das hat sie nicht gewollt. Bestimmt nicht. Wenn sie an dem Abend im Lokal dir einen, wie ich dir glaube, unpassenden Widerstand gezeigt hat, dann geschah das nicht, um dich lächerlich zu machen; und schon gar nicht etwa politisch war das gemeint, wie du das wieder sehen möchtest. Sie hat sich einfach von dir als Kind behandelt gefühlt und deshalb ...«

Die Gelegenheit, sich zu erholen, ist gekommen, Herrmann findet zur gewohnten Wucht zurück. Im Grunde liebt er solche Auftritte, weil sie ihm die Rechtfertigung liefern, dem Überdruck in seinem Innern ein Ventil zu öffnen. Er erhebt sich mit Ausdruck, geht auf seinen Sohn zu. »So, mein Junge – jetzt hörst du mir einmal zu, deinem dummen Vater von vorgestern, der zu altmodisch ist, um diese komplizierte Jugend von heute zu begreifen –«

»Das ist doch blanker Stuss, Vater – Kitschpolemik, lass das doch!«

Aber Herrmann macht solche »Kitschpolemik« ein ziemliches Vergnügen. Die alte Kraft ist wiedergekehrt, die Stimme hat wieder Farbe und Sicherheit.

»Weißt du überhaupt, wie deine harmlose, unpolitische Schwester ihren Vater nennt?«

Günter weicht keinen Schritt. »Ich weiß es nicht. Nun los – sag es mir!«

»Ein ›Denkmal‹ nennt sie mich – ein ›*Denkmal*‹ ... Hast du verstanden?! Und weißt du auch, wem sie das erzählt?«

»Keine Ahnung –«

»Diesem Jonka erzählt sie das – – einem verstockten Finsterling, dem alles mögliche zuzutrauen ist.«

»Hör auf, Vater! Das gehört sich nicht. Sie geht mit ihm, und das ist ausschließlich ihre Sache, nicht deine!«

»So – ihre Sache, meinst du; und geht mich nichts an, meinst du. Geht es mich auch nichts an vielleicht, wenn sie diesem Patron, zu dem sie aufs Motorrad steigt, erklärt, ich stünde ›Wache vor lauter Grabmälern und Kunstsachen auf‹ – wie hat er sich doch ausgedrückt? – ja, jetzt fällt's mir wieder ein – ›vor lauter Kunstsachen auf langen Mauern‹ – was meint er, ich meine – was meint *sie* damit? Das kann doch nur was Politisches sein. Ich rieche das, auch wenn ich es nicht verstehe.«

Günter ist irgendwie ein Zucken um die Mundwinkel daneben geraten. Aus Versehen – nicht mit Absicht. Er muss ein paar Mal schlucken, ehe er fragen kann: »Du hast Jonka gesprochen?«

Der Vater dreht den Kopf. »Ach wo, kein Stück – ich habe nur etwas gehört auf dem Hinterhof von der ›Grünen Tanne‹, also – etwas mitgehört, verstehst du –«

»Verstehe.« Sie standen bei diesem Wortwechsel um Hannas Seelenheil Pupille in Pupille. Jetzt haben sie voneinander abgelassen.

Mathilde kam, schaute – nur mal so. Wegen dem Abendbrot. Es sei gedeckt.

Hanna nimmt nicht teil.

Als der Vater auf den leeren Stuhl blickt, sagt die Mutter rasch: »Sie ist oben, Vater – hat Kopfschmerzen, sich niedergelegt.«

Herrmann spielt noch den schwer verwundeten Krieger aus der Alltagsschlacht des Lebens. »Schon gut, ich habe verstanden.«

Die Standpauke des Sohnes ist nicht ohne Wirkung geblieben, der Vater doch irgendwie geschafft, dass es ein bisschen anhält. Günter liest seinem Erzeuger jede Verhaltensphase von den Augen, Lippen, Händen und Schritten ab, hat doch wieder ein wenig Hoffnung.

Kurz vor Mitternacht kehrt Hanna heim. Günter ist noch auf. Sie sieht das Licht in seinem Mansardenfenster.

Noch bevor sie mit einem leichten Pochen sich anmelden kann, öffnet er. »Komm rein!«

So sehr üblich ist das zwischen ihnen nicht. Eine Entgleisung verändert nun mal alle Üblichkeiten. Außerdem hat Günter hinter dem Sammelband II »Die Pädagogik in ihren

Grundlagen« eine gewisse Flasche stehen, entnimmt sie dem Hintergrund, schenkt ein.

»Was sagt er?«

Hanna lässt sich auf dem Holzwürfel neben der Tischkiste nieder. Etwas atemlos noch, ab und zu mit dem Ohr in die unteren Räume lauschend. »Natürlich ist er nun feindselig – verstimmt eben. Er hat das Gefühl, dass ihn Vater von Amtswegen verfolgt. Ich habe versucht, ihm das auszureden. Er glaubt mir nicht. Ich würde es in seiner Lage auch nicht tun.«

Günter geht in der winzigen Dachkammer auf und ab, soweit es die Dimension erlaubt, tüftelt, tastet die Posten ab, die Umstände, die als Mitspieler in dem Drama der Entgleisung eine behindernde, eine retardierende Wirkung haben könnten – bleibt dann plötzlich einmal stehen. »Natürlich hast du einen Fehler gemacht, Hanna ... Niemals hättest du dich Jonka gegenüber so weitgehend mit deinem Urteil bekennen dürfen. Das hat ihn beeindruckt – und mehr, als er selbst aus eigener Kraft beurteilen kann. So hat er schließlich, als Vater ihn in der ›Grünen Tanne‹ anging, mit deinem Urteil über ihn geprahlt – gewissermaßen einen Trumpf ausgespielt, der Vater tatsächlich auch getroffen hat. Verdammt schwer, wie du siehst.«

Hanna blickt hoch. Zum ersten Mal richtig. »Das kratzt mich einen feuchten Kehricht. Ich bin nun einmal nicht geschaffen für eine gehorsame, unterwürfige Tochter. Soll ich auf die Knie gehn, weil ich in Kahla die zwölfte Klasse besuchen darf? Ich bin kein Kind mehr. Ich bin ein Mensch. Ich sehe recht wohl, dass Fred mein Glück sein kann, aber auch mein Unglück. Ich weiß das ja noch nicht. Er ist auf jeden Fall ein zarter wunderbarer Junge mit glühenden Augen – ach, Quatsch! Ginge ich ins Wasser, würde er mir nachschwimmen, bis er mich gefunden hätte ... Menschenskind, Günter – über so was redet man doch nicht. Das ist absolute Verschlusssache ...«

Die Schwester hat plötzlich nasse Augen, trinkt aus lauter Verlegenheit, was der Bruder eingeschenkt.

Er ist vorsichtig, fragt behutsam: »Das ist also eine lange Unternehmung, vielleicht eine für immer?«

»Möglich. Ich weiß es nicht. Diese verflixte Penne muss ich zu Ende machen – und zwar gut. Nur das weiß ich genau.«

»Weiß er das auch?«

Günter schaut nun doch sehr ernst, da Hanna schweigt.

»Vielleicht sehe ich mir deinen Freund mal an?«

Das ist wie Rettung, Hanna sichtlich erleichtert. »Das wär' wunderbar; aber wie? Ich kann ihn dir doch nicht vorführen wie ein Zirkuspferd. Er ist sehr empfindlich, weißt du – wittert alles schon, wo ich noch blöde glotze und mich frage, was er hat ...«

Wie sie das erzählt, lächelt sie zum ersten Mal wieder.

Günter geht in dem winzigen Räumchen nachdenklich auf und nieder wie ein Gelehrter mit vielem Spielraum. Hat er ja nicht. Noch nicht. Aber er weiß sich einzurichten. Seine zwei Schritte auf und ab genügen ihm vorerst. Er ist der Mutter nachgeraten, hat ein bisschen Geduld. Und schließlich hat er's auch, soweit es den heikelsten Punkt im Hause Moll betrifft, wendet sich für seine Zeitauffassung ziemlich plötzlich.

»Unser Seminar geht am Sonntagabend ins Volkshaus – zum Konzert. Wir haben ja unser Kollektiv-Abonnement von der Uni. Ich mach' für dich und ihn zwei Karten locker. Absagen gibt's immer. Es ist dann ganz natürlich alles – einverstanden?«

Hanna hält das für eine großartige Idee.

Ist auch einverstanden.

An der Tür fährt sie dem Bruder, dem hilfreichen, beglückt übers Haar. »Bist'n schlauer Kumpel ...«

In der eigenen Mansarde gegenüber haben die Dinge um drei Uhr morgens eine andere Farbe.

Fred Jonka und ein Konzert?

Ob das gut geht?

Ob das überhaupt zumutbar und möglich ist? ... Für einen Schichtarbeiter vor einem Brennofen mit dem vielen Formgut darin, das glatt im Eimer ist und auf die Halde geschüttet werden muss, wenn auch nur das Geringste passiert?

»Eine verpatzte Charge«, hat Fred oben im Glockenturm gesagt, »sind eine ganze Menge Dollar-Verlust – wir sind ja hauptsächlich auf Export orientiert ...«

»Wie die in Roßeck«, hat sie dann gesprochen, »mit ihrem Porno« ...

Er hat dann bloß genickt, später erst hinzugefügt, es wär' so – genauso wie mit dem Porzellan.

Danach aber, wie sie es sich jetzt in dieser schlaflosen Nacht noch einmal durchdenkt, hat er die Oberlippe hochgezogen – sie hat es auch bemerkt, das weiß sie, jetzt in der Dunkelheit der Nacht ganz deutlich ... aber nicht das steht im Vordergrund. Im Vordergrund steht seine Verantwortung, die Art, wie er mit ihr lebt, als sei das ganz selbstverständlich ...

In der fünften Morgenstunde ist Hanna über ihrem ruhelosen Reuegebet so »irre kleinlaut«, wie sie selbst findet, dass sie sich vornimmt, nun mal richtig ranzuklotzen von wegen »Faust« und so ... was ihr abermals Zweifel aufkommen lässt, ob sie ihn in dieses Konzert am Sonntagabend überhaupt hineinbringt – – bei seiner vielen Verantwortung für so viele Dollars. Vielleicht sagt er, er will nicht? Dann kann sie ihn auch Günter nicht zeigen. Wenn ihn aber Günter nicht gesehen und beurteilt hat, gibt es auch beim Vater keine Chance ...

In der sechsten Morgenstunde packt Mathilde ihre Tochter an der Schulter, rüttelt vergeblich, reißt schließlich die Decke auf: »Nune aber naus aus dan Neste!«

Es hilft alles nichts: Man muss leben.

Mutter Jonka aber schlägt die Hände überm Kopf zusammen. »In e Konzert willste, Junge ...? Noch dazu in Jäne? Daderfer haste doch nischt anzuziehen! Nee, awer ooch ...«

Im Hause Jonka gibt es freilich nur einen einzigen schwarzen Anzug. Der gehört dem Vater!

Fred steht ziemlich ratlos vor dem Schrank auf der großen Diele. An so etwas Festliches hat er bisher nie gedacht. Hanna hat auch so ernst getan, dass es ganz wichtig wär' – diesmal ...

Nun streicht er erst einmal vorsichtig prüfend über das nie gebrauchte gute Stück. Nur einmal vor langen Jahren hat er den Vater in diesem Anzug bei einer Beerdigung auf dem Friedhof obernorts gesehen, danach nie wieder. Der Gedanke, den Vater – er lebt im Rollstuhl – um die leihweise Überlassung seines besten Kleides für diesen ersten Schritt über die Disko-Abende im Kahlaer Porzelliner-Jugendklub hinaus zu bitten, erscheint ihm doch mehr taktlos als zumutbar. Da nimmt er dem Vater ja förmlich die Zukunft, das Nochmalaufstehn aus dem Stuhl. Wie er es sich im Dunkel seiner lautlosen Modellbilder, die ihn immer begleiten – auf Tassen, Tellern, Vasen und Kannen viele hunderttausend Mal an seinem Arbeitsdasein vor dem Ofen erfahren – so recht vorstellt als ein Tassen- oder Tellerbild, das noch nie vorgekommen, empfindet er die Peinlichkeit einer solchen Zumutung mit ganzer Schärfe.

»Kannst ihn doch mal anprobiere«, sagt die Mutter.

Er schlägt nur die Schranktür zu, sagt nichts, ist schon wieder naus aus dem Haus. Zu seiner Schicht. Die zweite.

Zur Nacht erst kehrt er heim, weckt den Mike in der Nebenkoje. Ulli und Rudi schlafen im Oberdeck. »Komm mal naus. Brauch dich!«

Mike reibt sich die Augen. »Hast'n?«

»Vatersch Anzug probiere. Mer han doch keen großen Spiegel –«

Gemeinsam schleichen sie mit dem schwarzen Anzug und einer Taschenlampe in den Heukaten hinterm Haus.

Fred steigt aus der Kluft heraus und in den Feiertagsanzug des Vaters hinein. Der Bruder hält das Licht.

Das Ergebnis ist leider so belustigend, dass es bedauerlich ist.

Fred sieht mit dem überwachen Blick des Misstrauenden das leichte Tänzeln in Mikes Mundwinkel. Ist zugleich erstaunt. Den Vater hat er zuvor nie so klein gesehen, wie er sich durch seinen Anzug jetzt ausweist. Verlegen streift er das ihm zu enge Gewand vom Körper, schüttelt den Kopf. »Scheiße ...«

Mike sendet mit seinem Licht ins Heu noch einen kleinen Hoffnungsschimmer in Freds Gemüt. »Die Mutter könnt vielleicht die Hose verlängern. Dazu trägste dein Ausgehjackett mit ner Blume im Knopfloch. Macht sich schick. Musst eben schocken.«

»Geht nicht.« Fred lässt sich desperat ins Heu fallen.

»'rumenn nich?« Mike ist bewusst, wie sehr sein bewunderter »Über«-bruder jetzt, in dieser letzten Nacht vor dem Besuch eines Konzerts in Jena, seiner Hilfe bedarf. »Ich denk', deine Ische is de Tochter vonem roten Gottseibeiuns. Da muss se doch scharf sein auf so was –«

Noch manches Argument bringt Mike vor, dem Bruder Mut zu machen, der schon die Flinte endgültig ins Korn werfen will.

Auch die Mutter ist am nächsten Morgen von einem Gesinnungswandel ermutigt, den ihr der Stolz eingegeben. *Ihr Ältester fährt ins Konzert!* Das ist etwas bisher Unerreichbares im Hause Jonka gewesen. Die Jonkas waren immer anständig, haben nie dem nachgeschielt, was die anderen haben, vor allem die obernorts. Mutter Jonka war stets davon überzeugt, dass sich das nicht gehört, dass es Unordnung bringt in die heiligsten Dinge, die Gott so angeordnet. Nun bringt der Ernährer, der für alles Übrige noch, das die Rente nicht begleichen kann, geradesteht und mit einer Zuverlässigkeit, die jeder Wetteransage im Rundfunkgerät in der Küche weit voraus, alle vierzehn Tage der Mutter das Nötige in die Pappschachtel im Küchenschrank legt – guter Gott! ...

Dieser *ihr* Ältester und Bester will einmal das Besondere, hat einen Wunsch. Er will im Volkshaus in Jäne ein Konzert besuchen, bringt dazu die Hose, die schwarze, die der Vater ganze dreimal in dieser Ehe je angehabt, seiner Mutter und bittet um Verlängerung.

Meta Jonka kann das. Sie hat eine »Singer« aus dem Jahre 1898 in der Wohnstube stehen. »Mach ich dir, Junge«, sagt sie.

Und der Vater im Stuhl daneben hebt zwei Finger seiner erschreckend mageren weißen Hand, spricht mit Ausdruck: »Bevor ich eingezogen wurde zu den Achtundneunzigern in Naumburg, war ich einmal, ein einziges Mal in solch einem Konzert. Das war mit Parkett und Licht und lauter Herren im Frack auf einem großen Podium – ja. Auch die Damen, als Pause war, hatten lange Kleider und waren oben herum ziemlich – also, nackt wäre vielleicht übers Ziel hinausgegriffen, aber in einem gewissen Sinne ›frei‹ waren sie schon. Es hat mich auch damals sehr eingeschüchtert ...«

Die Mutter hat die schwarzen Fäden schon eingezogen, ruft dazwischen: »Nun lass mal die alten Geschichten, Vater, der Junge wird mir derweis noch ängstlicher.«

Da spricht sie wahr.

Als der Sonntagnachmittag sich senkt, steht Fred bereits frisch geschniegelt und gebügelt im Wohnzimmer, will sich nicht einmal mehr hinsetzen, die schwarze Hose nicht zu quetschen. Eine überflüssige Angst. Der Stoff zu dieser Hose ist noch Friedensware, stammt aus der Zeit *vor* Einberufung des Ottofritz Jonka zu den Achtundneunzigern.

Auf dem Weg zum Bahnhof dann will der so vielfach unterstützte Älteste nicht vergessen haben, warum er überhaupt alle diese Anstrengungen auf sich nahm. Diese ganze von Zweifeln umwobene Unternehmung ist ja nur zu vollstricken als der Auftrag jener Unerreichbaren, die mit ihm tut, was sie will, wie mit einem leichten Luftballon. Dabei ist er schwer, hat durchaus sein Gewicht – das weiß er. Die

Rose, die er für sie schneidet, ist zartgelb. Ins eigene Knopfloch steckt er sich eine späte Steinnelke. Sie ist von kräftiger, leuchtender Farbe. Eine Weile wird sie durchhalten. Die Mutter hat ihm noch nachgewinkt aus dem Fenster. Weil er sich umgesehen hat.

Hätte er sich nicht umgesehen, denkt er plötzlich, dann hätte sie nicht gewinkt – aber sie hat gewartet, dass er sich noch einmal umsehen möchte. Weil er doch ins Konzert geht. Das ist seine Mutter, denkt er. *Seine.* Die winkt eben.

Auf dem Bahnsteig von Groß-Naschhausen entdeckt er Hanna – umringt. Das kennt er schon. Es ist wie in Kahla auf dem Schulhof.

Das Daraufzugehn auf diesen Kreis ist wieder einmal eine Aufgabe.

Da Hanna sich zu ihm umdreht, drehen sich die anderen auch um. Er muss auf diese Blicke alle zugehn, nicht stolpern, schlenkern, zu große Schritte machen, die Rose in der Rechten leicht heben und lächeln. Das ist die Aufgabe.

Er geht auf hübsche helle Kleider zu und lauter dunkle Anzüge – nicht ein einziges so groß kariertes Jackett ist dabei, wie er eins trägt. Vielleicht zieht er es im Zug noch aus und geht im Hemd ins Konzert? Aber das ist wohl auch nicht möglich: wenn nur Hanna nicht lacht.

Nein – tut sie nicht. Sie nimmt die Rose lächelnd entgegen. »Das ist der Fred. Macht euch bekannt!«

Und Günter ist hilfreich, haspelt die Namen der Kommilitonen herunter, erklärt: »Fred ist der Freund meiner Schwester –«

»Das sehen wir.« Und Gelächter im Kreis. Heiter. Unbefangen. »Ein hübsches Abzeichen haben Sie«, sagt einer und deutet auf die Steinnelke im Knopfloch. Und wieder Gelächter. Nicht bös gemeint. Überhaupt nicht. Allenfalls die etwas, nun – sagen wir –, gewagten Karoverschränkungen, die dem Jackett jene Verwegenheit verleihen, die weder zu dem ernsten, blassen Gesicht darüber und schon gar nicht zu den dunklen Augen passen wollen, in denen lautlose Blitze auf ihren Auftritt zu warten scheinen, regen zwei der jungen Damen im Hintergrund zu einem leicht mokanten Getuschel an. Jonka ist viel zu wachsam jetzt, als dass ihm etwas entginge. Alle Antennen seines Schaltwerks sind ausgefahren. Passiert auch nur das Geringste, steigt er noch vor Jena aus. Er *muss* ja nicht in dieses, also diese Veranstaltung gehen. Er geht ja nur, weil sie es so will. Er hat ihr deutlich gesagt: Ich passe da nicht hin, das ist nicht mein Platz, dein ›Konzert‹ ...«, aber sie will das ja nicht hören. Erst hat sie sich sanft gemacht, ihn zu überreden, gezirpt und geflötet. Dann aber hat sie sich aufgerichtet und ihn förmlich angeschrien. »Du bist ein Kulturstrolch, wenn du dich davor drückst, wenn du zu feige bist – ich will dich dann auch nicht mehr sehn. Ein Mensch, den man in kein Konzert bringt, *ist* kein Mensch und wird auch nie einer. So, nun weißt du's!« – ja, so hat sie ihn angedonnert und ihm alle hübschen Halme, die sie gepflückt, ins Gesicht geschleudert. Wenn sie aber denkt, sie kann mit ihm machen, was sie will, nur weil sie so schön ist und Lehrerin werden muss, so hat sie sich aber verdammt in den Finger geschnitten ...

Und dann hält der Zug schon am »Paradies« – nein, nur auf dem Bahnhof, der das Paradies auf einem großen Schild ankündigt.

Sie hatten alle während der Fahrt viel Spaß an diesem gemeinsamen Sonntagabend-Ausflug in die Kultur des Abendlandes, haben ein bisschen gealbert miteinander, geraucht, eine Cola getrunken, Witze erzählt. Gar so genau mit Beethoven und Bruckner hat man's ja nicht. Es sind, mit einer Ausnahme, keine Professorenkinder, die sich auf ein solches Konzert-Abonnement eingelassen haben, und nur Fred weiß das noch nicht.

Auf den abenddunklen Straßen des Spätseptembers muss ihn Hanna förmlich hinter sich herziehen. »Die anderen sind bald hundert Meter voraus«, klagt sie. »Du bist wie ein Ochse, der ins Schlachthaus soll – herrjenocheins, ich will doch nur dein Bestes!«

An der nächsten Litfaßsäule bleibt er noch einmal stehen. »Ich kann doch hier auf dich warten – du hörst da drinnen in dem Haus die hohen Töne, und ich geh' da drüben in die kleine Eckkneipe, nehme ein Bierchen – du kommst dann begeistert, holst mich ab, und wir fahren zusammen zurück, und Frieden ist zwischen uns, gelle!!

Hanna fällt der Unterkiefer herunter vor Empörung. »Das möchte' dir so passen, du blöder Kneipenhammel ... Entweder kommst du jetzt mit mir, oder ich schmeiß' dir deine Rose vor die Füße. Das ist dann aber endgültig, hast du verstanden?!«

Sie scherzt nicht mehr. Das sieht er. Und ob sie veranlagt ist zur Lehrerin! – findet er. Und kuscht. Mault nur noch zaghaft: »In dem karierten Dinge dorthin kann ich mich da drinnen nicht sehn lassen ...«, aber sie wischt das alles fort mit einer Handbewegung. »Ein Konzert ist keine Modenschau. Wer kommt und ordentlich zuhört, *ist* willkommen, glaub mir doch endlich ...«

Er lässt sich fortziehen zum Volkshaus.

Günter hat sich aus der Entfernung ein paar Mal umgesehen ... Lächelt still vor sich hin. Die Schwester scheint sich da ein Sonderexemplar ausgesucht zu haben. Sieht ihr ähnlich. Nach seinem ersten Eindruck scheint ihm, es handle sich um einen kantig umrissenen, möglicherweise noch undifferenzierten, auf jeden Fall aber bemerkenswert festen Charakter – untergebracht in einem wie aus Stein gehauenen Körper. Ein Mann, ein richtiger, ist er auf jeden Fall – macht die Schwester begreifbar, hebt sie heraus aus dem allgemeinen Abiturientinnenzustand. Da ist in der Regel noch viel »Gänsiges«. Das hat Hanna nicht. Sie hat es nie gehabt, wie er jetzt plötzlich begreift.

Ob ihr Fred, wie der Vater vermutet, tatsächlich an dem dunklen Geschäft mit den »Konstnärliga variationerr« beteiligt ist? Sehr ähnlich sähe ihm das nicht. Er wirkt scheu, aber nicht fragwürdig. Vielleicht braucht er Geld! Bei den Jonkas verdient niemand außer ihm. Die aus dem Waggon gepurzelten anonymen Bücherhaufen waren eine überraschende und einmalige Gelegenheit, ohne allzugroße Gewissensbisse zu etwas Geld zu kommen. Günter mag darüber den Richter nicht machen. Aber auf den Busch wird er klopfen. Noch an diesem Abend.

In der vielbeflammten Halle des Konzertsaals haben die jungen Leute ihre Plätze eingenommen, Fred hat instinktiv getrachtet, den zweiten Platz direkt am Mittelgang zu behaupten, um jederzeit einen Fluchtweg offen zu haben. Die Geschwister wollten ihn eigentlich in die Mitte nehmen, um ihm Sicherheit zu geben, aber das hat er zu vermeiden gewusst. Er hat den gewünschten Platz – zur Linken einen alten Herrn mit Brille, der im Programmheft liest, zur Rechten Hanna, danach die Übrigen …

Für Fred sind es Übrige – das Konzert übrigens ist ihm auch ein Übriges. Er wird einfach nicht hinhören und basta! Niemand kann ihm das ansehen oder nachweisen, dass er nicht hinhört; die Herren im Frack sitzen schon auf ihren Stühlen da oben, ziemlich eng gepfercht, kratzen und blasen ins Freie, wie sie gerade lustig sind; auch ein paar Damen sind dabei, mit langen schwarzen Kleidern bis auf die Erde. Die Dame mit der Harfe jedenfalls, na! Mit ihren Krebsscheren greift sie ins Gedärm des goldenen Galgens, als wollte sie was Bestimmtes anrichten. Manche Herren mit dem Holz unterm Arm oder auf dem Knie tun so, als ginge sie alles nichts an, glotzen vor sich hin – zwei Kollegen in der Brennerei tun auch immer so: der Albert vom Ofen IV und der alte Lamprecht, der nur die Festware zuschiebt …

Die Molls wollen was von ihm. Sonst wäre ja der Bruder nicht mitgekommen. Hinter dem sind Eltern – das Papachen aus der Sippe hat er schon auseinandergenommen. Abgezogen ist das Papachen – hat die Kurve gekratzt – hat er ihm nun den Sohn auf die Fährte gesetzt, ihm was anzuhängen?

Wenn Hanna da mitmacht – also: dann aus und Feierabend. Da ist in dem Spind nichts mehr drin. Kein Stück! Er hängt seine gute Hose vom Vater da hinein, und wenn die Schicht zu Ende ist, greift er in den alten Plunder – also, nicht mit Jonka, Herrschaften!

Unwillkürlich schaut er nach rechts. Hanna spürt das sofort, sucht seinen Blick, meidet ihn nicht ... »Keine Angst«, sagt sie lächelnd, es geht gleich los.«

Und dann geht's los. Richtig.

Die mit dem Holz unterm Arm tun es unters Kinn, und die anderen, die es unterm Knie haben, säbeln frisch drauflos ... Und die funkelnden Gerätschaften aus Metall haben auch was zu sagen ...

Zum ersten Mal wagt es Fred, sich ein wenig beruhigt der Lehne des Stuhls zu überlassen.

Ein Blick über den Mittelgang hinaus überzeugt ihn, dass auch auf der anderen Seite niemand über ihn tuschelt oder mit dem Finger auf sein Jackett zeigt. Er hätte den dummen Fetzen doch noch auf der Brücke vorhin in die Saale feuern sollen, aber Hanna hat ihn dauernd fortgezogen, ihn durch die Stadt geschleift wie einen widerspenstigen Köter. Jetzt beugt sie sich zu ihm, flüstert ihm was von einem gewissen Mozart ins Ohr.

Er versteht es nicht, nickt nur. Tatsächlich macht die schwarze Horde da oben alles, was der Mann mit der Rute will. Es klingt auch nach was, also wirklich! Kein bisschen Durcheinander in dem Ganzen. Das müssten seine Leute in der Brennerei mal hören, was das für eine Ordnung ist in der Musik von diesem – wie hat sie gesagt? Von diesem Mozart ... Sie weiß alles schon. Und hat auch so eine kleine unsichtbare Rute in der Hand. Mit der dirigiert sie ihn. Hat ständig was an ihm zu verbessern und zu mäkeln. Er soll nicht immer so finster blicken, dazu wär' kein Grund, sagt sie. Außerdem wäre es ihr gänzlich schnuppe, sagt sie, ob er ein Arbeiter wäre oder nicht ... Bin aber einer, hat er einmal zu ihr gesagt, aber sie hat es nicht verstanden. Bis heute nicht. Bis zu diesem Augenblick nicht, da sie neben ihm sitzt in diesem hellen Saal mit dem vielen Licht und all dem lieblichen, tanzenden, jubelnden, lachenden Klang darin. Sie hat gesagt, das wäre nichts zum Einbilden, dabei hat er auf das Unübersteigbare zwischen ihnen zeigen wollen, darauf, dass er sie nie wird erreichen können, und wenn er sich noch so anstrengt ... Nach diesem Konzert, auf der Rückfahrt im Zug wird er es ihr klarmachen, dass sie mit diesem Nichtdrüberwegkommen leben müssen oder auseinandergehen. Er weiß schon, was sie darauf sagen wird. Sie wird sagen, das wäre alles Unsinn, und es käme allein darauf an, dass man ein Mensch ist, ein richtiger ... Das würde alles überwinden, wird sie sagen. Weil sie eben noch in die Schule geht und nicht für eine ganze Familie sorgen muss. Da denkt man so. Er weiß das besser. Schließlich macht er Geschirr für die ganze weite Welt, ohne jemals auch nur einen Schritt aus seinem Tal herausgekommen zu sein. Und doch weiß er, was die Welt haben will und kauft. Sie macht ihre zwölfte Klasse durch, wird vollgestopft mit all der Wissenschaft von der Welt und hat doch keine Ahnung. Natürlich kommt es nicht darauf an, dass man ein Mensch ist, ein richtiger ... Das hat ja überhaupt keinen Markt. Das wird ja nur in diesen Zeitungen behauptet, die Papachen liest. Hanna ist davon schon ganz blöde gemacht. Zumindest kommt es nicht »allein«, wie sie sagt, darauf an. Natürlich, ist er kein Fledderheini. Er ist, was er ist. Arbeiter eben. Aber außerdem noch kennt er die Tricks und Drehs, die Schliche und krummen Touren. Die gehören nun einmal dazu. Wenn sie sich auf diesem Gebiet nichts sagen lassen will, wie die Welt wirklich ist, ist schon der zweite Graben da – ein ziemlich breiter. Da muss er schon die Hand verdammt langziehen aus der Schulter, dass er das Mädel überhaupt noch darüberbringt, damit sie zu Verstand kommt ... Jetzt berührt sie seinen Arm. Schüttelt ihn ein bisschen wach aus seinem Lebenstraum ... »Komm!«, sagt sie. Bemerkt seine Abwesenheit. »War der Mozart so gut?«

Er hebt den Kopf. »Was –? Wer ...«

»Es ist Pause.«

»So. Ja.« Er steht auf, ist benommen.

Die schwarze Kompanie da oben hat Holz und Blech niedergelegt und sich entfernt, gähnende Leere bereits in der Höhe. Die übers Parkett ausgestreute Menge strebt in Gruppen, die Fischschwärmen ähneln, den Ausgängen zu.

In dem Gedränge auf dem Flur und im Vorraum gibt es wieder dieses Zusammenstehn in Gruppen mit all dem Geplapper. Die feineren und älteren Herrschaften – weißhaarige Professoren, die nicht mehr auf dem Katheder stehen, führen gemächlich gediegene Damen in langer Seide durch den Wandelgang auf und ab, auf und ab ... »Ein Buffet gibt es auch«, sagt Hanna, will ihn wieder mitziehen zu den anderen. Diesmal zieht sie vergebens. Er macht sich frei. »Ich geh' ein Stück vors Haus. Ein Stäbchen brauch' ich jetzt.«

Sie will mitgehen, er aber sagt: »Lass!«, geht allein.

Sie bleibt stehen, sieht ihm nach. Wenn er so ist wie eben, dann hat er wahrhaftig etwas von einem Mann in einer Rüstung. Er wirkt »gepanzert« – warum nur geht ihr das so ins Gemüt! Wenn sie das wirklich wüsste, könnte sie ihm widerstehen, denkt sie. Das sind so Gedanken im Wandelgang.

Günter kommt. »Ist was mit ihm?« ...

Hanna schaut dem, mit dem soviel »ist«, noch immer nach. »Natürlich. Reißaus nimmt er. Misstrauisch ist er. Er traut uns allen nicht. Die ganze Aufmachung hier ist ihm verdächtig, der Saal, die vielen Menschen, das Geplapper, das aufdringliche Spraygemuffle kann er schon überhaupt nicht vertragen ...«

»Hat er ja Recht«, sagt der Bruder. »Ich mag's auch nicht.«

Hanna macht kehrt. »Nachlaufen werd' ich ihm nicht.«

»Das mache ich«, sagt Günter. »Der Vorschlag stammt schließlich von mir –«

Sie sieht sich nicht noch einmal um.

Am Buffet gibt es zwei Schlangen. Ihre Leute empfangen sie in der ihren willig, fröhlich, aufgekratzt, plappernd ... »Dein Freund ist wohl nicht fürs Anstehn?«

»Er will eine rauchen.« Hanna reiht sich ein, Arme, Hände umgreifen sie sorglich. Behütet ist sie immer. Es schwirrt um sie, seit sie lebt. Ganz bewusst ist ihr nicht, warum das so ist. Im Hause Moll ist ihre Schönheit und Anmut in achtzehn Jahren nicht ein einziges Mal erwähnt worden. Sehr zu ihrem Vorteil. Sie weiß es noch jetzt nicht, dass sie schön und anmutig ist.

Fred hat keine Sprache für so etwas.

Natürlich hat sie an diesem Abend mit ihm auch ein wenig imponieren wollen, denn sie findet ihn ja imponierend, aber das scheint danebengegangen. »Ist der immer so?«, wird sie gefragt, und sie weiß in ihrer Verlegenheit nichts darauf zu antworten. »Ein Scharfer ist er auf jeden Fall«, bemerkt jemand hinter ihr. Da errötet sie und dreht sich nicht um. Der ganze Abend eigentlich ist danebengegangen. Schade. Ihr ist plötzlich, als hätte sie einen Stein in der Kehle.

Ihr Liebster indessen steht draußen in der Nacht abseits, zieht den Rauch der »Juwel« durch die Lunge und weiß nicht weiter. Ihm ist, als hätte er einen Stein in der Brust. Das Unternehmen »Hanna« ist hoffnungslos. Das ist keine Ahnung mehr, das ist Gewissheit. Sie macht ihren Weg in den höheren Stand, wird sicherlich auch mal Direktor einer großen Schule im Bezirksmaßstab, und er bleibt vor seinem Ofen. Sein ganzes Leben lang. Er liebt seinen Ofen. Aber eben wohl doch nur, weil er muss. Er kann nichts anderes. Außerdem wird er nie – niemals studieren. Dazu reicht es nicht. Nackt und klar: Es *reicht* nicht! Also muss er Schluss machen. Das ist die sauberste Lösung. Am besten, er geht gar nicht mehr zurück in dieses piekfeine Konzert da drinnen, sondern lieber gleich zum Bahnhof. Ohnehin braucht er dringend ein Bier jetzt. Also Schluss mit dem ganzen Gegakel. Was steht er hier noch herum ...

»Ich hab mich auch für die frische Luft entschieden«, sagt jemand hinter ihm, kommt nahe. Ihr Bruder ist's. Na also! Will sich auch eine zwischen die Lippen klemmen, sagt er, quatscht ein bisschen rum von wegen schöner Abend und so. Und dann meint er plötzlich, es wär' gut, dass sie sich endlich kennenlernten. »Ich glaube, als Lausewänster haben wir zwei uns mal auf der Gasse verprügelt –«

»So. Weiß ich nicht mehr.« Fred ist zugeknöpft bis zum Kinn.

Da der andere nun aber nicht nachlässt mit seiner Freundlichkeit, ist Fred entschlossen, jenen Schicksalsstab, den er nun einmal in seinen Händen hält, ohne ferneres »Gegakel« überm eigenen Knie zu brechen. Von der Unumgänglichkeit dieser Operation fest überzeugt, faucht er giftig: »Hat sie dich geschickt?«

»Aber nein doch! Es war meine, also mein Vorschlag, dass wir zwei uns mal ...«

»Willst 'n von mir, he? Mich anzeigen, was?! Ich geh jetzt zum Bahnhof und fahr' nach Haus! Ihr könnt' mir allesamt den Buckel runterrutschen mit euerm – haha! – Konzert ...«

»Das ist doch Mist, was du da redest, Mann! Ich will doch nur mal mit dir über alles sprechen ... Himmelherrgott, verstehst du denn nicht?«

Sie laufen nebeneinander her durch die stillen, nächtlichen Straßen – zwei einsam Streitende, die niemand hört und sieht.

Nein – Fred versteht nicht. Das heißt – verstünde schon, wenn er wollte, aber will ja nicht. Vor lauter Ingrimm knirscht er mit den Zähnen. Seine Lippen flattern. »Noch einen Piep, und ich mache Murks aus dir. Ich warne dich. Hau ab!«

So schnell möchte Günter seine Mission, die er sich einmal vorgenommen, nicht aufgeben. Auch ihm fehlt es nicht an

Beharrlichkeit. Hier aber ist sie fehl am Platze. Er gibt zwar keinen »Piep« von sich, vor dem er gewarnt wurde, aber er macht einen psychologischen Fehler: er berührt Jonka am Arm, um ihn zum Stehenbleiben zu bewegen.

Die Reaktion ist blitzartig. Ein einziger handschriftlicher Gruß ans Kinn des Missionars, und alle weiteren diplomatischen Verhandlungen sind beendet.

Ein Rentner, der seinen betagten Dackel noch einmal ausführt, findet den jungen Mann unter einer Linde, schüttelt ihn ein wenig. »Ist Ihnen schlecht?«

»Ach nein, lassen Sie nur – es geht schon wieder.« Als er steht, betastet er seine Schmerzseite. Das gibt eine geschwollene Fassade, wenn er nicht sofort kühlt.

Der Herr mit dem Dackel ist hilfreich, führt ihn in seine Küche, nimmt schon die Baldriantropfen aus dem Schränkchen. Aber nein – der junge Mann will nur sein Taschentuch befeuchten, hält es auf seine Backe, eilt dankend wieder hinaus.

Wohin jetzt? Ins Konzert zurück ist sinnlos. Außerdem kann er mit diesem ebenso lächerlichen wie peinlichen Misserfolg nicht zu Hanna zurück. Was hat doch ihr »Liebling« gesagt? Zum Bahnhof – ja, natürlich! Also nichts wie hin!!

Fred sitzt bereits im Mitropa-Lokal des Paradies-Bahnhofs hinter seinem Bier, verstimmt und trübe mit seinem Groll beschäftigt, der Menschen ringsum in der verqualmten, nicht sonderlich vornehmen Wartebude nicht achtend, als sich erneut die Tür auftut. Er glaubt sich plötzlich auf der Achterbahn ... Das gibt es doch nicht! Da kommt dieser Mensch mit der Hand auf der Backe auf ihn zu, so schnell, dass er noch beinahe einen Stuhl umreißt, winkt mit der anderen Hand und lacht – *lacht* –, gibt ihm einen sanften Knuffer in den Oberarm, lässt sich auf den Nebenstuhl fallen, stöhnt befriedigt: »Mann, das ist aber ein Glück ... Ich hatte schon Angst, ich erwische dich nicht mehr. Frollein, zwei Helle bitte ...!«

Fred hebt abwehrend den Kopf.

»Nein, nein – die sind für mich. Ich komme um vor Durst. Außerdem kann ich mir das gar nicht leisten, einen gut verdienenden Aktivisten der Produktion einzuladen. Ich bin ein armer Student.«

»Machste wieder deinen saudummen Spruch?«

»Nun halt mal die Puste an, Mensch. Schlägst mich halb zum Krüppel und willst noch große Töne spucken ...«

Das Bier ist schon da, und sie trinken es doch zu zweit. Stoßen sogar miteinander an, ehe sie ihre Lippen in den Schaum tauchen.

Nach dem ersten Zug kommen sie in der Sache, um die es geht, dank Günters Überblick und seiner hier sehr bewusst eingesetzten Geduld, in der, zugegeben, auch seine solide Art ihren Anteil hat, zu einer ersten Möglichkeit, sich zu verständigen. Fred geht sogar zum Tresen, weil ihm das mit der bestellten Selters zu lange dauert, taucht das Taschentuch kurzerhand ins Spülfach, ehe der Schenker es bemerkt, ist er schon wieder am Tisch. »Ich bin ein Ochse«, sagt er in seiner Verlegenheit, lässt sich nun seinerseits auf den Stuhl fallen.

»Quatsch. Ein Stier bist du. Gehst auf den Mann ohne jede Überlegung ...« Die neue kalte Kompresse löst doch einen kleinen Schmerzseufzer aus.

»Auf jeden Fall ein Rindvieh«, konstatiert Jonka entmutigt.

»Nun mal Ruhe«, befiehlt Günter, »wir müssen hier strategisch vorgehen. Hast du einen größeren Posten aus der Entgleisung beiseite geschafft? Sag mir ehrlich, was ist! Du kannst dich auf mich verlassen, ich verpfeife dich nicht.«

Fred bekennt, was er hat. »Meine Brüder haben dabei geholfen, die beiden Jüngsten, die immer auf der Wiese spielen, haben mir am nächsten Tag dieses Buch überhaupt erst gezeigt. So bin ich drauf gekommen, dass damit ein Geld zu machen wär'. Wir haben es ja nicht so dicht zusammen wie andere Leute.«

Günter nickt. »Verstehe. Und weiter?«

»Na ja – dann traf ich zum erschten Mal Hanna im Zug. Seit dem Tag ist mit mir was – also, ich bin seit dem Tag ...«

Günter bemerkt trotz der Backenkompresse, dass ein leichtes Wasser in die tiefschwarzen Pupillen steigt, wird ganz vorsichtig: »Abgelenkt, meinst du ...«

»Ja. Nein. Schlimmer.«

»Aufgeregt?«

»Ach was – –«, Fred schüttelt verzweifelt den Kopf. »Total plemplem bin ich seit drei Wochen. Ich kann nichts anderes mehr denken. Wenn ich sie ansehe, könnte ich heulen ... Es sieht weitein bös aus. Mit mir – verstehst du. Nicht mit ihr. Sie braucht mich ja nicht. Sie zieht ihre Bahn bis ganz 'nauf, wo kein Jonka mehr hinreicht – das schafft mich ja so. Gut, ich bin in euer Konzert mitgegangen. Ihr wolltet ja bloß sehen, wie weit ich reiche. Das hat mich dann restlos aus der Wanne geschüttet. Darum hab ich dir die Fassung verbogen. Ich wollte einfach Schluss machen mit allem, was Hanna heißt und Hanna ist – ich werde sonst noch verrückt.«

Fred legt die Stirn auf den Rand des Bierglases. Es sieht also wirklich »weitnein bös aus«.

Günter redet auf den Verzweifelten ein wie ein Seelsorger, hat dabei schon zum dritten Mal die Kompresse erneut gewässert mit dem Selterswasser, das endlich kam, hält sich die Backe, doziert: »Die Hauptsache ist Hanna. Sie muss ihre zwölfte Klasse zu Ende machen. Das ist genau so schwer wie dein Ofen, Mann!«

»Weiß ich ja«, spricht er.

»Dann verhalte dich danach! Zieh sie nicht hinein in irgendwelche krumme Sachen ...«

»Ich sag dir's doch, ich hab den blöden Porno und all das Geld dahinter total vergessen über allem Plempem – tja ...«

Freds Kopf schaukelt jetzt doch ein wenig, seine Faust fährt auf die Tischplatte nicht mehr so gezielt wie an Günters Kinn.

Das Fräulein von der Theke bringt dann den erforderlichen »Mokka für den Herrn«.

Und das Konzert ist längst zu Ende.

Die Truppe, die zurückkehrt, ist in Laune. »Ach, *hier* seid ihr – na so was!!«

Hanna ist blass, als Erste am Tisch, schaut vom Bruder zum Liebsten, vom Liebsten zum Bruder. Fragt fast tonlos: »Was ist passiert?«

Günter grient. »Nichts weiter. Er ist am Anfang etwas ausgerutscht. Kein Problem, Mädel. Wir fahren jetzt gleich, wenn er seinen Mokka getrunken hat. Sei nur ganz ruhig. Bitte. Kein Theater jetzt!«

Hanna will Fred ansehen, sucht seinen Blick.

Er hebt den Kopf nicht. Sie denkt, weil er betrunken ist, hebt er den Kopf nicht. Aber er schämt sich nur.

»Wir warten auf dem Bahnsteig«, sagt sie.

Alle gehen mit ihr hinaus.

Die Rückfahrt verläuft verdammt einsilbig.

Hinter Rothenstein bleibt der Zug eine hübsche Weile stehen. Der Transit-Express Stockholm–Rom hat Vorfahrt.

Noch in der gleichen Nacht wird das Liebesnest im Glockenturm abgebaut. Mike muss wieder helfen. Die Pakete sind schwer und zweiundneunzig Stufen eine ganze Menge. Erst hat Mike gezankt, das schöne Geld, das doch herausgesprungen wär' für alle, sei nun dahin, außerdem könnte er ja wenigstens auf seinen eigenen Anteil bei der Sache bestehen, aber Fred hat nicht mit sich reden lassen, hat plötzlich sogar erklärt, er ließe sich nicht was am Zeuge flicken wegen dieser paar lumpigen Bücher, und er hätte auch eine Ehre und sei keineswegs der letzte Himmelhund und überhaupt, es gehörte sich nicht ...

Mike blickt verstummt auf den »Alten«, wie er Fred in Gedanken nennt, versteht ihn nicht mehr. Als der spricht: »Kannst die Belohnung für dich behalten«, versteht er ihn wieder. Als er dann endlich begriffen hat, dass der ganze Unsinn nur um Hannas willen geschieht, weiß er nachgerade Bescheid, murmelt verächtlich: »Bist also auch sone Memme wegen dem Trallala ...«, und pitsch! – ehe er sich's versieht –, hat er eine verpasst bekommen, ist erstaunt. »Bist ja so komisch seit Wochen. Mann –«, schüttelt den Kopf, folgt aber nun in allem.

Am nächsten Morgen dann – weil die verdammte Liebe so komisch macht – geschieht das Außerordentliche. Komplett unerwartet, wie üblich.

Die Molls sind ahnungslos und etwas trist um ihren Frühstückstisch in der Wohnküche versammelt, der Vater hat nur mal so flüchtig zum Ältesten vermerkt: »Deine eine Seite ist schief –«, der Älteste darauf erklärt, er müsse zum Zahnarzt, Hanna hat steif und konsequent wie in allen letzten Tagen auf den eigenen Teller gestarrt, vor sich hingekaut, Mathilde diesen und jenen schwachen Versuch zu einem Gespräch gemacht, als eben das Gebelfer der MZ von der Straße her die gesamte Familie wissen lässt, dass da draußen jemand Bestimmter wartet, dass eine Bestimmte herauskäme.

Sie macht aber keine Anstalt.

»Musst du nicht in die Schule?«, fragt der Vater brauerunzelnd.

»Ich fahre mit dem Zug.«

Und aus. Punktum. Kein Blick, keine Ahnung von irgendetwas, das man als Verständigungsbereitschaft im Geringsten zu deuten berechtigt wäre.

Draußen aber auch kein ungeduldiges Hupsignal wie sonst.

Etwas ist im Gange.

Herrmann erhebt sich schließlich, tritt ans Fenster – traut seinen Augen nicht.

Dieser Jonka, sein erklärter Wunschfeind, ist vorgefahren. Mit einem Anhänger. Der ist vollgepackt mit Paketen.

Hanna sieht nun sehr genau, wie der Vater am Fenster steht. »Gespannt« ist kein Ausdruck. Er besteht überhaupt nur noch aus lauter Elektrizität – findet Hanna.

Und dann greift sich dieser Jonka zwei Pakete – hat allerdings den Motor sorglich abgestellt. Nach Vorschrift. Da wäre nichts zu vermerken. Jetzt öffnet er die Gartentür, geht aufs Haus zu. Ohne rechts und links zu blicken. Einfach so.

Das wird dienstlich.

Nur wenige Schritte, und der Vater ist hinaus, greift sich im Flur die Dienstmütze, öffnet schon das »Amtszimmer«, das er sich eingerichtet, damit die öffentlichen Belange halbwegs ordentlich repräsentiert würden, dreht das Schlüsselbund im Schreibtischfach, entnimmt ihm die Kassette, die Pappe mit der Ablieferungsliste, die Bleistifte, den Stempel, als dieser – also dieser, na ja! – die Stube betritt, zwei Pakete vor den Schreibtisch legt, stumm den Raum wieder verlässt.

Das macht er noch dreimal. Ohne ein Wort. Dann sind es acht Pakete.

Der Kerl bleibt stehen und erklärt, das sei nun alles.

Keine Frage: Der Auftritt ist eine Überrumpelung. Und er ist doch ein bisschen aus der Fassung gebracht, der Genosse Abschnittsbevollmächtigte, den dieser Mensch in jener scheußlichen Versammlungsnacht »Papachen« genannt hat – ein »Denkmal«! Das Gebrüll mit dem »hinter Gitter bringen« hat das gute Papachen inzwischen vergessen. Natürlich ist nun auf Form zu achten, denn jetzt ist nicht Nacht auf einem Küchenhof mit Stallungen, sondern helllichter Morgen in einem Amtszimmer. Die Examination ist also scharfen Blickes durchzuführen.

»Haben Sie dieses Verlustgut aufgebracht?«

»Ja – ich.«

»Fundort?«

»Glockenturm.«

»So, ja« ... Herrmann will schon schreiben, runzelt dann doch die Brauen. »Wawa-was denn für ein Glockenturm?«

»Der die Musik macht ›Üb immer Treu und Redlichkeit‹ – obernorts.«

»Der Kirchturm also.«

»Die Musik kann auch heißen ›Ein Mädchen oder Weibchen wünscht Papageno sich‹«, sagt Hanna – ja. Sie kennt sich aus in der Musik.

Krampfhaft starrt der Vater auf seine Liste, fährt ganz langsam mit dem Stift über nicht existierende Posten. »Das gehört nicht hierher.«

»Ich sag's nur, weil wir gestern Abend im Konzert waren. In Jena. Günter hat mich eingeladen. Wir saßen zusammen in der achten Reihe. Im Volkshaus. Hanna und ich. Sie hat mich angesehen und dann gesagt, es wäre Mozart, was sie spielen; der hätte auch die Musik gemacht zum Spiel oben – im Glockenturm.«

Es ist danach so still im Amtszimmer, dass die Fliege, die durchs offne Fenster hereinkam, dröhnt wie ein Helikopter.

Jonka wartet, ob etwas kommt. Er hat Zeit. In dieser Woche ist er in der zweiten Schicht.

Die Fliege übrigens ist wieder zum Fenster hinaus. Vermutlich konnte sie die hohe Spannung im Amtszimmer nicht ertragen. Selbst Insekten fühlen ja wohl, was ist – nur Menschen muss man es gelegentlich ins Ohr brüllen.

Der entnervte Papa hat sich endlich ein wenig gefasst, setzt das Verhör fort, das er für vorgeschrieben hält, obwohl er doch weiß, dass es in diesem Falle nur vergebliche Mühe ist, das Gesicht zu wahren.

»Sie also haben dieses Versteck im Glockenturm entdeckt?«

»Jawohl.«

»Und keine Ahnung, welche Elemente dahinterstecken?«

»Elemente – meinen Sie?«

»Ja, natürlich – Jonka!!«

»*Herr* Jonka – – allemal!«

»Also gut. Einem Arbeiter gestehe ich das ›Herr‹ ohne Weiteres ...«

»Bestarbeiter, bitte – dreifacher Aktivist, wenn's recht ist.«

»Ja – jaaa doch!! Ich schreie es ja schon, Mann!!!«

Der Genosse Abschnittsbevollmächtigte ist aufgesprungen von seinem Stuhl hinter dem Diensttisch ... und hat sich wieder fallen lassen.

Könnte er jetzt die ganze Welt, wie sie geschaffen ist, in der Luft zerreißen – bei Gott, er würde es tun!

Und abermals mustert der Sieger den Verlierer. Er weiß plötzlich mit einem unendlichen Kraftgefühl, dass er für Hanna Mauern einreißen kann wie Kartenhäuser. Wenn er ›konsequent‹ – das war das Wort, das Günter ein paar Mal sprach –, konsequent also bei der Wahrheit bleibt. Zum Abschied denn noch ein kleines Wahrheitsküsschen auf den Amtstisch.

»Ich bin das ›Element‹, das dieses Versteck entdeckt hat, Herr Moll. Darauf kommt ja nicht jeder schließlich – stimmt's?!«

Herrmann hat verstanden, öffnet die Kassette. »Sie bekommen für diese acht abgelieferten Pakete wie in der Bekanntmachung vom 9. September angekündigt einhundertundsechzig Mark Belohnung.«

Verdammt frostig hat er das gesprochen, der Bevollmächtigte in Angelegenheiten »Inneres« von unternorts.

Blatt um Blatt zählt er die großen Scheine über die Tischplatte.

Fred kehrt die Beute mit einer einzigen Handbewegung zusammen, schichtet sie noch ein bisschen ins Lotrechte, schielt von unten, was von oben noch zu erwarten. Da ist nichts mehr im Gange. So wird ihm denn die erste echte Genugtuung, an die er sich noch im Achtzigsten erinnern wird. Er hebt das geordnete Bündel Geld, legt es wieder zurück in die offene Kassette. »Meine Spende. Für die Solidarität.«

Und Pause.

Der Vater muss es ertragen, wie es ist. In aller Stille.

Und Fred lächelt zum ersten Mal diesem Vater seiner Hanna ins Gesicht. »Na? Zufrieden? Eine Liste für die Solidarität wird doch im Schrank sein.«

Ist selbstverständlich.

Der Vater öffnet den Hefter, trägt den Betrag ein. Jetzt doch nicht ohne Genugtuung, denn damit ist ein Staat zu machen. Erhebt sich dann zu ganzer Größe, reicht die Hand über den Schreibtisch. »Herr Jonka – im Namen der Volkssolidarität von Groß-Naschhausen spreche ich Ihnen meinen Dank aus.«

»Schon gut –«, sagt der betreffende Betroffene, macht eine kurze Kehrtwendung und ist hinaus.

Die MZ donnert schon ihre Startmelodie, als der Vater die Küche betritt, in der Tür stehenbleibt, seinen Ältesten am Tisch fixiert. »Das hast du angerichtet. Nur du!«

Günter lächelt, packt schon die Mappe. »Ja. Ist doch in Ordnung – oder?«

Manne Moll holt noch einmal Luft, wirft über seine renitente Familie den ganz großen Blick.

»Das eine sage ich euch: Sollte hierorts noch einmal ein Porno für Schweden entgleisen, habt ihr mich das letzte Mal gesehen. Ich verreise dann. Für lange.« Er will sich schon wenden, muss es aber doch noch einmal sagen: »Für *sehr* lange!!« Und – puch! – ist er 'naus.

Ein schöner Abgang.

Rund um den Frühstückstisch verbreitet sich eine gewisse Heiterkeit. Hanna packt Günter, wie er sitzt, küsst ihn auf die wunde Wange. »Das vergess ich dir nie ..., bist unser Hit im Haus.«

Und Fritz, der häufig beiseite gestellte Nachkömmling, fragt mit einem ersten schwachen Schimmer von Hoffnung: »Wird es jetzt wieder so wie vorher?«

Mathilde, die Köstliche, gibt ihrem Jüngsten einen Kuss auf die Stirn. »Nein, mein kleiner Dreckwanst – besser als vorher. Es wird wie nachher.«

Fritz blickt schräg. »Du meinst, wie nach der Autowäsche.«

Mathilde lacht. Seit Langem wieder einmal aus vollem Hals. »Ja, mein Junge«, ruft sie atemlos –, »genau so!«

Und irgendwo an einem Punkt ist Fritzens Frage so töricht nicht.

Der Staatsapparat hat einen neuen Impuls erhalten. Das freie Spiel der heterogenen Kräfte hat dazu geführt, dass der Abschnittsbevollmächtigte am Telefon sitzt. Was am Montagmorgen ein bisschen dauert. Mit dem Rad durchs Orlatal wäre es schneller gegangen. Genosse Moll will es aber nun wissen. Und mittags kommt die Botschaft: Die Werkleitung ist komplett entzückt, schickt einen Barkas.

Herrmann fährt mit nach Roßeck. Nicht nur die Anerkennung will er sich holen. Auch seine Meinung im Grundsatz »zu der ganzen Schweinerei« will er sagen. Immerhin bringt er alles in allem fast dreihundert Exemplare des »Verlustguts« zurück. Es kann in der Abteilung »Absatz« zurückgebucht werden, der Gesamtschaden in der Exportbilanz des VEB »Fortschritt«, graphische Werkstätten, mindert sich um ganze null Komma sieben Prozent – ein schöner Erfolg.

Leider weilt der Genosse Aberhold an diesem Montag in der Bezirkshauptstadt, ist nicht zu sprechen. Sein Stellvertreter kommt frisch von der Alma Mater Jenensis, blickt etwas erstaunt auf diesen offenbar ernstlich verstimmten Genossen vom Marktflecken Groß-Naschhausen, der sich ins Zeug wirft, als sei die Arbeiter-und-Bauern-Macht ein Keimling, der vom nächsten Frost des Klassenfeinds allein schon deshalb ereilt würde, weil in seinem Innern der Wurm säße ...

Der junge Mensch – er heißt nur Müller und davor auch nur Achim – rückt zögernd an seiner Brille. »Gar so schwarz würde ich die Entwicklung nicht sehen, Genosse ...«, sagt er.

Sie sprechen etwa zwanzig Minuten miteinander. Dann haben sie beide begriffen, dass es keinen Zweck hat. Sprüche der eine nur arabisch, der andere nur französisch, gäbe es noch gewisse letzte Mittel. Da sie beide deutsch sprechen, ist die Sache verdammt komplizierter.

Herrmann kommt mit einem ganz gewöhnlichen Personenzug aus Roßeck zurück, lässt sich am Küchentisch zum Mittagsmahl enttäuscht auf den Stuhl fallen, löffelt Mathildes Kunstwerk achtlos hinein. »Ich sag's dir, Weib – schönes: Wenn nicht noch ein Wunder geschieht, fährt die ganze Radeberre vor 'n Boom, und zwar demnächst. Das dauert gar nicht mehr lange. Ich, dein Herrmann, bin e Prophet.«

Er nickt und isst. Und Mathilde *ist* eine Künstlerin.

»Nun schwatz mal nicht so aufdringlich«, sagt sie lächelnd.

Und hat selbstredend noch etwas in petto: ein gekühltes »Wernesgrüner Pils« – entnimmt es dem Kühlschrank, stellt es auf den Tisch. Er staunt. Fragt erst, nachdem er gekostet. »Woher?«

»Eine kleine Abzweigung aus dem Export, Vater. Wie die Gartenzwerge und der Porno.«

Schweigend steht er auf vom Tisch.

Ist dann nicht mehr zu sehen.

Nicht im Haus, nicht im Garten.

Mathilde sitzt ratlos am Küchentisch, als Hanna aus Kahla heimkehrt. »Ich weiß nicht, wo er ist, Mädel ... Er hat sich schwach gemacht, als ich ihm gesagt habe, dass sein Bier für's Ausland bestimmt ist und nur – also weil ich es ...« Mathilde kann nicht weitersprechen. »Ich bin schuld«, ruft sie verzweifelt, weint sich ins Besentuch »Sich regen bringt Segen« erst einmal ein bisschen aus. Es ist bereits der Spätnachmittag und noch, wie der Abend sich senkt, keine Spur vom Alleserhalter im Hause Moll.

Ja – dieser Alleserhalter hat aufgegeben.

Er ist fertig. Er ist auf dem kritischen Punkt angelangt, da jede Bemerkung, jedes einzelne Wort, ja jeder einzelne Blick, der ihn zufällig trifft, auf ihn persönlich und ganz allein gemünzt scheint – »gemünzt« in des Begriffes allseitigster Be-

deutung, wie er seinem Tischpartner beim Wein versichert.
»Alles ist nur fürs Geld – das weiß ich jetzt.«

»Das war noch immer so«, versichert sein Partner. Das ist der Beutlein von nebenan. Meister in der Gütekontrolle von Kahla. Ein erster Mann. Seine Frau hat gesehen, was sich am Morgen des gestrigen Sonntags vor dem Gartentor der Molls abgespielt hat.

Am Montag ist die »Blaue Traube« ein stilles Weinlokal in der Höhe, das um diese Zeit nur von Wissenden, die Zeit haben, besucht wird.

Meister Beutlein hat Zeit, genießt gerade seinen Urlaub.

»Du musst die Ruhe bewahre«, spricht er gemächlich, schlürft seinen feinen, herben Unstrutwein aus Freyburg.

Eine hässliche Ermunterung. Glatter Opportunismus, urteilt Moll.

Um Mitternacht erst kehrt er heim.

Mathilde erschrickt, als sie sich im Bett aufrichtet. Ihr Herrmann steht kreideblass in der Tür und verkündet: »Die Konflikte müssen ausgetragen werden. Immer. Alles andere ist Pfusch und Scheibenkleister. Meine Meinung. *Meine* ...!«

Dass er jetzt so leise und beherrscht spricht, ängstigt Mathilde mehr, als wenn er krakeelt hätte. »Zieh dich erst einmal aus«, sagt sie, »es ist späte genug.«

Er ist folgsam, zieht sich aus, dabei mit der Sturheit des Trunkenen vor sich hinmurmelnd: »Die Konflikte müssen ausgetragen werden, richtig ausgetragen ... Und das macht der Herrmann jetzt, ja – jawohl! das macht er, damit kein Sch-schei... heibenkleister daraus wird ...«

»Nun hör schon auf mit deinem Kleister, Manne!« Noch einmal richtet sie sich auf. »Wollten die Leute ihre Konflikte, die sie miteinander haben, immer gleich austragen, wäre die Menschheit längst ausgerottet. Sei froh, dass unsereins erscht emal Ruhe gibt und sich's überlegt, bevor er was austrägt.«

Herrmann dreht sich schweigend um, als habe seine liebe Frau ihm einen Stein in den Rücken geworfen. Ganz nüchtern ist er plötzlich.
»Was du da eben gesagt hast, das hast du von Günter.«
»Nein, das hab ich von mir, du Dummerjan. Deinem feinen Weibchen fällt manchmal auch was ein.«
Sie nimmt ihn in die Arme, zieht ihn zu sich.
Er lässt sich fallen in sein häusliches Glück und seufzt besänftigt: »Ach, Mathilde, ich bin der einzige wirkliche Hornochse von ganz Groß-Naschhausen.«
Mit dieser letzten Feststellung entschlummert er im Arm seiner Frau. Am nächsten Morgen freilich ist der hässliche Alltag wieder da, in dem erneut gewisse Dinge ihren spontanen Lauf nehmen, ohne dass ein vorheriges Einvernehmen, eine kleine Absprache nur, mit dem Genossen für das Innere von Naschhausen unternorts erstrebt, geschweige denn überhaupt ins Auge gefasst worden wäre.
Die Kreisseite des auf dem Frühstückstisch liegenden Bezirksorgans teilt nämlich ziemlich überraschend mit, dass es dank des Einsatzes volkspolizeilicher Ermittlungen sowie der Initiative einzelner Bürger, in der sich der Naschhausener Jungarbeiter Fred Jonka, mehrfacher Aktivist im Porzellanwerk Kahla, besonders hervorgetan, gelungen sei, das Hauptkontingent jenes bei der Entgleisung vom 2. September zu Schaden gekommenen Exportguts wieder beizubringen; es habe sich nämlich – so die Zeitung – herausgestellt, dass ohne Hinweise aus der Bevölkerung das Versteck im Glockenturm der altehrwürdigen, unter sozialistischem Denkmalschutz stehenden Barockkirche zu Groß-Naschhausen nicht hätte entdeckt werden können, woraus hervorginge – so abermals die Zeitung –, dass eine gesonderte und bedeutend verstärkte Aufmerksamkeit gegenüber dem Missbrauch wertvollen Kulturguts für rein kriminelle Zwecke unbedingt erforderlich sei.
Der Vater hält dem Sohn diesen Artikel aus dem Organ unter die Nase.

»Habe ich auch diesen Beitrag meinem Sohn zu verdanken?«

Günter hebt die Schultern. »Mein Einfluss am Platze wächst, Vater – zugegeben. Aber an dieser Auslassung bin ich unschuldig. Es gibt eben noch andere Kräfte im Land, die auch ohne mich wissen, was zu tun ist. Gewiss ein Fehler, aber ...«

Der Vater feuert das Blatt mit hartem Knall auf die Tischkante, macht sich aus dem Staub – dem leidigen, politischen. Geht an seine Arbeit, die ja weitergehen muss, auch wenn es keine Entgleisung gibt.

In den nächsten Tagen grübelt er vor sich hin. Er selbst und alles, was er bisher aus seinem Leben gemacht hat, das steht nach drei Wochen solch einer aussichtslosen Strampelei gegen eine einfache, nackte Tatsache einer rein staatlichen Panne der Arbeiter-und-Bauern-Macht, nun ja! Herrjemineh: ein letzter Waggon ist aus dem Gleis gesprungen, das passiert ja allemal – also: Das steht dann mit allem, was an gelebtem Leben dazugehört, plötzlich in Frage?

Hat sich Günter etwa zu einem grinsenden Allesbelacher oder auch nur – Belächler entwickelt? Dann wäre das letzten Endes doch seine – des Vaters Schuld. Er hätte eben besser aufpassen müssen, wird man ihm sagen – wenn es zu einer Verhandlung in Sachen »Entgleisung« jemals käme. Aber wird es dazu überhaupt kommen? Wer in aller Welt interessiert sich schon für einen solch lächerlichen kleinen Zwischenfall im Austausch zwischen Ost und West? Das ist eine Sache der Koexistenz – theoretisch abgesichert. In den Lehrgängen wird das immer wieder betont: Unsere weiträumige geschichtliche Strategie wird aus dem Prinzip der Koexistenz abgeleitet – natürlich, ganz klarer Fall. Dagegen kann man ja nicht sein. Zweimal am Tag und in der Nacht fährt ja der Transit-Express durch Naschhausen. Auch ein Herrmann Moll schließlich ist ja kein Spießer, der nicht sieht, was in der Welt vorgeht ... So des Vaters Grübeleien.

Man muss leben – zwischen Stockholm und Rom. Das ist Fakt.

Herrmann wird sich allmählich klar, dass er den Papst in Rom nicht absetzen, den König in Stockholm nicht von seinem Thron stürzen kann. Daran hat er bisher nie, seit er überhaupt denken kann, jemals gedacht. Er wird sich zum ersten Mal bewusst, dass er das nur denkt, weil es die Entgleisung gab, ja! Er sagt es auch, so direkt, wie er es plötzlich weiß, seinem Mathildchen.

Die Schöne rührt in ihrem Tiegel am Herd, spricht gelassen: »Ich denk auch untertags, dass es doch gut war, was mit uns allen derweil passiert ist.«

Und lächelt.

Indessen wirft der für die Kultur im Bezirksmaßstab verantwortliche Genosse seinen Morgenblick auf die Spalten des Organs und bleibt ausgerechnet auf jenem Nebengleis hängen, auf dem von einer Entgleisung berichtet wird und der Wiederbeibringung kostbaren Exportguts durch den Porzellanwerker Jonka. Es liegt auf der Hand, dass der Genosse bei der Lektüre dieser Meldung an zu Fall gekommenes Porzellan denkt. Er kann sich nicht recht vorstellen, wie ein solches Exportgut hat wieder beigebracht werden können, wenn es doch zerbrochen ist, scherzt darüber am Mittagstisch in der Kantine in launiger Weise, dass sie in Kahla vermutlich eine Klebebrigade zusammengestellt hätten, um die Tassen wieder zusammenzuleimen, wie denn sonst solle man den Unsinn der Meldung verstehen – kurz: Er ist im rechten Zug, als ihn über den Tisch hinweg der Augurenblick seines Abteilungsleiters trifft. Die Genossin zur Rechten bekommt einen roten Kopf, der Genosse zur Linken stellt sich plötzlich selbst um ein Bier an, als würde ihm das nicht gebracht.

»Ist was?« Der Sekretär ist etwas verunsichert.

»Später«, sagt der Abteilungsleiter, hat damit aber kein Glück. Der Sekretär will, was ist, noch mit dem Löffel in der Hand erfahren.

»Die Pakete in dem entgleisten Waggon enthielten kein Porzellan, sondern einen Porno.«

»Wa-aas?«

»Ja. Einen Porno für Schweden.«

»Das gibt es doch nicht ...!!«

Der Abteilungsleiter erlebt einen jener seltenen Augenblicke, in denen es endlich einmal ein Genuss ist, Abteilungsleiter zu sein. Er lässt sogar seine Restsuppe stehen, hebt den Zeigefinger. »Doch, Genosse Wibralla – das gibt es, und zwar in unserem Bezirk. Da wird im VEB ›Fortschritt‹ ein Porno gedruckt, der bei uns soviel Porzellan zertöppert, dass wir nun Arbeit haben für drei Klebekolonnen – jetzt meine ich nicht die Tassen, sondern die Köpfe.«

Es gibt Nierchen mit Chips an diesem Dienstag. Der Duft steigt von den frisch servierten Tellern lieblich in die Nasen.

Der Abteilungsleiter stochert in den Chips herum, die er nicht leiden kann. »Wir dürfen uns nichts vormachen. Einige hochgelehrte Herrn in Jena zahlen bereits für ein einziges Exemplar von dieser ›interessanten Edition‹ bis zu hundert Mark. Professor Heißbrinck soll sogar erklärt haben, in dieser Edition stecke mehr wissenschaftlich zuverlässige Aufklärung über die Hintergrundstrukturen der spätkapitalistischen Libido, als alle marxistische Wissenschaft bisher hat beitragen können.«

Wibralla ist nun doch ernstlich erzürnt. »Nun lass mal diesen ganzen gespreizten Mist, Werner! Wir – die Arbeiter-und-Bauern-Macht – bezahlen diese teuren Professoren, damit sie der Klasse sagen, wie sie es halten soll dort, wo sie es nicht wissen kann – nicht *kann*, verstehst du! –, weil sie niemals, seit es sie gibt, mit solchen Fisimatenten zu tun gehabt hat. Sie hatte in den letzten zweihundert Jahren einfach keine Zeit für solche Schnörkel. Ich verlange also, dass die Abteilung eine klare Position bezieht! Wo ist dieses offenbar wohl doch ›Schweinebuch‹ überhaupt?! Warum wurde es mir nicht vorgelegt? Was für Mitarbeiter habe ich?? Die ganze Abteilung ist im Bilde. Nur der Sekretär darf raten!«

Man ist beim Nachtisch. Steinharte Pflaumen aus der Büchse.

»Scheußlich«, sagt Wibralla. Er ist nun schon zu Zweidritteln auf der Palme.

Die Genossin glaubt an Versöhnung, bemerkt zaghaft: »Man könnte vielleicht doch einmal mit den Kollegen reden ...«

»Worüber denn? Sollen sie ihren Exportplan etwa streichen?«

Der Abteilungsleiter ist nun ob des ideologischen Rüffels, der ihn über dem Kompott ereilte, ein bisschen verdrossen. Nimmt sich eigentlich vor, das nächste Mal, wenn das Kind im Brunnen liegt, den Sekretär nicht mehr so bereitwillig ins Bild zu setzen.

Soll er doch gefälligst selbst aufpassen!

Aber nein – kann er ja nicht. Es ist zu viel. Brennt's im Sport, muss er löschen, ist der Superintendent erzürnt, muss er sänftigen, und mit der Alma Mater Jenensis ist das auch so eine Sache. Die Scharte im Fußball ist ohnehin nur in der Boxstaffel auszugleichen. Das sind so Sorgen. Und nun plötzlich dieser Porno ... für Schweden!

Im Büro – nach Suppe, Nierchen und Kompott – fragt Werner besorgt: »Willst du dich etwa mit dem Außenministerium anlegen?«

Nein – so weit möchte der Genosse Wibralla nicht greifen.

»Ich will nur wissen, worum es sich konkret handelt – *konkret*! – falls du mich doch noch verstehst!«

Der Abteilungsleiter hebt die Schultern. »Es gibt kein Exemplar in unserem Haus.«

»Dann fährst du eben nach Jena, entreißt in einer Professorenvilla dem nächstbesten Gelehrten oder seiner verwunschenen Gattin ein solches Exemplar ...«

Er beliebt zu scherzen, der Genosse Sekretär.

»Ich weiß zufällig, dass der Bezirksschulrat ein Exemplar hat«, sagt Werner.

»Interessant!«, sagt Wibralla.

»Der Schuldirektor von Groß-Naschhausen hat es ihm gegeben. Dort ist nämlich der Waggon mit der ganzen Ladung Pornos entgleist.«

»Ach nee!«

»Ja. Seitdem brennt es in Groß-Naschhausen. Sie hatten schon eine Einwohnerversammlung allein deswegen.«

»Und? Resultat?«

»Keins – natürlich. Die Leute wollen, was ins Ausland geliefert wird, auch selbst haben.«

Wibralla muss nun doch lachen, vielleicht weil er selbst in seinem ganzen bisherigen Leben noch nie ... Unsinn und Schluss mit diesen undurchsichtigen Fisimatenten.

»Ich verlange eine ordnungsgemäße Vorlage mit der parteimäßigen Einschätzung der Abteilung.«

Sagt er. Und Punktum.

Danach telefoniert ein Abteilungsleiter mit einem Werk.

Am Ende wirft Kramm den Hörer mit einem unwirschen Ruck auf die Gabel, beklagt sich bei seiner Sekretärin. »Zehn Exemplare will die Bezirksleitung plötzlich von mir. ›Um sich zu informieren und eine politische Einschätzung zu erarbeiten‹ ... Das möchte denen so passen! Zwei Exemplare schicken wir und nicht ein Stück mehr! Geht das so weiter, will sich plötzlich auch das Kulturministerium informieren und das ZK und schließlich das Politbüro. Am besten, wir stornieren den Auftrag für Schweden und verteilen die ganze Auflage an die führenden Organe von Partei und Regierung.«

Gerda lächelt nachsichtig, verabreicht bei der Gelegenheit die Tabletten, die um diese Zeit eingenommen werden müssen.

Das kleine Steinchen, das Weichensteller Zimpf mit seiner Unachtsamkeit in Bewegung gesetzt, scheint sich zu einer Geröllawine entwickeln zu wollen, die alles mit sich fortreißt: den stillen Frieden in einem stillen Tal mitsamt Werkleitern, Schuldirektoren und Parteisekretären.

Auch der Genosse Aberhold lässt sich entmutigt in den Sessel vor dem Schreibtisch fallen. »Ich habe es gleich gewusst, dass wir mit diesem Titel Ärger bekommen. Aber man hört ja nicht auf mich. Jetzt ist er da.«

Ein nicht sehr freundlicher Blick in den Rücken dieser überheblichen Vorzimmerperson, die jetzt den Tee einschenkt, als hätte sie einen Geisha-Kursus im Institut für schöne Auslandskünste mitgemacht, begleitet diesen indirekten Tadel.

Kramm ist noch nicht besänftigt. »Na, du sollst ja auf der Einwohnerversammlung neulich auch nicht gerade den starken Mann gemacht haben.«

»Konnte ich denn?« Aberhold erhebt sich mit rotem Kopf. »Ich kann mich doch nicht vor allen anständigen Leuten für derart unanständige Lehmfiguren und hingepinselte Schweinereien aus Neandertaler-Höhlen ins Zeug legen, wie wenn es um den ersten Deutschen im Kosmos geht.«

Diese alberne Person verlässt plötzlich mit der Teekanne in der Hand das Direktorzimmer so hastig, dass der Deckel klirrt.

Kopfschüttelnd wendet sich Aberhold wieder der Sache zu, moniert entschieden und ausdrücklich die »mangelnde Koordination der politischen Leitungstätigkeiten auf allen Ebenen« – so lange, bis Kramm endgültig die Geduld verliert. »Nöle mich nicht voll, Mann – – sonst passiert noch das Schlimmste: Ich drucke eine Nachauflage deiner ›Höhlenschweinereien‹, die verteile ich umsonst an die Bevölkerung unseres Kreises, damit endlich Ruhe wird. Willst du das?«

»Gut, gut – ich geh ja schon«, sagt Aberhold, der Verängstigte.

Gleichwohl – Kramm ist erfahren genug, um zu wissen, was auf ihn zukommen könnte – ist die drohende Lawine mit ihrer unberechenbaren Mischung aus Zufall, Unwissenheit, Fehlurteil, Übereifer und Mangel an Humor noch nicht endgültig dorthin abgelenkt, wo sie von selbst erlahmt.

Man muss etwas tun.

Kramm macht sich auf den Weg durch den dichten Wald der Schwierigkeiten, entdeckt in Dresden einen geeigneten Erklärer. Den schickt er zur Partei in der Hauptstadt des Bezirks – gleichsam als lebenden Kommentar zu den zwei Exemplaren. Die gesamte Abteilung ist anwesend, als dieser Fachmann an Hand des Buches selbst mit guten Argumenten zu beweisen vermag, dass es sich keineswegs um einen ordinären Porno handelt, sondern um eine in der Tat exquisite Rechtfertigung des Talents, die erotische Kunst aller Zeiten, von den Uranfängen bis zur Gegenwart, aus rein ästhetischer Sicht auf sich wirken zu lassen, insofern also ein hoch zu veranschlagender ästhetischer Bildungseffekt mithin in dieser Edition für Schweden derartig mitschwinge, als die fotografischen Aufnahmen in ihrer Art wahre Kunstwerke darstellten ...

Die Abteilung lauscht diesen Ausführungen an Hand der vorliegenden Exemplare, in die etliche Genossen gemeinsam hineinblicken müssen – die Genossin vom Sektor Volksbildung hat nach flüchtiger Einsichtnahme dankend verzichtet, sitzt etwas pikiert abseits am Hufeisentisch, bis »diese Männer« sich endlich satt gestaunt haben – die Abteilung also lauscht beeindruckt, düpiert, verlegen, zweifelnd und rasch überzeugt, je nach Charakter und Entwicklungsgang der Genossen, diesen hochgelehrten Ausführungen, die einer stichhaltigen Kette aus eisernen Argumenten gleichen.

Der Sekretär fasst diese Meinung in einem kurzen Schlusswort zusammen, dankt dem Gelehrten und fragt ihn, ob er bereit wäre, seinen Vortrag auch in diesem – also am Katastrophenort selbst noch einmal zu halten. Der Gelehrte erklärt, gegen ein entsprechendes Honorar sei er dazu bereit. Danach dann gibt es noch eine Auswertungs-Sitzung beim Sekretär.

Es ist in Zukunft mehr Gewicht zu legen auf die Tätigkeit der »Urania« und des »Kulturbundes« in den Randgebieten des Territoriums. Es muss bevölkerungspolitisch koordinierter gearbeitet werden. Und es muss drittens und viertens …

Die Genossin von der Volksbildung ist so verärgert, dass sie sich erhebt. »Jetzt schwafelt ihr große Töne. Dabei habt ihr nichts anderes gemacht als einen Freibrief ausgestellt für ein obszönes Valutageschäft. Schämt ihr euch nicht, ihr verdammten Kerle allesamt …!!«

Sie kann nicht weitersprechen, die Genossin Teuerkauf. Mit Tränen in den Augen stürzt sie hinaus.

Ein paar Schrecksekunden sitzen die Genossen wie versteinert. Hat der Gelehrte etwa doch nicht Recht? Oder ist am Ende alles, was die »Bettzone« angeht, nur von diesen Frauen zu packen? Entzieht sich aller Wissenschaft?

Als Werner, der Abteilungsleiter, aufstehen will, die Genossin Teuerkauf wieder hereinzuholen, erhebt sich der Sekretär. »Lass – das mache ich selbst.«

Er geht hinaus.

Auf dem langen, hallenden Flur zwischen kahlen Wänden und Türen findet er sie nicht gleich. Sie steht am Treppengeländer. Raucht.

»Helga …«, sagt er. »Bitte, komm zurück.« Sie will nicht. Sagt es auch. Putzt sich die Nase. »Halunken seid ihr. Alle. Was sind wir denn für euch – he??! Weiber …!!! Nach wie vor nichts anderes als ein Stück Fleisch! Zum Nachtisch – wenn ihr euch vollgefressen habt am Leben …«

Er seufzt erst mal, der Mann. Dann sagt er plötzlich natürlich und bescheiden und verzweifelt: »Wir sind doch keine Kannibalen, Mädel – nun beruhige dich. Gar so schlimm ist das doch alles nicht, wenn du bedenkst, was für ein Hunger in der Welt ist, und die Umweltverschmutzung, und die Chinesen und Chile …«

Ja, ja – sie weiß.

Und hebt erneut den Blick in die Pupille des Sekretärs.
»So geht es auch nicht, jeden Mist daheim mit den Schwierigkeiten der Menschheit zuzudecken.«
»Will ich ja nicht.«
»Weiß ich, dass du das nicht willst. Aber es geschieht.«
Sie geht dann doch schließlich zurück in die Sitzung. Die rechte Stimmung in Sachen Aufklärung will aber nicht mehr zu Stande kommen.

Gleichwohl haben wir erlebt, wie ernst und konsequent auch in der Bezirksleitung um den richtigen Standpunkt in dieser heiklen Sache gerungen wird. Und hätte die Genossin Teuerkauf sich nicht geweigert, das schöne, vom Gleis gepurzelte Buch zu betrachten, dann würde sie nun wissen, dass in ihm auch die Männer den Weibern zum Fraße vorgeworfen werden. Das gibt es nur in Schweden! So ist wieder einmal die Abteilung Volksbildung um die Chance gekommen, Männerfleisch zum Verzehr für die Damen freizugeben, um das man leider im Rahmen der Volksbildung heutzutage schon anstehen muss.

Gegenüber dem demokratischen Zentralismus mit ein bisschen Nichtdemokraktie in gewissen Fragen, die entschieden außerhalb der Möglichkeit von Mehrheitsabstimmungen liegen, gibt es keine Alternative, die sich bereits bewährte.

So kommt es, dass sich Werkleiter Kramm zwei Tage später doch vor Freude aufs Knie schlägt mit der flachen Hand denn das Kulturministerium in Berlin lässt per Fernschreiber über den persönlichen Referenten des Ministers ein Exemplar des »Schwedentitels« anfordern – nur informationshalber, wie versichert wird.

Die »Konstnärliga variationer för dag och för natt« haben den weiten Horizont des Republikmaßstabs erreicht. Eine imponierende Leistung.

Rudi Kramm spricht zu seiner Vorzimmerkönigin: »Da siehst du es, Gerda, wie bescheiden unser Kulturminister ist.

Er bittet um *ein* Exemplar – nicht um zehn wie unsere Bezirksleitung.«

Gerda ist nicht so leicht in Emphase zu versetzen. »Das machen die Kilometer«, sagt sie.

Der sonst immer fröhliche Dicke schaut misstrauisch.

»Ich meine nur den Schwund auf der Strecke«, flötet Gerda, die »Geisha« des Antipoden Aberhold.

Dem Werkleiter fällt nun doch nichts mehr ein. Er hat in seinem ganzen bisherigen Leben noch zu keiner Stunde in ein solches Buch geschaut, das nun so viel Aufhebens macht. Er kennt es im Grunde auch jetzt noch nicht, hat es nur sehr flüchtig durchgeblättert bei jener Leitungssitzung vor dreieinhalb Wochen. Da hat er gleich gewusst, dass es sich um eine polygraphische Kostbarkeit handelt, sonst wäre er ja nicht der Boss einer ordentlichen Druckerei. Der Exportplan, das ist der Mittelpunkt, um den sich alles dreht, weil dieser vom großen Schnippschnapp der Geschichte beschnittene Fetzen Deutschland, aus dem die zufällig dort lebenden Menschen eine DDR gemacht haben, nichts anderes auszuführen in der Lage ist als die Produkte einer hochintensiven und hochqualifizierten Veredelungsarbeit. Entweder dies leisten oder untergehen. So steht die Frage.

Wer will – wer *kann* ihm dabei überhaupt am Zeuge flicken? Eigentlich niemand. Falls nicht dieser unbekannte Weichensteller Zimpf, mit dem es erst in frühestens einem halben Jahr eine Verhandlung vor Gericht geben wird, doch noch mit seinem Ausrutscher »Schicksal« gespielt hat. Jedermann kann Schicksal sein für andere, ohne es zu wissen ... Rudi Kramm aus Roßeck, der Wirtschaftskapitän von internationalem Rang, soweit es das hochgeachtete Druckereiwesen der DDR betrifft, häkelt plötzlich an einer verdammt philosophischen Gemütssträhne.

Auch im Alltag von Groß-Naschhausen gehen gewisse Dinge vor sich, die nicht unverdeckt bleiben sollten.

Frau Beutlein hat am Küchenfenster schon zweimal gehört, dass der Abschnittsbevollmächtigte zum Jonka, der morgens mit seinem Lärm wieder haltmachte am Gatter, um das Mädel nach Kahla zu bringen, gesagt hat: »Kommen Sie doch herein, Herr Jonka, derweil – wir sitzen noch eine Sekunde beim Frühstück ...«

Frau Beutlein, die immer freundliche Nachbarin rechts vom mollschen Zaun, sagt es doch dem Mann am Abend. »Hier sind Dinge im Gange, Mann – da macht mir niemand was weis ... Ich hör's förmlich, wie die Zeitenuhr tickt.«

Herr Beutlein hat sich schon mit der Zeitung auf dem Sessel niedergelassen, brummt hinter der Papierwand: »Was für 'ne Zeitenuhr meenste denn, Klara?«

»Na, die von der Welt im Allgemeenen zuerscht – verstehste mich denn nich?«

»Doch, doch«, sagt Beutlein hinter der Zeitung. Dann lässt er sie plötzlich sinken. »Ich hohm doch gesagt, er soll de Ruhe bewahre.«

»Das war gut«, urteilt Frau Beutlein.

Weiß Gott – die Ruhe!

So aber nicht mit dem Ortsvorsitzenden des Kulturbundes!

Wir sehen den Ortsvorsitzenden in allen Belangen, die das bildungsmäßige Kulturwesen von Groß-Naschhausen und Umkreis – also ziemlich weitem und immer weiterem Umkreis – betreffen, in einiger Aktionsbereitschaft und müssen abermals zittern um den Bestand jener Ruhe im Saaletal, die Herr Beutlein empfiehlt. Dagegen spricht ein öffentlich geförderter Umdenkprozeß, der unaufhaltsam vorwärts drängt.

Herr Meyer nämlich, der Bärtige mit Glatze und forschem Schritt, der alles schon kennt und ausprobiert hat, wirft sich in Sachen Aufklärung auch diesmal in die vorderste Front und verlangt auf der nächsten Vorstandssitzung des Kulturbundes, dass nun endlich der von der turbulenten Einwohnerversammlung gefasste Beschluss, man wolle im Interesse des Friedens in der Gemeinde einen Experten hören, in die Tat umgesetzt werde. Seine diesbezüglichen Erkundungen in der Bezirkshauptstadt hätten ergeben, so Herr Meyer mit gehobener Stimme, dass ein Gelehrter aus Dresden zur Verfügung stünde, der das volle Vertrauen der Bezirksleitung genösse ... Nun, nun – Herr Meyer muss sein ohnehin kräftiges Organ gar nicht so sehr heben, der Vorstand ist ja einverstanden. Allerdings nur unter gewissen Bedingungen. Für einen solchen vermutlich doch etwas anspruchsvollen Vortrag sei ein Auditorium aus Einwohnern schlechthin sicherlich der falsche Weg. Es empfehle sich daher, eine solche etwas delikate Veranstaltung im Rahmen des Kulturbundes zu belassen. Der Genosse Raubold, der diesen Gesichtspunkt vorträgt, hat keine Mühe, den Vorstand zu überzeugen; man will so verfahren, wie es der unsichtbar lenkende, allgemein anerkannt erste Mann am Platze obern- wie unternorts vorschlägt. Wer des Leuchtturms Blinkzeichen versteht, hat die beste Aussicht, den Hafen zu erreichen, das wissen die Naschhausener mit der glücklichen Natur, neidlos leben zu können.

Als der Oktober sein erstes Blattgold auf die Fernstraße und die Spielwiese der Kinder fallen lässt, kann man wieder einen Anschlag im Schaukasten am Bahnhof lesen. Der Kulturbund lädt ein in das »Ritterzimmer« der »Blauen Traube« ... Prof. Dr. Heiko Sondersbusch aus Dresden werde über das Thema »Das Liebesleben in der Geschichte der Völker« sprechen – mit farbigen Diapositiven: Eintritt 1,50 M.

Raubold, der Weitsichtige, scheint richtig disponiert zu haben.

Als Oskar, das gute Ziegenbein, am nächsten Morgen sein Schwatzplätzchen am Bahnhof aufsucht, sieht der listige Alte natürlich sofort dieses neue Papier im Schaukasten. Ihm entgeht nichts. Und er braucht auch keine Brille mit seinen zweiundachtzig, um den Text ganz langsam wie einen Schluck aus dem besten Kellerbecher, zu dem nur sein Schicksal, die Malwine, das Schlüsselchen im Rock versteckt hat, zu genießen.

Als die Botschaft verschluckt ist, winkt er ab. »Nischte for uns. Die gelehrten Herrschaften obernorts machen's unter sich aus.«

Die rechte Freude allerdings bei den anderen Alten, die auf den zwei Bänken unter den sehr betagten, weitgespannten Lindenkronen ihre Ruhe suchen, will sich nicht einstellen.

»Du hast doch dei Fell ins Trockene gebracht, Ziechenbeen«, sagt der Unsinn Ur-senior von jenseits des Flusses und will denn auch keine Rechtfertigung mehr anhören, ob das gute Ziegenbein nun die Hand auf die Brust legt und schwört oder nicht. Natürlich schwört er schließlich, er hätte nichts als Arbeit gehabt von der ganzen Sache mit dem »Schweinebuch«, er wär' sogar gefährdet gewesen, noch ins Gefängnis zu kommen »daderwechen« – aber mit dem ältesten Unsinn im Hause Unsinn allgemein macht er das nicht, der Oskar. Die anderen alten Brüder auf der Ruhebank wissen recht gut, dass der Oskar zu »einigem Gelde«, wie es immer sein Lebenswunsch war, gekommen ist. Dass er es nicht teilen will, mag ihm kein anderer Alter, der auch nicht würde teilen wollen, verübeln. Nur dass er tut, als hätte er kee Geschäfte gemacht, das will den anderen Alten auf den Bänken vorm Bahnhof nicht gefallen.

»Bist doch kee gutes Ziechenbeen, wie mersch immer dachten – sondern genau so e sauschlachtes Luder wie dei Malwinchen neben dir, das böse Ziechenbeen ...«, spricht der Urvater Unsinn, der schon ins zweiundneunzigste geht.

Diese herbe Kritik freilich muss der kleine Oskar nun einstecken.

Indessen lässt sich kein besserer Raum denken, um das Liebesleben in der Geschichte der Völker zu studieren, als eben jenes holzgetäfelte »Ritterzimmer« mit seinen Butzenscheiben, seinen hübschen Schnitzereien am Paneel und den durch manchen Dauersitzer schon glatt gewetzten Bänken längs der Wände. Wären nicht die Römer in der Vitrine und die rustikalen Tische mit ihrem derben Gestühl, man könnte fast an eine Sakristei denken; was wiederum so abwegig nicht ist, denn das »Ritterzimmer« ist vornehmlich Hochzeitsfeiern vorbehalten. Es wurde in diesem nostalgischen Raum schon viel gesungen und geküsst, geliebt und geschworen für Ewigkeiten ... An diesem Abend freilich soll es um die heilige Wissenschaft gehen, zugegeben – in verwandtem Bereich.

Die Einladung des Kulturbundes wurde von dessen Mitgliedern nicht missverstanden, es kommen die Richtigen.

Mehr als vierzig Gäste darf Herr Meyer an der Eingangstür registrieren und abkassieren, es versammeln sich die besten Köpfe von obernorts mit ihren Gattinnen – kurz gesagt: das geistige Groß-Naschhausen.

Der Wirt hat für den am Platze so beliebten herben »Einheimischen« gesorgt, der weit schwerer zu beschaffen als der Ungarwein, die ersten Flaschen sind bereits entkorkt, als der Herr Professor an seinen sorglich aufgebauten Bildwerfer tritt, die Wunderkiste zu seiner Rechten aufklappt und dabei ein paar leutselige, um nicht zu sagen souveräne Einleitungsworte spricht, die sogleich eine Vertrauensatmosphäre herstellen. Dessen bedarf diese Versammlung durchaus. Gar so leicht war es nämlich nicht, auch die maßgeblichen Vorstandsmitglieder der Ortsgruppe des Demokratischen Frauenbundes zu bewegen, ihre Männer in eben diese Bildungsveranstaltung zu begleiten. Es gab da zuvor in den Familien wieder einige Debatten – genug davon! Professor Dr. Heiko Sondersbusch hat das Wort.

»Wovon ich Ihnen zu berichten habe«, sagt er, »das ist das Wunder des Lebens. Alle Kreatur folgt dem Gesetz der Arterhaltung, also auch Fortpflanzung mit unwiderstehlicher, elementarer Kraft. Wir haben davon erschütternde Zeugnisse, wie entsetzlich zerstörerisch der Mensch in seinen ungeordneten Verhältnissen mehr und mehr gegen dieses Grundgesetz des Lebens verstößt und damit am Ende sich selbst als die Gipfelleistung der Natur auf unserer verdammt kleinen Kugel genau so zum Aussterben nötigt, wie einst die Saurier zugrunde gingen.«

Er gibt dann Befehl, das allgemeine Licht zu löschen, entzündet sein eigenes, das auf die gespannte Silberwand fällt in kahler, nichtssagender Helle. Doch dann sogleich, wie der Professor überleitet zum eigentlich menschlichen Anliegen der Arterhaltung und Fortsetzung des Lebens, bietet er die ganze Buntheit und Kraft der erstaunlichsten Dokumentationen vom unsterblichen Arterhaltungswillen des Menschen in aller Geschichte – fängt auch unmittelbar, sozusagen hautnah in der Steinzeit an, das betrifft die »Kannibalen« des Genossen Wibralla, um alsbald über Ur und Babylon zu den alten Ägyptern vorzustoßen, bei Hellas länger zu verweilen, die Römer in ihrer Zweit- und Nachmachkultur bloßzustellen, auf das frühe Mittelalter zu kommen, die Renaissance liebevoll in ihren Glanzleistungen hervorzuheben in ihrer ganz neu eroberten Freiheitsdimension, streift dann das frivole Rokoko und landet endlich in der Subkultur der Spätdekadenz. Das dauert etwa eine Stunde.

In dieser einen Stunde erlebt das geistige Naschhausen das Hohelied der Fruchtbarkeit, von dem es bislang nichts wusste, dessen Sphärenklänge zu vernehmen es unfähig gemacht wurde durch die jahrhundertelange Vorhaltung, es sei eine »Schweinerei«, davon zu wissen, zu reden, es gar abzubilden. Nun hat sich aber die Menschheit von dieser Vorhaltung doch nicht abhalten lassen, und der Professor aus Dresden zögert nicht, die Beweise für eine solch natürliche Haltung der menschlichen Natur in Sachen Lebenskontinuität sogleich beizubringen.

Vor diesem verunsicherten und argwöhnischen, ununterrichteten, immerhin gemäßigt bildungswilligen Publikum findet an diesem Abend ein erster radikaler Zerstörungsakt statt, der bis dahin unantastbare Grundsätze des Verhaltens in Sachen Fortbestand der Menschheit in Zweifel zieht.

Auf diese Art und Weise hat man es ja bislang noch nie gesehen ...

Der Gelehrte zeigt ja unverhohlen und ohne auch nur eine Sekunde lang mit der Stimme wenigstens zu zittern, die unglaublichsten Sachen, also eben »Schweinereien«, die als Völkerkunst und Folklore, als klassische Kunst und was weiß noch für internationale Neukunst der »Dritten Welt«, wie der Professor versichert, in öffentlichen Kunstanstalten zur Schau gestellt werden – eben solche gewissen Intimtätigkeiten in Stein und Marmor, Terrakotta und einfachem ungebranntem Lehm, in Holz und Eisen, in Bronze, Stahl und Gold, in Elfenbein und Silber, sogar in Hörnchen und Brötchen von des Bäckers Hand, dazu auf Porzellan und Gemälden, auf Kirchenportalen und Denkmalen, in Heiligen-Büchern und Sarkophagen, auf Triptychen und Kanzelsockeln: der Beispiele sind so viele, dass das bildungsbereite Publikum wie vom Donner gerührt schweigt, als der Professor am Ende ist mit seinen Bildtafeln und seinem sehr eleganten Kommentar – kurzerhand befiehlt, das Licht solle wieder brennen über den Tischen.

Als es hell ist, ermuntert der Gelehrte sein Auditorium, doch Fragen zu stellen, insofern etwas unklar wäre, lächelt, wandert mit hellem Prüfblick über die Gesichter, die vielen, die zumeist verlegen solcher Prüfung auszuweichen wissen.

So überrennt ein einzelner Mann der Wissenschaft die Mauern, die achthundertjährigen, von Groß-Naschhausen ...

Da niemand reden will, gibt es dann doch eine Pause. Der Wirt bringt neuen Wein, der die Zungen allmählich löst, Frau Berta hat schon einmal um zwei Phon zu laut und zu hell aufgelacht, sodass Schönlein beim Wirt einen »Brunnen« bestellte, um seiner Frau eine harmlosere Schorle zu mixen, was sie mit einem stark missbilligenden Blick quittierte, indessen – so lang dauerte die Phase, bis der Herr Professor seinen gebieterischen Platz wieder einnahm – hat sich Herr Siegel gefasst, meldet sich als Erster zu Wort. Ein starkes Stück. Weil außerhalb des gewohnten Rituals. Doch die Mauern sind nun einmal eingerissen vom Oberpriester der Gelehrsamkeit, und der Laienbruder Franz-Philipp, der in der Dunkelheit die ganze Zeit eine gewisse Hand gehalten hat, die sich ihm in dieser schweren Stunde williger überließ, als er jemals zu hoffen gewagt, findet doch tatsächlich die richtigen Worte, dem Herrn Professor für seine »exquisite Darbietung von hoher wissenschaftlicher Beweiskraft«, wie er sich ausdrückt, zu danken …

Frau Hermine hebt zwar die schön geschwungene Braue und murmelt: »Na, ich weiß nicht …«, und Raubold beugt sich zu Unbehauen hinüber, macht den launigen Scherz: »Immer dieser Siegel!«, aber das hört der Franz-Philipp nicht, der uns schon mehrfach aufgefallen. Durch den wolkigen Liebestaumel in seinem Busen fliegt der Engel Jutta Krause mit dem Kranz in der Rechten, der ihn, den Franz-Philipp, zum Auserwählten auf der weiten Walstatt der Gescheiterten erhebt, und das genügt.

Herr Siegel also stellt die Gretchenfrage – die Frage nämlich, wie es der Herr Professor mit einer gewissen Edition halte, die hierorts entgleist sei und für Schweden bestimmt gewesen ist, er, der Herr Professor hätte gewiss davon bereits gehört, und ein Urteil aus seinem Munde könne gewissermaßen so etwas wie einen Albdruck von der Gemeinde nehmen, die doch keine x-beliebige schließlich sei, sondern vielmehr ein beachteter kultureller Mittelpunkt im Saaletal … »Na ja, Sie verstehen, Herr Professor.«

Er versteht in der Tat. Dafür hat schon der erste Anflug von Kannibalismus auf der höheren Ebene gesorgt. Eben dieser führte ja zur Herbeirufung der hilfreichen Wissenschaft, und dieser erstaunliche Heiko Sonderbusch war und ist offensichtlich der richtige Mann im richtigen Augenblick.

Er wäre schon am Nachmittag durch dieses zauberhafte Städtchen in der Höhe gewandert, hätte alle Schmuckkästchen der Denkwürdigkeit gebührend bewundert, auch die alte Apotheke gegenüber dem Rathaus, die im Schaufenster sogar noch eine Gran-Waage zeige aus purem Messing, außerdem seien die Linden bei der Kirche mit ihrem Glockenturm des typischen Bauernbarocks eine einzige Kostbarkeit, er könne die Menschen, die hier lebten, nur beneiden, obwohl doch Dresden mit seinem Weltumfang an Repräsentanz nicht nach Naschhausen, sondern wahrscheinlich selbst fernerhin doch Naschhausen nach Dresden kommen müsse ... Gewiss, gewiss, diese Entgleisung sei insofern als eine Überrumpelung zu interpretieren, als man »in der ersten und zweiten Schrecksekunde« – so seine Worte – auf dergleichen Offenbarung nicht gefasst gewesen sei, aber in den darauf folgenden Wochen hätte ja die Gemeinde sich besonnen ...

Es ist, als flögen nun wirklich lauter reinlich-putzige Engelchen durch dieses Ritterzimmer der »Blauen Traube«. Das geistige Naschhausen darf aufatmen! Der gelehrte Mann aus der Weltmetropole erklärt, es stände für Groß-Naschhausen nicht die Sintflut und nicht der Untergang der sozialistischen Ethik bevor – alles sei ganz natürlich und handle von nichts anderem als vom Menschen, wie er nun einmal beschaffen.

Raubold will sich, mit Rücksicht auf sein radikales Jungweib mit der lieben Hoffnung im Leib, nicht zufriedengeben, steht doch noch einmal auf vom Tisch. »Mich macht nur stutzig, verehrter Herr Professor, dass es im Untertitel der ›Künstlerischen Variationen‹ heißt ›für den Tag und für die Nacht‹. Verstehen Sie mich bitte nicht falsch, auch ein stellvertretender Schuldirektor möchte nicht als Spießer dastehen. Wenn aber die Nacht so ausdrücklich als der richtige Zeitpunkt für die Betrachtung dieses Buches empfohlen wird, kann es sich wohl kaum um jene Wissenschaft handeln, von der Sie uns an diesem Abend so interessante und belehrende Proben demonstriert haben, ganz zu schweigen davon, dass ein Herausgeber, der sich ›Phantasie-Verlag‹ nennt, vermutlich nicht für die schwedische Akademie der Wissenschaften arbeitet, sondern ...«

»Gut, gut, mein Lieber, ich habe verstanden.« Professor Sondersbusch lächelt abermals, weil die Art, wie dieser Einwurf vorgetragen, ihm gefällt.

Er redet dann noch eine hübsche Weile – etwa so, wie Faust auf Gretchens Frage, wie er es denn mit dem lieben Gott halte, antwortet. Am Ende steht ein fein verschnürtes, mit einem Blümchen verziertes, geistreiches JEIN, das den beanstandeten Charakter des entgleisten Buches gesellschaftsfähig, die sozialistische Ethik jedoch nicht zum Popanz macht. Man muss sehr gelehrt sein, mindestens so gelehrt wie Doktor Faust, um nicht in den Verdacht zu geraten, man habe doch einen gehörnten Hinkefuß und sich mit der schwarzen Robe der Gelehrsamkeit nur maskiert.

Die beiden Herren kommen schließlich in ihrem Disput zu der Formel »Grenzfall« – ein Urteil, das bereits in der ersten Woche die unbestritten gebildeteste Dame am Platze, die Kollegin Fuschelmann, unbefangen und sicher gefällt hatte.

Unbehauen imponiert das ungemein. »Da haben wir ja eine Perle im Kranz unseres Lehrerkollegiums«, stellt er fest und beschließt in Gedanken, die Russischlehrerin demnächst zu einer Auszeichnung vorzuschlagen.

Kurz vor Mitternacht erst geht alles auseinander. Gut gelaunt und ermutigt. Es war ein gelungener Abend, der hielt, was er versprach.

Draußen ist eine wunderschöne, sternklare Oktobernacht, erstaunlich mild in diesem Jahr.

Vor seinem Rathaus bleibt Schönlein mit seiner Hermine am Arm noch einmal stehen, sich von Unbehauen und Raubold zu verabschieden. Er ist nachdenklich. Die Eindrücke, die er in Molsdorf gewann, sind bestätigt. »Man hat doch an diesem Abend einiges gelernt«, sagt er.

Unbehauen blickt hinauf zur Kassiopeia, die genau senkrecht über dem »Ratsweg«, Naschhausens Hauptstraße, leuchtet mit herrlicher Kraft. »Am Ende dieser aufregenden sechs Wochen«, sagt er, »haben wir uns ganz umsonst aufgeregt.«

Raubold schüttelt den Kopf. »Glaube ich nicht. Wir haben endlich einmal ernsthaft über eine wichtige Seite des Lebens nachdenken müssen, für die wir uns sonst niemals Zeit lassen. Sehr zum Nachteil unserer seelischen Gesundheit. Auch auf die kommt es an. Die Liebe zwischen Mann und Frau hat auch ihre Kultur, ihre Bildung, ihr feines Wissen, das nur erworben wird, wenn man sich Zeit dafür nimmt. Nicht alles im Leben kann nach Plan verlaufen und abgehakt werden.«

Das hat er jetzt plötzlich so schön gesagt, dass die anderen überrascht und gerührt verstummen in ihrer im Grunde aufgerührten Weinseligkeit.

»Gute Nacht«, sagt jeder zu jedem – und es verlaufen sich die Paare in die Stille der Nacht.

Herr Siegel entführt seine Jutta ins zweitletzte Häuschen unterm Berghang, schleicht mit ihr auf Strümpfen hinauf in die Mansarde, die ihm zugeteilt. Es sind nur acht Quadratmeter – aber eine Welt hat darauf Platz, ist nur die Liebe darin von der gehörigen Dimension.

Unten im Tal, längs des Flusses, donnert eben der Transit-Express Rom–Stockholm über die Schienen. In der Laube des mollschen Obstgartens hinten unter den alten Zwetschgenbäumen blickt Hanna auf die Uhr. »Es ist Zeit – beeil dich, solange der Krach anhält.«

Fred schlüpft in seine Kluft. Ein Kuss noch. Den hört niemand, ob nun Naschhausens Nächte erschüttert werden oder nicht.

301

»Morgen ist unsere erste Mathearbeit dran, mein Gott, halt mir die Daumen!«
»Mach ich.«
Und er ist fort. So lautlos, wie er kam.

Die Flanke von links – Inge von Wangenheim

von Kurt Fricke

Der 1980 im Mitteldeutschen Verlag Halle-Leipzig erschienene satirische Roman »Die Entgleisung« hat bis heute nichts an Aktualität eingebüßt, denn die grundlegenden Probleme, mit denen sich die Protagonisten herumschlagen müssen – das Erwachsenwerden, die erste Liebe, die Unter- und Einordnung in Betrieben, Organisationen und in der Gesellschaft, die unterschiedlichen Ansichten der Generationen und vor allem, das große Übel der moralischen Scheinheiligkeit –, sind zeitlos.

Mit einem gehörigen Schuss Humor und thüringischer Heimatliebe durchleuchtet die Autorin Inge von Wangenheim ihre nicht immer uneingeschränkt liebenswerten Romanhelden, ohne sie jedoch zu diffamieren: ob Werkleiter, Schuldirektor, Volkspolizist oder Parteifunktionär – alle kriegen ihr Fett weg. Und ebenso die »normalen« Leute aus dem Volk: Schichtarbeiter, Hausfrauen, Lehrer, Rentner ... Das Ganze auch noch unter den argwöhnischen Blicken ihres Nachwuchses, der mit jugendlichem Idealismus oder mit entwaffnend kindlicher Weltsicht so manche Lebenslüge der Erwachsen bloßstellt.

In Ausnahmesituationen kann man am besten den Alltag einer Gesellschaft erkennen. Die Ausnahme ist in diesem Fall die Entgleisung eines Güterwaggons voller Erotika für den Export nach Schweden, hergestellt in der DDR. Ort des Geschehens ist die fiktive thüringische Kleinstadt Groß-Naschhausen, ein Ort nirgendwo und überall in der DDR. Das Interesse der Einwohner an der ungewöhnlichen Fracht lässt naturgemäß nicht lange auf sich warten: Einige Frauen üben den moralischen Aufstand, um sich, die Kinder, vor allem aber ihre Ehemänner vor dem kapitalistischen »Unflat«

zu beschützen. Bei den Herren sind die Interessen geteilt, manche bezeugen ebenfalls öffentlich Entrüstung, andere entwickeln überhaupt nicht öffentlich sogar kriminelle Energie, um in den Besitz eines – so die knappe Bezeichnung im Volksmund – »Schweden-Pornos« zu gelangen. Mitten zwischen den Fronten: die staatlichen Organe, die ob der peinlichen Entgleisung in Erklärungsnot gegenüber den spontan ihr Informationsrecht einfordernden Bürgern geraten. Das droht dann bald in eine Katastrophe auszuarten.

Für den jüngeren Leser, dem in diesem Fall die »Gnade der späten Geburt« zum Nachteil gereicht, ist es stellenweise sicher nicht einfach, die vielfach hintergründige, zwischen den Zeilen platzierte Gesellschaftskritik auf Anhieb zu verstehen.

Ein Tipp: Vieles war in Wirklichkeit gar nicht so, wie geschildert. Die Autorin gibt hier vielmehr der Gegensatz zwischen sozialistischem Anspruch und realsozialistischer Wirklichkeit wieder, etwa wenn sie die Vorzüge moderner Betonbauten preist, »weil in solchen Wohngebirgen ... die bezweckte Schalldämpfung durch die Kunststoffwände jeden menschlichen Laut des Glücks oder der Verzweiflung erstickt« (S. 245). Die Plattenbaubewohner zwischen Kap Arkona und Fichtelgebirge, die zu DDR-Zeiten eines der raren Exemplare des Buches ergattern konnten, dürften sich bei diesen Zeilen auf die Schenkel geklopft und laut gelacht haben, was dann bei den mithörenden Hausbewohnern sicher für Verdruss sorgte.

Manches dagegen war gerade so, wie geschildert. Oft wird nämlich auch Klartext gesprochen, so etwa in der Szene, in welcher ein Sohn seinem Vater – der als Abschnittsbevollmächtigter der Polizei im Handlungsort quasi stellvertretend für die gesamte DDR-Obrigkeit steht – die Leviten liest: »Du denkst, die Republik gehört dir ganz allein. Das ist aber ein gefährlicher, geradezu selbstmörderischer Irrtum. Sie gehört uns allen ... Auch der letzte Müllabholer ist noch immer unsere Republik und nichts anderes. ... Unter deinem Dach macht es keinen Spaß mehr« (S. 250f.).

Falls man in der DDR-Staatsführung dieses Buch gelesen hat, so sind anscheinend keine Konsequenzen für die praktische Arbeit gezogen worden – mit den bekannten Folgen. Dabei hatte doch schon 1980 Wangenheims Abschnittsbevollmächtigter erkannt: »Wenn nicht noch ein Wunder geschieht, fährt die ganze Radeberre vor'n Boom, und zwar demnächst. Das dauert gar nicht mehr lange. Ich, dein Herrmann, bin e Prophet« (S. 279).

So ist also manches ein- und vieles zweideutig in Wangenheims Buch, was das Lesevergnügen freilich nicht schmälert, sondern hoffentlich zum freien Gedankenaustausch zwischen den Lesegenerationen führt, wobei die, »die das noch miterlebt haben«, es denen erklären können, »die das nicht mehr miterleben mussten« – oder auch umgekehrt. Anregend dürfte es allemal werden, den Inge von Wangenheim konnte schreiben, und gerade in diesem Fall tat sie das »auf ebenso unterhaltsame wie satirisch-ironische Weise«.[1]

Bereits im Jahr seiner Erstveröffentlichung 1980 erlebte der Roman »Die Entgleisung« vier Auflagen! Hier zeigte sich bereits die ungeheure Brisanz dieser Satire, mit der Inge von Wangenheim den Nerv ihrer Zeitgenossen getroffen hatte. Ein Jahr später kam die Ausgabe für den Buchclub 65, einer Buchgemeinschaft in der DDR, heraus. 1984 erschien der Titel dann parallel zur Hardcover-Ausgabe des Mitteldeutschen Verlages als »Roman-Zeitung« (Nr. 406) beim Berliner Verlag Volk und Welt. 1985 lieferte der Mitteldeutsche Verlag die 7. Auflage aus. Insgesamt erreichte der Titel bis 1989 eine Auflagenhöhe von 150.000 Exemplaren,[2] was selbst für das »Leseland DDR« eine enorme Zahl bedeutete. Dabei wäre kurz nach Erscheinen fast das Aus gekommen, denn im Februar 1981 brachte die »Hamburger Welt« eine kurze Notiz, dass die Autorin Inge von Wangenheim in ihrem Buch die anrüchige Praxis des Drucks von Pornographie für den Export bekannt mache.³ Daraufhin schrillten in der für die Zensur zuständigen Hauptverwaltung Verlage und Buchhandel im Ministerium für Kultur die Alarmglocken, normalerweise das Ende für ein Buch in der DDR. Doch nach Prüfung der Akten kam man behördlicherseits zu der Auffassung, die bundesdeutsche Zeitschrift habe Inhalt und Anliegen des Romans bewusst verfälscht, nicht ohne darauf hinzuweisen, dass die Handlungsorte usw. besser verfremdet hätten werden können, um erst gar keine Ansatzpunkte für solche Artikel zu geben.⁴

Nach 1989/90 blieb das Buch weiterhin präsent, wenn es auch nicht mehr in so kurzen Abständen zu Auflagen kam. So erschien im Erfurter Herdermann-Verlag 1994 eine Auflage. Im Jahr 2004 erlebte der Roman seine Wiederauflage im Mitteldeutschen Verlag und nun, 2012, wird er aus Anlass des einhundertsten Geburtstages von Inge von Wangenheim erneut veröffentlicht.

Schaut man sich das Gesamtwerk Inge von Wangenheims an, fällt auf, das »Die Entgleisung« – nomen est omen – ziemlich aus dem Rahmen fällt. Bis auf die 1968 im Rudolstädter Greifenverlag erschienene Geschichten und Schwänke »Die hypnotisierte Kellnerin« hatte sie bis dahin eher ernste Texte verfasst, die häufig autobiographische Erfahrungen verarbeiteten. Nach verschiedenen kulturpolitischen Schriften (u. a. »Mein Haus Vaterland«, 1950) folgte ihr Erinnerungsbericht »Auf weitem Feld. Erinnerungen einer jungen Frau« von 1954, in dem sie ihre Zeit im sowjetischen Exil Revue passieren ließ. »Über die fruchtbare Zeit von zwölf Jahren intensiv gelebten eigenen Lebens gibt die bekannte Schauspielerin Inge von Wangenheim warmherzig einen Bericht. ... 1945 kehrte sie, nachdem sie als Deutsche unter den Sowjetmenschen das wahre Deutschland gefunden hatte, in die Heimat zurück«⁵, hieß es im Werbetext dazu. Ihr Debütroman war 1957 »Am Morgen ist der Tag ein Kind«, der sich mit gesellschaftlichen Problemen dieser Zeit (der beschriebene Tag ist der 16. Juni 1953) beschäftigte, ohne die politisch gesetzten Grenzen zu tangieren; die Helden des Buches, ein junges Liebespaar, treten am Ende »Randalierern« auf dem Alexanderplatz entgegen, die daraufhin die Flucht ergreifen: »Pech und Schwefel hinter sich lassend, zum Gestank der Nachwelt.«

Weitere Bücher folgten, u. a. »Einer Mutter Sohn« (1958). Die Zusammenarbeit mit dem Mitteldeutschen Verlag begann 1961 mit dem Roman »Professor Hudebraach«, hier und im Rudolstadter Greifenverlag erschienen fortan ihre Titel, die mehrere Auflagen erreichten.

Im Mittelpunkt der Geschichten von Inge von Wangenheim stand häufig die deutsche Teilung, die eines ihrer zentralen Themen auch in der Essayistik wurde. Der Roman »Professor Hudebraach« nimmt das Thema gleichfalls auf, wobei Wangenheim das östliche Deutschland auch hier als die (zumindest geistig) attraktivere Alternative zeigt. »In der Handlung des 1961 veröffentlichten Romans ›*Professor Hudebraach*‹ verband sie die humanistische Verantwortung und das Streben nach persönlicher Glückserfüllung, die die Titelgestalt auszeichnen, mit der Entscheidung für die DDR, mit den hier vorhandenen Möglichkeiten freier und dem Volk dienender Arbeit. Die traditionelle materielle und geistige Bindung des Gelehrten an das Großbürgertum, die bei Hudebraach durch die Gegenwart der BRD, durch persönliche Beziehungen und Angebote, sich eine bequeme Existenz zu schaffen, weiterwirkt, steht im ständigen Gegensatz zur Herausbildung neuer Lebensverhältnisse in der DDR. Der diffizile Wandlungsprozeß ... kommt durch die Anziehungskraft zustande, die die neuen sozialen und humanen Bedingungen auf eine schöpferische Persönlichkeit ausüben.«[6]

Inge von Wangenheim tritt uns in ihren Arbeiten jedoch nicht nur als Apologetin des »real existierenden Sozialismus«

gegenüber, sie legt durchaus auch den Finger auf so manche Wunde, weist auf Fehlentwicklungen, die aus ihrer Sicht der Erfüllung eines wirklichen Sozialismus im Wege stehen. Gerade zu Beginn der 60er Jahre schien sich in der DDR die Möglichkeit zu einer kritischen Sicht – selbstverständlich aus einer grundsätzlich befürwortenden Haltung zur Republik – gegeben zu sein. So kommen 1963 Christa Wolfs »Der geteilte Himmel« und 1964 Erich Neutschs »Spur der Steine« in die Buchläden. Selbst noch im DDR-Literaturlexikon wird 1980 konstatiert: »In der Literatur der DDR erfolgte insgesamt eine breitere und tieferreichende Aneignung der sozialistischen Wirklichkeit. Die Schriftsteller nahmen die inneren Widersprüche des Sozialismus und die wachsende Bedeutung des Subjekts im historischen Prozeß in stärkerem Maße zum Ausgangspunkt ihrer Darstellungen und deckten im Handeln, Denken und Empfinden der Menschen das realhumanistische Wesen der Gesellschaft auf.«[7] Auch Inge von Wangenheim wurde als eine Protagonistin dieses Prozesses gesehen. »Erneut wurde die Frage gestellt, ob die Konflikte im Sozialismus nicht schwächer würden. Besonders in der ersten Hälfte der sechziger Jahre waren Autoren bemüht, Konflikte aus der Auseinandersetzung mit Dogmatikern und Bürokraten zu entwickeln. Inge von Wangenheim entwarf das Modell eines Bürokraten ›neuen Typs‹, der, notwendigerweise überfordert, scheitern muß.«[8]

Doch der Frühling währte nur kurz. »Im Dezember 1965 wurde auf der 11. Tagung des Zentralkomitees der SED harsche Kritik an einer Reihe von Werken der Literatur und anderer Kunstgattungen geübt, weil sie nach offizieller Lesart die Verhältnisse in der DDR ›verzerrt‹ darstellten. Es ging vor allem um Werke von Manfred Bieler, Wolf Biermann, Volker Braun, Stefan Heym, Heiner Müller sowie um eine Reihe von DEFA-Filmen.«[9]

In der Folgezeit wendet sich Wangenheim verstärkt dem Genre des Essays zu, veröffentlichte aber weiterhin regelmäßig Prosa. 1965 wurde »Das Zimmer mit den offenen Augen« verlegt, dass sich wieder mit Problemen ihrer Zeit befasst, die dann im Sinne Wangenheims gelöst werden. »Innerhalb einer breit angelegten Entwicklungsdarstellung zeigte dann Inge von Wangenheims Roman ›*Das Zimmer mit den offenen Augen*‹ (1965) das Hineinwachsen kleinbürgerlicher Menschen in die sozialistische Gesellschaft und damit in neue Formen menschlichen Zusammenlebens.

Die Handlung spielt zu einem großen Teil in einem Kunstfaserwerk. Gudrun Retha, einst gläubige Anhängerin des Faschismus, entwickelt ihre Fähigkeiten erst, als sie in dem Betrieb neuartige Aufgaben erhält und mit den politischen Auseinandersetzungen und Konflikten der Menschen konfrontiert wird. Das Betriebsgeschehen, die Verteidigung der macht während des konterrevolutionären Putsches vom 17. Juni 1953, die Ziele und das Wirken der Partei werden jedoch nicht mehr allein aus der Sicht der Entscheidungsproblematik behandelt, sondern gewinnen eigenständige Bedeutung; insbesondere die Darstellung des Bündnisses von Arbeiterklasse und Intelligenz erschließt den widerspruchsvollen Aufbau neuer menschlicher Beziehungen, der vor allem durch die Tatkraft der führenden Kräfte innerhalb des Betriebes vorangebracht wird.«[10]

In Wangenheims Essays spielten neben dem Thema Deutschland und deutsche Teilung auch literatur-ästhetische Überlegungen häufig eine Rolle. »Inge von Wangenheim (geb. 1912) hat die tiefgreifenden Veränderungen und ästhetischen Konsequenzen bei der literarischen Darstellung der sozialistischen Gesellschaft in ihren Essaybänden ›*Die Geschichte und unsere Geschichten*‹ (1966) und ›*Die Verschwörung der Musen*‹ (1971) selbst reflektiert und dabei nicht nur eigene Schaffensprobleme, sondern auch die anderer Autoren mitgeteilt.«[11] Doch »ihr« deutsches Thema gerät nicht aus dem Blick. »In dem Reportagebuch ›Reise ins Gestern‹ (1967) wird München zum Ansatzpunkt für eine

Auseinandersetzung mit dem manipulierten DDR-Bild in der BRD«[12].

In den 60er Jahren erreichten die Autorin verschiedene Auszeichnungen für ihr literarisches Schaffen. So erhielt sie 1966 den Literaturpreis des FDGB und 1968 den Heinrich-Heine-Preis zuerkannt.

Weitere Romane und essayistische Arbeiten folgten. 1973 kam im Mitteldeutschen Verlag der Roman »Die Probe« heraus, der im Folgejahr nochmals in der Reihe »Gesammelte Werke in Einzelausgaben« verlegt wurde. Wieder behandelte Wangenheim die deutsche Teilung. Zwei Brüder, Walter Genz aus der DDR und Jochen Sasse aus der Bundesrepublik, seit langem getrennt, begegnen sich durch Zufall. In ihrem gegenseitigen Kennenlernen erfahren sie von den Lebensumständen des anderen. Auch hier werden die (materiellen) Vorzüge des Westens nicht verschwiegen, doch lässt Inge von Wangenheim den ostdeutschen Protagonisten diese zurückweisen. »Diese historisch-konkrete Umwelt ist für den Kommunisten Walter Genz ein sozialistisches Heimatland, die Deutsche Demokratische Republik, mit deren politisch-sozialem Habitus er sich bewußt und gleichsam selbstverständlich identifiziert. Denn die Geschichte dieses Landes ist seine eigene Lebensgeschichte – und auch die Gegenwart und die Zukunft dieses Landes werden mit seiner eigenen Gegenwart und Zukunft verschmelzen und eins werden.«[13] Diese Haltung entspricht der Haltung der Autorin. Zeitlebens hat sich Inge von Wangenheim zur DDR bekannt, sah sie hier trotz aller Mängel das bessere Deutschland, denn: »Es wurde inzwischen *gemacht*, wovon ich *geträumt* habe.«[14] Doch dieses Bekenntnis bedeutete für Wangenheim auch eine Verpflichtung, sich einzumischen, Fragen zu stellen, unbequeme Dinge anzusprechen. Und sie mischte sich gern und häufig ein. Entsprechend ambivalent fiel daher wohl auch eine Aussage des Herausgebers der im Mitteldeutschen Verlag edierten »Gesammelte Werke in

Einzelausgaben«, Werner Kahle, aus: »Im Ensemble der sozialistisch-realistischen Gegenwartsliteratur unserer Republik gehören die Werke der Autorin zu den von einem differenzierten Publikum viel und gern gelesenen, auch zu den oft besprochenen, diskutierten und bisweilen umstrittenen.«[15]

Wie umstritten zeigte 1981 der Essayband »Genosse Jemand und die Klassik. Gedanken eines Schriftstellers auf der Suche nach dem Erbe seiner Zeit«, der ebenfalls im Mitteldeutschen Verlag erschien. Wangenheim stellte sich gleich am Anfang ihres Essays prinzipiell hinter die DDR – und griff dabei auch auf Vokabular des Kalten Krieges zurück; es war die Zeit nach dem NATO-Doppelbeschluss von 1979, die Zeit der bundesdeutschen Ostermärsche, der allgemeinen Kriegsangst in der Welt: »Ja – ich hasse! Ich schreie es laut heraus und werde bis zu meinem letzten Atemzug hassen. Ohne diesen Haß auf den kriminellen Antikommunismus, der sich in einem halben Jahrhundert als der gefährlichste und beständigste Todfeind aller meiner Hoffnungen und Entwürfe, all meiner Sehnsucht nach einem humanisierten Dasein auf dieser Erde erwiesen hat, könnte ich keine Zeile mehr schreiben.«[16] Doch eigentlich geht es ihr um falsche Bildungsideale, den Verlust der Werte des Humanismus in der DDR. Denn nachdem sie die Erfolge der ostdeutschen Republik aufgezählt hat, fragt sie: »Womit also bezahlen wir, was wir errungen haben?« Und sie antwortet selbst: »Wir bezahlen im ersten mit der natürlichen Folge unseres ›Umsturzes‹ – mit der Tatsache, dass die deutliche Mehrheit unserer Bürger in allen Fragen und auf allen Gebieten der Kultur, des Lebensstils, des Geschmacks, der guten Sitten, der Eleganz, des Gefühls für Formen und Farben, mit einem Wort der *ästhetischen Qualität* in allen Sphären unserer gesellschaftlichen Daseinsweise so gut wie urteilslos ist.«[17] Sie fährt fort: »Das zweite Haar in der Grundsuppe: Die Abstriche. ... Wir kritisieren nicht. Wir stellen nur fest, dass die Striche tief ins Fleisch gehen. Auf der Strecke blieben: Antike Geschichte, Mythologie, Literatur. Schwer ins Gewicht fällt der Verlust der allgemeinen, vergleichenden Religionsgeschichte, weil das schlechthin zu einer politischen Grundausbildung im zeitgeschichtlichen Bereich gehört.«[18] Weiter geht es mit der Schelte: »Drittes Haar in der Grundsuppe: Wir erzeugen Halbbildung. Auf dem kulturpolitischen Feld. Auf Lehrgängen, Kursen, in Broschüren, Anleitungsheften, Aufklärungsschriften aller Art, die die ›kulturelle Weiterbildung‹ der Frauen, der Lehrlinge, der Berufsschullehrer, die ›kulturpolitische Grundausbildung‹ der Fach- und Hochschulkader betreffen, verbauen wir uns mit einem hochstelzigen Referenten-Blabla den natürlichen Zugang zum Verständnis des eigentlichen, des kreativen Wesens aller Kultur.«[19] Obwohl es Inge von Wangenheim, wie gesagt, nur um konstruktive Kritik zur Verbesserung der Lebenswirklichkeit in der DDR ging, waren solche Aussagen natürlich von ziemlicher Sprengkraft. In der »Neuen Deutschen Literatur« war ein Vorabdruck des zweiten Kapitels der Schrift erschienen, der heftige Reaktionen auslöste. Der Verlag hielt es anschließend für das Beste, dem Text Inge von Wangenheims eine Auswahl von Zuschriften und Leserbriefen – zustimmender, aber vor allem ablehnender Art – anzuhängen. Am Ende des Bandes gab man Wangenheim noch die Gelegenheit zu einem Schlusswort. Hier wird noch einmal deutlich, aus welchem Blickwinkel die Schriftstellerin ihr Heimatland, die DDR, betrachtete – kritisch, aber diese Kritik immer aus einer kommunistischen Haltung heraus vorbringend. Mit Bezug auf einen Fußball-Bericht fragt sie leicht ironisch: »Bin ich die ›Flanke von links‹? Ich glaube ja.«[20]

Woher diese lebenskonsequente Haltung entsprang, dies macht der Lebensweg Inge von Wangenheims deutlich, der abschließend skizziert werden soll, ohne den Anspruch von Vollständigkeit zu erheben. Vielmehr verstehen sich die folgenden Anmerkungen als Anregung, sich (vor allem wissenschaftlich) ausführlicher mit der Biographie Wangenheims zu beschäftigen, da hier wichtige Aspekte der deutschen Zeitgeschichte behandelt werden können. Dazu zählen u. a. die Aktivitäten linker Theatergruppen in der Weimarer Republik, Exilerfahrungen deutscher Kommunisten in der Sowjetunion, der kulturelle Aufbau in Ostdeutschland nach dem Krieg, die DDR-Literatur mitsamt ihrer organisatorischen Struktur (Wangenheim war Mitglied im Vorstand des Schriftstellerverbandes), das Verhältnis der beiden deutschen Staaten während der Zeit der Teilung, aber auch die Umbrüche während und unmittelbar nach der friedlichen Revolution.[21]

Inge von Wangenheim kam am 1. Juli 1912 in einem Entbindungsheim für ledige Mütter in Steglitz als Ingeborg Franke zur Welt.[22] Lebensmittelpunkt war zunächst die Wohnung in der Motzstraße 55 in Berlin-Schöneberg. Ihre aus Potsdam stammende Mutter schneiderte hier für Damen der unteren Mittelschichten, auch für Künstler.[23] Schon früh lernte sie, in diesem halb proletarischen, halb bürgerlichen Milieu, zum Unterhalt beizutragen. Sie half in der Nähstube oder stellte sich etwa bei Geschäften an.[24]

Bis 1928 besuchte Ingeborg Franke das Chamisso-Lyzeum am Barbarossaplatz, ihre Lieblingsfächer waren Deutsch und Geschichte. In ihrem weiteren Fortkommen konnte sie sich allerdings keine großen Träume leisten: »Bei unserer außerordentlichen Armut – ich war der Bankert einer kleinen Berliner Schneiderin – war ein Studium oder die Weiterführung meines Geigenunterrichtes einfach nicht drin. Meine Sehnsucht war, Geschichtslehrerin zu werden ...«[25]

Doch sie gelangte stattdessen zum Theater, nahm Schauspielunterricht. Hier auf der Bühne konnte sie ihren Neigungen weiter nachgehen, denn die deutsche Sprache ebenso wie die Geschichte waren in den Werken, die sie spielte, letztlich immer präsent. In kleineren Rollen trat sie u. a. mit Piscators »Gruppe Junger Schauspieler« auf. 1930 wurde sie

Miglied der KPD, ein emotionales Erlebnis, an das sie sich erinnerte, als den Augenblick, »da ich im Lessingtheater am Spreeufer eines Abends während einer Aufführung von Pliviers ›Des Kaisers Kulis‹ ein kleines, kleines Zettelchen der Partei unterschrieb, das mir ein Teilnehmer am Kieler Matrosenaufstand von 1917 in die Hand legte.«[26]

Ein wichtiger Fixpunkt war das Engagement in der »Truppe 31« und ihr Zusammentreffen mit Gustav von Wangenheim. Die Schauspielerin und Kollegin Steffi Spira erinnerte sich später an diese Zeit: »Viele der damals jungen Schauspieler bildeten eine Art von Agit-Prop-Gruppen. Ais einer solchen Gruppe heraus, zu der Fedja Bönsch, Inge Franke (Inge von Wangenheim), Heinrich Greif, Dr. Otto Hahn, Charlotte Jacoby, Hans Meyer-Hanno, Theodor Popp, Günter Ruschin, Curt Trepte gehörten, auch Stephan Wolpe als Musiker, entstand die Idee, gemeinsam ein eigenes Stück zu entwickeln. Durch persönliche Bindung kam dazu als wichtigste Person: Gustav von Wangenheim, der damals einen großen Film bei der Ufa drehte (*Der Mann im Mond*) und in selbstverständlicher Hilfsbereitschaft – die meisten waren arbeitslos – die Gruppe unterstützte.«[27]

Im April 1931 heiratete Ingeborg Franke den Schauspieler und Regisseur Gustav von Wangenheim (1895–1975)[28], Sohn des berühmten Schauspielers Eduard von Winterstein. Gustav von Wangenheim begeisterte sich für die kommunistischen Ideale, war seit 1922 Mitglied der KPD. 1931 gründete er die »Truppe 31« mit arbeitslosen Berufsschauspielern, die in der Folge verschiedene Auftritte hatten. Besonders erfolgreich war das Stück »Die Mausefalle« aus der Feder Wangenheims, mit dem die Schauspielgruppe sogar auf Tournee durch die Schweiz und Deutschland ging. Der Kritiker Herbert Ihrering schrieb im »Berliner Börsen-Courier« über eine Aufführung im Kleinen Theater: »Die Truppe 1931 spielt jetzt ihre ›Mausefalle‹ mit großem Erfolg an der klassischen Stätte von ›Schall und Rauch‹. ... Einer der interessantesten und wichtigsten Abende des Winters. Die Darstellung ist in ihrer Primitivität ausgezeichnet. Zum erstenmal ist der Begriff ›Kollektiv‹ restlos durchgeführt, dem sich auch Gustav von Wangenheim diszipliniert und präzis unterordnet. Ich nenne die Namen: Bönsch, Czempin, Luisrose Fornes, Ingeborg Franke, Hahn, Charlotte Jacoby, Lex, Meyer-Hanno, Nerlinger, Popp, Ruschin, Steffi Spira, Trepte, Wangenheim, Wolpe.«[29]

Gustav von Wangenheim, der schon auf eine Karriere zurückblicken konnte, dürfte die junge Nachwuchsschauspielerin sehr beeindruckt haben. So bezeichnete Inge von Wangenheim den wesentlich Älteren später auch als ihren »Mentor«[30].

Im Mai 1931 war sie mit ihrem Mann bei den Theaterfestspielen in Marburg (er spielte in dem u. a. aufgeführten »Homburg« die Titelrolle), hier kam sie mit anderen jungen Menschen voller Ideale – unter ihnen Mitglieder der Folkwang-Schule aus Essen – in Berührung, diskutierte »bis ins Morgengrauen hinein unter den alten Bäumen im Schlosshof«[31] mit ihnen.

Inge von Wangenheim hatte durchaus künstlerisches Talent,[32] doch für eine überdurchschnittlich erfolgreiche Karriere als Schauspielerin reichte es nicht.[33] Da half es auch nicht, dass Gustav von Wangenheim sie in seinen Filmen besetzte.[34]

Viel wichtiger war für ihren späteren Lebensweg die inhaltliche Auseinandersetzung mit dem Gespielten. »Was war an meinem Anfang in der ersten deutschen Republik das Theater? Es war meine wahre Universität, dem sich mein Wissensdrang, meine Sehnsucht nach Gestaltung mit ganzer Andacht und Leidenschaft hingab.«[35] Sie zog ihre Weltanschauung zu einem Großteil aus dem klassischen Theaterrepertoire, entwickelte eine lebenslange Beziehung zur deutschen Klassik, zu den Idealen des (bürgerlichen) Humanismus. Daneben wurde sie insbesondere durch ihren

Mann von kommunistischen Ideen beeinflusst. Dass diese nicht eben streng wissenschaftlich waren, ja vonseiten der Künstler mit allerlei Gespinsten, Schwärmereinen durchsetzt wurden, zeigt die Kritik des bereits genannten Herbert Ihreing zu einem weiteren Stück der »Truppe 31«: »›Da liegt der Hund begraben‹, eine Komödie, für die Gustav von Wangenheim zeichnet, will mehr. Sie versucht die wesentliche Auseinandersetzung zu klären: die Auseinandersetzung zwischen Nationalismus und Internationalismus, zwischen Heimat und Klasse. ... Es ist zum Schluß weder abstrakter Internationalismus noch betonter Nationalismus, es ist, übertrieben formuliert, eher eine nicht ganz geklärte Mischung aus Kommunismus, Otto Strasser und Gregor Strasser, die übrig bleibt. Die Fragestellung ist stärker als die Lösung.«[36] Zudem wurde Inge von Wangenheim mit dem ausufernden Stalinismus konfrontiert, der sich auch in der KPD fand und Anfang der 30er Jahre angesichts der faschistischen Gefahr zu weiteren Denkverboten innerhalb der Partei führte. Dieses Klima machte um die »Truppe 31« keinen Bogen. Deren Leiter Gustav von Wangenheim gehörte offensichtlich zu denen, die sich innerparteilich »diszipliniert« verhielten. Steffi Spira bemerkt in ihren Erinnerungen: »Mit Stephan [Wolpe] konnte man besser als mit Gustav diskutieren, bei Gustav mußte man diplomatisch sein. Mir klingt Inges schmeichelnde Stimme im Ohr, wenn sie sagte: ›Gustävchen, das wirst du als studierter Marxist doch viel besser wissen als wir!‹«[37]

Nach dem Regierungsantritt der Nationalsozialisten 1933 wurde das aktuelle Theaterstück »Wer ist der Dümmste?«, dass die »Truppe 31« im Kleinen Theater unter den Linden gab, verboten.[38] Das Ehepaar Wangenheim emigrierte über Paris und andere Stationen in die Sowjetunion.

Hier übte Inge von Wangenheim verschiedene Tätigkeiten aus, arbeitete u. a. als Redakteurin an der Exil-Zeitschrift »Das Wort« mit. Die beiden kommunistischen Schauspielgruppen »Kolonne Links« und »Truppe 31«, deren Mitglieder überwiegend in die UdSSR gegangen waren, wurden zum »Deutschen Theater ›Kolonne Links‹ Moskau« zusammengeschlossen. Inge von Wangenheim war mit diesem Ensemble monatelang auf Tournee durch das Donbass-Gebiet und die wolgadeutsche Republik. Es verschlug sie am Ende bis nach Usbekistan, 1941 bis 1943 lebte sie in Taschkent,[39] danach arbeitete sie als Redakteurin für das Nationalkomitee Freies Deutschland.[40] Die Emigration war nicht unbedingt von Herzlichkeit seitens der sowjetischen Genossen geprägt, die überall Spione und Verräter witterten, und den Deutschen besonders misstrauten. »Da musste ich manch törichte Entgleisung hören über irgendwelchen, genauer nicht definierten deutschen Nationalcharakter, der nun mal … immer wieder das spontan-archaische kriegs- und eroberungslüsterne Wesen der Deutschen bloßlege«, für Wangenheim ein Zeugnis »absurder wie infamer Demagogie«.[41] Solcherlei Anwürfe waren aber noch vergleichsweise harmlos, drohte doch ganz real physische Vernichtung, für alle, die sich nicht konform und absolut linientreu verhielten. Das Klima insbesondere in Moskau war von einer Art Verfolgungswahn geprägt. Die Wangenheims waren zumeist mittelbar betroffen, u.a. weil ein Mitglied der »Truppe 31« nach dem anderen verhaftet wurde oder auf andere Weise »verschwand«. Gustav von Wangenheim geriet fast mit in den Strudel. Auf einer geheimen Konferenz im September 1936 – nach dem ersten Moskauer Schauprozess –, vollzogen die deutschen Exilschriftsteller eine selbstkritische Abrechnung mit »Abweichlern« etc. Die ganze Veranstaltung war von Angst geprägt, hauptsächlich von der Angst, selbst Opfer der Verfolgung zu werden, aber auch von der Angst, andere zu belasten (und wenn es nur aus dem Grund wäre, dass man von diesen wiederum selbst beschuldigt würde). Die gespenstische, unwirkliche Atmosphäre dieser Zeit wird in einem von Gustav von Wangenheim verfassten Lebenslauf sehr deutlich: »In der

Zeit der Prozesse erhielt ich die ernsteste Lehre meines Lebens. Ich erlebte zu meinem größten Erstaunen, wie schwach meine Wachsamkeit entwickelt war. Ich lernte den schweren Kampf der Sowjetunion und der Partei der Bolschewiki gegen die verbrecherischen Feinde kennen. ... Ich litt unter den vielen, zum Teil gerade auf den ersten Augenblick unfaßbar erscheinenden Verhaftungen bekannter und nahe stehender Menschen, die bis zu dieser Stunde meine Genossen gewesen waren. Fast die gesamte ›Kolonne links‹ gehörte dazu, meine beiden Assistenten beim Dimitroff-Film, verschiedene Schauspieler usw. ... Da wir aber erlebt hatten, daß sich scheinbar bis ins Konzentrationslager treu verhaltende Genossen als korrumpierte Subjekte entpuppten, daß andererseits verhaftete Genossen nach einer gewissen Zeit rehabilitiert in die Freiheit zurückkehrten, drängte sich damals jedem ehrlichen Parteigenossen die Lehre und die Pflicht auf, Wachsamkeit mit Mut zum Vertrauen zu verbinden. Ich lernte, mir trotz alledem das Vertrauen zu guten Genossen zu bewahren. Andererseits mußte ich, wie viele andere, die Möglichkeit fürchten, bei einer Sicherheitsmaßnahme im Zusammenhang mit meinen verschiedenen, nicht immer bis ins letzte prüfbaren Bekanntschaften ebenfalls in Mitleidenschaft gezogen zu werden.«[42] Natürlich hatte Inge von Wangenheim davon eine Ahnung,[43] aber sie hat es zu dieser Zeit – wie viele Kommunisten – entschuldigt mit der Bedrohung der Sowjetunion durch Hitler-Deutschland, mit den »objektiven Schwierigkeiten« beim Aufbau des Sozialismus, mit individuellen Fehlern ... In einem Brief schrieb Inge von Wangenheim später: »Ich habe die drei Jahrzehnte an der Seite dieses Mannes in der ständigen Spannung zwischen Bewunderung und Kopfschütteln verbracht. ... Wangenheim hat es der Partei immer recht machen wollen und dabei übersehen, dass er die Partei in seinem Hinterkopf zu einem Phantom machte.«[44] Doch auch sie selbst kann sich lange Zeit nicht von der stalinschen Ideologie lösen. »Noch 1954 wird von Inge von Wangenheim das

Unterwerfungs- und Bestrafungsritual, die dem System des Terrors vorgängige innerparteiliche ›Reinigung‹ als ›höchste Form der Demokratie‹ gepriesen.«[45] In ihrem späten Essay »Auf Germanias Bärenfell« lässt Wangenheim in einem Disput ihre Begleiterin zu ihr sagen: »Während du deinen Stalin angebetet hast wie einen Halbgott, geschah all der Mist, der jetzt ans Tageslicht kommt ... ohne unsern ›Gorbi‹ ist alle Lust vertan.«[46] Wangenheims gedankliche Anmerkung dazu: »Und da hat sie ja auch wieder recht.«[47]

Neben den äußeren, politischen Bedrohungen muss das Ehepaar Wangenheim auch mit privaten Schicksalsschlägen fertig werden. In der Sowjetunion bringt Inge von Wangenheim zwei Söhne, Friedel und Edi, zur Welt. Doch der zweite Sohn, Edi, stirbt.[48]

1945, nach Kriegsende, kehrten die Wangenheims aus dem Exil nach Berlin zurück; Inge von Wangenheim arbeitete zunächst als Schauspielerin am Deutschen Theater in Berlin, dem ihr Mann als Intendant vorstand, und lehrte ab Juni 1946 an der dortigen Schauspielschule Szenenstudium und Theatergeschichte. Kurzzeitig war sie Herausgeberin der Zeitschrift »Volksbühne«.

Der langsame Wechsel von der Schauspielerei zur Schriftstellerei, wenn man so will auch vom Wiedergeben fremder Gedanken zum Niederschreiben und veröffentlichen eigener, mündete schließlich in zwei private Schnitte. Inge von Wangenheim trennte sich von ihrem Mann und zog 1960 von der ostdeutschen Hauptstadt in die thüringische Provinz nach Rudolstadt, wo sie in der Otto-Langguth-Straße 42 (heute Ludwigstraße) wohnte.[49] Der hier ansässige Greifenverlag wurde in der Folge neben dem Mitteldeutschen Verlag ihr zweiter Hausverlag. In Rudolstadt entwickelte sich auch ihre zweite private Beziehung. Dora Lattermann wurde ihre Begleiterin bis zum Ende ihres Lebens.[50]

1974 zog Wangenheim noch einmal um, dieses Mal nach Weimar, hier wohnte sie im Rosenweg 3.[51] »Sie *wollte* diesen Ausklang ihres Lebens im Zauberkreis der Weimarer Klassik, die in die Bücher dieser Jahre immer stärker hineinfließt ...«[52] Die gebürtige Berlinerin liebte Thüringen, die Landschaft ebenso wie die Menschen; diese Sympathie spiegelt sich u.a. in ihrem Roman »Die Entgleisung« wider. In einem 1977 der Anthologie »Thüringen. Ein Reiseverführer« vorangestellten Essay sprach sie allerdings eher Gründe zum Fernbleiben an: »Auch in Thüringen blaken Schornsteine, verdunkeln den Himmel, sind einstmals kristallgrüne, fischreiche Flüsse zu schwarzen, stinkenden Kloaken geworden.«[53] Im selben Jahr erhielt sie nebenbei bemerkt den Nationalpreis II. Klasse.[54]

Der Kontakt zu den Menschen vor Ort, denen sie u.a. in Gesprächen auf der Straße begegnete, schien sie in ihrem öffentlichen Auftreten gegen erkannte Mängel zu bestärken. Besonders in dem Roman »Die Entgleisung« wird der langsame, aber stetige Wandel der Autorin von der leichtgläubigen Jungkommunistin zur kritisch hinterfragenden »Altkommunistin« deutlich, wobei sich Wangenheim sich dann als Kommunistin in einem »ursprünglichen«, an Marx und Engels orientiertem Sinne verstand.

Seit den 60er Jahren hatte Wangenheim ihre Aufmerksamkeit verstärkt dem Essay zugewandt. Immer wieder brachte sich mit ihren Veröffentlichungen streitbar ins Gespräch ein.[55] Insbesondere das Schicksal Deutschlands, dass sie auch in den vierzig Jahren der Teilung immer als eines ansah, wurde – wie schon in ihrer Prosa – zum Dauerthema. Kurz vor Ende der DDR resümierte sie: »Alles, was ich in diesen vierzig Jahren geschrieben habe, hat immer meine Landsleute in beiden deutschen Staaten gemeint – für mich eine Selbstverständlichkeit.«[56]

Wangenheim konnte auch als DDR-Bürgerin ins westliche Ausland reisen; so war sie ein halbes Jahr in Indien (ein Resultat dieser Reise war die beginnende Beschäftigung mit Malerei), aber auch einmal in Mombasa/Kenia. Mehrmals besuchte sie die Bundesrepublik: 1966 München, 1973 Hamburg (zu Recherchen für »Hamburgische Elegie«), 1977 war sie auf Vortragsreise in Frankfurt am Main, Bonn, Dortmund, Düsseldorf, Saarbrücken und Mainz. Im Frühjahr 1988 besuchte sie mit Dora Lattermann u. a. Essen und Köln.

In den 80er Jahren, der Zeit der endgültigen Agonie der DDR, wurden Wangenheims Kommentare zur erlebten Wirklichkeit immer pessimistischer; sie pries dafür die Vergangenheit. Beim einem Podiumsgespräch 1984 in Leipzig betonte sie etwa: »Im Grunde genommen empfinde ich mich als ein typisches Produkt dieser Weimarer Republik. Ich bin noch heute der Meinung, dass diese vierzehn Jahre die freiesten Jahre innerhalb der bürgerlichen Gesellschaft gewesen sind, die Deutschland je erlebt hat.«[57] Dann kam sie regelrecht ins Schwärmen: »Und dieser Gestus der Freiheit – von den alles beherrschenden Klassengegensätzen brauchen wir hier nicht zu sprechen – hatte zur Folge, dass in der Spiegelung der Wirklichkeit durch die Medien und die Möglichkeiten und Formen der Kunst so ziemlich alles drin war, was man machen konnte. Deutschland war ein den kulturellen Welteinflüssen außerordentlich aufgeschlossenes Land.«[58] Sie gab in dem Gespräch nochmals explizit ihre grundsätzliche Position an, erklärte, warum sie sich ständig einbrachte: »Ich bin von meiner ganzen Anlage her ein Aufklärer.«[59] Und sie ergänzte: »Ich betrachte es als meinen historischen Auftrag, der Unvernunft zu wehren mit all den Mitteln, die ein kommunistischer Künstler in nun immerhin 54 Jahren der ununterbrochenen Beschäftigung mit der Kunst und der Literatur zur Verfügung hat. Das ist meine Verantwortung vor der Nation, und das ist der Haupt- und Urgrund, warum ich zum Dokumentarischen neige, zum authentischen Schauplatz, zur authentischen Aussage: ›Das war so, ich bezeuge es, ich bin dabeigewesen!‹«[60]

Mit wachen Augen verfolgte Inge von Wangenheim die Veränderungen oder vielmehr Stagnation in der DDR der späten 80er Jahre, die selbstgefällige Lethargie der Oberen, die selbst durch den gesellschaftlichen Umschwung in der Sowjetunion nicht beeindruckt wurden. Als deutliche Abgrenzung von der Politik dieser Zeit ist ihre – im Kern von der kommunistischen Lehre der Diktatur des Proletariats beeinflusste – Analyse zu verstehen, die sie kurz vor Ende Republik schriftlich niederlegte: »Alle Erneuerungen des gesellschaftlichen Lebens verlaufen nach einem durch die Praxis heraufbeschworenen Reifegang. Was am Anfang als ›Gewalt‹ richtig und notwendig, wird abgelöst durch eine deutliche Einschränkung dieser ›Gewalt‹ der ersten Stunde. Die Bürger können aufatmen, die Geburt der neuen Verhältnisse hat stattgefunden, nun ist jedermann zur Mitarbeit am neuen Glück aufgefordert und soll sich entfalten. Die ersten zwei Phasen haben wir gut und erfolgreich bewältigt. Das waren die guten sechziger und noch zur Hälfte siebziger Jahre.«[61]

Dann, mit Honecker, kam für Wangenheim der Umschwung zum Schlechteren, wurden sinnvolle Maßnahmen abgeschafft, der richtige Weg verlassen: »… die Zeitungen begannen zu lügen, dass sich die Balken bogen, Hofnachrichten und kleinbürgerlicher Kulturbrei füllte die Seiten, jegliche Warnung, so nicht weiterzumachen, wurde in den Wind geschlagen«.[62] Wangenheim sah sich u. a. in ihren damaligen Essays als Mahnerin in dieser Zeit. »Ich rief leider in die Wüste. Am Ende auch mit dem Satz: ›Fehler müssen korrigiert – Schuld muss *beherzigt* werden!‹ Ich bin damals leider nicht verstanden worden und blieb unbeachtet. Hätte man mich damals wirklich mit der erforderlichen Konsequenz begriffen, wäre ich allerdings nicht gedruckt worden.«[63]

Sie kritisierte weiterhin die »Geheimnismogelei über unsere Köpfe hinweg« in wichtigen Angelegenheiten wie der Umwelt, der Finanzpolitik, der Wirtschaftsplanung oder »überhaupt in allen Sachen die per Saldo uns alle angehen«, mahnte: »Kriegen wir das nicht in den Griff, bleiben die Räte bis hinauf zur Volkskammer nur Händchenheber«.[64]

Die Verzweiflung über die Gegenwart der DDR wird in den Stellen, in denen sich Wangenheim kritisch zur Realität in der Bundesrepublik äußerte, fast noch stärker fassbar – und ebenso die Hilflosigkeit, die dabei mitschwang. In Essen erlebte sie 1988 den 1. Mai, sie schilderte ihn als blasse Veranstaltung einer satt gemachten Arbeiterklasse. Der Demonstrationszug nur mäßig besucht, die Veranstaltung der Gewerkschaft ohne Esprit: »Es gibt da ein Podium, ein paar Fahnen, ein paar Buden mit warmen Würstchen und Bier, es gibt zwei Reden. Sie zünden nicht. Sie werden nur geredet.«[65] Für Wangenheim stand fest: »Was ich an diesem 1. Mai in Essen erlebe, ist der Offenbarungseid dieser Klasse.«[66] Aber sie musste gleichzeitig feststellen: »Sie leistet ihn, weil sie so große, so mächtige Angst vor den Realien des Sozialismus hat, dass sie lieber die Ohnmacht wählt als die Macht.«[67]

Inge von Wangenheim war auch zu dieser Zeit noch eine glühende Kommunistin, aber sie verschloss ihre Augen nicht wie so viele vollkommen vor der Realität, mehr noch, sie sprach – oder schrieb – sie auch öffentlich aus. Doch stand sie sich dabei häufig selbst im Wege, da sie zwar Fehler in »ihrer« DDR erkannte und benannte, doch nie den Sprung zur grundsätzlichen, die Verhältnisse generell hinterfragenden Analyse schaffte. So wurde dann häufig pauschal auf die Zwangslage der DDR – und ebenso der Bundesrepublik – in Bezug auf den jeweiligen Verbündeten, sprich UdSSR und USA, verwiesen.[68] Auch dass dabei wesentliche Anliegen eines Sozialismus im Sinne von Marx und Engels, auf die sie sich ja berief, auf der Strecke blieben, wurde derart begründet, ohne zu beachten, dass viele der ursprünglichen Forderungen der Arbeiterbewegung zu dieser Zeit im »Westen« besser (bzw. überhaupt) verwirklicht waren als im »Osten«. Frithjof Trapp, der mit Inge von Wangenheim in den 70er Jahren mehrere Gespräche geführt hatte, konstatierte später: »Sie entwickelte zwar in allem, was sie schrieb, einen gewissen Nonkonformismus, aber tatsächlich kritisch urteilte sie im Grunde nur, wenn Sachverhalte zur Diskussion standen, die das ›nicht-sozialistische Ausland‹ betrafen.«[69] Und so war es nur konsequent, dass Inge von Wangenheim noch 1988/89 in einem Essay festhielt: »Jeder Realist in unserem Land, der sich im ganzen verantwortlich weiß, hat längst begriffen, dass unsere Tugend auf einem leider höchst profanen Wirkungsfaktor beruht, auf der Tatsache nämlich, dass unser ehrlich und oft auch sauer verdientes Geld rundum nichts wert ist. So schwer uns das trifft, so nachdrücklich verschont es uns von Dealern, Hehlern, Bankräubern, Mädchenhändlern, Sexgeschäften ...«[70] So kehrte sie dann 1988 fast in Vogel-Strauß-Manier in den für sie noch halbwegs goldenen Käfig DDR zurück, »in mein kleines Schrumpf-Germanien ..., in mein klassisches Refugium, in dem es so hässliche Sachen wie die ›Bild-Zeitung‹ nicht zu kaufen gibt.«[71] Ebenso verwies Wangenheim in dem zitierten Text auf das soziale Problem der Obdachlosigkeit in der Bundesrepublik und machte sich dabei die offiziellen DDR-Propaganda zu eigen, als sie schrieb: »Ja – darunter sind auch junge Leute und Familienväter aus unserer Republik, die ihre Verantwortung auf den Müll warfen und nun sich nur noch auf ihr Stammhirn verlassen.«[72] Hier zeigte sie sich wieder als Kind ihrer Zeit, als eine Frau, die zwar gelernt hatte, für sich selbst zu sorgen und auch zu denken – doch die dieses Denken eben immer wieder in die Grenzen ihrer ideologischen Ausrichtungen zwang. Selbst noch in der Zeit der Niederschrift ihres letzten großen Essays von 1988 bis in den Revolutionsherbst 1989 hinein glaubte sie an eine mögliche Reform des sozialistischen Systems. Denn das, was sie als klare Mängel erkannte und worauf sie oft genug deutlich mit dem Finger zeigte, war für sie kein grundsätzlicher Schwachpunkt des »real existierenden Sozialismus«. Die DDR war für sie eindeutig »ihr« Staat, den sie mit aufgebaut hatte trotz aller Erschwernisse: »Wir im anderen Teil bezahlten, was überhaupt zu bezahlen war, weil die drüben sich dieser Verpflichtung zu entziehen wussten, wir aber die Wiedergutmachung zurecht anerkannten, obwohl wir die Zeit der Schadens*anrichtung* nur als Zuchthäusler, Emigranten und bloße Zufallsentkommer überlebt hatten. Die Zuständigen waren ja, ich sagte es bereits, gleich zu Beginn des Kriegsendes nicht mehr auffindbar in unserer ›Zone‹.«[73] In diesen Zeilen übernahm sie ebenfalls die Sicht der SED-Propaganda, die die DDR-Bevölkerung per se zu Angehörigen des Widerstandes machte oder sie als Verfolgte sah, während die Täter ausschließlich in der Bundesrepublik saßen.

Dass die DDR am Ende dennoch scheitern könnte, war Wangenheim allerdings bewusst, auch wenn sie hoffen mochte, dass das Damoklesschwert nicht herunterfällt. Deutlich sprach sie die Probleme der Gegenwart an, die vor allem die mittleren Generationen der 30-, 40-Jährigen beträfen. Das Hauptproblem für Wangenheim: »... am allerschwierigsten der Verlust der Bewegungsfreiheit. Es ist dies in der Tat der Haken ..., der uns, wenn wir nicht aufpassen, an den Rand des Abgrunds, also der Zurücknahme des Ganzen, bringen könnte!«[74] Doch auch den Mangel an geistiger Freiheit beklagte sie, etwa die Zensur, ohne diese wortwörtlich so zu nennen: »Natürlich haben wir auch ein politisches Kabarett. Aber es beschäftigt sich in der Regel nur im Bereich des Erlaubten ... Würde nun unser Fernsehen in Adlershof die vielleicht besten und geistreichsten Abende übertragen, ohne daran rumzuschnippeln, wären mit mir viele engagierte DDR-Bürger beglückt«.[75]

Wie nah der Moment des Endes des selbsternannten »Arbeiter-und-Bauern-Staates« bereits war, ahnte sie – wie die Mehrheit der Deutschen in Ost und West zu dieser Zeit – nicht. Im Gegenteil: »Der reale Sozialismus mit all seinem Mangel an Demokratie, mit all seinem Mangel an Variabilität, an Mobilität hinsichtlich flexibler Reaktionen auf rasch veränderte Bedingungen ... hat dennoch ein komplexes Tatsachenfeld von nicht mehr zu ›privatisierendem‹ Besitz gesellschaftlichen Eigentums hervorgebracht, der die Stabilität des Systems in die Zukunft hinein allein aufgrund der real existierenden Kräfteverhältnisse im Weltzustand bereits endgültig gesichert, dass selbst markante Veränderungen im politischen Überbau die sozialistische Realität der Vergesellschaftung nicht mehr rückgängig machen können.«[76] Die DDR-Bevölkerung forderte wenig später diese demokratischen Rechte ein, erzwang Neuwahlen zur Volkskammer, die letztlich den »politischen Überbau« so nachhaltig veränderten, dass nicht für möglich Gehaltenes Realität wurde.

Und doch sah Wangenheim trotz der genannten Einschränkungen klar, wo der Schuh drückte, obwohl – wie sie meinte – die Arbeiterklasse nach dem Zweiten Weltkrieg die Macht im Osten Deutschlands übernommen hatte und nun endlich zum Besseren für alle ihre ökonomischen Ziele verwirklichen könnte. Doch: »Handwerk, Gewerbe und Gastronomie liegen am Boden, die seltenen Berufe sind ausgestorben – jetzt erst, viel zu spät, beginnen wir langsam und zögernd, aber immerhin doch die Korrektur dieses nicht nur schweren, sondern auch völlig überflüssigen Fehlers. Es war die Pappnase auf den Gesichtern unserer Kreis-, Bezirks- und zentralbeauftragten Mandatsträger, die wir mit Neunundneunzigkommadreiprozent gewählt haben, wann immer wir darum ersucht wurden.«[77]

Inge von Wangenheim, die sich selbst auch als »Aufklärerin« sah, kritisierte den Sozialismus immer als Anhängerin, nicht als Gegnerin. »Der Sozialismus versagt dort, wo seine Grundsätze nicht befolgt, gar sträflich oder sogar *politinfam* missachtet werden. In diesem Zustand gerät der Sozialismus an die Schwelle, wo er gesellschaftlich als ›irreparabel‹ erscheint, der Mangel an Demokratie, Offenheit, Korrekturfähigkeit als ›systemimmanent‹ begriffen wird und damit der allgemeine Wunsch entsteht, ihn abgeschafft zu sehen.«[78] Dass sie auf dieser Position bis zum Schluss verharrte, scheint typisch für Angehörige ihrer Generation, die sich dem Kommunismus verschrieben hatten, die den Aufstieg des Nationalsozialismus, später Verfolgung und Krieg durchlitten hatten. Am Ende wird man daher wohl Frithjof Trapp zustimmen können, der urteilte: »Sofern man die ›klassische Definition‹ des Stalinismus im Bereich der Intellektuellen ins Spiel bringt …, nach der Stalinismus die ›Indienststellung des Intellekts unter die politischen Ziele der Partei‹ sei, erweist sich Inge von Wangenheim als eine ›Stalinistin‹.«[79] Was u. a. Wangenheims Versuch, humanistische Werte mittels ihrer schriftstellerischen Arbeit in den Alltag des Sozialismus zu bringen, anbelangt, muss man – ebenfalls mit Trapp – hinzufügen: »Den Begriff ›Stalinismus‹ sollte man deshalb nicht als Verdikt, sondern als Anstoß verstehen, über Inge von Wangenheim genauer und differenzierter nachzudenken.«[80]

Gegen Ende ihres Essays »Auf Germanias Bärenfell«, das sie im Herbst 1989 abschloss, schrieb Wangenheim: »Nun liegt das Kind im Brunnen, und nur, wenn wir Glück haben und die Umstände uns begünstigen, dürfen wir berechtigt hoffen, dieses Kind sei, wenn wir es aus der Tiefe heraufziehen, noch am Leben.«[81] Doch auch wenn es sich – wie dann tatsächlich geschehen – als tot erweisen sollte, blickte Inge von Wangenheim in der Tagen und Wochen der friedlichen Revolution in der DDR doch nicht bange in die Zukunft. Sie begrüßte ausdrücklich deren erste Errungenschaften. Am 14. November 1989 hielt sie mit Blick auf die Ereignisse der Nacht des 9. November, der Maueröffnung, fest: »Zum ersten Mal wieder wurde eine der wichtigsten Errungenschaften der Bürgerlichen Revolution – die Freizügigkeit! – auch für die Bürger unserer Republik eine Tatsache. Wir waren dabei, sahen die Tränen, die Umarmungen, die Erschütterung und Begeisterung, das Gefühl des großen Aufbruchs in eine menschlichere Möglichkeit natürlichen Daseins auf zweierlei gekämmter Wolle.«[82] Und sie notiert weiter: »Auch ich habe geglaubt, wir müssten noch Jahre durch diese Leere wandern. Jetzt lasse ich mich mit neuer Hoffnung von dieser belebenden Flut ans neue Ufer tragen.«[83]

Die vielfach staatlich dekorierte und durchaus privilegierte Schriftstellerin zog gleichfalls nach außen Konsequenzen. Am 7. Dezember 1989 gab sie den ihr anlässlich ihres 75. Geburtstages verliehenen Karl-Marx-Orden zurück und stellte die damit verbundenen 20.000 Mark der Weimarer Volkssolidarität zur Verfügung.

Nach der Wiedervereinigung blieb Inge von Wangenheim weiter aktiv, auch wenn sie nun schriftstellerisch kleinere Brötchen buk. Der Weimarer Verleger Ulrich Völkel erinnerte sich: »So saßen wir eines Tages wieder einmal beisammen, einige Kollegen aus Weimar. Und da entstand die Idee, die kleinste Zeitung der Welt herauszugeben, limitierte Auflage zehn Stück. Völkel, du hast doch einen Computer. Es machte Spaß, das Blatt zu basteln und die knappen Texte der Freunde einzuspiegeln. Mit von der Partie waren Harry Thürk, Inge von Wangenheim, Armin Müller, Kurt Kauter, Dieter Beetz und Wolfgang Held. Wie soll das Blatt heißen? Ich blätterte spielend im atari, in dem ein Katalog von Bildern installiert war. Plötzlich, Moment mal, zurückblättern. Ein Nashorn? Ja! Albrecht Dürers Rhinozeros, das ist es! Wehrhaft, fruchtbar, Einzelgänger, von Madenhackern (Lektoren) heimgesucht, großes Revier … Und also hieß das Blatt ›Rhinozeros‹, das sich bald großer Beliebtheit erfreute und mangels Masse schon kopiert und weitergegeben wurde. Allerdings floss keine müde Mark dafür.«[84]

Am 6. April 1993 verstarb Inge von Wangenheim in Weimar. Postum erschien 2002 der Titel »Auf Germanias Bärenfell«, herausgegeben von Dora Lattermann. Hier hielt Wangenheim als ein Motto fest: »Leben heißt: etwas bewirken, und sei's um den Preis, dass man wider Willen etwas anrichtet.«[85] Mit ihrer Satire »Die Entgleisung« hat sie sicherlich etwas bewirkt und angerichtet, das überdauert.

Anmerkungen

1 Umschlagtext von Inge von Wangenheim: Die Entgleisung, Halle/Leipzig 1980.
2 Simone Barck/Siegfried Lokatis: Zensurspiele. Heimliche Literaturgeschichte aus der DDR, Halle 2008, S. 138.
3 Ebd., S. 139. Interessanterweise gab Inge von Wangenheim knapp zehn Jahre später als Rezept gegen mögliche Terroristen, politische Mordbrenner aus: »Unsere beste Waffe dagegen: wir waren, sind und bleiben tugendhaft. ... Man muss darauf sehen, dass es in den Drogerien alle jene Ingredienzien, aus denen man eine Bombe bauen kann, nicht zu kaufen gibt, dass es keine Läden gibt, in denen man Waffen kaufen kann. ... Man muss nur dafür sorgen, dass sich Eros-Center, Sex-Buchläden, schweinische Kassettenspielereien mitsamt all den öffentlichen Treffpunkten, die den ›Markt‹ machen, gar nicht erst zustande kommen, ganz zu schweigen von den Schauplätzen der ›Drogenszene‹, die ebenfalls im Keim zu ersticken sind.« Inge von Wangenheim: Auf Germanias Bärenfell. Ein Deutschland-Essay, hg. von Dora Lattermann, Bucha bei Jena 2002, S. 71.
4 Barck/Lokatis, Zensurspiele, S. 140. – So war etwa der VEB »Fortschritt«, graphische Werkstätten in Roßeck unschwer mit der Großdruckerei »Karl-Marx-Werk Pößneck« zu identifizieren.
5 Inge von Wangenheim: Auf weitem Feld. Erinnerungen einer jungen Frau, Berlin (Ost) 1954, Umschlagtext.
6 Hans-Günther Thalheim u.a. (Hg.): Geschichte der Literatur der Deutschen Demokratischen Republik (Geschichte der deutschen Literatur. Von den Anfängen bis zur Gegenwart, Bd. 11, Sonderausgabe), Berlin (Ost) 1980, S. 557.
7 Ebd., S. 514.
8 Ebd., S. 515.
9 Eberhard Günther: 60 Jahre Mitteldeutscher Verlag. Ein Überblick, in: Mitteldeutscher Verlag 1946–2006. Verlagsgeschichte und Gesamtkatalog, Halle 2006, S. 7–70, hier S. 25
10 Thalheim u.a. (Hg.), Geschichte der Literatur, S. 557.
11 Ebd.
12 Lexikon der deutschsprachigen Schriftsteller von den Anfängen bis zur Gegenwart, Bd. 2: L–Z, 3. Aufl., Leipzig 1975, S. 425.

13 Werner Kahle: Nachwort, in: Inge von Wangenheim: Die Probe, Halle/Leipzig 1974 (Gesammelte Werke in Einzelausgaben), S. 460.
14 Wangenheim, Germanias Bärenfell, S. 85. Hervorhebungen im Original.
15 Werner Kahle: Inge von Wangenheim – Werk und Persönlichkeit. Erlebte Schauplätze, Zeiten und Räume, in: Inge von Wangenheim: Hamburgische Elegie. Eine lebenslängliche Beziehung, Halle/Leipzig 1981 S. 341–357, hier S. 352.
16 Inge von Wangenheim: Genosse Jemand und die Klassik. Gedanken eines Schriftstellers auf der Suche nach dem Erbe seiner Zeit, Halle/Leipzig 1981, S. 13.
17 Ebd., S. 44. Hervorhebung im Original.
18 Ebd., S. 47.
19 Ebd., S. 49.
20 Ebd., S. 162.
21 Wesentliche Dokumente zum Leben Wangenheims befinden sich im Thüringischen Staatsarchiv Rudolstadt (persönlicher Nachlass, Bestände des Greifenverlages), in der Thüringer Universitäts- und Landesbibliothek Jena (schriftstellerischer Nachlass) und im Landeshauptarchiv Sachsen-Anhalt, Abt. Magdeburg (Bestände des Mitteldeutschen Verlages). Zur Zeit der Emigration sind im P. Walter Jacob Archiv der Hamburger Arbeitsstelle für deutsche Exilliteratur (Sammlung Wangenheim) Materialien vorhanden. Wichtig wäre zudem eine Auswertung relevanter Überlieferungen des Schriftstellerverbandes der DDR (Archiv der Akademie der Künste Berlin), zu dessen Vorstand Inge von Wangenheim zählte.
22 »Ich war nicht gewollt, sondern nur ›passiert‹. Anläßlich der ›Kaiser-Manöver‹ im Oktober 1911 übrigens zu Gera.« Inge von Wangenheim: Schauplätze. Bilder eines Lebens, 2. Aufl., Rudolstadt 1983, S. 7. Wangenheim deutete die weiteren Umstände nur an, indem sie zitierte, was Kunden ihrer Mutter sagten: »Der Brief Ihres Mannes ist ein Heiratsversprechen. Sie müssen klagen.« Wangenheim, Germanias Bärenfell, S. 212.
23 Wangenheim, Germanias Bärenfell, S. 212. »Dazwischen Senta Söhneland und Resi Langer, die Künstler des Kabaretts, die bei meiner Mutter die Kostüme bestellen …« Ebd. Wangenheim deutete die weiteren Umstände nur an, indem sie zitierte, was Kunden ihrer Mutter zu dieser sagten: »Der Brief Ihres Mannes ist ein Heiratsversprechen. Sie müssen klagen«. Ebd., S. 212.
24 »In den Kriegswintern noch unter ›Willem Zwo‹ hatte ich bereits mit fünf Jahren das Schlangestehen erlernt – nach Brot,

nach Kartoffeln, nach Wasser aus der Pumpe, nach Sirup oder Milch ... ich schob mich unscheinbar ... Stunde um Stunde vor, bis meine Mutter im Laden von ihrer Nähmaschine aufsprang und über den Damm lief, mich abzulösen.« Ebd., S. 60.

25 Das war so, ich bezeuge es, ich bin dabeigewesen. Inge von Wangenheim im Gespräch mit Peter Reichel am 21. März 1984, in: Hannelore Röhl (Hg.): Ansichtssache. Schriftsteller und Künstler im Gespräch, Halle/Leipzig 1988, S. 83–101, hier S. 91. Gänzlich mittellos war die Mutter aber wohl doch nicht, denn im Nachkriegssommer 1919 reichte es z. B. für einen dreiwöchigen Erholungsurlaub in einer Pension in Herlingen, einem Dorf in der Schwäbischen Jura. Wangenheim, Germanias Bärenfell, S. 156.

26 Wangenheim, Germanias Bärenfell, S. 15. Im Jahr 1981 erzählte sie: »Ich selbst bin – nach fünfzig Jahren des Dabeiseins – nicht mehr so zuversichtlich wie am Beginn mit achtzehn, als ich im ›Lessing-Theater‹ 1930 unter all den verkleideten Matrosen, die der einstige Kaiser-Matrose Theodor Plivier mit seinem erstaunlichen Dokumentar-Drama ›Des Kaisers Kulis‹ ins Leben gerufen, Mitglied meiner KPD wurde.« Wangenheim, Genosse Jemand, S. 108 f.

27 Spira-Ruschin, Steffi: Trab der Schaukelpferde. Aufzeichnungen im nachhinein, Berlin (Ost)/Weimar 1984, S. 73–75.

28 Vgl. zu Wangenheim u. a.: Baumgartner, Gabriele: Wangenheim, Gustav von, in: Gabriele Baumgartner/Dieter Hebig (Hg.): Biographisches Handbuch der SBZ/DDR 1945–1990, Bd. 2: Maaßen–Zylla, München 1997, S. 977 f.

29 Herbert Ihering: »Die Mausefalle«. Kleines Theater, in: Berliner Börsen-Courier, Nr. 598, vom 23.12.1931. Zit. nach ders.: Theater in Aktion. Kritiken aus drei Jahrzehnten. 1913–1933, hg. von Edith Krull und Hugo Fetting, Berlin (Ost) 1986, S. 542.

30 Wangenheim, Germanias Bärenfell, S. 118.

31 Ebd., S. 32. »Ich weiß noch heute, dass ich in diesen sechs Wochen kaum irgendwann einmal wirklich geschlafen habe. Vielleicht *waren* es die einzigen meines Lebens, in denen ich einmal ganz schwerelos meine Hingabe an die Kunst genoss.« Ebd., S. 112. Hervorhebung im Original.

32 »Inge und [Hans] Meyer-Hanno waren die musikalischsten«, erinnerte sich Steffi Spira an die Proben zu »Die Mausefalle«. Spira-Ruschin, Trab der Schaukelpferde, S. 80.

33 Ihering notierte zu Wangenheims Auftritt in einer Aufführung des Stücks »Da liegt der Hund begraben« im Theater am Schiffbauerdamm: »Ingeborg Franke spielt die Conférenciere

mit zuviel Nuancierung.« Herbert Ihering: »Da liegt der Hund begraben«. Theater am Schiffbauerdamm, in: Berliner Börsen-Courier, Nr. 490, vom 19.10.1932. Zit. nach Ihering, Theater in Aktion, S. 583.

34 Ihren ersten Leinwandauftritt (als »Anna«) hatte sie an der Seite von Lotte Loebinger, Bruno Schmidtsdorf und Gregor Gog in dem Film »Kämpfer« (1936). 1948 kam sie als »Else Weber« mit »Und wieder 48« in die Kinos, diesmal spielte sie mit Ernst Wilhelm Borchert und Viktoria von Ballasko. Ein letztes Mal stand sie (als »Maria Steinitz«) für »Der Auftrag Höglers« (1950) vor der Kamera, zusammen mit Fritz Tillmann und Gotthart Portloff. Regisseur war jeweils Gustav von Wangenheim. Vgl. http://www.imdb.com/name/nm0903195/ (8.12.2011).
35 Inge von Wangenheim: Gedanken zur Zeit. Rede. Gehalten anlässlich der Verleihung des Doktors der Philosophie ehrenhalber am 10. November 1989 in der Aula der Friedrich-Schiller-Universität Jena, in: Wangenheim, Germanias Bärenfell, S. 223–232, hier S. 225.
36 Ihreing, Da liegt der Hund begraben. Zit. nach Ihering, Theater in Aktion, S. 582.
37 Spira-Ruschin, Trab der Schaukelpferde, S. 81.
38 Ebd., S. 82.
39 Wangenheim, Germanias Bärenfell, S. 165.
40 Vgl. Baumgartner, Gabriele: Wangenheim, Inge von, in: Gabriele Baumgartner/Dieter Hebig (Hg.): Biographisches Handbuch der SBZ/DDR 1945–1990, Bd. 2: Maaßen–Zylla, München 1997, S. 978.
41 Wangenheim, Germanias Bärenfell, S. 58.
42 Gustav von Wangenheim: Aus einem Lebenslauf von 1951 (Quelle: Literaturarchive der Akademie der Künste der DDR, Wangenheim-Archiv). Zit. nach George Lukács/Johannes R. Becher/Friedrich Wolf u. a.: Die Säuberung. Moskau 1936: Stenogramm einer geschlossenen Parteiversammlung, hg. von Reinhard Müller, Reinbek bei Hamburg 1991, S. 71 f.
43 »Ich habe den Namen dieser Frau Brand, von der gestern die Rede war, auch gehört. Als ich die Sache durchdachte, fragte ich meine Frau [Inge von Wangenheim], was ist mit dieser Brand, sie sagte, ja, die hat in unserer Wohnung geschlafen. Das habe ich diese Nacht erfahren.« Sitzungsprotokoll der deutschen Schriftsteller am 8.9.1936 (Selbstkritik von Gustav von Wangenheim), ebd., S. 390 f.
44 Frithjof Trapp: Inge von Wangenheim – Porträt einer Stalinistin, in: Simone Barck/Anneke de Rudder/Beate Schmeichel-

Falkenberg (Hg.): Jahrhundertschicksale. Frauen im sowjetischen Exil (Schriften der Gedenkstätte Deutscher Widerstand, Reihe A, Bd. 5), Berlin 2003, S. 150–161, hier S. 160.
45 Reinhard Müller: Einleitung, in: Lukács/Becher/Wolf u. a.: Die Säuberung, S. 20. Vgl. dazu Wangenheim, Auf weitem Feld, S. 263 ff. Ebenso Frithjof Trapp: »Inge von Wangenheim kannte die Probleme der sowjetischen Wirklichkeit, aber sie stellte diese Wirklichkeit falsch dar.« Trapp, Porträt einer Stalinistin, S. 158.
46 Wangenheim, Germanias Bärenfell, S. 46.
47 Ebd., S. 47. Trapp bemerkte zu diesem Prozess: »Aber die eigentliche Emanzipation fand erst sehr viel später, auf jeden Fall erst nach dem Exil statt. Zu diesem Zeitpunkt aber waren bereits zu viele Weichen so gestellt, dass ein Bruch mit der Welt, zu der sie immer stärkeren Zugang gefunden hatte, noch möglich gewesen wäre.« Trapp, Porträt einer Stalinistin, S. 161. – Anzumerken ist an dieser Stelle, dass sich Inge von Wangenheim später auch auf andere Art dem Thema sowjetisches Exil genährt hat. Sie regte in ihrer Umgebung Erinnerungstexte an. So begann eine ehemalige Insassin sowjetischer Lager in Deutschland, Herta Kretschmer, auf Anregung von Inge von Wangenheim ab 1965 ihre Erinnerungen an die Lagerhaft niederzuschreiben. Kretschmer war 1946 vom NKWD als angebliche SD-Mitarbeiterin verhaftet worden, sie wurde 1950 wieder entlassen. Vgl. www.politische-bildung-brandenburg.de/.../umschulungslager6.pdf (8.12.2011).
48 »Mein zweiter Sohn liegt in Tschistopol an der Kama begraben …« Das war so, ich bezeuge es, ich bin dabeigewesen, S. 88. – Der Sohn Friedel (1939, Moskau–2001, Berlin, Suizid) arbeitete später als Bühnenautor, Schauspieler und Dramaturg.
49 Vgl. Helmut Nitzschke: Im magischen Dreieck Jena – Weimar – Rudolstadt, in: Wangenheim, Germanias Bärenfell, S. 233–239, hier S. 234.
50 »Mein Dorchen, die Begleiterin der zweiten Hälfte meines Lebens«. Ebd., S. 26. Die Inschrift auf ihrem Grabstein in Weimar lautet: »Wir gehen vereint dem neuen Tag entgegen«.
51 Vgl. Nitzschke, Dreieck, S. 235.
52 Ebd., S. 235 f.
53 Zit. nach ebd., S. 238.
54 Es folgten der Vaterländische Verdienstorden in Bronze (1982) und der Karl-Marx-Orden (1987).
55 Peter Reichel stellte sie bei einer Podiumsdiskussion mit den Worten vor: »Inge von Wangenheim ist eine ungeheuer streit-

bare Frau, die sich nicht scheut, unter Verzicht auf Taktik und irgendwelche Erwägungen, Härten und Deutlichkeiten mitzuteilen.« Das war so, ich bezeuge es, S. 85.
56 Wangenheim, Germanias Bärenfell, S. 17.
57 Das war so, ich bezeuge es, S. 86f.
58 Ebd., S. 87.
59 Ebd., S. 89.
60 Ebd.
61 Wangenheim, Germanias Bärenfell, S. 183.
62 Ebd., S. 184.
63 Ebd., S. 185.
64 Ebd., S. 41.
65 Ebd., S. 63.
66 Ebd.
67 Ebd.
68 »In diesen historischen Vorgang sind wir Deutschen rechts und links der Elbe unentrinnbar einbezogen und reagieren auf ihn seit vierzig Jahren auf die uns bekannte Weise, die einerseits von Washington und andererseits von Moskau her beeinflusst und – ich will mich ganz freundlich ausdrücken – empfohlen ist.«, Ebd., S. 75.
69 Trapp, Porträt einer Stalinistin, S. 150. Zu diesen »westlichen« Systemanalysen vgl. z. B. die Ausführungen Wangenheims zum bundesdeutschen Parlamentarismus: Wangenheim, Germanias Bärenfell, S. 67f.
70 Wangenheim, Germanias Bärenfell, S. 73.
71 Ebd.
72 Ebd., S. 78.
73 Ebd., S. 81.
74 Ebd., S. 83.
75 Ebd., S. 136. Hier ist zu ergänzen, dass nicht »das Fernsehen« herumschnippelte, sondern die dazu von der SED Beauftragen.
76 Ebd., S. 86.
77 Ebd., S. 91f. Auch beim Besuch in der Bundesrepublik 1988 sah sie sich permanent mit der Tatsache konfrontiert, dass zumindest im wirtschaftlichen Bereich das meiste besser war. Fast staunend berichtete sie z. B. vom öffentlichen Verkehrswesen, das etwa bei der Bahn bestens organisiert ist, die Hinweise sind auch dem »letzten Urwaldbewohner leicht erkennbar, also auch den Bürgern aus der DDR, die mit einem akkurat und kompliziert verzweigten Massenverkehrswesen, das sauber, pünktlich, lautlos und auskunftsbereit funktioniert, nicht eben vertraut sind.« Ebd., S. 155.

78 Ebd., S. 98. Hervorhebung im Original.
79 Trapp, Porträt einer Stalinistin, S. 157f.
80 Ebd., S. 161. »Inge von Wangenheim war offensichtlich eine bedeutend vielschichtigere Persönlichkeit, als es dem äußeren Anschein nach anzunehmen ist. Wir sehen sie heute eher als Hardlinerin innerhalb der kulturpolitischen Szene der DDR.«, Ebd., S. 158.
81 Wangenheim, Germanias Bärenfell, S. 196.
82 Ebd., S. 203f. Das Bild der unterschiedlich gekämmten Wolle meint das geteilte Deutschland.
83 Ebd., S. 218.
84 Vgl. http://www.ulrichvoelkel.de/6.html (30.11.2011).
85 Wangenheim, Germanias Bärenfell, S. 96.

Bibliographie Inge von Wangenheim

Die Aufgaben der Kunstschaffenden im neuen Deutschland. Referat zur Spartentagung der Abteilung Genossenschaft deutscher Bühnenangehöriger, 3.–4. Juli 1947, Weimar, hg. von der Industriegewerkschaft 17 des FDGB in der sowjetischen Zone, Die Freie Gewerkschaft, Berlin (Ost) 1947.
Ilja Golowin und seine Wandlung. Schauspiel in 3 Akten (5 Bildern). Sergej Michalkow. Deutsch von Kurt Seeger, bearbeitet für die deutsche Bühne von Inge von Wangenheim, Henschel Verlag, Berlin (Ost)1950 (unverkäufliches Manuskript).
Mein Haus Vaterland. Erinnerungen einer jungen Frau, Henschel Verlag, Berlin (Ost) 1950.
Zum 175. Todestag Konrad Ekhofs. Rede zur Gedenkfeier der Akademie der Künste und staatlichen Kommission für Kunstangelegenheiten, 16. Juni 1953, hg. vom Zentralvorstand der Gewerkschaft Kunst im FDGB, Berlin, Verlag Tribüne, Berlin (Ost) 1953.
Auf weitem Feld. Erinnerungen einer jungen Frau, Henschel Verlag, Berlin (Ost)1954
Am Morgen ist der Tag ein Kind. Roman eines Tages, Verlag Tribüne, Berlin (Ost) 1957.
Einer Mutter Sohn. Roman, Verlag Tribüne, Berlin (Ost) 1958.
Professor Hudebraach. Roman, Mitteldeutscher Verlag, Halle 1961.
Das Zimmer mit den offenen Augen. Roman, Mitteldeutscher Verlag, Halle 1965.

Die Geschichte und unsere Geschichten. Gedanken eines Schriftstellers auf der Suche nach den Fabeln seiner Zeit, Mitteldeutscher Verlag, Halle 1966.
Reise ins Gestern. Blick auf eine Stadt, Mitteldeutscher Verlag, Halle 1967.
Die hypnotisierte Kellnerin. Geschichten und Schwänke, Greifenverlag, Rudolstadt 1968.
Kalkutta liegt nicht am Ganges. Entdeckungen auf großer Fahrt, Greifenverlag, Rudolstadt 1970.
»Die Verschwörung der Musen«. Gedanken eines Schriftstellers auf der Suche nach der Methode seiner Zeit, Mitteldeutscher Verlag, Halle 1971.
Die Probe. Roman, Mitteldeutscher Verlag, Halle 1973.
Die tickende Bratpfanne. Kunst und Künstler aus meinem Stundenbuch, Greifenverlag, Rudolstadt 1974.
Von Zeit zu Zeit. Essays, Mitteldeutscher Verlag, Halle 1975.
Hamburgische Elegie. Eine lebenslängliche Beziehung, Mitteldeutscher Verlag, Halle 1977.
Spaal. Roman, Greifenverlag, Rudolstadt 1979.
Die Entgleisung. Roman, Mitteldeutscher Verlag, Halle 1980.
Einführung, in: Die Aber kosten Überlegung. Dichtungen, Kritiken, Briefe. Gotthold Ephraim Lessing, hg. und mit einem Nachwort von Tilly Bergner, Buchclub 65, Berlin (Ost) 1981.
Genosse Jemand und die Klassik. Gedanken eines Schriftstellers auf der Suche nach dem Erbe seiner Zeit, Mitteldeutscher Verlag, Halle/Leipzig 1982.
Mit Leib und Seele. Ausgewählte Publizistik, hg. von Martin Reso, Mitteldeutscher Verlag, Halle/Leipzig 1982.
Schauplätze. Bilder eines Lebens, Greifenverlag, Rudolstadt 1983.
Weiterbildung. Erzählung, Mitteldeutscher Verlag, Halle/Leipzig 1983.
Station 5. Romanze einer Genesung, Mitteldeutscher Verlag, Halle 1985.
Deutsch und Geschichte. Roman, Mitteldeutscher Verlag, Halle/Leipzig 1986.
Der goldene Turm. Eine Woche Paris, Greifenverlag, Rudolstadt 1988.
Ehrenpromotion Inge von Wangenheim. Ausgewählte Vorträge der Friedrich-Schiller-Universität., Verlag-Abteilung der Friedrich-Schiller-Universität, Jena 1990.
Auf Germanias Bärenfell. Ein Deutschland-Essay, aus dem Nachlass hg. und mit einem Anhang versehen von Dora Lattermann, Quartus-Verlag, Bucha bei Jena 2002.